景秀华年

尔容／著

作家出版社

目　录　　　　　　　　景秀华年

与美邂逅

东湖行吟

与美邂逅

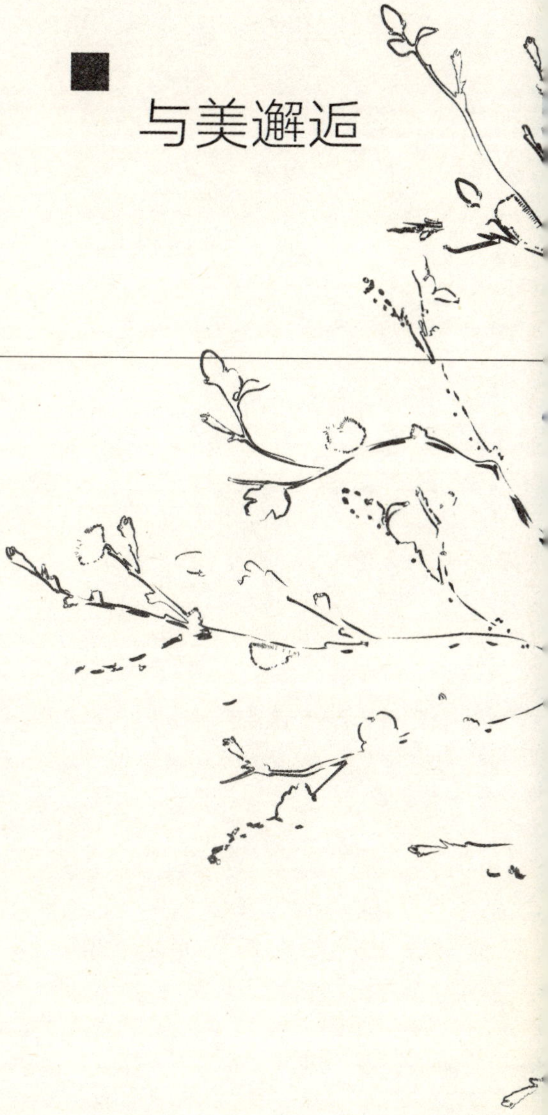

景秀华年

倾城之梅

一直下意识地以为，武汉是一个粗糙的男人的城市，块头大，声音粗，说话总像老子天下第一。连长江、汉水汇流这里，也是浩浩荡荡，平铺直叙，没有荡气回肠，没有婉约歌吟。超出西湖六倍面积的东湖更似袒胸露乳的粗汉，与震古烁今的西湖相比，总觉得少了江南才子的蕴藉和大家闺秀的温婉。

深切地认识武汉，是从梅开始的。最隆重的要数东湖磨山梅园的梅花。东湖梅园占地八百多亩，植梅万余株，拥有梅花品种309种，位列全国四大梅园之首。红的、粉的、绿的、白的，大树亭亭如华盖，小树玲珑如虬枝。这里可谓梅的盛宴、梅的博物馆、梅的伊甸园。

梅盛开的时候，是红火的，像云，像雾，像纷纷大雪，像男女间炽热的恋情，乍地竞放，红得让人嫉妒，让人瞠目结舌；她又是高贵、典雅的，仿佛超凡脱俗的白衣秀士，让人须小心翼翼提防自己的粗鲁和陋识，生怕碰脏了她青春的脸、蓬勃的衣襟。

梅还是慷慨的。她宽容桃花、梨花、杏花对她外形匆忙的抄袭。这是春善意的模仿，而那匆促单薄的复制，却因一味的跟从，少了梅精彩厚重的篇章，徒有花的妩媚，却缺了花的芬芳。香其实才是花的真谛、花的精髓。所以，梅的慷慨还在于她给你时，把笑脸和灵魂一起交出来了。余下的是什么？是对残冬里缄默的光杆的静静陪伴，是在春花烂漫绿叶到来时的悄然远行。

梅的香又不像荷花那样清淡，不似玫瑰那般浓烈。她幽幽的，像天国走来的精灵。她轻盈而飘逸，且要穿越一条长而窄的甬道。你须屏息凝神，细细地吮，慢慢地吸，像闻一个刚刚诞生的圣婴的体香，像与你思了想了千年万年的情人做盛大的初吻。这一刻，你们很近，近到可以听见彼此共振的心音，从她的心房一直传到你的心肺里。在这一刻，她是属于你的，你也是属于她的。你们在相互凝视里享受物我两忘的幸福，哪怕只是片刻的欢娱。在这份舒软的香面前，你只想沉醉，沉醉，醉到渺茫的境地，醉到飘飘欲仙的香国里。

“悬崖百丈冰，犹有花枝俏”。梅是与凛冽的寒冬巅峰对决的斗士。她我行我素，冲出肃杀和围剿，笑傲枝头。她不需要绿叶的陪伴，也不需要春风的奉迎，“俏也不争春，只把春来报”。她从冬灰头土脸的寒窑里走出，用农民工质朴的胸怀包装人类文明的梦想。当城市的高楼馆所吐露芳华的时候，她那皲裂得像梅树皮的手隐约在梅花的背后，“墙角数枝梅，凌寒独自开”。

东湖正门右侧也有一片梅林。这儿没有磨山梅园的热闹。这儿的梅清静自在，是一坡一平地连着，像裁缝不经意间余下的一块布头，被别的需要裁剪得不很规整了，显出随意而安的样子。倒是一间刷过红漆的五角亭，在梅的芳菲间默立，给这里的散淡增添了主心骨。梅树高大中透着纤弱，倔强中缠满柔情。百余株，或粉，或红，或绿，或白。枝条勾肩搭背，随行就市地长，形成好看的云影和华盖。人在花下悠悠地穿行，细屑的花瓣寥寥地零落一地，刚吐芽的小草便一拥而起，凑上来亲昵嬉戏。枝上、花尖都噙着盈盈的雨露，似脉脉的泪珠。内心的情绪便一簇一簇地往外走，跌到青苔湿地的花瓣上，就是含了粉色香的春愁。拌匀了，涂在脸上，吸入心里，都是蜜甜的诗情和淡雅的愁绪。

梅中最香的莫过于野生腊梅。她是吸了天地灵气的，因无人照管，反得天独厚。野生腊梅不仅香过人工培植的梅，花瓣也最晶莹剔透。心胸是天生得了阳光滋养的。整个花朵小巧精致，呈耀眼的金黄。她最早破冰突围走向春，迎击冬围攻的痛。现在的野生腊梅辉煌已过，只余下强弩之末的萎靡。黄色花瓣衣冠不整，像老妇人，被时光抽去了经脉，鸡爪似的手无力地抓着同样老迈的褐色枝干。本想一起坚守出一则春花烂漫的童话，却因过早地食了禁果，现在只有眼看春天光临别人枝头的无奈。泪珠挂满曾经的香腮玉骨，也无力回天。香殒了，韶华不再，依依难舍的坚贞都成了惆怅。

这儿的梅主要有绿萼、胭脂、朱砂三种。绿萼是介于绿与白之间的调和色。一树的蓬勃也见不出张扬和骄妆。她是远离粉饰的。一脸的清纯和透明，是不能回首的少年时光。雨水在花蕊上挂着，也像是一时的淘气，清澈见底的，风一吹即换上笑靥。香也淡泊，将鼻孔对着她猛吸，才能引导她钻进你心腑里去。一旦走进去，便一掌推开你的心门。满屋的笑声，阳光一样照亮心中每一个暗角。

胭脂梅，是红中带白的，由花蕊中心的玫瑰红向腮边淡去。单只的花朵，是少女怀春的红颜。眼里的泪也是即刻抹去，等候下一秒扑哧一笑的。有一些羞涩的音韵，有一些幸福的遐想。让你情不自禁，与她做长久的对视。整树的胭脂红倒让你不堪凝眸。她会让你心惊，心颤。雨后的胭脂梅，更是含了盈盈粉泪的，从蒂到茎到瓣都饱满地浸泡着诉不尽的辛酸，不忍卒读。让人想起家道中落色艺双全的女子，不幸坠入红尘。为了招惹，为了生计，打扮得有些近于悲情的浓重。满身的香艳，满脸的脂粉，满腮的泪痕，都是无法为外人道的香愁。

朱砂梅，是带着激情的，红得像女人的眉心，像玉玺一再追逐的情缘。红得非常周正、敦厚，似乎不含一丝杂陈，像家世显赫的女子，从内到外都是无牵无挂、无忧无虑的。在她面前，你是可以安心坦然面对的。她没心没肺，一切的烦恼和快乐都是来了又去的。今天你冒犯了她，雨珠凝在花瓣尖，那是她嘟起的红唇，艳极不俗，做娇憨状。明天你再来，她已是前嫌尽释，笑口轻启，只当什么也不曾发生。

这些梅有的捏着小拳头，浑圆的小脑袋，满是挑逗的狡黠。她们有的是时间，所以总爱与人做冗长的猜谜游戏。有的乍开乍收，是两情相悦正当时。一切的希望已经破土动工，远景的忧虑暂时抛置脑后。有的完全绽放了，没了一丝保留。并不是她本身愿意竞放，是岁月的脚步催人急。像四十岁的女人，脸上的红晕都被生活的风雨冲淡了。爱情的驻足已处于生命的临界点上，凋与未凋之间，对欣赏者的要求是近乎苛刻和残酷的。如果有幸你望见了我，我也望见了你，亦是难能可贵的奢侈，是需要百倍珍惜和呵护的。

梅以奇绝的枝干挺起男人卓尔不群的傲骨，以人世间第一缕幽香唤醒这座城市明媚的春天和曼妙的柔情。我常想，是东湖的梅不经意间点化了我，让我倏忽间悟出了武汉独特的美。

牡丹花再会

午雨濛濛与花别，
伤情漫漫不停歇。
何日再倾城与国，
青丝染霜又一年。

午后雨过天晴。天阴热。风微水静。我依旧去东湖散步。很久没有这样独自前往，这是一个人的旅行，一个人的盛宴。一个人去凭吊和送别，更有别样的情愫和意境。我给牡丹园的朋友陈工打电话。我问她牡丹可好。她说，气温走得太高太快，花谢了大半。我说，我想去看看。心底已涌出万般惆怅。不送行，不道别，只去看看，看一个行将远行的故人。

五分钟后我从东侧门进牡丹园。这扇门是员工上班通道，平时上锁，禁止游人通行。对我是例外。去年最盛的春天，我几乎天天与牡丹相见，走的是另一扇后门，专为我开锁的南门。这特殊不是特权，是牡丹赏我私下的情缘。因了这份特殊，牡丹园更像我不能告人的心灵花园，是养我心的，是我与牡丹隐秘的逸闻。

进了牡丹园，果然就见一派颓败的气势。东湖牡丹园占地百余亩，有黄、白、红、粉、紫、绿、蓝、黑、复色等九大色系，十大花型，二百余种，三万余株牡丹。书家石牌林立花中，亭台廊阁点缀其间。十天前这里是热闹的，繁盛至极。万片彩英霞烂烂，千枝绛点日煌煌。让人想到国色何其壮丽，天香何其浓烈。

牡丹被誉为“国色天香”是有出处的。讲有一年暮春，唐文宗李昂在内殿邀群臣一起观赏牡丹花。文宗颇好诗文，闲聊中问起站在身边的陪臣程修己：“现在京城之中有许多人传唱牡丹，你看谁的最好？”程修已回答说：“当然首推中书舍人李正封的‘国色朝酣酒，天香夜染衣，丹景春醉容，明月问归期’。”文宗听罢，赞赏多时。文宗对在身边赏诗的贤妃道：“你能在梳妆台前饮一紫金盏酒，那么正封之诗就可见矣。”于是贤妃饮酒念诗。“国色天香”由此而来。

每当三春之时，东湖牡丹雍容上阵，其色艳，其形丰，让众芳黯然失色，自惭形秽。牡丹艳而不俗，花大如盘。人立群芳也要自矮三分。难怪欧阳修说“天下真花独牡丹”。古洛阳人说去看花，必是看牡丹。而其他诸花须得在花前加上前缀，如桃花梨花……见过牡丹，才知她确乎是花中极品。清朝毛同苌在《富贵花说》中写道：“闲尝览群芳之谱，牡丹为最，非以其富丽堪爱，贵容堪夸，足以动人之观瞻也，亦有他故焉。夫当风和日丽，时过谷雨，次第而开，艳朵层叠，富有三春之盛；楼殿辉煌，贵为万花之王。斯时也，不唯修花地主，恍若富贵之翁，即看花人到，亦尽若贵门之胄。噫嘻，锦城香国，观乎牡丹而花之众美毕俱矣。宜乎称为富贵花也。惜也，富贵仅在于牡丹也。”画家们每画牡丹，必题“花开富贵”。这便是出处了。

然而，如今那姹紫嫣红花团锦簇五彩流波的气象已然远去，游人如织花似海的盛况也成了门可罗雀。唯香魂依旧，丝丝缕缕，随风吹送。首先触摸我肌体的便是那旷远的清香。我想，这是牡丹来迎我了，像远行前的叮咛，像离别前的凝望。

牡丹有一份高远的清香，闻之旷达。她的香不似桂花，浓郁地跟随，亦步亦趋。她是若即若离，或亲或远，像捉迷藏，幽远而悠扬，升拔起来，然后漫染开去。你有意地追随，她却避而不见。你一转身，或一抬脚，却是一缕香风翩然而至。你想抓牢她，她却倏忽逃遁。薄薄的清丽，袅袅的歌吟，透明而婉约，雅致而清高。难怪尊为天香。

伫立于花石中的雄狮和凤凰依然精神抖擞。牡丹是花中王。此景号称“三王竞雄”。现在想来，这创意对牡丹不是帮衬却有羞辱。“花开花落二十日，一城之人皆若狂。”有限的争锋，短暂的相聚，谁是最终的赢家？浓妆艳抹，盛装莅临，回眸一笑人间客。不争，不媚，我就在这里。

一眼望去，原来的富丽堂皇已轻车简从，隆重的华服已悄然褪去，饱满丰盈成了形销骨立，一柄柄茎秆像被风吹去布面的伞。原来被层叠的花瓣淹没的子房现在露了脸，高昂着，十多颗绿脑袋聚合一处，各顶一粒朱红的小鸡冠。有的爆绽开，挤出一排笑齿，细细切切的。这是来年的希望和热闹。再看那伞，已不是伞，是顶着王冠的权杖。俯下身去，金黄的花粉纷然坚守，星星点点，给不甘离岗的花瓣撒着金粉，那香便源源不断地流溢。

香玉白得有些瘆人。原来昂扬的花瓣耷拉下来，似淋湿了翅膀的飞蝶静静地栖息，再也打不开远行的双翼。蜂飞蝶舞的追求者已然沉寂。有伤感，有不愿对视的追忆。时光，谁也不能走在时光的前头。一地的零落，一园的过往。韶华匆匆。叶茂盛着，肥肥壮壮，恣意地伸展开来。他们以为挤上了舞台，却已人去楼空。叶注定是花背后的伴侣。

鲁荷红，据说产自山东。曾几何时，红得发紫，形如千层台阁。我那时爱不释手，茸茸的厚厚的，像层层叠叠的帽檐，须双手合掌，尚不可盈握。那时眼里只见花不见叶。今天，叶盘齐齐地站出来发言，雨珠也来添枝加叶，千层阁已坍塌，紫去褐来，抓一把心寒彻骨，唯有香温如故。

也有无意躲在枝缝半腰的，便依然红艳，这是另一种成全。也有看似发育迟缓的，却是大智若愚，拙中藏巧。雨来风来人来，他都笑口轻启，乍开乍收。浑圆的谜是勾引，是智慧。众鸟笑声过，花花纷落衣。花香鸟语，自有禅意。

这是一根两花。一朵还是花骨朵，一朵正端然盛开。黄金蕊绽红玉房，红粉淡扫凝腮边。丝绸般的天衣或轻柔地蓬起，或亭亭地舒展，像出浴的美人，娇艳欲滴。那羞涩地打着朵儿的，故意俏立另一枝头，饱满的花瓣折合得紧致精巧，在青绿的叶柄间，瞅准某个时刻，可能就扑哧一笑，璨然绽放。是陪伴，更是狡黠的试探。内敛是表象，一眼见底的活泼却是忍俊不禁的。她们结伴而行，与周遭的凋败形成强烈的反差，是抗争，是一阕单薄的挽歌。她们自己当然也有不为外人道的心曲。我听从她们的心音，作诗二首：

君开我未开，
君去我还在。
同根不同期，
相伴且珍惜。

另一首：

君艳我含羞，
未语泪先流。
相守终有时，
玉羽缓缓收。

牡丹喜燥怕湿、喜温怕热。连日高温暴晒，使原本可以因花期不同而次第开放的牡丹一齐拥到了枝头。白居易诗曰：“共愁日照芳难驻，仍张帷幕垂阴凉。”牡丹园里少不了遮阳棚，我原来总嫌它有碍观瞻，现在方知那才是对牡丹极大的爱护。棚子里的花自然会清新完好许多，现在看去也是大势所趋，黯然的凋零成了主流。

最能坚守的是花盘硕大色泽玫红的牡丹王，和名唤“春柳”的绿牡丹。她们几乎不依附树叶棚荫，却依然健朗。这是两种形色全异的花。牡丹王枝枝独立，傲立梢头，朵朵艳丽，花瓣层叠，如丝如玉，清凉顺滑。绿牡丹却是四五朵小花挤在一起形成一朵，花瓣脆厚琐屑，挤挤密密，像玉女抛出的绣球。十天前我见她是信誓旦旦的绿拳头，现在每一朵都是三五组合的小家庭，好一派子息兴旺，生生不息。

这样地走走停停。累了在牡丹亭一坐。牡丹亭为双层重檐八角亭，红柱黄瓦，亭身浓墨彩绘牡丹图案，中间一架旋转仿木梯可拾级而上。这里可围坐小憩，可登高览胜。亭柱有联："不到园中怎知春色佳如许，偶来亭上也有柔情梦若仙"，为书法名家姚俊卿所书。亭周配汉白玉勾栏。栏下水石相戏，唱声不绝，咚咚击潭，潭碧花浮。花魂美质铿锵俨然。

星星点点的雨又起。这样的时刻，就该有雨来凑趣，飘洒缠绵，像谁内心的不舍。撑开带来的紫花伞。伞是新的。伞艳如花，雨来不败，或可滥竽充数。雨白珠润，躲得过日头，躲不过风雨。"夜惜衰红把火看"，那是前唐盛事。沟沟坎坎，红粉铺地，是牡丹回报大地的锦衣。不忍卒读，不愿打扰，这是他们的契合。"晴明落地犹惆怅，何况飘零泥土中"，端端地便有泪雨来袭。杜甫有诗曰：百草竞春华，丽春应最胜。"丽春"即指牡丹。于是和诗一首：

恐君生别爱，
愿春迟迟开。
宁作根下土，
花粉细细埋。

欧阳修在《洛阳牡丹记》里写道：牡丹以洛阳为贵，"出其境则不可植焉"。可见移植之难。东湖早在1997年就开始栽培牡丹。陈姐便是这里唯一的工程师，华农毕业即来东湖工作。当年她也参与北花南植。万余株意气风发，却出师未捷身先死，全军覆没。东湖人屡败屡种，2004年重新种植方得成功，2005年盛大开园。至今每年牡丹花会倾城惹国。六十五岁以上老人免费赏园，游园者扶老携幼，络绎不绝。东湖牡丹园已享“江南牡丹第一园”美誉。索性将此名号以朱漆大字刻于汉白玉巨石让商标卓立，若帆竞流，园内园外无不瞩目。

东湖名花荟萃，梅花樱花牡丹荷花桂花五名旦次第争妍，或全国领先，蜚声海内外；或填补空白，后来居上。先有东湖后有名花。花因东湖得天独厚之给养，方化平庸为神奇，举凡俗为高贵，变不可能为佼佼者。

我深爱东湖。因东湖，牡丹厚我别样的情分。

成都草堂记

2015年8月15日，已是秋后。从武汉飞往成都，处处是明晃晃的阳光，如芒在背。城市的人群穿梭不息，来去都是热烘烘的气流，盛夏的火炉依然炙烤着这个穷途末路的季节。在秋风渐起却终是名不副实的秋光里，我们渴求着一片清凉。在那个初来乍到的午后，我们将目标犹疑地指向杜甫草堂。

“八月秋高风怒号，卷我屋上三重茅。茅飞渡江洒江郊，高者挂罥长林梢。”千年风雨，万根茅草，能留下的除了缅怀，还能看到当初的茅草么？当下一些地方大打旅游牌，无中生有或者似是而非地造景大行其道。有些仅凭历史典籍中名人行踪的一鳞半爪捕风捉影牵强附会地造亭筑屋，挖山拱洞，都已司空见惯。我是见过庐山的杜甫草堂的。一间仿真的茅草屋里，是一间兜售旅游纪念品的经销店，琳琅满目，门庭若市，却与茅屋的主人扯不上半毛钱关系。如此虚拟的景点见得多了，对成都的杜甫草堂也就无可无不可。去杜甫草堂，对于我这个有文学情结的人来说，算是百无聊赖之中的聊胜于无吧。

来到杜甫草堂，发现高耸的木栅门已将草堂屏蔽其中。这讳莫如深的样子分明是有理无钱莫进来的架势。无论你对杜甫怀有怎样深切的感情，不掏八十元的门票钱是进不去的。心想，这也算是杜甫先生福泽成都吧。“安得广厦千万间，大庇天下寒士俱欢颜”，他老人家何曾料到自己曾经苦心经营却只住了三年半的茅屋，会在一千三百年后的今天竟比金殿王宫更值钱。

冯至在《杜甫传》里写道：“人们提到杜甫时，尽可以忽略了他的生地和死地，却总忘不了成都的草堂。”我信任成都的草堂，不如说我信任冯至。冯至与我有着同样的情结，那就是我们都景仰伍子胥，并努力用文字去再现那段历史。因了这种深刻的信任，我决定无论如何，都要深入成都的杜甫草堂看个究竟。

穿过木栅，迎面是听秋轩，一座木框架的亭子。看来，秋后来访是天时已定。两边垂挂着黑底白漆对联：暗水流花径江郫野堂争入眼；夕阳熏细草朔云寒菊倍离忧。轩在唐朝是观景歇脚之地，也是感怀抒情之所。杜甫诗中道，“亲朋无一字，老病有孤舟。戎马关山北，凭轩涕泗流”。在这个夕阳熏细草的时刻，凭轩感时花鸟溅泪的情绪就免了吧。我且垂耳听秋，听秋摇风，风吹草飞，吟茅屋为秋风所破歌。歌声绕梁，声声注入我心房。

穿轩而过，漫步前行，便是鸟语花香、草绿树荫的清凉世界。沿途是一丛丛茂密的毛竹。竹叶婆娑生姿，浓荫盖地，枝干下拔地而起的是健壮的竹笋。饱满而犀利，像匕首，像投枪，更像一支支直刺天庭的笔，此起彼伏，高低错落，挺拔苍翠。我握住一枝合影，希望它就是杜甫手中那管笔，笔落惊风雨，文章泣鬼神。

满目翠竹，清风徐来。想到北宋的东坡亦是宁可食无肉，不可居无竹的。就想，这位四川眉山的诗人或许也是拾了成都杜甫草堂的牙慧。杜甫当年为何厚爱竹子呢？除了浣花溪畔，竹子遇水蓬勃，竹笋可充饥，竹竿可日用，竹景可爽心。重要的还是娱情冶性吧。“未出土时先有节，便凌云去也无心。”还是宋朝诗人徐庭筠点出了要害。天下圣人，诗心相通。

玉竹临风，高楠蔽日，溪水暗流，荷风盈袖。我们沿着细碎的绿荫小道，在曲径通幽中寻找着那座茅屋。却见一茅屋侧立，屋前溪水掩映，蝶影翩飞。以为这便是目的地了，却见屋檐下悬一木牌，上书“草堂北邻”。原来这是杜甫的邻居。

南边的邻居是一位不为时用的隐士。北边的邻居会是谁呢？会不会是黄四娘？有诗人的诗句为证："黄四娘家花满蹊，千朵万朵压枝低。留连戏蝶时时舞，自在娇莺恰恰啼。"看来黄四娘虽是个普通农妇，却是善于装扮生活的人。循着诗句寻觅花踪。想必过了赏花的季节，虽不见花影，却见绿荫环抱，藤萝相叠。一带溪水倒映着斑驳的天光。漫漫岁月路，脉脉不得语。

正不知何去何从，转身便见右前方一座草堂的侧影。背向南侧，看不清面容。既是北邻在此，想必那就是杜甫草堂。从北邻门前经过，却有香气袭人，侧身相看，却见北邻迎门的正堂悬一幅梅花图。红蕊点点立瘦枝，沁芬阵阵画中来。几个年轻女子端立其间，售卖的是各种香饼和花香精油。见不到黄四娘种的花，姑且以这缭绕的花香自慰吧。

人来人往，川流不息。窄窄的一条青石板路，挤挤挨挨的都是那份遥远又切近的怀想与敬仰。路曲溪随，沿路南行，溪水忽然变得开阔浩荡，成了一座静泊的池塘。水面上浮着点点落叶，隐约有秋的气息。近岸一处小小的木桥下有红黄花色锦鲤簇拥嬉戏，吸引着一窝窝的看客驻足观赏，将一条逼仄的小路拥塞得气喘吁吁。再抬头看，一池的水里再无锦鲤，就想它们或许是杜甫派遣的使者，专为恭候于此迎来送往的吧。太隆重了！何不口占一诗相送，岂不快哉。诗是杜甫的特产，也是他与人交道的礼物。这个终日游走于饥馑中的男人，除了诗也别无他物了。

公元759年的岁末，大雪纷飞，滚滚寒潮却阻挡不了来自成都的召唤。或许因为蜀道难，难于上青天，安史之乱的铁蹄没有踏进这片山川包围的净土。唐代有句俗话说，扬一益二。扬是扬州，益是成都。这句话说明成都在当时还算一个繁荣富庶的城市。这天黄昏，四十八岁的杜甫忍饥挨饿，满身疲惫，携妻带子来到成都西郊七里处的浣花溪畔。他举起苍白无力的手在一座寺庙的门上轻轻地敲叩三下。一扇风雨斑驳的老木门"吱呀"一声开了。一位叫复空的僧人临时当起了他的主人。

这一年，是杜甫人生最艰难的一年。他几乎整天过着野人般浪迹天涯的日子。这个一直被战乱和饥荒驱赶的男人；这个春天离开长安洛阳，夏初到达秦州，住满四个月，又在初冬十月辗转到同谷，停留一个月左右，衣食不能自给，在同谷终日靠拾橡充饥，有时到山里挖黄精，但雪盛无苗，空手而归，儿女饿得啼哭，及至十二月一日起，不得不卷起行囊来到蜀地的男人。幸而有诗与他相伴。他以诗纪行。这期间他给每一段行程写了十二首纪行诗。他与他的小队伍常处于野兽的包围圈中，“熊罴咆我东，虎豹号我西”。现在他总算可以让自己单薄孱弱的身子骨停息下来。此次的流徙，命运又给他准备了什么呢?

寄居屋檐下的日子毕竟不能长久。一个心里装满国难和民忧的诗人也从没有远人避世的想法。于是，杜甫在庙里住了几天，就将目光从沉默的神像游移到广阔的寺外。他那双流离失所长满老茧的脚也从晨钟暮鼓的寺院走向风雪飘摇的大自然。

这里溪水潺潺，虽然积雪掩盖了草的倩影，风霜掳走了树木的衣装，却让杜甫发现这里有远离尘嚣的寂静，有土肥地偏的安适。况且他有采药制药的经历，在诗不能果腹，一切爱国的种子找不到从政的土壤时，他需要有一片荒土可以长出点什么，像农民，土地就是他维持生命的根本。“无食问乐土，无衣思南州。”他像自然界中的候鸟，打算在浣花溪畔收敛起他疲惫的翅膀，不再滞重地迁徙。

这天，他在这片美丽的荒地上惊奇地发现了一棵高大的柟树。复空告诉他，这树据说有两百年了。他立时瞪大了双眼，仰视这位饱经风霜俯瞰众生的智者。他决定傍着这棵老树，筑起他梦中期待已久的茅草屋。贫穷可以盘剥他瘦硬的身子骨，却不能掠夺他五彩斑斓的诗心。周遭的一切都静待他挥一挥魔棒点石成金化无为有。

杜甫确乎两手空空，脑海里除了飞舞着一座茅屋的构想和对安居生活的全部想象，身无分文。如果有一文钱，也只是留作养眼的。“囊空恐羞涩，留得一钱看。”幸而他有亲朋好友的接济。表弟王十五司马走出城郭，渡过野桥，给他送来建筑费。除了遮风挡雨的草堂，他还要建一个花木葱茏的园子。他四处觅求树苗药秧。他只能拿出他的看家本领——写诗，以诗相求。他大约是知道自己诗的分量的。即使有乞情伤尊之嫌，他亦是义无反顾了。诗成了诗人最后的尊严。他向萧实请求春前把一根桃树秧送到浣花村，向韦续索取绵竹县的绵竹，向何邕要蜀中特有的、三年便能成荫的桤树苗，他亲自走过石笋街到果园坊里向徐卿索求果木秧。他向韦班要松树秧和大邑县的瓷碗。他在诗中写道：“大邑烧瓷轻且坚，扣如哀玉锦城传。君家白碗胜霜雪，急送茅斋也可怜。”他誓要倾其所有，用尽人情，在此扎根了。

这是公元760年一个春寒料峭的暮春，经过三个月的奔波劳作，杜甫草堂竣工落成。这天，累得虾腰驼背的杜甫叉着单薄得两手可以盈握的细腰，眯缝着双眼，望着占地一亩的草堂大院，脸上绽开了朝阳刺破浮云般的笑容。瘦削的脸上，笑纹一圈一圈，像竹林掩映的池塘里微漾的清波。只见草堂上稻草厚实齐整，黄泥巴糊过的墙壁在春日下熠熠生辉。石水井张着圆圆的嘴巴，恨不得吞进整个天空。四棵小松树虽然还只是孱弱的苗子，却排着整齐的队伍肃立着。菜园子里的小白菜在经过一阵喜雨后吐着嫩绿的叶片。他赖以养家糊口的药圃也攒足了劲，在潮湿的土壤里抽苗拔节。

拐过一条蜿蜒的曲径，是一座柴门，只见厚厚的茅草削剪得齐整简洁，几根原木柱子支撑着门头。脊上三堆草垛，远看像小孩子的披风帽。旁边一块浑圆的青石上写着“柴门”二字，这便有些画蛇添足了。

“柴门鸟雀噪，归客千里至”，我们也算是千里归客吧。“绿阴不减来时路，添得黄鹂四五声”，却要改成“草堂不减来时路，添得锦鲤四五只”。窄窄的柴门，看到的是来来去去拥挤的背影和面容。男女老少都背着行囊，似要来取些什么，再带走些什么。恐怕这世上再没有别的草堂能有如此经久的魅力了。

进了柴门，才算进了草堂的院落。柴门两边是菜园与药圃。四棵松树还原着杜甫当年的诗句。走进场院，一座白壁镶实木结构的草屋便赫然在目。中间一扇大门敞开着，木门上的方格与竖条木棱的窗户相区别。依然是门庭若市，人来人往。想要一个人以草堂为背景照张相也是不能够的，一拍便是众人的合影。明知草堂原迹不在，仍是游人如织。陌生因草堂而亲近。宋人葛立方说得好：草堂之名，其山川草木，皆因公诗以为不朽之传。盖公之不幸，而其山川草木之幸也。

走进大厅，可见善画马的名画家韦偃在草堂厅内东边墙壁画的两匹马。一马静立，有随时出征的意味；一马垂首吃草，有丰衣足食的意思。这算是草堂主人得到的最珍贵的赠礼了。韦偃前来祝贺，一定问他，画什么呢？杜甫想了想，画马吧。杜甫对马一直情有独钟。青年喜欢是为了裘马轻狂，此时的马，就有了老骥伏枥志在报国的意味。杜甫欣然题诗一首："一匹吃草一匹嘶，坐看千里当霜蹄。时危安得真致此，与人同生亦同死？"

杜甫的书房很简洁地摆着一桌一椅，象征性地堆放着书卷。右侧的厨房里搁着一个石磨盘。一方圆石静置于石巢中，边上有一道流渠，支在一个木架上。因为是2002年杜甫草堂出土的，隐约能嗅出一些食物的气息。杜甫的大半生几乎都在饥馑中度日，能有此石磨相伴，空荡的厨房顿时有了人间烟火的暖意。

草堂外左侧有一道回廊，下雨时是尽可以站在檐下听雨观景的。诗人选择在这里栖居，当然不仅仅为安居果腹，他是要诗意地融合与栖居。门前静置一块高而厚实的青石。跨上石台可围桌小憩。石头正中支起一块粗粝的简易石桌，四方各摆一块石凳，粗朴简洁，却见出生活的真趣。坐下可小酌，可下棋，是一家人无比惬意的其乐融融，亦可会友、闲聊，做露天的会客厅。

我与爱人，还有爱人的母亲，都爱极了这方石头，在这里坐下小憩留影，阳光洒在身上，都是金灿灿的。环顾四周，安详而幽谧。即使现今能有这样的居处，也是难得的享受了。何况那时的中原依然干戈扰攘、哀鸿遍野，草堂的静谧与田园的温馨就更是一种天堂般的世外桃源了。

忧国忧民的杜甫远离尘嚣，任花海溪树、春雨秋月流入诗行，诗人负重的心得以暂时的舒缓静泊。杜甫这样记述家人在草堂幸福生活的情境：“自去自来梁上燕，相亲相近水中鸥。老妻画纸为棋局，稚子敲针作钓钩。”

杜甫眼前只有了竹影蝶舞，只有了鱼欢鸟鸣。大自然的一切都变得那么亲和可爱。看他写眼前的树木：“杨柳枝枝弱，枇杷对对香”；看他写他的乡邻：“田父要皆去，邻家问不违。地偏相识尽，鸡犬亦忘归。”

多病之躯的杜甫在这天地疏朗之所过起了身心悠闲的慢生活。两耳不闻窗外事，交游甚少，连姓名都是多余的了。“仰面贪看鸟，回头错应人。读书难字过，对酒满壶频。”“百年浑得醉，一月不梳头。”

十年长安，四年流徙，浣花溪畔恬静闲适的生活让杜甫饱受战乱创伤的心得到暂时的平复。然而，生活的艰辛使他渴望已久的闲居生活时喜时忧，就像大自然多变的天气。

风雨总是一再来侵扰草堂。过些时日，杜甫就得修理草堂，可他依然囊中羞涩。他突然想到去年答应给他一笔修理费的王录事还没有兑现，于是写了一首催款诗去提醒他：“为嗔王录事，不寄草堂赀。昨嘱愁春雨，能忘欲漏时？”

一年八月，秋风怒号，草堂上的茅草被风卷走。夜里大雨如注，屋中到处漏水，地面一片泥泞。一家老小在冰冷若铁的床板上东挪西移。暗夜中辗转难眠的杜甫想到的不是一家之艰，他推己及人，想到的是更多上无片草下无立锥之地的穷苦人。只愿天下寒士都住进宽敞温暖的大屋，自己纵然在草堂里冻死又何妨呢？诗人沉重的思想，深情的咏叹，笔走撼风雨，心系满人间，风止雨驻诗不停，成就不朽之作——《茅屋为秋风所破歌》：

八月秋高风怒号，卷我屋上三重茅。茅飞渡江洒江郊，高者挂罥长林梢，下者飘转沉塘坳。南村群童欺我老无力，忍能对面为盗贼，公然抱茅入竹去。唇焦口燥呼不得，归来倚杖自叹息。俄顷风定云墨色，秋天漠漠向昏黑。布衾多年冷似铁，娇儿恶卧踏里裂。床头屋漏无干处，雨脚如麻未断绝。自经丧乱少睡眠，长夜沾湿何由彻？安得广厦千万间，大庇天下寒士俱欢颜，风雨不动安如山！呜呼！何时眼前突兀见此屋，吾庐独破受冻死亦足！

杜甫在草堂过着他理想中的乡居生活，与他来往的都是些村夫野老和落魄的文人。北邻是一个退职的县令，常踏着蓬蒿来与他小酌；南邻是朱山人，曾留杜甫在其水亭中对酒当歌。春天里，黄四娘的家被花包围着，花团锦簇，蜂飞蝶舞。夜半，杜甫在月下独酌，酒壶喝干了，来，小儿，去邻家将酒赊来！白天里，不认识的人刚送来自家产的樱桃，红得透亮，颗颗酸甜。啊，这日子恐怕只有天上的神仙才配享有，人间哪得几回闻？简单温暖的人际环境，随意任性的田园生活，让忧思重重的诗人沉浸在物我两忘的境界里，只希望时光静置，不再有半点的挪移。

然而，美丽的乡村环境可以怡心，可以养眼，却不能充饥。在这里，虽然没有先前流浪中的饥寒交迫，但孩子们仍旧面色苍白，有时饿得发怒，向父亲要饭吃。为了果腹，他不得不走出浣花溪，与一些有权有势的友人周旋。他给唐兴县令王潜作《唐兴县客馆记》，随即一再寄诗给他，希望王潜给他一些周济。当差的魏某骑马到草堂送来买药的钱，他也得作诗酬谢。这说明草堂的农耕物产尚不能养活他一家人，而杜甫的诗比他本人有面子，比他的耕作技艺更有分量，这给他多少赢得了一些尊严。

高适于公元760年前半年任四川彭县刺史，后改任四川崇庆的刺史，又暂代过成都尹。前宰相房琯的同党严武于759年任四川巴中刺史。高适是杜甫梁宋漫游时的旧友。严武是宰相房琯的同党。他们因诗结缘，常带着酒来做草堂的座上宾，成为杜甫可资依赖的靠山。高适还在彭县时，杜甫就曾写诗求援：百年已过半，秋至转饥寒。为问彭州牧，何时救急难？

由于成都战乱，严武入朝，杜甫又到梓州阆州居住了一年又九个月。后来因为他最依仗的朋友严武重回成都任成都尹兼剑南节度使，他像一只候鸟返回草堂。此时的草堂一片欢喜：

旧犬喜我归，低徊入衣裾。邻里喜我归，酤酒携葫芦。大官（指严武）喜我来，遣骑问所须。城郭喜我来，宾客隘村墟。

失而复归的杜甫本寄希望于继续过他逍遥游的乡居生活，可严武在六月举荐杜甫为节度使署中的参谋、检校工部员外郎，赐绯鱼袋。杜甫不得不搬离草堂，住进幕府。他整日穿着瘦硬的军衣，在幕府里与那些相互猜疑攻伐的幕僚们周旋，身上不自在，心里更是十二分地憋屈。他诗中这样描述那时的生活：晚将末契托年少，当面输心背面笑。寄谢悠悠世上儿，不争好恶莫相疑。他不过想名正言顺谋点口中食，奈何江湖险恶涡旋暗涌。

杜甫一面忍受着幕僚们的嫉恨，一面强忍着体力上的不支。他早年即患肺病，这时又添风痹症，不能久坐。所以，他一再写诗给严武，请求辞职回到草堂。他在七律《宿府》中写道："已忍伶俜十年事，强移栖息一枝安。"杜甫虽有用世之心，但他天生似乎与官职无缘。曾在长安十年，他向皇帝献赋，向权贵曲媚，朱门却对他欲开却闭。他两次科举不中，第二次更是在权臣李林甫"野无遗贤"的上表中幡然顿悟，从此对金榜题名不抱幻想。安史之乱后，好不容易投奔刚刚即位的肃宗。皇上有感于他忠诚，授为左拾遗，一个从七品的谏臣。但他在皇上处分宰相房琯的事件中犯颜直谏，差点丢了小命。于是，浪迹天涯至今。现在身居好友严武幕府之下，有饭吃有衣穿有地位，却依然不得开心颜，他才发现自己真的不是做官的料。

以为做了一件大好事的严武不得不准奏，释放了杜甫。杜甫于次年正月初三重回到他自由自在的草堂，或曰人间天堂。回到广阔的乡村田园，杜甫长长地舒了口气。他决定再好好修葺打理他心爱的草堂。他要像智慧的柟树一样扎下根来，颐养天年。可是不料，这年的四月严武忽然辞世，他的树倒了。杜甫天塌地陷一般嚎啕大哭，他深知从此他在成都失去了扎根这片土地的凭依。

这年的五月，一个鲜花竞放的季节。蝴蝶依然在黄四娘家的房前屋后翩翩起舞，他无比惦念的四棵松树也已挺拔成材。杜甫却满面愁苦，百感交集。他站在家人中间缓缓举起瘦削的双手向草堂摇晃告别。往事历历，无语凝噎。泪水在他惆怅的眼眶里打转。他没有清算，从公元 759 年到公元 765 年，杜甫拖儿带母在此居住三年零九个月，在这座草堂里，他的笔下已流淌出二百四十余首传世诗歌。而那些诗此刻已经云散，只留空荡的还存有他体温的草堂静静地伫立，与他一起默默地诉说人世的艰辛与渐行渐远的温暖。

在杜甫命运多舛举步维艰的一生中，公元 759 年成为他取得诗歌最高成就的一年。正是这一年，他写出了《三吏》《三别》等一些深谙人民疾苦的诗作，成为卓立后世的丰碑。杜甫草堂也在杜甫居住不满四年的日子里，以他丰饶的诗歌作品著称于世，成为后代文人眷念的精神家园，成为享誉中国文学史的文学圣地。

十步一回首，草堂人济济。一屋何绮丽，永世穷壮观。离开草堂，依依难别，是以记。

赛里木湖·蒙古包·怪石峪

赛里木湖

细碎的石子穿过水的纱幔照出你一望无际的清澈。清澈却并不能一眼见底。最大水量时水深 92 米，平均水深 46.4 米。这是谁也无法探摸的深度。深度是别人无法撼动的根系，是外人难以攻伐的城堡，是令人望湖兴叹的距离。以为清澈便是浅，便可以任意践踏和闯入，那是人的无知和虚妄，注定是一场自讨没趣的败局。

一汪清流，在天山剑齿林立的怀抱里，迎接每一轮光芒四射的朝阳。即便乌云挡住了阳光的翅膀，你依然溅起冲天的晶莹的水花，让人迷离又神往。偶尔有人骑马缓缓飘来，绕湖漫行，惹人艳羡。远远望去，若神仙眷侣。这才是我们原本的梦，是人不愿走失的初心。

细细的野花点缀绿的草爬满低缓的山坡，草永远让羊依恋，白的棕的高的矮的马、羊，还有奶牛，一群一片，是草原灵动的花衣。安详、宁谧，即使石子露出来啃坏了它们的牙与期待，它们依然保持缄默与信任，不离不弃，周而复始。低头、静卧、行走，都是静默而泰然。这是它们之间的理解与契合。在马羊牛之上是湖，是山，是天空与白云。这是视觉的差异，或许正是这片土地赋予它们的责任与使命。

挺拔的青松依附着山体直直地笔立，如钢铁的士兵不舍昼夜，只因湖看起来太柔弱。是什么打动了科学家坚硬的理性？让他们情不自已诗情大发，说赛里木湖是大西洋流下的最后一滴眼泪。暖湿交汇，悲喜交集。美得圣洁，美得安详，静若处子，大西洋也忍不住伸出遥远的长臂最后一摸，像母亲偏爱晚来之子，多情而执着。那遥远的气流须得穿过多少重峦叠嶂沟壑江河？执着的眷顾是动人的深情。赛里木湖，我只能说你是上天另眼相待的宠儿。就这样静静地依偎着你站一会儿，像这块写了你名字的石头，我也变得无比的幸运。蔚蓝的天上静置着羊毛般的白云。八方来风，却不舍离去。天人两相知，唯湖来探看。

赛里木湖是新疆海拔最高、面积最大的湖。咸的蓝天，静的碧玉，无人能及。只有阳光和白天鹅有沐浴和抵达的权利。自由的风是你弹奏的琴弦，如歌的行板。风驱赶着浪清脆地亲吻堤岸，铺天盖地的感动在一呼一息的律动中流溢漫延。明明是海，却生生地被圈住了腿脚，你成了湖，却没有江湖的味道。偏安一隅，静默而清明。风是最善解人意的，殷勤而迫切，衣袂飘飘，固执地要投向你的怀抱。

清澈是赛里木湖看世界的眼睛，天真的孩子似的眼睛。这最后一滴眼泪应该是喜极而泣。她有雪山的高洁，有海洋的宽容。可是水至清，则无鱼。人在高处，知音稀。1998 年以前，四百五十八平方公里的赛里木湖竟干净得连一条鱼都没有。不是她容不下一尾鱼的身影，是怕鱼腥与游移惊扰了一泓清流，那是她为人们保留的最后一缕观世的信任。人到底是世俗的，是物质的。1998 年有好事者从俄罗斯引进高白鲑、凹目白鲑等冷水鱼养殖，2000 年首次捕捞成品鱼，结束了赛里木湖不产鱼的历史，从此赛里木湖成了新疆重要的冷水鱼生产基地。当鱼端上来，我竟毫无食欲。这是人与湖永远不能澄清的误解，是少数如我者永远不能驱散的寂寞。

1219 年成吉思汗统率二十万蒙古大军翻越阿尔泰山，途经博乐，饮马赛里木湖，筑台检阅各路战士，西征中亚欧洲，故留点将台在侧。长长的石阶是俯首帖耳，是剑戟嘶鸣。踏着千年来蒙古人供奉朝拜的脚步递交一颗迷茫的心，古尔邦节的祭礼揣在肚子里，虔诚写在每一个表情深处。蓝天、白云、天山、敖包、经幡、彩旗，肃穆而庄严。这一切构成巨大的能量场，圣洁而神秘。企望从湖心里掏三颗石子投向那弥散着羊膻美味的祭坛，让期待加高一层，让苍天能听清内心的声音。很多的不如意化作拥挤的愿望向苍天祈祷。感戴湖水让尘埃落定，一颗清净的心得以见证。

风吹出粼粼的波纹，那是一触即破的柔软的丝绸，是一尘不染的温暖的梦想。阳光被湖泊的水蒸气洗濯得光洁透亮，晶光耀眼，无数的针芒披挂一身，不是刺，是温暖和照耀，是与毒邪的较量。就这样坦荡如歌，喜不自抑，被一再放大的梦想在阳光与湖水间轻灵地飞翔，一望无垠，霞光漫天。

赛里木湖古称“净湖”。突厥语中“赛里木”意为“平安”。赛里木湖是哈萨克语，表示祝愿。愿所有的梦想都开花。

蒙古包

如此地白，如此地安详，像天上飘落的一团白云，像卧伏的一只肥厚的绵羊，在苍茫的天地间，在蜿蜒的群山和起伏的戈壁间，孤独而又固执，圣洁而又高傲。如此地宁静，如此地简洁，像洁白的蘑菇，像一把随时可以撑开又收拢的伞。如此地精致，如此地机警，像浑圆的陀螺，狂风推不走流线的墙壁。

天上的云朵，地上的羊群。流动的羊群，迁徙的蒙古包。蒙古人的生活就像天上的云是流动的，像奔跑的羊群是移动的。羊是他们生命的根。羊奔跑的半径就是他们的生命线。羊在哪里，他们的家就跟到哪里。蒙古包是羊群中的一只，最大的一只，领头羊。

这是一个本真的民族与天空与草原保持的通透的信任。因为热爱蓝天的模样，所以做成圆圆的包顶；因为偏爱白云的颜色，所以用羊毛毡制成；因为相信苍天的照应，天窗成为太阳的象征。因为马牛羊是他们的命根子，所以，他们的耳朵要能灵敏地捕捉户外的声音。扎下来是隔风保暖的帐篷，是搭拆自如的伞，是他们顶天立地的穹庐，是他们赖以生存的家。这些温暖的绵羊蘑菇陀螺，散居在广袤的自然间，带着生命初心的简易朴素和雪山庄重内敛的气质，静默于苍凉的草原与干硬的山梁之间。

银白的卡车围着护栏，远远地守候着蒙古包。它为迁徙积蓄力量，随时应征再出发。山坡上一枝光秃的树干系着棕色的矫健的马。马是主人的浪漫，是草原奔腾的车，是草原独有的风情。阳光画着清晰的剪影，不声不响。脚下的草地被自由的心蹭得寸草不剩。这是马为自己画的圈，不能挣脱也无法改变的宿命。

如果没有我们的不期然闯入，一切都是那么静寂，像遍地稀疏的草，像过往透明的风。岁月蹉跎着时光，生命在风中自处来去。如此的低矮简易，让人想到进出须得保持低头弯腰的姿势，卑躬屈膝。这是蒙古人与草原妥协和合的姿势。谦卑安静，随遇而安。

走进去才知这是一个大家族安身立命的天地。辗转之间，流畅自如，主人将绳子一拉，顶上的天窗开了，阳光将逼仄的空间瞬间照亮。据说，这天窗是天然的时钟，阳光的影子就是时间行走的脚步。六十根乌尼杆撑起的蒙古包，在顶上形成六度的间隔，恰好与现代的时钟一致。这是无意的巧合，还是先智的谋划？抬头看天，日光数着时间的脚步。人就在时间的苍穹下数自己的日子，一天天度量生命的长度。

木榻上铺着大红大绿花团锦簇的地毯，四周张挂着彩布，正中是白底藤花的彩绣。不期然与古尔邦节邂逅，一个没有固定日子的游牧似的盛大的宰牲节。与汉族的春节一样隆重。这是一个考验忠诚的日子。真主安拉给先知伊不拉音托梦，暗示他到密那山谷杀掉自己的儿子向安拉献祭。伊不拉音果然将儿子带到了密那山谷，正要杀儿祭主的时候，真主安拉感动于伊不拉音的虔诚与敬畏，命天神送来一只羊做了替代。因此，过古尔邦节，家家都会宰羊。这是不是一只替罪羊？谁有罪？忠诚为什么须得付出生命的代价？真主感其诚，诚可撼天，诚心至善，方可转危为安。

老人是一家之主。他戴着时尚的汉族工人帽，着毛背心和灰西装。眼睛上蒙了灰灰的云，那是生命老迈的流云，这使他的动作和神情都显得温厚持重稳若泰山。他脸上涂满了烧酒和阳光的红褐色，那是生命的牧场迁徙流离的痕迹。老人请我们上座。我们脱了鞋，盘坐于铺了毛毯的炕上。炕是木架子搭建的，少了几分潮气。几案上摆着各色油炸的饼、茶点和彩色的糖果。祖孙七人就蜗居在这穹庐之下。怎么也难以想象男女老少安然混居的情境。

蒙古包后面是一个简易的厨房。草地上铺着一张完整的羊皮。羊皮上结着没有刮尽的乳白的羊油。肉和血都被抽空了，成了掏空的撂荒的躯壳。有零星的胆大的苍蝇呆呆地贪婪地叮在上面，追逐着，干着明盗暗抢的勾当，它们要榨干利益的最后一星肉汁。煤炉上坐着水壶，一根铁管通向帐外做了烟囱。满屋里窜着扑鼻的羊膻气。苦熬的煤炉一声不吭，让人喘不过气来。木柜上铝合金的横杆上挂着新鲜的羊肉、羊排，支离破碎的羔羊漫溢着鲜活的气血。那个关于忠诚的故事在空气中回荡。

两个木炕并排挤占了三分之二的包房，炕上铺着陈旧的红的绿的毛毯，估摸这应该也是两张床。床上有女性的红坤包，除了两个少年，这是唯一能让人想到这里也有女性生活的痕迹。脑海里浮想着这家的女主人会是什么模样。那绝不是花花世界里宁坐宝马车里哭的女人。四壁凌乱地挂着孩子们的衣服和装得鼓鼓囊囊虚虚垮垮的包。里里外外走一遭，就将一个大家庭的家底尽收眼底，看了个底朝天，于是人人心里泛酸，五味杂陈。异域异族的生活方式激起人强烈的好奇心，纷纷邀请与老人与他们的壮年男子与小孩们合影。瞧他们脸上腰腿全是鼓鼓的，泛着太阳和羊肉的红光。掏出钱，送给老人，以示节日贺礼，好在老人并不推辞，甚至连谢连委婉的客套都免了。表达只为表达的快慰。

并排站在阳光里，站在蓝天下，我们的脸上泛着不一样的兴奋的表情。就这样匆忙地来去，给一个地道的蒙古包里的原住民带去暂时的热闹和骚扰，像草原上吹过一缕风，很快又复归宁静。

别了，蒙古包。别了，蒙古包里的人们。

怪石峪

这是一堆石头烙过的饼，颇似武汉一种特色小吃，俗称石头饼，浑圆而厚实，却咬不动，连风也咬不动。风使出伶牙俐齿，挥舞凌厉的拳头，却只能原地打转，原处转圈，于是石面上形成大大小小的耳蜗似的漩涡。像风与石头谈了一场旷古的恋爱，风使出浑身解数却最终败给了石头的冷面铁心。石头留下的是千疮百孔，守一生的残局。一堆畸形的棋子静置在戈壁滩上，等着好奇的人来下一盘永远没有结局的棋。

石头缝里长得最多的是一种叫麻黄的节节草，细细的青绿的管状叶子，不需要太多的水分便能自给自足，沿着石阶，从山底绵延至山顶。据说，麻黄是一味中药，主用于麻醉剂。这疮痍满目的沟峪如果没有自我麻醉，或许就不会偏安一隅，将残败之局守成一片闻名遐迩的风景。来来往往的过客，在石头缝里辗转反侧，对着某一个石头的孔眼望天，寻一孔之见的乐趣。用细细的枯枝努力撑一块岌岌可危的巨石，那是妄想，却是天真的仁爱，是善良的杞人忧天。那样的倾轧挤占，却有自己咬合的齿轮。他们是天生的配偶，有天然的契合，是彼此险中见奇的依偎与成全。

滴水穿石，风也可以穿过石头的决绝，来一次独有的洞见。于是，举目四望，那石头受了风刀的雕塑，成了宠物狗，成了温驯的羊，成了母子鸟……人从来不缺少想象。想象有时会制造流言和误解，想象也可以充当美的天使，在石头垒筑的山岭里，美丽的想象弥补着石头的单调。石头应该感谢风的执着和缠绵，否则，它永远只是一堆石头，淹没于茫茫戈壁的普通的石头。风在完成对石头的追逐之后逃得无影无踪。风将仁慈化作巨大的佛陀伫立在半山腰上，还将如来佛祖的闲情与洒脱化作卧姿，与石头一起供人膜拜。经声佛乐荡气回肠。一株青松人为地独领风骚，远远地与一座塔相应和。来往的人从尘埃中抬起头来，对天地生出虔诚，生出敬畏，生出渺茫的期待。

石头很老很老了，它与风的故事也只是旷远的传说。所有美好的爱情都会披上想象的霓虹被岁月锤炼成经典。石头上随意洒下的嫩黄的斑最先让你惊奇。像画家洒下的彩色颜料，嫩黄的，红褐的，细细密密地散落于石面上，像星星点点的苔痕，却没有毛茸茸的润泽。这里天旱少雨。风吹干了老天赐予的最后一滴乳汁，将多情化作斑驳的色彩涂在石头上。苍硬乏味的石头立时多了温情，多了青春的气息，生出风姿绰约如花儿般招摇的梦想。这是不甘寂寞的风与寂寞太久的石头难以言传的柔情。让石头披上五彩的花衣，抑或要将石头做下永远的标记。不要问这是为什么，只因我曾来过。

其实一切都不足为怪。一切都顺乎天意。怪的是人的心态与戴了有色眼镜的眼睛。

梦寻乌镇

碧河清清柳色新，老屋重重探水行。文星双双耀天庭，人海茫茫照古今。枕水而居的乌镇东栅像一个梦，沉淀在蜿蜒的东市河里，栖息在层叠的灰瓦屋上，南来北往的游客将那湿漉漉的梦一再地捞起又放下。我也被四季源源不断的人流裹挟着寻梦来了。

四月初，正是清明时节，我从武汉坐动车转道苏州，乘汽车直奔乌镇。我在这里待了四天，三天都住在东栅大街的老屋里。周遭都是小桥、流水、人家、枯藤、老屋、乌纱。这儿每间老屋都有六百年以上的历史。那风雨剥蚀的灰白外墙，晦暗的灰瓦，陈旧的木板壁，支棱着石条细腿伫立水岸，颤颤巍巍，好似一阵风来便可将屋子吹垮。却是珍藏在岁月深处的老照片让人疼惜，望一眼便蔓生无限怀旧的情绪。垂柳、香樟和碧绿的河水，算是这片暗淡中的亮色。垂柳依依傍岸立，香樟蓊郁独成林。背倚斑驳的土墙，坐依高拱的石桥，看河水弯弯，木船悠悠。恍兮惚兮，梦里梦外，每根神经都似爬满茸茸的青苔，弥散出悠长的暖意。

我喜欢这些老屋，似大染坊的蓝印花布，是濡染了水乡特质的旧梦。每一间屋子都仿佛一位守根的老人。他们比肩驻守，每一扇窗都是凝视过往的老眼，浑浊而执着。走进一间老屋，就扑入了一个古老的怀抱。新老相见，百感交集。临水而立，推开一扇木板窗，便将自己镶嵌入画，兴奋了自己，也照亮他人。对面街市上的人以为这民宿里的人便是这老屋里新长出的气根，他们当作去而复归的风景摄入眼帘，窃喜着，拍摄着，一拨拨地来去，人流如织。你亦是不惊不诧的，慷慨地任人取舍。河水就在窗下无声地流淌。今天的碎屑洒在昨日的河面上，流过时光，流过往事，流过每一个过客，不变的是狭长的只容两船并行交错的河道，是跨河而立的石桥，是站水而居的老屋。一切恍然若梦，乌篷的摇橹船随时切入眼帘，载一路的欢声和猜想来寻一个迷失的旧梦。寻梦？在水乡文街里放歌。那歌不出一声，却像陈年老作坊自酿的三白酒、桑葚果酒、女儿红、花雕、太雕，一坛坛、一缸缸，醉了空气，醉了梦想，醉了乌镇。

老屋真好。老屋是一个人来这世上的根。如今谁还有根呢？每个人都是树上的一片叶，在向往高天的旅途中相克相生，却终逃不脱叶落的命运。无论一棵树能将叶举得多高，叶终是要归根的。如此多的人来看这古老的乌镇，看破败的屋子，看流动不息的水，其实是来找他们被生活的浮云冲走的根吧。即使不是自己的根，推己及人亦是暖心的。

碧绿的河水亦是一个梦，明朗又迷离，切近又遥远，是一张流动的画，时光的铜镜，照耀着今昔，打量着彼此。一个一个平静的涡旋是不忍离去的年轮，做着玄妙的手势。水光摇荡，马头墙的两层楼夹岸相照。就那样择一桥、一窗，或坐、或立，看绿波的倒影，水上水下，天上人间。这河是乌镇的玉腰带，是母腹里温柔的脐带，河与街彼此滋养看护。河是乌镇人自己挖出来的，与大运河相通，是乌镇人通往外界的气孔，水波潋滟，轻灵厚实。上游涮过马桶的水，流进下游的锅里，人欣然吃进肚里。这是人对水的信任。上善若水。

东栅大街一律的青石板路，踏在上面有岁月的清凉。要是夏天就可饱尝裸足而行的快慰了。街面不足三米宽，双臂打开是一条平直的扁担，一肩挑起两条街。抬头是被老屋切割的一线天。街是密集的两层木板屋，房连房，夹道蜿蜒，五六家房子中间隔出一条只容一人通过的弄巷，像呼吸道，是供老街喘气的。每户人家都有门牌号，南单，北双。几十户是一个坊，朝宗坊、集贤坊、公生槽坊、鸿源泰染坊依次延续。坊是一个弧形门，是街的章节，文静中显出秩序。墙体是灰青砖，白石灰斑驳着。面壁是木板，木板是不经修饰的原生态，呈深褐的苍茫，有风雨锈蚀的沧桑。每间屋子的大门是敞开的。门很窄，贴上一个“福”字或者“春”字就占满了。一字千钧，一字足矣。到了门的一半处却是一道腰门，木栅似的。腰门也只是摆饰，轻轻抠一下里面的插栓，门就开了，是挡不住人的。据说是挡小猫小狗和小孩出入的。街上人流不息，这些人家却极少关门闭户，通宵都是大门微闭却不上锁。所谓锁君子不锁小人是也。起初有些担心，后来见家家如是，也便入乡随俗了。

面街而立的两家人近在咫尺，呼吸可闻。这街便成了一个传声筒。街头一句话，立马便在街尾听见了。所以，这样的人家住久了，是须得宁静的，说话也须轻声细语。左邻右舍前街后弄都得挂在心上，断不可惊扰了他人。这样的居家又须得提防口舌是非。不像散落在山里的人家，整座山都是自己的，是尽可扯着嗓子唱歌喊话的。所以，住久了城里老死不相往来的楼阁，来乌镇老街住住，可以温习一种久违的人情。所谓一方水土养一方人，这就难怪山里人走到哪里都是高声大嗓，水乡老街上的人倒细声细气了。

狭长的街是另一条流动的河，穿梭的人河，是彼此的洪流和热闹。摩肩接踵，举臂成林，亦步亦趋，只能迈着碎步随波逐流。要在这人河里逆流而行十分艰难。有时挤散了，幸而有弄巷做了庇护所。彩色的三角旗是这河里的航标，人流不断地涌入，傍晚方退潮而去。所以，这乌镇虽然古旧，却流淌着鲜活的人气，老迈中葆有健朗的气质。摇橹船轻轻地晃荡而来。一支橹、一艄公，舒缓地摇一船的梦想。客人在船里的窗格探头相望，装点岸上人的风景。鳞次栉比的店铺张着大口，与食客互吃。食客低头吃美食，店铺张灯结彩吃南来北往的食客。还是坐在店铺外面长廊的木条凳好，后有木齿靠背，前有人流观景，上有青瓦遮日蔽雨，坐一天心都是安详的。

镇上生活的原住民才是这老街的主人。年轻人受不了老屋的促狭和喧闹，大多搬到外面住了新房。老屋要么出租做了民宿，要么由自家老人撑着。老人在自家开个小铺，卖衣服或者吃食，也都是廉价的，只当凑个人气。真正在喂养这些老屋的便是这些老人。他们是乌镇的根，是这老街生生不息河流里不愿蒸发的水滴。没有他们，或许无论多么坚牢的老屋都干瘪了，垮塌了，了无生趣。乌镇的西栅便因挤走了原住民，而少了乌镇原初的魂魄，人在灯火辉煌的街市上行走，亦似身披空荡的鲜衣却失魂落魄一般。东栅老街以朴拙的面目落伍于鲜亮的红尘，却是人们寻寻觅觅、蓦然回首找回的旧梦。将脚步慢下来，让灵魂跟上。或许，这乌镇就是我们灵魂中最不舍的那一段。

东栅大街是一条东西走向的老街。从东至西进入，先得过逢源双桥。这桥名颇有深意。左右逢源，左为升官桥，右为发财桥。人们便在导游的介绍后择其一，载笑载梦，欢笑地走过。桥面一律由三段四条幅的长石板铺就。浑圆的原木廊柱笔立其间，上有灰瓦盖顶，也算风雨无惧了。中间以灰砖和木窗做墙，既彼此独立又相互通透。可见当官发财可以并行，可互通声气，但很难兼得。很多人试图一双腿同时跨上两条桥，却是无望的贪心了。看来乌镇人的生活，是有自己理念的，而且以桥的形式显于外，日日走，天天过，让人在行走中琢磨人生。这便是乌镇人的慧心了。

走过逢源双桥，进得朝宗门，便是财神湾。东市河的水在这里由弄巷式的窄肠忽然宽阔起来，像一个弧度饱满的胃，是可以供船调头反刍的。当年，东市河与京杭大运河相通，一个小镇就在这里连通外界，起岸上船，人流如蚁。有行船出外求财的，有发了财回来还愿的，都要向财神爷行祭拜之礼。东大街 178-1 号便是财神爷的府第。只见财神峨冠长髯，神貌庄严，双手托三锭元宝呈宝塔状，有烟熏火燎的痕迹。可见当年香火鼎盛。至今亦是人流滔滔，财源滚滚，繁盛不已。

乌镇人信奉的这位财神爷不是别人，竟是被助周灭纣成功的姜子牙追封为“文曲星君”的比干。比干是商纣王时期的丞相，也是其叔父。商朝末年，纣王酷虐荒淫，横征暴敛，滥用重刑，比干屡谏不从，又到摘星楼强谏三日不去。纣王头痛不已问，你凭什么如此？比干说：恃善行仁义。纣王大怒：寡人听说圣人有一颗七窍玲珑心，大家要看看是真是假吗？于是赐死比干。比干悲愤交集，自剖胸膛，掏出一颗滚烫的心来。这是公元前1029年的事了。有人预言比干谏后三千年第一甲子年才会出生继周人。那个人会是谁呢？后世伍子胥被吴王夫差赐死前，大笑三声，哈哈，阴曹地府里，龙逢比干又将多我这个朋友了！可见比干虽死尤生。乌镇人以自己独特的方式祭奠这位历史上第一个以死谏君的忠臣。亦可见乌镇人特有的玲珑心了。

看过《封神榜》，我每见卖空心菜的农妇总有忧惧。倘是有旁人问起，这空心菜可以活，人无心可活么？我一定抢着回答，可活的，一直活。《封神榜》里讲比干是被妲己害死的。妲己装病，骗纣王说只有吃下比干之七窍玲珑心可救。迷了心窍的纣王因此巧舌如簧取出比干的心。姜子牙倒是暗里给了比干一道符，让他去找一位卖空心菜的农妇。比干捂着空了心的身躯踉踉跄跄骑马来到街上，遇一卖空心菜的农妇，便问：菜无心可活，人无心可活否？那农妇回答：人无心不可活。比干当场倒地，吐血而亡。虽是神话，倒入情入理，是不妨信以为真的。

财神府由木栅作门，只可瞻仰不可触摸。门左右有联。上联是：财从义取利远方；下联是：禄随人施神自明。乌镇人认为，做生意只有像比干那样善行仁义，诚心可鉴，方可发财。乌镇人将文曲星尊为财神，当属历史性的创举吧。两千多年后的今天，小小乌镇因两颗耀眼的文曲星茅盾和木心而财源广进，是否也属慧心独具、诚心动天，天意早决？我便是冲着水乡和茅盾才去的乌镇。如江河浩荡的游人，估计十之八九与我有一样的初衷。当然也有冲乌镇乃电影《似水年华》的取景地而去的。那是现代年轻人的梦。

茅盾与木心，一个住东栅观前街西头，一个住东栅大街东头。一个是声名卓著的文学巨匠，一个是横绝中西的画家、作曲家、作家。让人禁不住联想起凤凰古城的沈从文和黄永玉。临水而居的屋子果然可以造就文才盖世的绝代双骄么?

东栅大街财神湾186号，旧称孙家花园，便是木心故居。木心原名孙璞，又名孙仰中，成年后以“木心”为笔名。1927年2月14日木心生于东栅栏杆桥，五岁时举家迁入此地。他家曾经家大业大，盛极一时。木心和茅盾都是幼年丧父，母亲尤其能干。木心七岁丧父。姣美智贤的母亲成为他人生的引路人。一条大街上的乡邻，总是声气相闻的。一次家宴，谈起沈雁冰（茅盾）的父亲死后，他母亲亲笔作了挽联。有人说难得，有人说普通，有人说章太炎夫人汤国梨诗好。木心忍不住说，写诗么?至少要像杜甫那样才好说写诗。亲戚长辈哄堂大笑，后来见到，还要问：阿中，近来还读杜诗么?教木心读杜诗的老师便是他母亲。木心后来能成为一个受读者喜爱的诗人，应该是那时播下的种子吧。

木心曾回忆说，温州的夏承焘先生，浙江大学中国文学系教授，号称近百年第一词家，他们长谈，通信，论诗，夏教授每次寄作品给木心，都写“木心仁兄指正”。而那时的木心才二十几岁。可见，青年木心已对古诗词颇有见地。

木心活了八十四岁，一生未娶。见过他的人，都知他英俊潇洒，才情四溢，很难想象这样一个优秀的男人竟孤寂一生。当然，谁又能保证婚姻中的两个人能真正走进彼此的内心呢?木心回忆往事，曾提他十四岁时有个文字交的朋友。她十五岁，湖州人，都信仰基督。每周通一信，通了五年信，谈《圣经》，谈人生，情投意合，写信等信二百多次，却不曾见面。后来，两人终于得以在东吴大学相晤，却幻想破灭。他自嘲，《旧约》没有能使她爱他，《新约》也没有能使他爱她。他说这话时，心是痛的，毕竟两个人都付出了真诚。五年时光，写信等信，给彼此的内心灌注了多少精神的力量啊。但是人与人之间美好的情愫，很多是经不起现实凝眸的。正所谓相见不如想念。

1943年，十六岁的木心离开乌镇到杭州，两年后去上海美专求学。1950年，木心的母亲被迫交出祖产到上海与木心同住。从1968年1月起到1979年底，木心经历了十二年的隔离审查和劳改。木心说，“文革”之中死不得，活不成，怎能活下来呢？想到艺术的教养。为了不辜负这些教养，他活下去。他一生经历过各种置之死地而后生，一切崩溃殆尽的时候，他对自己说，在绝望中求永生。1982年，木心像脱线的风筝离开上海，到纽约生活。

木心应该是个十分健谈的人。他说，他的际遇，即一生所曾邂逅的学生、朋友，乃至尊长、长者、情人，在长谈通宵之后，无不惫极，无不颔首而去。他是像对待书一样地对待人，像对待人一样地对待书，直到2006年回乡定居。对于人生的种种苦难，他总结自己：我是黑暗中大雪纷飞的人。我是悲观主义么？何止是悲观主义？他说，生在任何时代，我都是痛苦的，所以不要怪时代，也不要怪我。他还说，常见人驱使自己的少年、青年归化于老年，我的老年、青年却听命于我的少年。少年时自己说过的一句话，足够他受用终生。

或许正是青少年时期一些刻骨铭心的经历让木心形成了这样的乖僻：我爱的人、事、物不太提的。我爱音乐，不太听的。我爱某人，不太去看他的。现实生活中遇到他，我一定远远避开他。可见木心是个以心以神相交，不擅以目以身相处的人。这或许也注定了他困守一颗七窍玲珑心孤零一生。想必他内心是一片多么丰饶的土地。内心的丰美触礁于现实的冷硬，只能经由心灵的窗口——那双深潭般沉静的眼睛流溢而出了。

木心也确乎是个听命于童年的人。他在回忆录中写道：童年的我之所以羡慕画家，其心理起因，实在不是爱艺术，而是一味虚荣，非名利上的虚荣，乃道具服装风度上的兴趣的虚荣。西方十九世纪的音乐家、诗人，起初打入我心坎的，也是郁茂的卷发、百合花瓣似的大翻领、瀑布般的围巾、紧身而洒脱的黑外套，认为只要稍稍长得像他们的模样，再加上如此这般的一身打扮，那么，作曲写诗也是没有问题的。

在木心的故园，满墙剪贴着他俊逸的肖像，还有他精致的诗文。他的打扮印证了他少年时对道具服装风度上的兴趣。白衬衣配黑领带，一袭深黑的风衣衣袂生风。瀑布般的围巾流过他的脖子。黑礼帽檐下的大眼睛凛然深邃。他的目光是不敢对视的，那光影可瞬时穿透人的内心。他一手拎画夹，一手拄文明棍，步履矫健，阔唇轻抿，风流倜傥。看他的眼神，读他的文字，依然能触摸到一颗孤寂灵魂薄凉的体温。有些人虽然死了，其实他还活着。木心算是其中一个。木心曾言：如欲相见，我在各种悲喜交集处。见像如面，凝神相看，竟有恍若隔世的凄情。

1995年，阔别故乡五十二年，时已六十八岁的木心踏雪私访乌镇。他独自走在石板木屋的老街上，往事如潮。他说，走在老街上，我不来，街上是没有这些往事的。他在东栅财神湾186号留影，并写下他离开乌镇后第一次重访故园，也是最后一次看见的故园：大片瓦砾场，显得很空旷，尽头巍巍然一座三开间的高屋，栋柱梁椽撑架着大屋顶，墙壁全已圮毁——我突然认出来了，这便是正厅，悬堂名匾额的正厅，楹联跌落，主柱俱在……厅后应是左右退堂，中间通道，而今也只见碎砖蒿莱……东厢，一排落地长窗，朝西是八扇，朝南是六扇，都紧闭着——这些细柃花格的长窗应得是褐色的、光致的、玻璃透明的，而今长窗的上部蚀成了铁锈般的污红，下部被霉苔浸腐为浊绿。这样的凄红惨绿是地狱的色相，棘目的罪孽感。……我实地省知这个残废的、我少年时候的书房，在与我对视——我不肯承认他就是我往昔的阆苑宝居，他坚称他曾是我青春的精神岛屿，这样僵持了一瞬间又一瞬间……整个天井昏昏沉沉。我站着不动，轻轻呼吸——我认了，我爱悦于我的软弱。外表剥落漫漶得如此丑陋不堪，顽强支撑了半个世纪，等待小主人海外归省。(《乌镇》节选)

木心在文中写道：若问我为何离开中国，那是散步散远了的意思。异国平居有所思的炎凉岁月里，时常会警觉自己是一个不期然而然的爱国主义者，我与华夏胤裔，始终维持着单方面的君子之交，于是我带着中国回中国。2006年木心回乡定居，直到2011年辞世。木心以其孤绝、超然、穿透一切的才情，辗转海内外画完他生命的彩虹。乌镇是他绚烂彩虹的起点和终点。他孤寂地走完了生命的旅程，终究像种子归于根处。

乌镇的西栅建有木心美术馆，那是木心生前唯一的弟子陈丹青替已故恩师完成的旧梦。他请来建筑大师贝聿铭弟子、纽约OLI事务所冈本博和林兵设计建造。美术馆临水而立，简约高贵，清隽空灵，坐北朝南，跨越在乌镇元宝湖水面上，与波光粼粼的湖面相互映衬，成为乌镇西栅一道宁静别致的风景。

木心故居的招牌远比茅盾先生的小，一个窄短的木牌，上书“木心纪念馆”，轻轻悬于一枚铁钉上，像木心生前低垂的深沉。很多游人不经意就会从这门前走过去。所以，这纪念馆虽然小，进去倒空落落的，有时竟是一个人的纪念馆。这样也好，小众的看客，给彼此留下的却是大千的世界。见过木心，他便像春天飘来的一片晶莹的雪花落于心坎，有入骨的清寒。木心曾经感慨生命的剧情在于弱，弱出生命来才是强。或许正因为他的苦难和弱出生命的强，竟先入为主抢占了乌镇入口并不算庞大的地盘，也抢注了慕名如我满是人生无奈的伤感。

走过近一千米的东栅大街，便是去茅盾故居的丁字路口，跨过横街，是长不足八百米的观前街。这街与东栅大街不在一条直线上，仿佛茅盾与木心，他们虽同镇而居，人生轨迹却不在一条直线上，像两条并行出发的铁轨，近在咫尺，却南辕北辙，远隔天涯。茅盾故居便在东栅老街西头的观前街上，是坐北朝南四开间二进的楼房，与立志书院毗邻。1896年7月4日，新中国首任文化部长茅盾就诞生在这里，并在此度过他无忧无虑的童年。

横街与仁寿桥相连，仁寿桥因茅盾的声名而川流不息，人河拥挤着来来去去，不得不一股股分流到东市河对岸去。两条街上的人流漫过一座座石拱桥，漫过两条东西走向的石街，与东市河里的碧水相映成欢。

此刻，我就坐在立志书院东市河畔，绿波盈盈，春阳泛金，不知河里是否沉淀着当年茅盾在此读书嬉戏的倒影。临河的穹形门上书“立志书院”。当年坐船而来的学子，早送晚接，想必也是热闹的。清明节的人潮更似河水暴涨，每一条窄巷都是人河的支流而人声鼎沸。这立志书院的甬道也被挤得满满当当。人河流过街道，流进立志书院，再从茅盾故居漫溢而出。

过了南街的穹形通道，几步跨过石板大街即是北街的立志书院。进屋是一副醒目的对联。上联是：先立乎其大；下联是：有志者竟成。走过前厅，穿过并不阔大的天井，只见“立志书院”四个朱红大字横于白墙门楣之上。推开两扇圆钉密布的朱红大门，幽静庄严的书院气息扑面而来。回首仰望，门头上写着“学致远周”四个古朴黑字，庄敬内敛。两棵桂花树分立两侧，遮阴蔽日。上得三级台阶，廊柱上悬挂着黑底金漆的联句：“历观文囿泛览词林此地读书寻旧躅；伏处蓬茅系怀民物几人学道继前贤”，同治四年由浙江市政司杨昌睿题写。正厢门两侧也悬垂着黑底金漆大字：“分水旧规模但愿闻风皆立志；殳山钟秀杰定知异日有成材”，由太史德清俞樾题。

进屋正堂便是茅盾半身铜像，穿西装打领带，右手握笔至左肩，浓眉剑目，端视众生。背后是周巍峙题写的“文学巨匠茅盾”六个金雕大字。上方是“有志竟成”白底黑漆大字。我恭敬地肃立，与茅盾先生合影。他那支洞穿百态人生的笔，像泉涌的文思指向我的大脑，让我脑洞大开，慧心如椽，醍醐灌顶。

立志书院以西开了一扇门，走过去便是茅盾家的后院。茅盾七岁时读父亲执教的家塾。中堂背后便是家塾，四张桌子倚墙而立。临门是他父亲的座椅。琅琅的书声和他父亲温和的训诫声宛然犹在。遗憾的是茅盾十岁丧父，母亲只得将他送到隔壁的立志书院读小学。立志书院的校长便是他的表叔清末举人卢学溥。在这里读了三年小学，1913 年夏茅盾毕业于杭州私立安定中学。十七岁考取北京大学中文预科。受家庭条件限制没继续深造，由表叔卢学溥介绍到上海商务印书馆工作。

茅盾本名沈德鸿，字雁冰。一生用过二百五十六个笔名。战火纷飞的岁月，他像很多有志革命的年轻人一样，内心拥塞着无尽的困惑和矛盾，故以“矛盾”做笔名，首次标注在小说《幻灭》的标题下。编辑叶圣陶建议“矛”字上加上草头，与“矛盾”一词相区别。从此“茅盾”作为他钟爱的笔名固定下来，并沿用下去。这是他文学的茅屋，里面摆放的是坚甲利盾。自此，他风雨无惧，攻防自如了。

故乡是人的根，是人一生的念想。外面无论怎样的精彩都不及母亲身边那片弹丸之地来得温馨，那是儿时沉淀在岁月河床上一个不愿走失的梦。1932年秋，茅盾从日本归来看望母亲。他亲手设计，用稿费在楼房后面盖起了三间日式平房算是书斋。导游说，《子夜》便是在这里完成的。茅盾先生自己的回忆文章里倒没提及，所以是不可考的。我倒相信这只是他对故土对母亲的一份情怀罢了。房子做起来并不一定自己住用，却因付出了心血，倒多出一份亲近来。

环绕书斋是个并不宽阔的“几”字形后院，有冬青草、石凳、太湖石点缀其间，虽不宽绰，倒有芳草萋萋清风徐来的惬意。若是长卷在手，石桌闲读，倒也安然自在。西墙上镶嵌有两块“茅盾故居”石匾，分别由邓颖超和陈云题写。院里有他亲手栽种的蓝天竹和两棵棕榈树。蓝天竹郁郁葱葱，是书斋前一片难得的绿荫。棕榈树早已高过院墙，棕叶如伞，亭亭若盖，修长挺拔，生生不息。人去物在，物是人非，这要算是最能触摸到茅盾心气的活物了吧。

连接书斋与前厅的是天井。过道的壁上悬有叶圣陶先生书写的“茅盾故居”木匾。中厅也不阔大，正墙是一幅松鹤彩画，左右配以联句：青松寒不落，云鹤高其翔。

转过中厅，隔壁便是厨房。江南有观察家庭富不富裕只管窥厨房灶头的习俗。灶头只一个是算不得富裕的。茅盾家有四个灶头、两个水缸、一个碗柜，算是小康人家了。灶房里摆放着一套四方桌和四条板凳，这是仆人们用膳的座席。听来来往往的导游说，茅盾一家人口最多时有二十二人。这大的家族，住这大的房子又算不得富足了。

为报考北京大学预科，茅盾告别故乡乌镇。后来，因生活、工作、斗争的需要，竟使他再没回归故乡。在二十世纪二三十年代，茅盾还间或回家探望母亲，而1940年他母亲的去世，终于切断了他与故乡连接的纽带。然而漫长的岁月和迢迢千里的远隔，从未遮断他的乡思，常以字句题赠乡里，乡人如获至宝。1980年，八十四岁的茅盾还深切地怀念起他的故乡乌镇。他在《可爱的故乡》一文中写道：我的家乡乌镇，历史悠久，春秋时，吴曾在此屯兵以防越，故名乌戍，何以名“乌”，说法不一，唐朝咸通年间改称乌镇。历代都在乌镇驻兵，明朝曾驻兵于此以防倭。乌镇在清朝末年是两省、三府、七县交界，地当水陆要冲。清朝在乌镇设驻防同知，俗名“二府”，同知衙门有东西辕门，大堂上一副对联是“屏藩两浙，控制三吴”，宛然是两江总督衙门的气派。

他的情感与本心有别，表达乡情的方式也迥然不同。

这景区里除了看水走桥住老屋，当然还有几个馆藏是吸引人的。民俗馆、百床馆、染布坊、酿酒坊浓缩了乌镇的风土人情，一一看下去，竟是一天便已足够。

傍晚坐在升官桥上，有静观夕阳坐拥乌镇的娴静。阳光西斜，步步上移，从湖面到房墙到屋顶。你才蓦然发现白天乌镇蜂拥的人河不知何时已经潮退，只待明日一早卷土重来。景区五点半关门谢客，晚上九点以后方得自由进出。这便是住在老街里的好。别人是门票当日有效，你却是日日有效了。无意中得了这样的便宜，才知爱进骨子里，总会感激自己能如此得天成全。

此时，群鸟归林，雁阵北飞，嘻鸣不已。蝙蝠扇动着双翼在河上绕檐翩跹。南岸的树的倒影与北岸的老屋在水中剪辑着天空。偌大的天空夕辉微漾，沉淀在窄长的河里，让三米多的河水深不见底。修长的东市河成了天空安适的怀抱。静碧的水、青白的天，在这里交融，在共同的河床里相拥而眠。

五六只往返劳碌了一天的摇橹船挤在一处，人去船空，静候夜幕罩住它们甜美的梦。不舍离去的游客此时尽可占住一座桥、一条街、一条巷子，流连徜徉拍照，直至满意而归。一颗流星像一只火狐从天而降，归隐于渐渐沉黑的树梢。枕水而眠的古镇重回静谧，任夜的纱悄然滑落。

一会儿，街灯像瞌睡人的眼慵懒地亮起，白昼的喧嚣和热闹抽空了热气，古旧的东栅乌镇还原成一个清寂的梦缓缓回落，没入宁谧的河岸。一星两星白炽的路灯照耀着宁静的归人。这样的时刻，择一石桥独坐，暖风习习，深水静流，耳畔有风拂过河水，拂过光洁蜿蜒的青石板，拂过深邃的古巷幽幽。抬头，是漫天祥和的星辉。一轮新月似风吹起的羽毛，捎带着无尽的美梦轻盈翱翔。

到薄刀峰看云去

清晨浸润在初冬的薄凉中。缓缓推开阳台的大门，我们所处的半壁青山依然隐没在沉沉夜幕里，只闻淙淙的水声在大别山宽阔的胸膛里欢快地流淌。远山在微茫的天空下，似淡淡的水墨写意地横亘。近处密匝的树林借着天的微光参差地为一片隐约的黑幕镶嵌花边。几笔或浓或淡的飞墨勾勒出山的苍硬。崭新的白的楼宇凹陷在鸡窝窝般的坳处。我们是另一群鸟儿，心里长翅，从城里乘车飞来，暂时栖居在繁华的窝巢里，静候阳光刺破最后的黎明，迎来振翅飞翔。

渐渐地，天光驱散夜的黑。苍山浓烈的绿、道路逶迤的白，还有湖泊静置的蓝，与层林尽染的黄，以及隐没在远山脚下农户的炊烟，都从天际的帷幕后优柔地走出，清爽地亮相。远处，天与山之间依然是画家宣纸上尚未干透的水墨。“远上寒山石径斜，白云生处有人家。”这时，你会情不自禁想要在这山里有一套自己的房子，日出而作，日落而息，将四季的耕耘像风景一样，镶进这片山林里去。只叹囊中羞涩，只叹尘缘难了。于是，那远远的炊烟成为梦想的背影，渐行渐远，又扑朔迷离。

再稍稍转身，那远处的水墨竟有了明晰的分野。原以为绵柔的随手抛洒的墨迹，根部涂上了灰白。原本深蓝的横亘，成了绵延不已的山脊，仿佛茫茫汪洋中出海归来的航船。那根部的白渐渐地升腾、弥漫，将那山脊推向更远处，似湖泊缥缈地静默。远方的湖若有似无，模糊着，忽略着，也勾连着天与地、远与近、幻想与现实。时光渐走，近处的山从一夜好梦中醒来，清泠泠地睁开眼打量着我们这群不速客。人间的芜杂，还有缓缓渗透的人世的浊气、参差的贫富不均的房子、弯曲的宽窄不一的路、林立的高低错落的电线杆，越发地清晰真实。轰轰烈烈的人间甩开一切的粉饰羁绊在鸡鸣炊烟中粉墨登场。

偶尔有不知名的鸟儿斜插着翅膀，从山的这一边飞到那一边去。他们是静寂的山的精灵。只是一种飞翔的姿势便勾起人们一片惊羡的追逐，可他们注定是徒劳的空的欢喜。没人安静地倾听她无奈的跃起与栖息，匆忙的掠过与仓促的寻找，都是命运无法周全的生计。她连吭一声都免了，虽然滑翔的姿势轻盈而优美，一切超然物外，一切似乎轻描淡写。她是淡定的智者，又是不可一世的狂者。她在别人无法解读的起落里丈量着自己俯瞰众生的生命旅程。大吼一声好吗？或者只是一声放肆的大笑，让习惯了沉默的人儿，从你那昂扬的喉嗓里，受到一些启迪，找到一份同道的力量。可是没有。她不屑于被人欣赏抬举，抑或是倦了，厌了。而她又不能拒绝无聊的飞翔。飞翔，只是她生命秉持的轨迹。

对另一个世界的追逐注定是无望的、虚妄的，一厢情愿的单相思，苦了对方，也累了自己。些许的懊恼后，云来了。云是来慰藉罗曼蒂克者的心的。那远山的湖泊倏忽间，以气吞山河的气势蜂拥而来，包抄而来。一团团、一股股，翻滚着、推搡着。雄健的山峰抵挡不住云的武器。世上最坚利的武器从来都不是硬碰硬，却是水滴石穿，是绳锯木断，是百炼钢化作绕指柔。雪白的肌肤，软柔的玉臂，云一上来便将山整个地抱住了，将山上的房子和人抱住，连挣扎的机会都没有。云是来偷袭的，生吞活剥一般，温柔地进攻，实现全线的覆盖与占领。原本的刚直挺拔瞬间不见了，变得瘫软无力。云拉上了浓密的帷幔，难以想象他们在进行着怎样的勾当，直至阳光赶至。凌厉的阳光瞬间便照出了云的原形。云丢盔弃甲，逃之夭夭。

“千形万象竟还空，映山藏水片复重。无限旱苗枯欲尽，悠悠闲处作奇峰。”云是空的，虚张声势。可山读不懂看不透，或许他是装聋作哑，他愿意云来投怀送抱。那么，就让他陷落，一点点地风化，或者松动基脚泥石流般坠落，粉身碎骨。云的表情依然是淡淡的，云淡风轻，轻轻挥一挥手，御风而去，一点痕迹都没有。所以，云才是真正的高手。高手入云。高手如云。

所以，真要与云过招，不能只有燕雀的翅膀，得像雄鹰，像大鹏，到山的更高处翱翔。罗田县的薄刀峰便是云的故乡。当你双脚踏上一千四百米的山脊，不是蜻蜓点水而过，而是两公里的路线都是薄如刀峰的脊背。你触手可及的都是云，是山的呼吸，是山体里不断喷吐的精气。

这是大别山的次峰，位于大别山主峰天堂寨西侧。沿路巨岩挡道铺路，只有松树倔强地见缝插针地扎下根去。松树的根成了开山斧。许多的岩石就那样皲裂着伤口，心甘情愿地与悬崖边的松演绎令人惊叹的绝唱。让你感叹山尖在哪里，松就能走到哪里。忽地想，这石这山，倘若没有松的陪伴会是多么单调。松的倔强到底赢来应有的回报。有时你会情不自禁想要蹲下身去，抚摸一下那错杂的裸露着的仿佛肌肤下动脉血管的根须。它是坦荡的，也是无畏的。这世上最坚韧的植物或许要算松树了。只要有一粒种子，只要有奔跑的风，有流动的云，他就咬定青山不放松。这是松的风格，是普通人难以企及的高度。

人在松树与石缝里穿行。石径狭窄，蜿蜒起伏，突兀着，嶙峋着。石与松的竞跑中，到底石占了上风。从天空俯视，薄刀峰的山脊是被松镶了绿边的白石。乱石堆叠。石脊如刀。软软的铁链充当着扶手。有的石仿佛天外飞物，就那样金鸡独立地栖息在更雄浑的岩石山体上，让你禁不住担心，生怕一阵风来就将其吹进深谷中去。可是它稳健地从容着，傲然屹立，只给来来往往的游人和岁月一声惊险的慨叹。将自己送到这曲折坎坷逼仄的山巅上，你是没有悔意的，却难免要起哆嗦。心惊胆寒，又英雄豪气。无限风光在险峰。刀山一过，火海何妨？

就在这刀脊上起伏着、颠簸着、俯仰着。有的地方只容一人侧身从石缝中通过。很多完整的巨石被岁月的风刀齐齐地划作两段。孔雀松伸展蓬勃的尾巴、凤冠松顶着如云的华盖，点缀其间。巨岩也是千姿百态，或雄鹰觅食，或金蟾戏凤，或聚宝天盆，不一而足，是尽可以任想象驰骋的。云就在触手可及的树梢上，任你亲近。厚若千年的积雪，柔似弹弓下松软的棉絮，只在天际间划一条明丽的霞光带，让你隐约地分出天与云、山与树。真个是“千里黄云白日曛，北风吹雁雪纷纷”。就在风起云涌中，胸肌健硕的大别山被挤成了薄薄的一张刀片。

有的石头形成高高的天盆，人便蜂拥着竞相往天盆上去。高及云天还想高。可见人是不易满足的。人的贪欲与好奇心将一块直径约两米三的石面挤得满满当当，气喘吁吁。人就爱寻个险中见奇，真的站到高处，却发现四周被青松统领着，连绵不断的山头都成了起伏的原野。乳白的云，若雾若烟，笼罩着，升腾着，模糊着山的棱角。千沟万壑都被填了空，柔软着，缥缈着。仿佛群龙戏水，云波淼淼，阻隔着滚滚红尘。尘埃不见了，喧嚣远去了，只有一望无垠的绿的汪洋和不断从汪洋里蒸发的云。“回看射雕处，千里暮云平”。远远望去，只见那云雾摇曳的山峰蜿蜒曲折，巨岩若脊，形似卧龙。故此，这一带又被称作薄刀峰卧龙岗。

有时，人为了争睹一时的奇观，引得挤挤挨挨独木难撑。随意地散淡地行走，随遇而安，反倒有意想不到的奇遇。走着走着，忽然就来到了一个瞭望台，整个山体就是一块磨得光光的巨岩。人立岩上，无遮无拦。薄薄的刀峰豁然开朗。昔日受人仰视的千山万树都被踩到脚下。乱云飞渡，腾云驾雾，缓缓地缠绕，柔柔地爱抚，去了又来了，回环着，以你为中心，绕着你划圈。这种抚摸是贴肤贴肌的润泽。她亲吻你的唇，带着从山的心窝里抽拔出的柔情，缠绵悱恻，不离不弃。人似解了尘世的牵绊，松了绑，解了套，尽可以张开嘴任性地吐纳，淋淋漓漓将心肺淘洗个干净。这时你走在刀峰上，腿是有劲的，心也是轻松的。以为来到了蓬莱仙境，仿佛真的得了道。再端详自己的嘴脸，竟有了几分仙风道骨。身子也轻盈起来，超凡脱俗了。

不知身是客，起舞在瑶台。那云却自有浓淡，得寸进尺，步步为营，淹没着无数的山头，行使着她无孔不入的霸权。肥厚的云在一个个山坳处形成丰盈的湖，漫染开去，又成了广漠的海，在天与山之间悠游地摇荡。山尖被云遮没了身子，头在海面沉浮着，而原本铺张的山体却成了猎人枪口下的兽脚，俯首帖耳伸到云海里。

巨大的浑圆的山体上随意地堆放着石头，绝非人力所为，是自然的鬼斧神工。乱石与松根纠结着，相互打气、支撑和成全。人立刀峰，仿佛置身漫无边际的海中。云依然飞升着，由低到高，由薄到厚，踢腾着向高空冲去，先是被石角撕得丝丝缕缕的，薄如绸锦，到了高处突然形成乳白的浓烟，翻滚着，混淆着，仿佛原子弹爆炸后的蘑菇云。此时，你会以为漫天都是云的海，而那些浓绿的山体只是从天庭踢入凡尘的礁石，巨石落海，水花四溅。那水花便是云，静寂无声，却又声若震天。气蒸薄刀峰，波撼大别山。

哪畏浮云遮望眼？会当凌绝顶，一览众山小。山若无水，便失了灵气。水若无山，也少了傲骨。云是山中水。水是山上云。在薄刀峰登山，其实更似在云的泽国里享受江山千古壮，瑶池春不老。

忽然电话铃声响起。那在云中飞翔的翅膀便立即收敛了。有人问，在哪儿呢？摇头晃脑，答：云深不知处，只在此山中。

植物园阅世

我对植物素来怀有天生的好感。相反，见了动物昆虫总有或深或浅或多或少的戒心。大约皆因它们有嘴有腿，备足了袭击人的工具。比如蚊子吸血；比如狗总有反咬一口的时候；比如蛇更有险象环生之虞。植物却例外，无嘴无腿，沉默独立。对人大多秋毫无犯，相反悦人耳目，净化空气，担当人忠实的听众和安全的看客。过去很多隐士躲起来，与人世隔绝，回归田园，是不是也有与我诸如此类的情结，不得而知。我对植物的偏好，却是根深蒂固，且愈显愈明。

繁华的城市，喧嚣的生活，人都渴望有一片净土，恣意消长自己的情绪，让甚嚣尘上的心静泊下来，回归健康的节律。我以为，东湖植物园不失为一个理想的去处。天下都是植物园，那才是人间的天堂。

东湖植物园为中科院所建，集植物保育、科学研究和科普展示于一身。东湖水域辽阔，是杭州西湖的六倍。一百二十多个岛屿星罗棋布。中间陆地肥沃平旷，似水捧珠玉，极为珍贵。这里不南不北，左右逢源，呈现兼容天下的气势。中科院慧眼识珠，选中东湖腹地，占尽地利形胜，果然让世界八千多种植物在此落了户安了家，成为全国三大植物园之一。

我去东湖植物园两次，前次是盛夏，这次是初夏。夏，是植物的能量场。这样的季节去，无论孤身一人，还是数人结伴，都是欢喜热烈的，是容易受那种合力向上的气场推波助澜的。

在门口验了票，穿过两层外表古朴设施先进的科普楼，便是宽阔的绿色草坪，往北是一个简易的喷泉台。水泥路连接的是占地3188平方米的景观温室，里面聚集了世界各地一千五百余种热带雨林植物和珍奇植物，是植物园的标志性建筑，也是华中地区最大的植物景观温室。足不出户，即能领略热带植物风光，真要感谢中科院对这片土地的厚爱。

温室似乎都长着透明玻璃的面孔，两层错落，与阳光对接，透明而不失神秘，以淡定的姿态逗引人的好奇心。门口摆了一双巨大的水泥制黄色瓦口鞋，鞋尖朝外，鞋窝里盛开着粉红的指甲花。这样的造型，不知有怎样的深意。直观的是你走进东湖植物园，鞋窝窝里也会开满鲜花。隐含的是不是权且将这里做个驿站，脱下你那双闯荡江湖的鞋，进去饱览大千世界。

这里的确称得上热带植物的瞭望台。走进温室，你会发现，看每一棵树的生存状态，就像在读人阅世，很多的生存智慧和世态炎凉扑面而来。

跨入景观温室的大门，迎面便是一只绿发稀疏身材魁伟的大脚怪。其脚趾根根粗壮，裸露于外，呈翼状散开延伸，像恐龙的脚掌，一脚提起，再咚地踩下去，人和蚂蚁估计都在劫难逃。身高数丈，几乎触及房顶，须曲颈抬头奋力仰视才见。不过，请放心，这是一棵不能行走的高榕，长得身阔体重，枝繁叶茂，有不怒自威的气度。他的霸气因为根深蒂固，在岁月的博弈中反趋于淡定平和。像我们身边一位高个子的熟人，除了手脚粗壮些，却是一脸的温煦。

这是热带雨林的特有现象。由于热带土壤里氧气含量少，一些树根只能浮于表面生长，青筋暴绽，牢牢地抓住大地，形如板墙，植物学家称之为板根现象。“根之茂者其实遂，膏之沃者其光晔。”正如家底薄弱的人，要支撑自己不断攀升的梦想，必须固本强基，向更加广阔的领域吸收养料。

顺着大脚丫往上看，那些高大的木棉、重阳木和高榕的枝杈、干丫上，鸟巢般地寄居了许多奇花异草。有紫红的蝴蝶兰、苦苣苔花、白掌、海棠、猪笼草、小红喇叭状的炮仗花等花卉植物；有绿色的鸟巢蕨、鹿角蕨、肾蕨，盘根错节的兔脚蕨、狼尾蕨、楔叶铁线蕨、三叉耳蕨，布满白纹的白网纹草等蕨类植物；有苔藓、地衣、常春藤等攀援植物。五彩缤纷，婀娜多姿。似有一双建筑师的手，在精心打扮这个美丽的空中花园。乔木的阳刚反衬着花藤的阴柔，花藤的妩媚装点着林木的率真。这是参差的美，和谐的美，让人目不暇接，叹为观止。

最吸引人眼球的莫过于猪笼草。那草蓬蓬勃勃，长长的绿叶中间伸出一根细长的锈红的叶脉。叶脉像一根细肠径直向前延展，末了转个弯，连接起一个猪胆样的青绿壶。壶的沿口细致地卷了边，做工考究，上面生一枚小小的叶盖，是可以自由关合的。有人说，取了做酒壶吧。有人说再厚实些，可以当茶壶。还有人说再柔韧些可以做随身挂着的小烟袋。其实，这草的奇巧处，全在于捕虫。当飞虫跌入壶里，那小小的叶盖随即合上，天衣无缝。虫子自然无了出头之日。不知是谁竟给他取了个猪笼草的粗名。这笼子关不了一头猪，却关进了很多人美丽的梦想。

一株猪笼草，有多少片叶子，就延伸出多少只酒壶。酒壶四散开来，悬于四周，形成一朵盛开的花。好饮者见了，如闻酒香，姑且望梅止渴。好奇的虫子们见了，也想伸进头去探个究竟，却何曾料到那是个巧妙的局，一个陷阱。陷阱都披着好看的外衣。这样精心地设局，只为引虫子一朝闯入。猪笼草却并不能得什么油水。他得到的只是骂名，一个好管闲事的骂名，一个笑面虎的骂名。猪笼草产于东南亚及澳洲热带地区，是进口的舶来品。见了它的人，无不为造物主的鬼斧神工称奇。

湿热的雨林气候，催生着植物旺盛的生命力，也使占领生存空间的竞争异常激烈。一些林木先天基因强势，像百米竞跑，呼的一下便冲到了队伍前列，遮天蔽日，独霸一方。一些蕨类藤草花卉先天基因不足，或慵懒懦弱，或行动迟缓，或矜持内敛。等她们一觉醒来，已是浓荫盖地，暗无天日。善解人意的风偶尔拨开密密的叶缝，让她们还能知道日月晨昏，今夕何夕。

物竞天择，适者生存。蚊子与狮子打架也有胜算的时候哩。这些香花美草施展浑身解数，纵身一跃，站到了巨人的肩膀上。所幸那些貌似巨人的高大乔木来者不拒。她们抛媚眼，使小性，投怀送抱，大献殷勤，婀娜的腰肢，迷离的花香。“巨人”们享受的是美人陪伴的幸福和施舍弱者的快感。

这些香花美草索性小鸟依人般筑起了自己的安乐窝。她们摇曳于树梢树杈间，安营扎寨，休养生息，繁衍后代。她们享受着高空的阳光雨露，吮吸寄生树的养料。美丽的空中花园便是这样造就的。

借助巨人的托举，成就自己的野心。这要算其高明之处。荀子道：登高而招，臂非加长也，而见者远；顺风而呼，声非加疾也，而闻者彰。君子生非异也，善假于物也。这便是借势的力量。

清风徐来，香藤轻摇。这样的亲吻爱抚，这样的缠绵攀附，何等的逍遥快活。世上很多的英雄救美，怜香惜玉，大约皆同此理！一借一栖，适可而止，互相成就，惺惺相惜，倒也成就了人间许多壮丽的奇观。遗憾的是一些巨人树沉湎美色无休止的纠缠，在浑然不觉中走向了窒息身亡。

往丛林的纵深走，便有一株高大的榕树，郁郁葱葱，须发婆娑。再仔细看，你会发现他青葱的怀里搂抱的竟是一具干枯的木桩。你也断不会想到这木桩当年何等的雄姿英发。他曾经是多么骄傲的寄主啊。什么鲜花、藤萝他没见过？他可是情场老手。谁来了，他都赏一杯羹去。谁愿意都可以在他身上筑巢。谁想依附，他都慷慨地伸出枝条扶一把。

一天，一只飞鸟衔来一粒种子。那种子在大树眼里好比一粒微尘。种子凄凄哀哀道，我有家，但不能归。大树说，想住哪儿住哪儿，我这儿就是你的家。种子也不客气，“扑哧”一笑倏忽间钻进一道裂开的皮缝里。从此，他开始萌发一颗种子所有的梦想。

种子吐芽抽叶，一天天长成一棵小树。满腮的胡须，极是难看。人们认出这是一棵小叶榕。这榕树少年老成，整天捋着胡须沉思默想。他想的是怎样长成一棵参天大树。可他是个流浪汉，一无主荫，二无他赠。他想只有全力依附这位天赐的寄主了。

别看那胡须多如牛毛，一片纷乱。他要把它们派上大用场。他将胡须扎进寄主树的皮层里，胡须便像吸管“呼啦啦”地吮吸养料。这些喝营养汁长大的胡须渐渐粗壮，底气十足。它们揣着榕树的雄心四方奔走，像钢筋铁条交叉融合，将寄主树层层包裹勒紧。

被热情冲昏头的寄主树渐渐觉出了没顶之灾。他惊惧道，别，别这样，我快喘不过气来了。榕树可不管这些。他说您是我的亲人恩人，我不搂抱您搂抱谁呢？说完，他更紧地箍牢寄主，一边露出痴迷的笑容。他现在只有种子不断膨胀的欲望和难以扼制的本能需求。

寄主树眼睁睁看着那颗小小的种子长成参天巨人，将自己重重围困。他没了阳光，没了养料，只有苟延残喘的呼吸。那是榕树还没来得及吞噬的最后一点给养。

看上去，榕树依然爱恋着他的寄主。其实他是需要这死掉的寄主做他尚不够硬实的躯干的支撑。鸠占鹊巢，取而代之。这便是热带雨林里鲜为人知的绞杀现象。

这样的忘恩负义不论出于本能，还是生存必须，都令人惊骇，不寒而栗。一个贪得无厌地索取，一个不设防地给予，其结局亦悲亦喜，让人警醒。

再往里走，赫然矗立着三棵高大的王棕，笔立苍劲。使劲儿掐一下树皮，竟是皮不破汁不流，毫不动容。像戴了钢盔铁甲，刀枪不入。棕榈的脚也不比榕树四处扎根。他是只专注脚下的方寸地，拼命地躬起脚指头，抓牢土地。正视现实，深挖一口井，竟也能为自己掘出生命的泉眼。不知为什么，在他伟岸的身旁绝无藤萝枝蔓，也无卿卿我我。这样的特立独行，是威慑，还是拒绝？每见到棕榈树，便想到独善其身，慎初慎独。不知他在向高空进发的途中，是否感觉高处不胜寒。想必是没有的，因为他总是选择与湿热为伍。十级台风又耐我何？

一抬头，猛地看见星星点点的空气凤梨被细绳悬于空中，似凤尾，似佛手，似舞女微张的小裙，是类似兰草的，一簇簇的独立，开着或红或黄的小花。导游说，她不需地盘，也无须土壤，却能吸收甲醛，净化空气。只要喷些水雾，就能存活。她们不寄居，不占有，只要一根细绳。生活中有很多类似于她的人，索取的甚少，给予人的甚多。我频频回首，心里有暖暖的敬意冉冉地升起。

穿越高大的热带林木，从空中花园下越小桥、爬假山，来到景观温室的北面，便有一片佛界的奇花异果。倘是盛夏，你会与挂在低矮的树杈上硕大的波罗蜜相逢。

去年的盛夏，我见到两只硕大的波罗蜜挂于主干与枝干之间的缝隙里，旁边无叶无枝，光秃秃的，所以那一身翠绿特别醒目。像老来得子，格外地惊喜。来往的人都情不自禁去抚摸，却并不光滑，表皮厚且布满密密的小齿轮。果实与主干之间是一根短短的柄勾连着。小心翼翼地掂一掂，很沉。因是佛果，我们吞咽着口水，却不敢妄想一享口福。也不知那两只果最终的去向，是果了谁的腹，还是与树一起终老，瓜熟蒂落，不得而知。至今仍是一个很馋的悬念。

波罗蜜不在枝头上挂果，却在主干很低的位置坐果，植物学家称之老茎开花。热带雨林中，处于林间中下层的植物终日难见阳光，养分水分争夺较弱。为繁衍后代，他们只能在相对低矮的空间想方设法开花，招引动物、昆虫为其授粉。虽说茎花结果会消耗营养、水分和精力，等不来天赐，只有做自我牺牲。这也是植物的生存本能。

靠北门有一棵菩提树。最引人注目的是叶子。每片叶子都伸出细长的叶尖，长达数厘米，像探针，像触须，非常的写意。每当雨水光临，你会发现水顺着细长的叶尖导向地面。热带雨林地区，终年雨水充沛。如果不将多余的水导向地面，叶面将会成为真菌的温床，也会引发太阳聚焦，灼伤叶面。植物学家称之为“滴水叶尖”。这也是热带雨林特有的现象之一。一叶一智慧，难怪当年的释迦牟尼会选择在这树下静坐七天七夜，顿悟成佛。由此，菩提树也称为佛教的圣树。

走出景观温室，最让人难以忘怀的是荷塘边顺着砖棚攀援的藤。那样的纠结拧巴，三股五股，或粗壮或纤细，缠绕得丝丝入扣，镶嵌入骨。有的两股并肩前行，形成有规则的流线型。有的孤军奋战，发现此路不通，一个彩带凌空，即投奔到另一支队伍里去。强势地闯入，惨遭排挤，不得不中场休息，自劝自解，自怨自怜，低头宛转打个结，蓄积力量，再向上攀援。爬到人工搭建的平台，便你中有我，我中有你，形成铺排之势。大家伸胳膊扭腿舒展开来，七嘴八舌，好一阵热闹。这些软体植物倾尽了一生的心力，似乎都只为达到这个平台。因为唯有这个舞台，阳光和雨露是均摊普照的。那样厚实的绿叶，藤在叶下潜行窃喜。再大的风雨都一笑置之。

还有一些木本厚实的藤，是傍着大树行走的。一树一藤，像老夫少妻，是相对独立的组合。绿叶温柔的藤蔓，顺着樟树、柳树粗干，随行就势地长。叶和花一路欢歌，填补着光干的空白。有的藤是见了树就想依附的，于是藤与藤之间起了明争暗斗。树倒宽厚仁慈，三妻四妾，都不在话下，可苦了那些纠结的藤。她们也想改弦易辙，或另攀高枝，可举目四望，只有这棵树最近，稍稍努力便可勾肩搭背，这便是命。像男欢女爱，缘聚缘散，都只在一个世界里遭逢。

藤萝环绕着大大小小很多毗连的池塘。游游的水草里倒映着小石桥和芙蓉亭。很高的苇草占据一角。他们守卫的是那些稚气未脱的睡莲。印度红、埃及蓝、墨西哥黄、中国白……据说有一百多个品种。

睡莲的叶是一张椭圆的扇面，中间轻轻裂开一道小口，似婴儿两瓣丰满的臀，静静地层叠于水面，是不及荷叶张扬阔大的，显得更加精致安谧。睡莲的叶是一块底幕，只为衬托莲花的精美雅致。不似普通的荷叶，是借助长长的茎拼命往上攀登，喜欢出人头地的，所以常免不了遮挡荷花，有喧宾夺主的气势。不知何时他能明智些，赏荷人赏的是花，不是叶。

睡莲花倒似村里人的孩子，是无遮无拦地竞放的。那静置水面的绿叶，像父母的双手，没过头顶，甘愿支撑起一个开阔的平台，让世人看见的只是他们托于掌窝窝的心头肉。

那睡莲花，或红、或青、或紫、或白，大多也是依在水面上探出头来，不愿与父母的手掌远离。一脸的孩子气，一脸明媚的笑。那笑是透过张开的小指般的花瓣向四面散发的，由内向外交错层叠，像水面的涟漪，一层层地轻漾。中间的花蕊竟是与花瓣相搭配的。花瓣浅了，蕊便深；花瓣红了，蕊便黄。这样的浓淡相宜，似有一位丹青妙手在暗自调墨。那审美情趣竟切中了人的趣味，怎么看都不餍足。端详每一朵睡莲花，你脑海里会浮现起民间的剪纸和绘画。他们究竟谁抄袭了谁，你竟是真假难辨的了。你会恍然明白，生活处处涌动着艺术的源泉。

睡莲花不似荷花那般饱满，凄清。她是像村里孩子自己绣的小手巾，随便往水里一扔，便张开了，是很随性地、无遮无拦地生长。那花浮于水面，很是小巧。一撮一撮地伫立。一个小小的手掌便可以盈握。所以，她身上有小孩子做游戏的顽皮。一双眼睛总是滴溜溜地转，无挂无碍，兴奋十足。到了傍晚，便有困意来袭，轻轻眨一下眼睛，便收拢了眼皮睡了，故有睡莲的美誉。第二天，第三天，第二十天，第三十天，三个月，半年，依然是这样，日出而睁，日落而眠。每天都精神抖擞，双手合十地迎接未来。她的花期远胜多愁善感的荷花。

或许只因生命少了很多的苛责，才身轻如燕，活泼灵动。荷花是多愁善感的仙女，外表千娇百媚，内里却包裹着一颗千疮百孔的心。睡莲是仙子，外表简单率真，心无孔眼。仙子因了父母的依傍和托举，与生俱来携了天生的野趣。这份野趣恰成就了她的养尊处优。听说两千年前，睡莲便被请入私家园林，从此有了与乡村浮萍完全迥异的生活环境。炎炎夏日，清风送爽，碧波荡漾，睡莲飘忽若神，凌波微步。听说睡莲能吸收水中的铅汞等有毒物质，可净化水体，堪称内外兼修，表里如一。

植物园往东走，有一片中草药园地。八角金盘、少花桂、三枝九叶草、刺楸、丹参、竹叶柴胡、小叶女贞、水杨梅、金银花、白兰花、虎耳草、佩兰、地枇杷、木梳……很多我叫不出名字，也不知有何功用。但深知一点，这些植物的药是医人病的。植物其实也有生存的苦恼和艰难。他们也有疾有痛，又用什么药医呢？这些有病的植物吃进人的肚肠里去，又会帮人添出什么病来？唉，想想都是后怕的。

每次从植物园走一遭，身心都似受了一次洗礼，有沉重有叹息有坦然有淡定，有说不清的五味杂陈。

东湖樱园花漫天

樱花爬上白云间，一片孤园万个仙；青荷何须盼杨柳，春光只镀磨山肩。3 月 26 日，2017 年一个艳阳高照的春日，我背上能填补我一天饥渴的食物和行李去东湖樱园。我将这天的我全权托付给樱园。今年，我与樱花注定有份难解之约。想不到远远地，人未至，樱花已突出重围，若层云翻滚，若大雪纷飞，若蛟龙出海。枝影横斜白羽飞，玉珑天碧彩云追。哇，樱花从园子里漫出来了。你们这是要奔向何方？要腾云驾雾么？这些女人，冰肌玉骨的女人！她们一个个云鬓高耸，一脸清丽，挤出栅栏，翘首相盼。她们被春一遍遍地撩拨，终于按捺不住，春情荡漾了。她们到底经不住我们一日三遍的催促，左顾右盼，隆重登场了。樱花漫天，人群如蚁。

进园第一眼，是樱花的气势，汹涌的、澎湃的、突如其来的、排山倒海的，冲决而来。这哪里是花，分明是云。这不是单棵树的茕茕独立，而是一片片一堆堆一团团，是花的海，是海的云，是粉的雾，是仙的山。三百亩的园子已抓不住樱园那一万零七十八颗奔腾咆哮的心。这些雪白的玉人儿伸展无数的玉臂借着春的肩头恣意地流溢招摇。这云翻滚着，堆砌着，重峦叠嶂，枝影交叠，白羽翻飞。枝干不见了，人钻进去也隐没了。但闻人语响，云深不知处。一横一竖的两块石头是这海的帆，是标，高耸兀立，上书大红的园名：武汉东湖樱花园。卧着的肥厚如龟，上书“樱建有极”的朱漆大字。这是要将东湖樱园建至极致的雄心哩。听说，这里与日本的弘前樱花园、美国的华盛顿樱花园，并称世界三大赏樱胜地。

游客们的雄心也被瞬间点燃。他们纷纷爬上肥壮的石头做标志性的留影。他们要在这樱花的海洋之上放逐心情，为淡漠的生活溅起诗意的浪花。素白的樱花下面是黑压压的人群，鼎沸的、喧嚣的、彩色的。人流如洪水泛滥，四处奔突。人群的兴奋盖过了蜜蜂嗡嗡的飞翔。南来北往的人都为这花的海兴奋着、感慨着、嬉笑着，议论纷纷。期待地来，饱满地去。被清空的肌体，被填饱的欢娱，拥挤着，来来往往，穿梭不息。花人相照，人花相拥。冷寂的心忽然冲浪一般蓦地攀上高峰，暗寂的激情瞬间被点燃。云的静谧因人的捧场绷紧了神经，每一朵花儿都耸耳聆听。漫长的寂寞终于等来不邀自来的沸腾。

今年入春以来我已来园三次。第一次是 3 月 8 日女人的节日。很多爱花的女人如我一般早早地来到樱园，要与樱携手共度佳节。不料，园里一片枯寂，只有几株早开的红樱立于园门迎来送往，打发和安抚着一拨一拨性急的早来客。一树繁花天织锦，二月薄春人催樱；抿唇未启笑先闻，浓妆艳姿盼佳音。那时的樱不是花，我们是花，是浓妆艳抹的花。

第二次是半月前，踩着午后暖暖的春阳且走且憾。樱花总算被不倦的春风和急性子的人们撞开了情怀。一朵朵樱花次第开放，但每棵树多数仍羞涩地矜持地打着朵儿。有的伸出麦粒样的花苞，抱着不愿被吵醒的美梦，在半梦半醒之间，在乍开乍收之间。她们要谨守一个盛大节庆的秘密，缄口不语哩。从四面八方赶来的人们是不愿退去的潮。她们一遍遍打听樱花怒放的日子，像推算一个期待已久的婴儿的临盆。算来算去，都有时差。好在一些早起的樱花打着慵懒的哈欠伸展了沉睡的腰肢，似早起勉力支撑门面的店主。落日有心为樱垂，无奈光阴满园灰。

今天才是她们秘而不宣的节日。樱园肥肥的、鼓鼓的。花儿们全都笑口盈盈俏立枝头。洁白的衣裙随风摆动。如果我们不来，都不来，她们该是多么的扫兴啊。樱花有心还惜时，争先恐后登高枝。她们知道我们等得太久太久，现在权力反转，终于轮到她们迫不及待心焦火燎了。

原来花是树的翅，如云如翼，带动树的飞翔，像是一堆粉白的花絮，谁呵气一吹就四散开去；又像是天空走乏的云，经长途跋涉暂借这里的繁枝栖息，而过不了数日，就挥一挥衣袖作别远去。此刻才是一棵树全部的梦想。从冬的压迫禁锢里走出，樱笨重的象征权杖的主干只是一把伞的骨架。好似一股风来，一棵树便像蒲公英轻轻地飞走。遗憾的是脚下有深扎的根。根有时是束缚梦想的锁链。有的根扎在油菜花丛里，金黄的菜花成了樱花的对手。菜花是来抢人眼的。但是她不知道，恰是密集的金黄反衬雪白的樱花轻若蚕翼，像梦的飞翔，有时需要对手的成全。有的根扎在紫蝶兰里，爱美的人们不甘于白樱单调的热情，来到紫花丛里，或站、或蹲、或抱、或戏，笑开的影集里平添了别样的春色。

浅淡的天，粉白的云。远望去，白茫茫的，若云若雾，云山雾绕，枝蔓交叠，深不相及。看樱花要的就是这种气势。而这种气势遮天蔽日，一个人或者少许人独对，便会瘆得慌，所以看樱花最好有热闹的一群人。即使一个人怀抱无垠的孤寂，有闹声相伴也是可以安心自处的。樱花一片一丛形成四合的纱帐如云环绕。席地而坐，青草的香缓缓流溢，人被复苏的力向上托举。人就在这素白的纱帐里与天地相隔相拥，再多的愁绪，这园子也像大海尽可收容消解。穿梭的来去，每个人都是他人的伴侣。

专注地，盯着花看，跟着人海看，轻轻一个转头便与樱花撞个满怀。一簇一团的樱花就在眼前，在鼻息之间凝眸相视，随风浅笑，花枝轻颤。樱花是七八枝、几十枝地簇拥在一起，纤纤的茎伸盈盈的花，颤颤巍巍。五片花瓣围成一个圈，饱满地绽开。平直的一张圆脸，中间嗡一颗五角星，或绿，或红，也都是不经意的点染，并不喧宾夺主，却像眼睛，是给这花定神的。

白是樱花的主打色。白又不是无血色的煞白。只有在拾起零落的花瓣时，才会发现那淡若游丝的粉红是渗在花脉里的。花瓣是薄薄的，白的基底，浅浅地渗一点微微的红。所以乍看是粉的白，定睛看，细蕊的深处有一点微微的红，从深处向外淡淡地流溢。花瓣雨后，地上是层层叠叠花的翼。脉流里隐隐地有蕊赠别的腮红。

白樱没有繁复的叶片，简单而单薄，直白而明朗。纤纤细细的一丛蕊合于掌心，端处是点点的黄，轻轻一碰才知是粉。中间一支是青的嫩绿的芯。或许是花的主脑。一花一茎。茎有两三厘米长，细细的、柔柔的、青青的，四五支茎集齐了，再聚合到一颗苞芽上。所以，尽管白的樱花花瓣单薄，因为密集地簇拥，而显得花团锦簇，有了抱团取暖的深意。

一根花枝上有无数个枝条。每根枝再伸出无数的小枝。大枝小枝主枝分枝都是花的居所。在树下抬头仰视，只见满树繁花成了镶嵌于天空的锦绣。“一树繁花天织锦”的诗句就是在这不经意的动作中顿悟的。

春泥里落英漂泊，漫染的是无边的别绪。圆圆点点，偶尔一阵风来，有一片花的瓣，乃至一整朵花轻盈地飘落，那是花的问候，是朱颜最后的翩跹。这样的时刻，容易想起黛玉葬花。幸而有孩子们的嬉笑，有人群不倦的合影。择一丛青草，坐于花下。原来赏樱花，是应该这样看的。看一个园的纷繁和热闹。风吹花飘情萋萋，人恋蜂飞两相依。枝影横斜云如盖，芳草萋萋人如蚁。

东湖樱园里的樱花有红白两种。红的樱花花瓣多了一层，像少女的裙裾，是妩媚丰盈的，连茎和花都是玫红，单看要比白樱生动。摘一朵插于发际间，顿生清纯的女儿态。红樱是像金钗三三两两呈现的，与绿叶相映成趣。虽然单枝的花光彩照人，却远不及一团一簇的白樱来得浓烈。红樱的花是内敛的，朱唇轻启，脉脉含笑。纤长的柄下一点红，初看是可以做女人耳坠的。即使盛开，也是合掌似的，花瓣轻合，并不竞放，有羞涩的温情。蕊的黄更厚实，像刚刚凸起的乳头。红樱杂在白樱中，以为她是来点亮白的，不料竟显得艳俗，那至简至洁的白倒透出经久的雅致来。难怪白的婚纱更受人青睐，白远比红来得经久高贵。

亭下石桌石凳可以小憩。吃点小吃，整理下鬓发，走热了擦把汗。认识的不认识的，像家人朋友围桌相视。听南来北往的方言，看婴孩对你嬉笑。淡淡的聚、浅浅的散，像不断被风遣散的花瓣，总能敲击内心的那份感动。偶尔有歌声飞扬，舒缓而轻柔，是游客中自然响起的，就觉得人多真好，世间真好。人有自己的短和求，是别人不经意给予的。相互参与也是对彼此的成全。“樱”缘际会，能听到不同的人声，看到丰富的笑脸，这样的日子便有声有色，摇曳生姿。有一种虚度是独自静坐，却无意中成为感动别人的风景。

偶尔转头，发现像坐在热闹的戏园子里看戏。明媚的花蔓下是各色人川流不息的表演，自寻雅趣，专注投入，而少了被人导演的生涩，又像欣赏一幅流动的水墨画。人群的移动让这画有了《清明上河图》般的热闹。

樱花其实也是急性子，要来就来得轰轰烈烈，要去也去得悄无声息。一周至多半月，她便倏忽而去，只余下满树的绿叶，任你叹息。所以，与樱花的会面，人们也浓重而热烈。一日三看，与樱合影，都是通行表达挽留的方式。此时的气温乍暖还寒，爱美的女子却要轻盈地上阵了。有穿和服的，穿汉服的，一身婀娜，袅娜轻盈。樱只得拉来阳光助阵。人与花就这样珍惜着彼此的缘分。

抬头看樱，人群纷纭的来去似乎从未惊扰她那处子的心。除了阳光让她更亮，风让她早一些领知惜别，更多的是平和而端然。想到牡丹就在东湖对面频频招手。这里的热闹很快就要投奔牡丹园了。所有的热闹都是暂时的。原来不以物喜，不以己悲，是要从自然里参悟的。

樱园里有一汪天然的湖泊，小巧精致，像一面镜子，是让樱花对镜自照的。湖水倒映着樱花，水上水下近在咫尺，却远隔天涯。像你我此刻的生活。水是来让人让花做梦的。梦幻的绿岛兀立水中央。粉红的心沿湖绕行。无数的心门走过无数的人。心愿是填不饱的湖泊，深不见底。粼粼的波光追赶着夕阳，镜照着现实。

一年一看，年复一年，像过一个盛大的节日，是不能省略的仪式，而每来一次都有不能复制的欣喜和感动。这样的魅力或许非人能及。八重塔在云端浮出鹅黄的尖顶，是在为这樱园标记些日本的元素。红的日式宫灯不点自亮。东湖樱花园是由日本陆奥银行会长大道寺小三郎先生倡议，与武汉市东湖风景区管理局共同投资兴建的，其中陆奥银行捐资七十五万美元。这里也有七十八棵日本樱花是 1979 年邓颖超女士访问日本，时任首相田中角荣当作国礼赠送中国的，以纪念周恩来总理享年七十八周岁和 1978 年中日缔结和平友好条约。

夕阳催人。风暖鸟声碎，日高花影重。独自在樱下读书，随手翻开竟是《孤雁》。未必逢矰缴，孤飞自可疑。樱园里微风轻拂，似替无数的花的心将我挽留，我却不得不起身离开了。落日金光催人急，满树樱花牵我衣。凝眸相望与耳语，草香掩径却不及。再见！樱园。你将我放牧了一天，我该归栏了。

到北戴河游海去

一座以河命名的城，一座以海闻名遐迩的城。炎炎夏日，凡到北戴河的，没有人心里不装一片海的。与海亲近，做海的游子，任海水荡涤凡尘，在海的怀抱里如婴儿般徜徉，应该令每个人心驰神往。来北戴河不游海，就等于亵渎了天意。就像面对热情的主人呈上的一桌盛宴，客人却不动一下筷子。固然有人会说，来这里能享受凉爽清新的空气，能避暑足矣。说这话的十之八九也是苦于身体的种种不便无奈罢了。而享受凉爽清新的空气又何尝不是另一种游海？望梅止渴，临渊羡鱼，姑且称岸上游吧。

找海去。走出幽静的安一路，右转至东经路，再左转，海是商铺酒店的招牌。一路向下。水唯善下方成海。果然，海就在城的最低处，在路的尽头，在视线以下。人低成王，水低成海。海再低也是藏不住的。想起一首诗：手把青秧插野田，低头便见水中天。六根清净方为稻，退步原来是向前。远远地，就见一道墨色大堤横亘眼前。拥挤的车流、汹涌的市声、一街的红男绿女瞬间退潮，都是尘埃，不能托举的尘埃。海顶天立地了，那分明是海，纯净的海，一律的墨色。一堵城的高墙，一座平整的山，一道天然的屏障，浑厚、静默，在清白的天与参差的人之间，海巍然伫立，将视线刀一般截断又无限放大。近了，再近些，原来这不是墙，不是堤，更不是山，而是海，真真切切的海。她以如此低矮的姿态宽广的胸襟显示出山的高度。视觉真是个神奇的显像仪。山与海竟是同体的，山即是海，海即是山。也难怪山海关号称天下第一关了。这是不能攀越的山，望洋兴叹；那是不能触摸的海，探臂难及。看海成山，这不是幻觉，更不是错觉，是感觉。感觉有时才是洞知真相的高人。游海去！

近海情更切。沿路都有穿泳装浑身湿淋淋的人，男女老少，戴着泳帽，挎着游泳圈，袒胸露背，穿短裤衩，趿着拖鞋，头发一绺绺的，还滴着水。背和肩膀都似从酱油缸里滚过的，在阳光下红得发亮。这就是海滨城的随性宽容。满街都是海的气息。

黄的沙滩是海的过渡色。海更蓝了，蓝得近乎青黛，更显厚重。天空倒是轻而薄的蓝，微微的白云像海吐出的气缓缓地飘摇。天空一片虚无，只有海和陆地是真实的，是世间唯一可靠的依傍。沙滩是来诱惑脚的，鞋子成了沉重的盔甲。将脚解放出来，沙立即成了温柔的床，细碎地揉搓，软软地抚摸，舒舒麻麻的，似小孩子挠痒痒，从脚板心一股股地上升。脸上顿时浮起童真的笑，心花怒放。脚步摇曳生姿。无数的脚印叠加着复制着亲海的喜乐，沙滩笑成了一片金色的酒窝，连绵的小丘远望去，似外星球的表面。海、沙滩、天空，苍茫秋色今又是，换了人间。清空了的世界忽然变得简单起来。一切都放下了，只有海和沙滩。小孩子在水里嬉戏够了，便拿着小铁锹在海边挖沙，沙是湿的，容易成形。浪来了，瞬间带走刚刚垒起的城堡。再垒。恋人们变着花样地考验忠心。男人从水里上岸，将自己埋进沙里。女人细细地埋，男人坦然地躺。男人将沙抹平了，在沙上写字，男人爱女人，再画上两颗心。女人便笑得咯咯打颤。沙是一座富矿，藏着无尽的乐趣。

衣服很多余。男人女人剥去岸上的装束，道貌岸然都免了，只剩下赤膊和泳衣。遮羞成了人在海面前不得不顾及的最后的尊严。众目睽睽之下，大庭广众之间，赤裸从最初的羞涩已成见怪不怪。没有伪饰，没有邪念，人原本是可以赤裸相向的。这就是海的力量，给人回归原始的力。

不会游泳不打紧。在海里走走，有海水和沙的亲吻就能返老还童。巨海无边，小小的心忽然阔大起来。海水将沙打磨成细粉，卷着裤腿，脚丫子踩进沙里，海水钻进指缝里捉迷藏。追着浪奔跑，笑声驱赶着年龄。这是潜藏的童趣。

不会游泳，又想像鱼一样与海亲密无间，那就借助游泳圈吧。五颜六色的游泳圈，还有形色各异的橡胶船艇都是旱鸭子们的工具。浴场规定，须得橡胶胎方可抵御水下的贝壳和礁石。周围门店单靠这一项也尽可坐收渔利了。十元一只，浴场内三十元一只，当日时间不限。就这样，五彩缤纷的人成了海活泼的风景。已是午后四点左右，阳光收敛了锋芒，海上的阳光被海水的蒸汽过滤了乌云尘埃，更加丝薄晶亮。海面跃金，粼粼地闪着灼热的光，不敢对视。

进了海，才知海水并不蓝，而是透亮的澄碧，与长江水并无二致。海风习习，这撒了盐的水凉爽浸人，初入水里，将全身神经扯得一悚，须得咬一咬牙方能立定脚跟。本来是想鹞子入水扑入海里，不行，海太浅，水底沙砾可见。在海里蹚行百米，由浅及深，依然仅没过膝盖。海以砭骨的凉丝丝渗透。将前胸后背浇一些水拍一拍，弯一弯腿，将身体没入海里，反而瞬间暖了。身体真是个变色龙，一下子人成了海中的鱼，畅游自如了。风吹浪涌，浪里白条。

海不矜高自及天。海天相接，无边无际。人陡然面临如此雄阔的海，是有畏色的。周围不时响起惊惧的叫声，那一定是初入海的新手，游一游，须得踩一踩，踩到沙底，心才踏实。这叫心里有底。几天下来，对游泳圈对海都有了信任，便只想往更深处游去。海水清澈，水下一臂的位置五指依然清晰可见。细小的鱼成群结队地闪着细碎的粼光，倏忽而来，又倏忽而去。水母一张一弛像白蘑菇软软地浮游，逗引着人追逐的兴致。那时，多么渴望自己就是海里的一尾鱼啊。海草绿而宽，贝壳也是俯拾皆是。舔一舔嘴唇，竟是咸的，人被海水腌过了，却不自知。

人像浮叶，与海一体一线地荡漾。眼睛与海齐平，只见海面如丝如绸，身体和神经在温柔的爱抚中舒展。海成了世界唯一的主宰。无穷的海向四周弥漫。这是一个巨大的能量场。将手掌并拢成桨片，合掌，劈水，划弧，前行。人必须是自己的船与桨。人在海里是多么渺小啊。杜甫说，飘飘何所似，天地一沙鸥。想必他是没游过海的。我是连沙鸥都嫌大，沙粒一颗，海水一滴啊。

仰望天空，发现那或许才是海，是升腾的海，深不可测。海不是蓝色，可为什么呈现在眼里的却是蔚蓝的海天一色呢？海与天空，是谁染蓝了谁？是海沉淀了天空，还是天空拥抱了海洋？抑或是彼此的倒影彼此的依恋成全？天容海色本澄清，日耀月华从太始。海鸥是来嘲笑鱼的，他们轻捷地伸展小小的银翅优雅地来去，鱼儿却只能望空兴叹了。孜孜以求的海面成了束缚的网，凌空翱翔成了又一个梦想。看来，人的欲望总是无止境的。有人举起手臂说，来吧，海鸥！歇一歇脚。是啊，四海无遮无挡，当你艳羡海鸥自由飞翔的时候，你是否知道他其实是在寻找可以栖息的枝条。

船系在浅海处，随海波一起一伏，让人期待出海渔归的盛景。船暂时充当了游海人的参照物，缆绳将他们彼此勾连，划定游泳区的安全边界。缆绳上积了厚厚的青苔。这青苔却不像内陆的青苔那么细碎绿茸茸的，而是根根独立的海带，叶片狭长透绿，摸一摸禁不住唾液的潜溢了。海蜇肉肉的，鼻涕似的晶体，水母的样子，托在手上颤动不已，对人秋毫无犯，惹人怜爱。听说不小心蜇一口，只需用沙抹一抹，再擦上明矾，三天就痊愈了。我托着一只巨大的水母，从深海区向浅海蹚水，希望让岸上人开眼界，意外地发现一个小小的乳白透亮的水母贴在沙滩上，想必是被浪打到沙滩上搁浅了。我急将小水母捧回海里。大水母是来寻小水母的吗？无意的成全，竟是天作之合，让人窃喜不已。有的孩子被大人领着，拎着小水桶，执一柄小渔网，将小鱼和水母舀进桶里，再放归大海。无限的童趣就在这一收一放之间。所有的兴奋都因海起。爱不知所起，情不知所以。

海水海风稀释着阳光的温度，不知不觉脸和身体涂上了一层褐色的釉，油光发亮。游一次海，皮肤就上了一层釉。一天天人就变得黑黝黝的，像海狮黑得光滑锃亮。胳膊和腿壮硕如大象腿。在海里游久的人，走起路来，若螃蟹横行，膀厚腰圆，脚底生风，视线却像海一样广阔无垠。

博物馆藏

每次从湖北省博物馆前经过，望着那片硕大无朋的“品”字形灰色长坡面屋顶，就想这便是湖北人院子里堆放的五个谷垛子么？寒来暑往，生死交叠，这谷垛子里有多少智慧和给养能供给我们反刍？前人的昨日，我们的今天，历史又将以怎样的方式将我们的现世传承？每当走进博物馆，都像穿越时空的隧道，去探访我们来时的路。这条路让我有难以企及的陌生和敬畏，也有如婴儿重返母亲产道般的亲切和温暖。

历史总是大浪淘沙，留下的是精华，是巨人的倒影。在这些倒影里，我们看清来路，也照亮未来。

湖北省博物馆位于美丽的东湖侧畔，也是东湖大道上一道亮丽的风景。如果说，东湖的底蕴还显单薄，那么走进博物馆，无疑会给东湖的文化长廊抹上浓墨重彩的一笔。

这里有考古学家自二十世纪六十年代以来，从五千余座楚墓里，发掘出的立国约八百年的楚国文化；有早于北京人的旧石器时代早期的古人类郧县人骨化石；有在京山屈家岭发掘的长江中下游地区的新石器时代史前氏族社会生存文化；有商代早期的城址盘龙城遗址；有在随县城郊擂鼓墩发掘的曾侯乙墓；有在枣阳市吴店镇发掘的贵族墓群；有在全国出土数量最多的战国秦汉简牍；有在全国最具代表性的秦汉漆器；有在钟祥发掘的明梁庄王墓；有古代瓷器和荆楚百年英杰。

走进博物馆，就走进了一重重人骨、一座座坟场、一堆堆金银珠宝、一场场金戈铁马。

要从历史的故堆里抬起头来，并非易事。我选择了四件镇馆之宝。让我们管中窥豹，领略博物馆藏的经典。

亲密的敌人

我说他们是一对亲密的敌人，想必他们九泉之下的主人应该含笑应允。他们各自静默于综合陈列馆左侧的两个玻璃窗柜里，呼息相闻，又遥不可及。他们属于楚文化的范畴。一曰越王勾践剑，一曰吴王夫差矛。

越王勾践剑1965年12月出土于湖北江陵望山一号楚墓。剑通长55.6厘米，剑格宽5厘米，挺拔庄重，插于木制剑鞘里，出鞘时人们看见的是寒光闪闪，是脑海里翻云覆雨、尘土飞扬的吴越争霸图。

剑身满饰黑色菱形暗纹，剑格一面由绿松石镶嵌，另一面由蓝色琉璃镶嵌。近剑格处有两行错金鸟篆铭文：越王鸠浅自作用剑。“鸠浅”即勾践。这是一把采用复合金属铸造技术制作的青铜剑，其工艺之精美，在已发掘的越王青铜兵器中首屈一指。剑脊含铜量高，确保剑的硬度；剑刃含锡量高，确保剑的锋利；以硫化铜覆面，确保千年不锈。

削铁如泥不是传说，却无人敢用国宝一试。但提剑划纸，数十张纸经破纬裂，名不虚传可管窥一斑。三年阶下囚，十年胯下辱。尝胆励志，卧薪韬晦。终逼吴王夫差以剑自刎，成就越国霸业。一国之君以千钧拨四两之力创造的何止是区区一成语？

吴王夫差矛与越王勾践剑外貌酷似。他们真像一对彼此感应的孪生兄弟，相持、相克、相生。1983年11月，在距望山一号墓两公里处的另一座楚墓里，竟发现了一件吴王夫差的青铜兵器。其状如矛，矛身正面有两行八字错金铭文：吴王夫差，自作用於。“於”字经专家考证为矛状兵器。其正背两面脊部均铸有血槽。其下端各有一刻文精细的兽身形穿孔鼻。其铸造之精可与越王勾践剑媲美。

他们很近，近在咫尺凝眸相看；他们很远，远在天涯隔窗难及。他们互相成全，以生灵涂炭为代价，成就一个男人卧薪尝胆知耻后勇的传奇，也演绎了一个倾国倾城的女子红颜祸水美人计救国的大义。他们曾经像一块磁铁的正负两极被两个男人握于手掌乾坤之间，越胜吴，吴胜越，再越灭吴，楚灭越，颠来倒去，剑泣戈鸣，都只为春秋霸业，谁主沉浮。

这对亲密的敌人，曾经针尖麦芒、鹬蚌相争、搅起绵延二十三年的烽烟，最终却化作沉寂归于楚国，化作玉帛安于楚墓。这是机缘的巧合，还是上天的安排？一段解不开的情缘，一对拆不散的冤家啊。

历史真是一位俯瞰众生的大佛。在他眼里两国交战，也不过是他掌中的一场儿戏。剑陨矛折，各奔东西，最后辗转反侧却在楚国的土地里再聚首。这是楚国的荣幸。他用智慧和强权，征服，征服，坐收渔利。这是螳螂捕蝉的快感，亦是这对亲密的敌人逃不过的劫数。大至一国，小至一人，谁又能一口咬定自己是螳螂，是蝉，抑或是黄雀呢？

站在这对“老伙计”面前，他们无语，我亦无言。寒光依旧，却再也听不见剑铿矛锵的嘶鸣。他们以这样的方式面面相觑，是抗争到底，还是厮守不渝？像黑夜需要白昼传递，晴需要雨来证明，矛需要盾来迎击，他们互为敌人，又像老朋友难分难舍，唇齿相依。

身殉王恩

“曾侯乙乍持”“曾侯乙之用戟”“曾侯乙之寝戈”。“曾侯乙”

三字在一堆出土的青铜器上出现了二百零八次。考古学家于是认定战国早期有个叫曾国的诸侯国，一位叫乙的国君，卒于四十三岁。他不叫甲，他叫乙。这是人生的盛年。像无数夭折于盛年的君王，他只是他们中的一个，一个代号为乙的男子，或者叫丙的男子。锦衣玉食挽留不住一个生命的执意离去，金银珠宝和王权在生命面前都孱弱无力。据说这位男子嘴里噙满了玉猪、玉兔、玉象。他想吃得太多，但他已无力吞咽，以为万能的宝物能阻止他肉体的腐败。

用吊车吊起3200公斤的铜木外棺，彩漆文身的内棺里，墓主人只余下一柄穿多层锦衣的散骨，并用衾被包裹。小型金、玉、石、骨、角布满周身。以549条人首、鸟首、双首、多首龙，204条蛇，142只鹿、鸟、神兽，20个人面神兽合体动物纹饰的棺身，都不能保佑墓主人尸骨还魂。73件食器、12件水器，535件玉石水晶，940件金箔，只标注着一个国君的身价不菲。4777件戈、矛、戟、殳、弓、箭、盾、甲胄青铜兵器，曾经跟随墓主人南征北战，却不能保护他血肉不腐。

最让人难以置信的是二十一位十八至二十五岁的年轻女子以鲜活的生命为一具僵尸殉葬。她们或曾受过他之宠幸，或为他献过歌舞。她们的美色曾是他的盘中餐。不知道她们得到这样的圣命，有怎样的挣扎，是俯首听命，是甘愿赴死，是在劫难逃？不得而知。或许大恸而哭，纵身跳下，或许赐毒自尽，系绫了断。生为君人，死为君鬼。生不同寝，死却同穴。这样的节烈，自选入宫中便已注定，便身不由己。

乙需要她们。她们是他的水，是他的肉。离了她们，他不能活。有了她们，他亦不能复活。但他的灵是安息的。她们扫荡了他九泉之下的孤独。即使彼此不作一声，不见一面，心知天知你知他知。

其实这位叫乙的男子真的很优秀。他以超凡的才情建国立业富国强兵。从出土的楚王专钟上的铭文判断，楚惠王的父亲楚昭王逃往随国（曾国）避难。伍子胥带领的吴兵随后赶至，要随侯（曾侯）

交出楚昭王，随侯（曾侯）拒不交出。直到楚国援兵到来，救楚昭王回国。为感谢随侯（曾侯）的救父之恩，楚惠王铸造了一套专钟赠送曾侯乙。可见乙不仅有雄霸一方的伟力，也有行侠仗义的节烈。

陪伴乙的还有一套六十五件的编钟，造型精确，花纹精细，出土即可演奏，是目前所知世界上保存下来最早具有十二个半音的乐器。数量之多，遗存之完整，千载难见。在已发掘的数以万计的先秦墓中，也仅此一例，被誉为“世界第八奇观”。另有磬、鼓、瑟、琴、笙、箫等八种六十件乐器。可见乙是个讲究艺术修为的人。这样的男子放到任何朝代，都是让女子求贤若渴的对象吧。

或许真有女子愿意为他舍生赴死，愿意与他生死同穴。不求同月同日生，但求同月同日死。在2号陪葬棺里，有一只漆木雕鸳鸯盒。头部可以转动，背上有方形浮雕龙纹小盖，腹部两侧分别有撞钟与击鼓舞蹈图案。明眼人都看得出这是女子生前的爱物。即使告别生命也不离不弃。鸳鸯盒是女子装化妆品的盒子。鸳鸯成双成对，往往是爱情的信物。鸳鸯盒殉了女主人，女主人殉了君王。这盒子是谁所赠、所买，其中包藏了怎样的故事和情结，都随土杳去。两千四百多年后鸳鸯盒以完好的面目浮出水面，不能不勾起人无限的遐思和惆怅。

元瓷珍藏的情谊

瓷是火与土的艺术。火真是个好东西。当人类知道了被火烤熟的食物比生吃更有味道，泥土被雷火烧过更坚硬，便尝试将生活起居用品用火烧制加工。于是，人们发明了陶。三千年前的商代，湖北的商代盘龙城遗址中发现了原始青瓷。

瓷比陶精细密集。好的瓷面如绸如丝。摸上去冰冰凉。殊不知它内里的温度在一千二百度以上。胎体中的杂质会直接影响釉色的稳定。所以，一件瓷器的质量，与土质有关，与温度有关，与装饰工艺有关。陶瓷与人们的生活起居息息相关。博物馆里陈列最普遍的便是各种陶器。瓷是陶的演进。以后，陆续地便有东汉、三国、两晋，唐代、元、明、清的瓷。

青花瓷出现于唐代，烧制工艺至元代臻于成熟。青花瓷是一种在瓷胎上用钴料作色，然后施透明釉，以一千三百度高温一次性烧成的釉下彩瓷。釉下钴料因在高温烧成后呈蓝色，而被称为“青花”。元代开始，景德镇窑的青花瓷器成为中国瓷器的代表。

湖北省博物馆里有一件青花四爱图梅瓶，是2006年从钟祥的郢靖王墓出土的。郢靖王朱栋是明太祖朱元璋的第二十三子。据考证梅瓶是元朝时期的作品，高38.7厘米，口径6.4厘米，底径13厘米。梅瓶小口外撇，短颈丰肩，圈足平底。瓶身肩部饰凤穿牡丹；腹部分别绘王羲之爱兰图、陶渊明爱菊图、周敦颐爱莲图、林和靖爱梅鹤图，故名“四爱图”梅瓶。其足部饰仰覆莲纹。三层纹样以卷草纹、锦带纹为界。白釉泛青，色彩青翠艳丽。堪称元代青花瓷器中的珍品。

郢靖王朱栋（1388—1414）是就藩钟祥的第一位藩王。母惠妃刘氏。朱栋生于洪武戊辰五月十七日，辛未四月十三日册封为郢王。妃郭氏，营国威襄公郭英之女。可惜郢王二十六岁即命殒黄泉。皇帝念骨肉之亲，不胜痛悼，辍视朝十有五日，诏有司治丧葬如礼，赐谥曰“靖”。遣使驰祭，于永乐十三年四月初六日，葬于宝鹤山之原，今钟祥市九里回族乡三岔河村四组之皇城湾。

郢靖王在国六年，“天性贤孝，有古渭阳之义”，“王薨之逾月，妃痛哭曰：‘贤王舍我而去，我寡而无子，尚谁恃邪？念自幼嫔贤王待如宾友，今安忍独生乎！’乃整妆对镜，自写其容付谨密宫人掌之，曰：‘候诸女长成，识母之遗容也。’遂自尽”，与王合葬。演绎了一段今天看来也极为凄婉感人的爱情故事。

郢王一系，所生四女（光化郡主、谷城郡主、南漳郡主、四郡主）于宣德四年遵旨回南京原籍。城之西北隅所遗王府于是空置。

或许真正的爱情也如这青花四爱图梅瓶。外表的冷艳，掩盖不住内心一千三百度的高温。这样的高温，黏合的不仅是毫不相干的尘土，亦是两颗生死相随的心。生的意义都因一个人的离去繁华落尽。

这样风华绝代的元青瓷从郢靖王与郭氏妃合墓里完好地出土，或许正是对他们爱情直观的诠释。爱情如瓷器，有时需要用生命去呵护昭示。

头骨里找寻我们的来处

头骨估计是人体里最坚硬的骨骼。头骨像枚小小的地球，千沟万壑都是人的中枢。据说脑容量的大小，决定着一个人的智慧。人类历史的长河里不知粉碎腐蚀了多少头骨。有的头骨被幸运地保存下来，里面的蛛丝马迹都被岁月蚕食已尽，却藏匿着值得考古学家破解的密码。

1989 年 5 月和次年的 6 月，郧县人头骨化石在郧县的曲远河口学堂梁子被发掘。它的发掘，伴随一批石制品和丰富的哺乳动物化石，都成为有一百万年历史晚期直立人的坚强佐证。

古人类学家研究成果证明，人类起源于一种进步的古猿类——南方古猿非洲种。大体经过了能人、直立人、早期智人和晚期智人等几个发展阶段，演化成为现代人。人类已经有二百万到三百万年的历史。

我们从何处来，就像每个孩子询问他们的母亲。这是一个他们不能亲眼见证的谜。谜底需要科学揭开它神秘的面纱。科学需要实证。头骨便是知我们来处的重要证据之一。

在一个小小的玻璃橱窗里，我与这具头骨有了亲密的对视。我们的对视以光年的速度穿越二百万年的风霜雨雪，最后在这里聚焦。他颅顶低矮，眉脊粗厚，向两侧伸展。前额低平，向后倾斜。颅骨最宽处在耳孔上方。枕骨圆枕粗壮且有明显转折。牙齿粗壮硕大，臼齿显赫宽大。两只眼窝像山洞。研究发现他们的脑容量在一千毫升以上。这样的头骨再配以丰满的血肉，估计也很难达到我们对美的评判标准。

儿不嫌母丑。无论他是怎样的面目，都是我们的祖先。古人类学家说他们的祖先是南方古猿和能人。那些用石头做出的砍砸器和刮削器，石片、石核，成为他们对付生活的天然工具。他们已会使用火，并有了简单的分工。印度尼西亚的爪哇人，我国的元谋人、蓝田人、郧县人、北京人都属于直立人。湖北省的长阳人属于早期智人。

距今二十万年开始出现智人。他们除了会制造式样不同的石器，已有了原始的宗教意识。直到五万年前，出现了晚期智人。欧洲的古罗马农人和我国的山顶洞人、柳江人、资阳人等都是晚期智人。他们除了石器木制工具外，已有原始的艺术、宗教和社会组织。从生物学角度看，现代全世界各色人种都属于同一个智人种。

人是社会的人，也是劳动的人。人在与同类的角逐中学会生存之道，并促进大脑的进化。

在我脑海里忽然出现这样的画面：一只矫健的非洲古猿跨过茂密的森林，来到原野，来到山地，来到河川，走向世界各地。他的队伍从一只到两只，到浩浩荡荡。沿途都是他的儿女，都是他的血脉。其中一支部落在郧县生儿育女。一支部落在北京落脚。一支部落进了印度尼西亚的爪哇国。还有很多的部落，都像风吹过的种子，落地生根，随遇而安。他们盘踞各地，凭籍不同的地域和水土，逐渐呈现不同的肤色和语言。

他们在行走中有了自己的生存空间、生活习性和兴趣爱好。于是他们有了自己的文字、宗教和组织。他们从捡起一块天然石头起，就琢磨怎样用它做万能的工具，为生活所用。他们从使用天然工具到改进和制造合乎自己理想的工具，就在对自然的认识和改造中，学习与人相处，与自然相处，以致代代繁衍，完成对人类的进化。在行走和生存里，他们一直在思考，一直在与自己的不完善搏击，从而使脑容量不断扩充。生存的智慧便盘根错节扎入人的大脑，激励人创造一个又一个奇迹。

我们从非洲来，我们共拥一个祖先。我们有对真善共同的审美判断。我们有对美好共同的执着追求。这或许正是世界大同的生物基因。或许真有那么一天，我们消除了国界，我们都是拥有同一个村庄的老乡：地球村人。

你这北院儿的核桃树

抬头有婆娑的绿荫与成双的果相照。秋的风带着海的湿气在每一片叶上栖息。被海水染蓝的夜幕早已四合，蟋蟀吹着清灵的口哨驱赶着夜的黑。有音乐的夜晚内心是温暖的。透过叶缝仰望无涯的苍穹，星星辽远而澄澈，似大街小巷琳琅满目的珍珠珠光闪烁，清凉安详。

老人说“七月的核桃、八月的梨”。这满树的核桃便是恰逢其时，是这院落家的气氛，最时尚的馈赠。饱满的滴水珠一般的绿叶，浑圆的包着硬核的果，盛夏烈日的孕育与秋坦荡的呈现，华盖蔽日，浓枝探地，一切是那么水到渠成，浑然天成。

偌大的院落，两棵树从水门汀的地底钻出默然相依。是谁有这样的慧眼和远见？来来去去，谁见了这树都要来坐一坐，坐下便成了她的一部分，成了一片叶或者一个果，勉强离开也是吸了她的精气神了。想想如果这院子没有这两棵相亲相爱的核桃树该是多么寂寞，会少了多少家的感觉。

阳光软软地照耀，躲在浓密的树荫里任风摇曳衣裙，猛一抬头才发现他依然穿过重重叠叠的叶缝将你窥视。洁白的桌椅，镂了珊瑚的花饰，在树冠下静等有缘人。并蒂的绿的果总是令人欣羡不已。蓦然望去，总激起秋的喜悦。阳光和海风一天天滋养着他的根脉，刚毅的枝干明明可以向更高处迸发，到了三层楼高的时候，忽然就收敛了雄心，躬身俯首向四围伸展了遒劲的腰肢。蓬勃浑圆，峨冠匝地，若亭亭华盖，若小家小院，一柄五叶，大枝小枝层层叠叠地衍生，到了枝头，二三一簇地托出圆实的果来，抬手可及，是慷慨地给予。

这果青绿青绿的，扎在绿叶的队伍里不定睛看也是极易忽略的。只是色泽浅淡些。依在叶的怀抱里不敢见世面。被人发现了，也以为青涩稚嫩，是养人眼目的。阳光在上面洒了些雀斑。捏一捏，硬而轻，激不起咬上一口汁水满溢的胃口。再过半月，绿衣炸开了，核桃壳儿露出来，依然是密封的，沟壑有致。满脑子的智慧。守口如瓶。非得用石头铁钳撬开他的嘴。打开来又是掏心窝子的。甜甜脆脆，洁白细腻，任人开启和索取。原来有些深沉的成熟是以稚嫩的外衣做掩护的。

清晨的朵朵白云渐渐被阳光驱散了，天被洗濯得更蓝更洁净。从叶缝里挖一口天井，这井深不见底。树下人便成井底之蛙了。蛙顶着帽子，不敢挠头，瓜田桃下的，其实心里早伸出无数的竹竿来，想那浑圆的青果若星雨纷飞，大珠小珠落玉盘，该是怎样的盛景。到底只敢坐一坐，一享凉荫。弱水三千，只取一瓢饮。没有播种，没有耕耘，收获别人的收获，不敢不能，绝非君子所为。融入，暂借一枝栖，所谓伊人，在水一方，做彼此的念想也不错。

水车哗然，轻风撩骨，蛐蛐浅吟，四围青荷吐艳，蜂飞蝶舞，脚下却生了根，寸步不移。想这就是这两棵核桃树的魅力吧。远望双体合抱，你拥我绕，相伴相生，一般高矮肥瘦，一样的疏密深浅，连果子也不亲不疏，均匀分布。不看头脚，以为只是一棵树。叫他们情侣树或者伴侣树或者兄妹树应该都不为过。

来中国作家协会北戴河创作之家的都是作家和作家的家属，成双入对的，以这样的两棵树应景也是天造地设天人合一了。北方有顺口溜说：文人玩核桃，武人转铁球，富人揣葫芦，闲人去遛狗。原来这就是注脚了。

过去贝勒手里三样宝，核桃扳指笼中鸟。可见核桃不仅是文人的爱物，也是雅士的掌中宝。双核五指搓，硬壳也唱歌。聚气又凝神，乾坤自在握。乾隆帝就将小小核桃比作日月乾坤，偏爱尤甚，赋诗一首："掌上旋日月，时光欲倒流。周身气血涌，何年是白头。"又有妙联，上联是：单掌托日月，下联是：一语定乾坤。横批：江山在握。可见小小核桃，大气磅礴。因了这样的文化基因，再信手采下两颗核桃来便不必窃怯犹疑，而心安理得了吧！呜呼。

爱东湖的第一百零一个理由

东湖与我工作的单位仅一街之隔。宽阔的东湖大道，一边是逶迤不绝连绵起伏的苍翠，一边是钢筋水泥鳞次栉比的森然。午饭后去东湖散步，几乎成为我生活的必修课。走在东湖参天大树的巷道上，阳光带着湖水的温润包裹着肌肤。绿林中呼朋引伴的鸟鸣，微波里枯荣轮回的静荷，蓝天里翩然翻飞的银鸥，天地人间，自然以超常和谐的壮美引领着我们向上，向着生命的未知进发。

在一天中阳气正盛的午后去东湖，其实是去给全身心来一次彻头彻尾里里外外的清洗、美容、补给能量。从冬的肃杀里走出，东湖小梅岭的梅最先让我们心境为之一亮。梅拨动大地的琴弦，将十面埋伏的草根一一唤醒。看倦了花红柳绿，东湖牡丹园的牡丹以江南第一园的气势先声夺人。镜花水月，物是人非。年复一年，相见别离，每一次的相逢都是难能可贵的惊喜。富丽雍容，国色天香，谁也比不过牡丹。人站在里面都黯然无光。这是事实，是天定的尊卑，是永不能抵达的膜拜和神往。

命运的飞鸟衔起一粒种子，将她安放在东湖侧畔。她舒展起永远稚嫩的枝芽。是的，无论时光如何进退往复，不可逆转，她是天真的稚嫩，是心智的懵懂。她愿意以这样的模样随东湖冬去春来。她生命的吸管像盘结的树根，穿越水泥坚硬的街道，穿越喧嚣的红尘，与东湖心息相连。她是他的，他是她的。他们互为表里，互为城池，互为子民。

曾有友人笑我天天去东湖，东湖是不是我家的后花园。我说不敢当。真的，良辰佳景愿与众人分享，不占有，不独享。弱水三千，只取一瓢饮。我想，这才是我配领受的态度，是一粒种子之于大地的姿态。

这些其实都不是我今天想要表达的，我今天想要表达的是此时此刻充溢我内心，将我每根神经每个红细胞每粒白细胞每缕发丝每寸肌肤每一刹的思想浸透浸泡浸染得湿淋淋汗涔涔的感动。这感动其实也不是今天才有的，过去也有，零零碎碎，林林总总，却因今天是三月三，是个有些传统神奇色彩的特别的日子，所以，今天发生的事情更让我觉悟她之神奇之撼人心魄。

昨天牡丹园唯一的工程师陈姐专门打过电话，说牡丹开了，你不是想闻牡丹的香吗？上午的香最盛，你过来吧。一早起床就沐浴，从头到脚，衣服里外也换得干净齐整，总觉得这样清清爽爽的样子才能去赴牡丹的约会。母亲是从宜昌来的。母亲活了近一个世纪，还没见过真正大规模的牡丹。捎上母亲去赴牡丹会，多少有些私心。去了才知母亲根本不用沾我的光，母亲是免费的，我也是免费的。母亲的免费沾的是她年龄的光。她是七十多岁的老人。牡丹园以王者的气度免费接纳所有六十五周岁以上老者的莅临。我免费是沾了文字的光。我被美其名曰称为作家。当然以后彼此相熟，就有了文字以外的友谊。记得去年，牡丹园的老总说，你要多来，天天来，要培养对牡丹的感情。嘿嘿，我对牡丹的感情还需培养么？我是仰慕已久，只无缘得见。去年的春天我几乎守着牡丹度日，即使那样仍觉不足，还将牡丹当茶喝进肚里去。老总说得有理，后来我每经过牡丹园，即使花期未至，都要侧头凝神遥望，牡丹确乎四季盛开在我心里了。

到了牡丹园，陈姐说牡丹才开了两天。碧桃、迟樱与牡丹相映成趣。自然这是来牡丹园最相宜的日子。去年的今日，我与陈姐初见初识。她在这天用牡丹园的地米菜煮土鸡蛋专程送我两枚，说这天吃了它，一年头绪清晰，头不晕不昏。于是记住了三月三这个习俗。今天我将我的母亲带着见牡丹，并不知今天是三月三，只是冥冥中的一次巧合。像有些读者读我的小说，问为何那么多的巧合。真的，有时生活中的巧合，要远比小说中的巧合更加不可思议。

我午后去东湖的经历就多少有了巧合的奇迹。平时我们一行同事都沿着大路边的林荫道漫步。今天，阳光斑驳，洒在身上脸上有些针芒的热烈。我于是提议走湖边的小石板路。这路上的石板铺的长方大小不一，与步伐的节奏不大吻合。若不顾脚下，仰着头走，是极可能踩虚的。但这里阴凉，曲折有致。小心漫步也不失为一种情致。好在我的提议大家不约而同地采纳。我率先走在头里，大家也就逶迤着跟随。正这样地走走停停，谈笑风生，罗厅就说今天是三月三，我才恍然记起这个节日的习俗。于是问大家今天是不是吃过了地米菜煮的鸡蛋。两位说昨晚和今天早上他们都在家吃过了。大家便嘱咐我晚上下班买些地米菜回家煮蛋。我也答应着，并在心里叮嘱自己千万别忘了。

走在绿荫匝地的石板路上，一边枯荷静泊，一边草青花缀。桂桂是个小机灵鬼儿。她说这草丛里就有地米菜。她一会儿就找到好几株。我更是兴致高昂。自己亲自采，而且来自东湖野生，这都符合我对生活的向往。参差荇菜，左右采之。我久仰地米菜大名却从不相识。桂桂笑我来自农村，却不识菜。这是真相。我虽在农村生长，父母亲却并不以耕作为生，所以，我几乎算是农村的半吊子，与地道的庄户人的生活隔着一层膜。在桂桂的帮助下我的手里很快就是一把地米菜紧紧在握了。见了地米菜，才知我与它是老相识。过去的田地里常常谋面，却叫不出名字，很像生活中司空见惯的人，常擦身而过，却不曾打过交道，也就不关注姓甚名谁。今天，东湖给我补上了这一课，算是正当其时，有了学以致用的实惠。

正这样专注地寻觅，就听罗厅叫我，说作家快过来，看看这群人，你猜猜他们的身份。原来是一群老男人。他们脸上有了微醺的状态。春光和酒色在脸上浮泛。或西装革履，或闲云野鹤。一个个盘腿而坐，像孩子像女人似的，就在东湖边一片青草积叶上。他们围成一圈，以地为桌，是圆桌，摆满了火腿、香肠、牛肉、馒头、快餐面，更有土鸡蛋。我猜他们是同事。他们坦白是同学。一群六七十岁的退休老人。我一说话，就有人说我是宜昌人，并一语中的，是秭归茅坪人。这就有意思了。原来座中便有一位是宜昌人。他们现居武昌，都是财校毕业的，后来官至一方诸侯，却笑言，他们自己做的菜，开着破夏利，常来东湖相聚，还是这样的人生有滋味。

曾在东湖边邂逅一群退休老妪，也是同学，也是午后喝自制的葡萄酒，以地为桌，席地而坐，桌上是流溢的幸福生活美味。每次与他们邂逅，总要停下交谈。却总忘了问他们为什么选择东湖，后来一想，问得多余。但每次交谈甚欢，偶尔会因盛情难却，而不得不吃一些。今天我就吃了他们煮的地米菜鸡蛋，还有牛肉。怕我们推辞，还要附上一大堆的理由。嘿嘿，这样的陌生和熟悉，这样的邂逅和真诚，你不由得不驻足流连。以致我们不得不离开，走出很远，他们还起身相送。

我手里握了一把地米菜，一双贼眼却继续在花花草草中翻检搜寻。桂桂说，已经够了。我说我享受的是劳动的快乐。正这样絮叨，罗厅又叫了。他正在观察两位湖边的垂钓者。他说，快来买鱼。他知我喜欢买东湖钓者的鱼。两次买鱼都是找他借钱。他是唯一散步时带钱包的人。所以，每走到大汗淋漓，只有他脱下的衣服最沉。他的钱匣子几乎占去一半的重量。按理他是我们之中的有钱人。这不仅因为他职务最高，还因为他是书法家，大笔一挥，财帛如裕。我也是唯一在东湖边买鱼的人。我是认定只要来自东湖，尽皆为上品。所以，我之寻地米菜，用东湖的地米菜煮鸡蛋，更有情有独钟的意味。

我到底经不住鱼儿的诱惑，来到两位年轻钓者的背后。我问钓到了吗？罗厅眼尖，自然代答肯定钓到了撒。我说我想买。钓者却说不卖。我说卖嘛，我过去就买过的。一个雄壮的钓者说，不卖，要不就送。我诧异了。

送？我说我们带钱了，还是买吧。那钓者说你实在想要，就送给你，不要钱。我将信将疑。鱼在他们的网眼鱼篓里，浸在水下，看不见。我依据过去的经验，想必是喜头鱼。他说就送几条给你。我说，一条就行。旁边他的伙伴就开始拉鱼篓子了，拉上来一看，傻眼了，原来全是细长的刁子鱼，像柳叶似的。这种鱼我小时候见过也钓过，吃得也多，味美肉丰。我在想，送我几条，怎么送呢？不料，那人说，都给你。我再次傻眼了。这么多？哇，他还叫他的伙伴找出一个干净的塑料袋装鱼。鱼控到袋子里，欢蹦乱跳，好几条鱼儿跳到草丛里了。我蹲在地上，牵着袋子，赶紧手忙脚乱去抓。嘿嘿，这样的场面久违了。那始料未及的欢喜那从天而降的感动那满满漫漫的人间温暖，让我怎么形容？

我拎着那足有三五斤的鱼儿，一迭声地问，你们喜欢书吗？我明天给你们送书来。他们却转身继续垂钓了。他们说，不要，什么也不要。我反复说，那我怎样感谢你们呢？他们却不作声了。我只有在同伴的催促下继续上路。而从此后，同伴们一路地谈笑风生，我却一路沉默。罗厅说，看，尔容感动了。是的，我今天从早到晚，满满的都是感动，都是春光，我怕我一张口，那浸魂彻骨的感动就飘散出去了，而我愿意它们像陈年的谷子久聚在我人生的地窖里，经年累月，酿成温暖我人生的甘醇。

后来才知三月三是壮族的情人节。今年的三月三，广西壮族自治区将其确定为广西民族传统节日，全区放假两天。丰富的节日内容，使其成为壮族人一年中最盛大的节日。不唯壮族，贵州侗族、海南黎族、湘西苗族，都以三月三作为自己的情人节。青年男女们在这一天，聚守山林、溪水，寻找属于自己的爱情，歌舞翩跹，喜庆祥和。

套用杜甫那句“三月三日天气新，长安水边多丽人”，三月三日天气清，东湖水边多温馨。陌生的来去，只因东湖，人与人焕发别样的真情。这或许正是我钟爱东湖的第一百零一个理由。

铁血耀红楼

裸露的红砖墙、洁白的水泥线、穹形的门窗、赤红的机瓦、白色花纹点缀楣檐，这是一组两层楼的欧式建筑群，楼房平面呈“山”字形。院内绿树成荫，草坪如毯。整体朴素而又庄严，典雅而又温馨。背后的广场北路顺着蛇山南麓划一条逶迤向上的弧线，径奔黄鹤楼，与长江第一座大桥相连。苍翠的蛇山扭动灵秀的腰肢，忽然胸肌凸起，形成一个暖适的怀抱。这片建筑群便被轻揽入怀，独享万绿丛中一点红的明丽和静穆。或许正因其拥有这得天独厚的怀抱呵护垂爱，百年岁月，风雨飘摇，却历久弥新。

院子门前是可容数万人集会的广场。红色的秋海棠盘踞在花坛里，一坛又一坛勾连成环，将广场簇拥得如火如荼。铁栅门两侧斜插着两面鲜艳的铁血十八星旗。艳阳高照，大门前孙中山一手执礼帽一手执文明棍着对襟长袍的铜像，熠熠生辉，须仰视才见。再前面，是剑指苍穹的黄兴拜将台，位于广场中轴线南端。无须多言，这些标志已赫然注明这座建筑群的身份。它便是曾叱咤风云，用震撼寰宇的一声枪响，轰然推倒两千多年的封建帝制，又一声号令，天下云集，众手开启民国大门的鄂军都督府，现辛亥革命武昌起义纪念馆。武汉人俗称其“红楼”。

红楼始建于 1910 年。彼时，也就是离它改弦易辙的一年前，它的名字叫湖北省谘议局，它的出身与晚清政府，还是母与子、山与土的关系。这是红楼的本名，也是其呱呱坠地之本意。谘议，即咨询建议，就是一省议员“指陈通省利病，筹计地方治安”的地方，与如今的人大、政协机关颇有几分神似。事实却远非所愿。追溯其由来，已恍如隔世。百年更迭，历史像一本厚厚的台历，日子都是一天天撕去的纸上光阴，唯明艳灼目的红楼依旧隆重，辉映在十八星旗上的铁血依然浓烈。

十九世纪末二十世纪初，随着中国民族资本主义经济的悄然发展，一批民族资产阶级应运而生。民族资产阶级的上层与封建势力有着政治的和经济的血肉亲情。他们自知国体危如累卵，却不愿剜毒疗伤，如果推倒重来，恐殃及他们的既得利益。但良知和慧目又让他们真切地看到了病根，看到了讳疾忌医下场的步步逼近。他们彷徨在革命和革新之间、改良与政变之间。他们天真地以为效仿西方或者日本的立宪制度，便会使腐朽的清廷脱胎换骨，旧貌换新颜。于是，他们制造舆论于报章之上，奔走呼号于官僚权臣之间，有的直接上书朝廷，要求向日本、英国、法国等国家学习，变更政体，设立民选议院，制定宪法，实行君主立宪制。

在内外交困的压力下，顽固守旧的清廷最高统治者西太后在血洗变法维新者收效甚微的情况下，在与外国列强签订一个个不平等条约也不能摆脱落后挨打的严重局面下，在义和团等此起彼伏的革命风暴明枪暗箭的摧撼下，不得不做出预备立宪的姿态。1905 年，清政府派遣以镇国公载泽为首的五大臣分赴东西洋各国考察宪政。1907 年 9 月 20 日，西太后下令在京师设立资政院，以立议院为基础，定预备立宪期限为九年。这九年的预备期对清廷来说真是个苟且偷安的幌子，仿佛和尚撞钟，一日挨过一日，东施效颦都是谈不上的。更没人会料到四年后这幌子因为武昌起义一声枪响而注定成为货真价实的谎言。

清廷倒是乐意把幌子做得跟真的一样，可谓煞有介事，煞费苦心。同年 10 月 17 日，清廷命各省督抚速即在省会筹设谘议局，作为“资政院预备议员之阶”和“采取舆论之所”。规定由符合一定条件的绅民选举所谓贤能者为谘议局议员。1908 年 7 月，清廷颁布省谘议局议员选举章程，并限定各省谘议局在一年之内完成选举，正式成立开局。然而，清廷颁布的《钦定谘议局章程》却规定：“谘议局钦尊谕旨”，议案采纳与否，“凭诸督抚”。若有逾越权限不受督抚劝告者，“督抚得令其停会”；所议事件“有轻蔑朝廷者”，“有妨害国家安全者”，“督抚则奏请解散”。这是什么样的民主已昭然若揭。

湖广总督赵尔巽遂遵旨在武昌设立“湖北谘议局创办所”，奏派布政使为总办，挑选学过法政的人员充任坐办和参事。1909 年 10 月 14 日（阴历九月初一），湖北谘议局在武昌举行开局典礼。这天，湖北地方文武大员陈夔龙、张彪等作为“特级”代表与会。湖广总督陈夔龙率领议长、副议长和到会议员面朝蛇山，行“北向宣诏谢恩”礼。谘议局议长吴庆焘致开幕词，宣布湖北谘议局正式成立。除新疆外，各省谘议局均于是日宣告成立。

湖北谘议局成立了，却没有自己的办公地。湖北谘议局议长、副议长等人的选举和谘议局的成立典礼仪式以及谘议局的一些会议都是借省教育总会的房子举行的。办事则借劝业公所的房子。议员不能是散兵游勇。议员首先得解决安身立命的问题。1909 年 9、10 月间（阴历八月），经过全省各府、厅、州、县的绅民逐级选出的议员们齐集武昌，进行议长、副议长选举的前后，湖广总督陈夔龙接受了议员解决办公场所的意见，选定阅马场北边紧靠蛇山南麓的绿营旧址作为谘议局议场的建筑地段。现在红楼院子前宽阔的广场便是绿营过去检阅兵马的阅马场。建筑图纸照搬江苏谘议局。江苏的图纸则是张謇为在南京鼓楼东北处修建江苏谘议局议场，特派人参观日本议院建筑，采访多种建筑图案后，仿造设计的。所以，湖北谘议局议场同江苏谘议局议场的建筑形式基本一致，融合了日本和西方议院的建筑风格。

湖北谘议局正式成立后，议员们认为，东西洋各国议院的建筑格局严肃庄重，议院内不设议员食宿之处。每届会议期间，议员们不能在议院内留宿聚集，均须散居于外面各个旅馆，以杜绝弊端，避免嫌疑，以示廉正。此种做法意义深远，当资借鉴。但由于我国习惯不同，交通不便，若会议期间居住远散，势必影响开会时间和议员出席人数。因此，提议在谘议局议场后面的空地，另建一个专供议员食宿的“议员公所”，“另辟门户，与谘议局议场不同出入”。这样，既体现了森严的规制，又便利了议员。总督陈夔龙“参采舆情”，批准了议员们的这一要求。1910 年 9 月初如期竣工。如前所述，整个建筑分为办公（议场及其附属建筑）和生活（议员公所）两大类，是一座宏伟壮观的建筑群。占地 18694 平方米，建筑面积为 6139 平方米。坐北朝南，面阔 74 米，进深 34 米。

红楼设计考究，做工精细，是武昌独树一帜的地标性建筑。以花岗岩砌筑台基，台基上面以特制红砖砌筑面墙。砖上烧刻有“谘议局”三字，由“合自”砖厂生产。廊前有砖砌列柱承荷檐部，檐下饰飞头，檐上压女儿墙，以假柱、柱斗、垂禾、垂花和束莲为图案的白色浮雕点缀墙面，门窗线条流畅、精巧，楼上楼下地板均由杉木小板精心嵌拼，涂饰朱漆，稍经擦拭，即熠熠发亮；屋面以红瓦铺盖，屋顶正中，有教堂式望楼高耸，气势轩昂。楼房外墙四周共辟门十扇，便于使用和管理。楼房地下有高约一点五米的防潮层，若干方形铁窗通风口，以二点五米的间距擦地绕楼一周。

大楼的内部结构，也颇讲究。中间南北走向建筑是议事厅。前部东西走向建筑为楼上楼下两层办公房间。楼上有房间十二开，楼下七开。房与房之间有内门相通。每房朝前朝后均辟门一至二扇，房前门为活动百叶和木框玻璃两层。活动百叶门外开，木框玻璃门内收，房后门为单扇朱漆木门。房内装有壁炉，造型美观，可供寒天取暖。房前有外走廊，房后有内廊，通风采光作用极好。内走廊两端各有一架换步楼梯，上下方便。一、二楼正中处通辟为门厅，空间高旷，仰望厅顶有一片平展明亮的玻璃望板。望板上层是高耸的教堂式望楼，门厅两侧又有楼梯可上，分别与二楼内走廊衔接，四通八达。门厅前有门廊外突，椭圆形水泥回车道分左右沿门廊而下，齐伸至大楼前方院门。马车、汽车均可在院内悠然穿行，迂回其间。由门廊步入门厅，可直抵议事厅。议事厅是议员们议事的场所，呈方形，演讲台坐北面南，台下设一百一十八座，置弧形朱漆长条台和弧形黑色软皮靠椅，由前至后，逐级升高，列成扇面状，演讲台对面及两厢的二楼，设有高低两排楼座。

议员公所位于议场北面二十四米处，紧倚蛇山，由四栋二层式红色楼房组合连接而成，平面图呈“回”字形，长约一百一十米，宽约四十米，相当于一个大型的四合院。因每栋楼房进深约十米，所以中间留有一块长约九十米、宽约二十米的空荡场地。为避免与议场直接相通，辟门户于东边，以供出入。其建筑风格与议场基本协调，但做工不及议场精良。

湖北省谘议局入主红楼，湖北立宪党人很快成为与清政府既相联系又相矛盾，与革命党人既有某种同盟关系又大相径庭的政治集团。即使是幌子，有人想假戏真做也是可以有所作为的。湖北谘议局就办下两件大事，对后来的辛亥革命功不可没。一是拒债保路。1909 年 11 月 2 日，东京湖北留学界公举的拒借外款代奉夏道南、张伯烈抵鄂，谘议局召开千人大会欢迎，并于当天晚上召开“特别会议”，商讨拒债保路之策。同月 5 日，为拒债保路，由汤化龙、刘赓藻等十名谘议局议员负责组织筹备的“湖北铁路协会”正式成立。二是国会请愿。1910 年夏，为参与全国立宪派要求清廷从速改革政体的请愿运动，成立了以谘议局副议长张国溶、夏寿康为首的“汉口国会请愿同志会”，并派代表进京参加请愿。1910 年 8 月 9 日，各省谘议局联合会在北京举行第一次会议，汤化龙被推举为议长。在汤化龙的主持下，会议研究了“速开国会”的议案。10 月 9 日，湖北谘议局第二届常会期间，副议长张国溶代表湖北谘议局，在北京参加了各省谘议局联合发动的第三次国会请愿运动，要求清政府在 1911 年召开国会。清政府只答应预备立宪期限由九年缩短为五年，定于 1913 年召开国会。清廷的不甘心不作为，让立宪派对清廷寄予的渺茫希望彻底破灭。他们终于明白“预备立宪”只不过是掩人耳目的幌子。谘议局是幌子，君主立宪是幌子，所谓的民主全是自欺欺人的骗局。

列宁在论述革命总爆发的形势时曾经指出：“在多数情况下，对于革命来说，仅仅是下层社会不愿意像原来那样生活下去是不够的。还要求上层社会不能像先前那样统治和管理下去。”所以，本为湖北谘议局安身立命的红楼，十三个月后摇身一变，成为清廷的掘墓营，就成为势所必然。表面看，武昌起义是猝发的，偶然的，其实偶然都是必然的链式反应。那一声枪响发生在任何时候任何地方由谁最先扣动扳机都已不足为奇。一切的虚饰和伪装都只能让腐朽暂时雪藏。

1911年10月10日，武昌起义发动。革命党人经过一夜激战占领武昌。第二天，革命军入主红楼，铁血洪流从红楼出发，流经长江，漫卷全国。红楼一时间成为全国革命的风向标和主动脉，成为催生一个崭新民国的孵化器。谘议局的议事厅成为鄂军都督府的会议厅。那些议场的格子间，一部手摇电话机，一盏台灯，几张木桌椅，因陋就简成为鄂军都督府的军令部、军务部、民政部、内务部、财政部、谋略处、招纳处。工具是没有阶级性的，谁执牛耳跟谁走。一个新的革命首脑机关成功易帜，“鹊占鸠巢”。

一座楼的命运大抵与其主人有关。红楼原来的主人或许早就做好了当墙头草的准备。孰胜孰负，他都是铁定的主人。这是红楼不倒的幸运，也是它朝秦暮楚的命数。武昌起义胜利后入主红楼，执掌军政大权的两个人：一为原陆军第二十一混成协协统，后被“黄袍加身”，担任革命军政府都督的黎元洪；一为原湖北省谘议局议长，后任革命军政府政事部长的汤化龙。黎元洪这个双手浸淫了革命者鲜血的汉人军官，不仅没被正法，反而坐享革命成果。这是黎元洪万万不曾料到的。湖北革命党人在一个没落的帝国面前，有舍得一身剐敢把皇帝拉下马的雄心壮举。在权力面前，他们却“佥以资望浅，谦让未遑”。表面上是因为担心人微言轻，不足以号令全国。革命党人不求做大官，只求做大事。实际是长期的半封建半殖民地旧中国养成的小农意识，抑或叫资产阶级革命的幼稚和软弱。马克思曾这样论述十九世纪的法国小农，“他们不能代表自己，一定要别人来代表他们”。

现在看来，武汉人将这个建筑群俗称“红楼”，虽是信手拈来，是不经意的，表象的，却是最本质，恰如其分的。湖北革命党人似那裸露的砖墙红土，热烈赤诚，坦荡朴实，不求执牛耳闻达天下，只愿辛苦遭逢起一枪，铁血丹心照汗青。

汉味小吃第一巷——户部巷

走在一座繁华城市的大街上，远没有走在曲曲折折的小巷里一步三摇的韵致。其实，一个人真正地融入一座城市，是从熟悉每一条小巷开始的。

巷，是像毛细血管样的东西，饱蘸一个城市的体温，引领人深入城市的内核。它将往事沉淀，向未来辐射，是一个城市真正的给养。在这里，你可以耳听目染方言俚语，风土人情。大多是本土的，原汁原味的，充斥着油烟、汗腥、粗嗓门，甚至赤膊、短裤衩。却因来得真实，土生土长，让你有被触摸的熨帖和踏实。

巷子，像无数的小河，终日流淌，生生不息，传达着一个城市隐秘的繁华。在悠长、悠长又寂寥的雨巷，你还可能逢着一个孑然独行、丁香一样结着愁怨的姑娘。最诗意的，与最粗犷的；最破败的，与最原始的，都在这里形成交集，影影绰绰，成为一个城市亲切的记忆。

所以，无论城市农村，无论东西南北，都有巷子的身影。像田野的阡陌，纵横交织，是人类的情结，是与土地分不开的市井图。

走进巷子，你就走进了一个城市最原始的记忆和最本真的生活状态。它像一个万花筒，千姿百态，都是人间写真集。逼仄的羊肠小道，斑驳的墙垣，或喧哗，或安静。这样的个性，是与世无争的宁静和淡泊。是大风大浪来了，也可以不管不顾的安然和淡定。因而，常有隐于巷子深处的佳酿，有不鸣则已一鸣惊人的才俊，有无意成就有意名声斐然的美食。

武汉司门口自由街，就有一条以小吃闻名遐迩的小巷，名曰户部巷。初听这名字，以为是京城户部建的巷子。其实只因其东临直属京城户部的藩署而得名。

武汉这个江汉汇流、三镇鼎立的城市，历史上没有做过真正意义上的都城。三国时吴王建都武昌，那也是指现今的鄂州梁子湖一带。不久又迁都建业。所以，尽管武汉九省通衢，盛极一时，有“东方芝加哥”的美誉，却始终不曾被奉为一国之都，此乃一个城市的短板，或曰终身之憾。

这巷子不叫藩署巷，而称户部巷，是不是有越级高攀、攀龙附凤之意？像一个没有显赫家庭背景的人，总时不时露出踮脚做长子的心态，也多少见出人们对武汉不曾建都的遗憾。

这巷倒应了户部管口粮之名，囊括了武汉三十多种特色小吃，汇江汉五粮、天下干鲜，精烹细调，以鲜、香、快、热之汉味小吃，惠及熙攘人群，声名鹊起，历四百多年的历史，弥久不衰。

户部巷全长一百五十米，宽三米。虽然小，却在明嘉靖年间《湖广图经志》地图上占据了一个圆点，上面清楚地标注着一条小巷。它的名字叫：户部巷。

户部巷，起初以早点一条巷闻名。因地处汉阳门，沿江大道。水陆交织。人来人往，大清早上船的，做掮客生意的，行船走马，起个大早，先要小吃果腹，于是，这巷子的生意出奇的兴隆。人脉是生意之源。

武汉人称吃早餐，叫过早，这一称法最初出自清代的一首《汉口竹枝词》。在别的城市，往往被忽略的早餐，被武汉人随意而隆重地提升到“过年”般“过”的位置。可见，武汉人是讲究生活本质的。民以食为天。早吃好，中吃饱，晚吃少。这是他们总结出来的一日三餐的活法。

应了这样的需求品位，做吃食的老板们都是削尖了脑袋才在这巷子里占据一席之地。能在户部巷里谋得一个铺面，就等于一家衣食都有了可靠的来源。他们或请高明的师傅，或自己土法上马，总之变了法子地花样翻新，干的、湿的、炸的、煮的、蒸的，应有尽有，一应俱全。都因一碗食、一杯饮，小而实惠，来得简便，吃得也简便，便称其小吃。他们的态度，也是极尽殷勤的。

食客们将长衫一撂，或者将扁担往墙边一竖，便坐到长条板凳上，认识不认识的，都围挤着一张小方桌，呼啦啦吃个畅快淋漓。吃油条，喝豆浆……五花八门。今天吃了这样，鼻子里已钻进旁边另一样的香。于是心里打定了主意，明天便去光顾另一家。真是吃了这家碗里，望着别人锅里。

户部巷的铺面都以家庭为单位，楼上是住家，楼下是食店。挨家邻户，摩肩接踵，鳞次栉比。都是一手臂长的门面，很窄的青灰瓦檐，古老的窗格，下面便是活色生香的繁荣景象。炉灶一律摆在街面，屋子里放的是桌凳和橱柜。墙壁上用木板写着小吃名和价格。一盏灯悬于大门房檐。

时间久了，客人喜欢什么，不喜欢什么，与店老板都有了面对面的交流。渐渐地，这里不仅供应早点，还供应各种特色小吃。绿豆糕、龙须酥、牛皮糖、水果沙拉。市人逛街累了饿了，也蹭到这里。从早到晚，户部巷都没了消停的时候。从早上五六点开门，凌晨一两点仍是灯火通明。相互竞争模仿，竟汇集了武汉三十多种风味小吃。天长日久，户部巷不仅是武汉人自己喜欢凑趣的地方，也成了武汉人招待外地客人的去处。这里像一扇窗，可以管窥一个城市文化的渊脉。

巷子里的人挤挤挨挨，川流不息。炸好的鱿鱼丸子、土豆条、莲藕圈，用一根竹扦串着，搁于锅沿。锅里却是油烟翻滚。通红的香辣虾，用小碗盛了，吃得人鼻子冒汗，嘴巴舌头又麻又辣。店小二听到嘘声，嘻嘻问还要不要？食客仍是意犹未尽，大喊一声：再来一碗！米酒倒进碗里，再依客人需要，打进一个两个的鲜蛋，再从炉子上提起烧得滚开的水壶，往碗里一冲，便是一碗营养充足的蛋酒。有站着要了便走的，有坐下来逍遥地吃了再逛了街回去的。这样的时刻，一年四季，都是热火朝天，都是食欲大增。

户部巷的早点都是有背景、资历深厚的。老到中透着新鲜，朴素中写满传奇。这里有源于战国时期的清水粽、南北朝的春饼、隋唐时的绿豆皮、宋元时的油果、明清时的米酒，和近代出现的三鲜豆皮、汤包、热干面。有石婆婆的热干面、徐嫂子的鲜鱼糊汤粉、陈家的牛肉面、高氏夫妇的稀饭和煎饼、万氏夫妇的米酒。最有名的当属蔡林记的热干面。

相传，热干面的发明者是20世纪30年代的李包。他整天在汉口长堤街卖汤面。因生意不好，总有卖不完的剩面。为防汤面发馊变质，就把面从浸泡的水里捞起来晾于案上。一次，不小心撞倒了麻油壶。他索性将流出来的麻油拌到面条里。第二天，他再把这些面条放沸水里烫几下，捞起来拌上作料，没想到，热气腾腾，香气扑鼻。面条根根粗壮，油实，不像稀汤稀水，是看得见的实惠。人们争相食之。有人问他是什么面，这么好吃！他脱口而出“热干面”。从此，他专营热干面。后来，武汉的大街小巷都争相模仿，热干面成了武汉人特别爱吃的早点之一。

看来，很多的发明创作创造，都有机缘巧合，有造物主有意无意地成全。那是赏赐人无心插柳的惊喜。像那个偶尔掉到牛顿头上的苹果，无意中便帮一个苦思冥想的科学家，轻轻推开了一扇奥妙之门。

人们来吃早点，大多是赶时间的。既要新鲜，热乎，又要点了便吃，取了便走。客人要什么，转个身就得呈上。武汉人的火炉性子也由不得你慢吞吞地现磨现熬。所以，现在回头看，武汉的早点都免不了爽快麻利的急躁性子，是经不得细工慢活的。

武汉有一种面窝，做工就极简单，是价廉物美的特色早点。相传始创于清光绪年间（1875—1909）。汉口集家嘴码头附近有个卖烧饼的，叫昌智仁。看到卖烧饼生意不好，就想办法改造创新。经反复琢磨，他请铁匠打制了一把窝形中凸的铁勺，往里面浇上用大米、黄豆混合磨成的米浆，撒上黑芝麻，放到油锅里炸。分把钟就炸出一个边厚中空、色黄脆香的圆形米饼。厚处松软，薄处酥脆。别有滋味。人们竞相购买。昌智仁形象地称之为面窝。

看来，做任何事情，不能因其小而忽略了创新。创新不仅是一种智力的乐趣，更是财富的泉眼。即使是一个小小的早点，遇到瓶颈，都要想办法技术革新。只有想不到，没有做不到。我曾见一个门店的广告牌上，写着这样一句话：一直被模仿，从未被超越。这是何等的大气和自信！

早点是摆在街上桌面上的，捂不得，藏不住。便是食客们吃几口，看几眼，也是能模仿抄袭的。所以，要想在激烈的竞争中拥有自己的食客队伍，就必须不断创新。人无我有，人有我优。在大量粗制的早点品种之外，有一种早点是须得花些功夫的。

这个早点做工较复杂、精细，是由店老板提前预备的。食客来了，现场再简单加个工便好了。武汉的另一特色早点“豆皮”便是。据说，毛泽东来武汉品尝四次，次次赞赏有加。其制作方法是先将绿豆、大米混合磨浆，在锅里摊成薄皮，然后在里面包上煮熟的糯米、肉丁等馅料，用油煎好后切成小块。还可以用鲜肉、鲜蛋、鲜虾仁为馅，制成三鲜豆皮。外面皮色金黄发亮，里面营养味道充足。是谁首先发明的，不得而知。仅知道汉口大智路老通城酒楼做的豆皮最有名，有“豆皮大王”之称。

户部巷入口处，铭刻着武汉市著名曲艺表演艺术家何祚欢写的小记：“汉味早点米当先，户部巷里快热鲜。”另一头的巷口两座石狮矗立，上方是著名书法家陈义经用泰山石刻风格题写的“汉味早点第一巷”。

要想吃到正宗的武汉小吃，不妨去户部巷转转。这里吃的不是早点，是历史，是一个城市的风味。

伏虎山的寂寞

这是清明节的薄暮时分。按惯例，今天是正宗的扫墓日。上午阳光晴好，下午天空蒙上了淡淡的云层，给这沸腾的大都市，给喧嚣中的人们塞进了一些沉重和感伤。

听说傍晚是亡人出行的时辰。我于是决定吃过午饭再去赴约。这约定是我半年前许下的诺言。是我一个人的，也相信是我与他们的。

他们是长眠在伏虎山的五位武昌起义英雄。半年前，在我的长篇小说《铁血首义路》收官之际，我曾循着网络文字的足迹，去那片土地索引过他们的踪迹。当时，我两手空空，去赴一个没有把握的约会，除了一颗虔诚谒拜的心，什么表示也没有。

我是打定了主意，清明来补偿酬谢他们的。这是我们之间的契约，心照不宣。我们是不曾谋面的朋友。从年龄上讲，我应该叫他们爷爷或者太公。可在我心里，他们永远定格在百年前那个生龙活虎的青春岁月。他们永远以那样青春的面目活在我小说里，活在我心里。

我在归元寺门口购得冥币、香和红祭条，就登上了拥挤的公交车。山的暮霭比街市的夜来得更早些。我踩着一个人的信誓旦旦，匆匆前行。我脑海里一遍遍跟自己打着赌。一个说，他们墓前一定有人去祭奠过了。洪山公园里，施洋烈士像前，不是远远地就能看见花圈吗？况且今年是辛亥革命一百周年。另一个说，还是眼见为实吧。施洋站在主要街道旁，在大庭广众之下。有些人对亡者的祭奠其实是做给旁人看的。况且别人祭奠不代表你。

在武汉体育学院门口下了车，再往回走，进了省林业科研院，登一段缓坡，往右拐一点，便是刘公的墓。他是领头人。

灰色的墓碑正中以黑墨隶体竖书“刘公先生之墓”。碑后静卧着水泥砌就的墓体，像一只雄健的老虎，背脊宽阔，卧伏山峦，自显威仪。周围方方正正用水泥围一个栅栏，圈出一片整洁坚硬的水门汀世界。左角唯一与泥土亲近的是一棵桂花树。

墓前光秃秃的。我寻找了一圈也没看到有人来过的痕迹。倒是有一位农民工，在靠山壁处默默地工作着。他是个泥瓦工，正用水泥修葺栅栏的水泥墩。我问他，是谁请你做这事的？他说是武汉市文化局。祭奠对一些单位和人来说只是一项履责的工作。一方出钱，一方出力。大英雄都是为一个时代牺牲的，是真正的公仆。公家出点钱，请人做点表面工作，自然很好理解。

烧了冥币，点了三炷香，又将红色的祭条摆放到墓碑前，然后肃立，三鞠躬，默祝刘公地下安息。脑海里浮想的是那个儒雅羸弱饱含书卷气的年轻形象。

刘公，1881 年生。湖北襄阳人。刘公与张公李公有别。他是自己坚定了信念要代表刘家以天下苍生为公的。刘公，原名湘，字耀宗，又名柄标，后改名公，字仲文。刘公是典型的“富二代”。早年在日本留学期间加入同盟会时就捐款资助过《民报》。刘公在日本时被推举为共进会第三任会长，也主要缘于他能为革命慷慨解囊。他回国后，谎称要去京城捐官，从父亲手里骗得五千两银子，悉数交给了孙武组织的共进会。这五千两银子是及时雨。别以为这数字小，孙文先生让居正捎给湖北起义筹备经费也就八百元。没有这五千两银子，武昌起义寸步难行。他将妻子弟弟带在身边，与起义筹备处前后门住着。算是将家人的身家性命都绑在起义的战车上。

我问泥工可知这墓里躺着的是什么人。他摇头，倒反问我，你是这人的后代？我想也没想，竟一口回答是的。我不想惹来更多的盘诘，从一定意义上讲，我确真是他的后代。不仅是我，也包括他，我们所有的湖北人，有良知有觉悟的中国人都是。也不仅仅是刘公一个人的，包括武昌起义所有的英雄。我骄傲我是英雄的后代。这话是不是有越俎代庖、强代民意之嫌？

顺着山脚往南行。微风从树的浓荫里拨开些微的缝隙，给地面送来纤弱的天光。隔年的枯叶在脚下发出吱吱的脆响。早春的寒气暗暗地入侵。心里涌起莫名的惆怅。我知道刘公是有后代的。俄租界宝善里发生炸弹失事事件时，他的妻和胞弟刘同都被抓过，后来都被释放了。

右行不足百米，在路边，一个低矮的平处，是蔡济民先生之墓。同样的石碑，同样的墓体，不一样的是被标注于生命之上的符号。还有别样的是这墓前端正地摆放了两个花钵，一为常青藤，一为海棠。这样的生机正是我所期望的。有人辞世了，亲人记得祭祀是血缘之情，也说明此人曾经活得有意义，不枉来这世上一遭。若是旁的非亲非故之人专程来祭奠，想必定是此人福泽了他人，不是英雄也是伟人了。

蔡先生时年二十四岁，原名国桢，字幼香，湖北黄陂人。起义当晚他是重要骨干。他带队攻打总督署，后护卫臬署立下非凡战功。按理，蔡先生的亲属离武汉是最近的。但想必这花不是他亲属送来的，倒像是一个秀气诗意的女学生所为。或许她在史料里一睹过他英俊温和的音容。也或者是享受过蔡先生恩泽的人的后代所为。总之，蔡先生很英俊，是个重情义的人，是个行动多于豪言壮语的人，也是这五人中职务最低的革命者。他资历老，率先打响武昌起义第一枪的熊秉坤是他介绍加入新军的。群龙无首的时候，也是他坐在床上因获知彭刘杨斩首一边抹眼泪一边对比自己职务低的小班长熊秉坤说，现在只有望老哥干一干了，我一定带队响应。起义当晚他负责带队攻占财政大厦。蔡济民的墓就在路边，像路上的小花野草，是革命军中的普通人。这样的人即使放到现在的时代背景里，也是要被很多人追慕和暗恋的。遗憾的是我在小说里对他着墨不多，抑或他的优秀品质已化作小说中某个主人公，弥散在字里行间。但我仍要在心里对蔡先生表示莫大的歉疚。

围着伏虎山继续往南绕行，第三位便是位于半山腰的刘静庵先生。他的座位面朝正北，几乎处于山体的正中。不知负责殡葬的领导者当初为何做出这样的安排。我认为相较刘静庵先生于武昌起义的功绩论是恰如其分的。他的位置高而正，像他正义通达的人品和他在发展壮大革命力量中发挥的巨大作用。他是一个居高临下指挥若定的将军，更是一位俯身民众仁爱厚道的布道者。他以他的生命为他真正的信仰作注。

在这些死难的英雄中，刘静庵先生是最虔诚也是最彻底的革命者，也是湖北起义军资历最深的领导人。他因革命加入新军，为黎元洪当了两年司书，后因一封疑为黄兴的来信被军营查获革除。走投无路之际，被美国圣公会收留，任美国圣公会阅报室日知会执事，成为一个信仰基督教的革命者。他隐蔽昙华林一带，以教会为掩护创立日知会，宣传革命，扩大队伍，成为当时全国最大的革命组织。代表中国大陆隆重接待了孙中山先生委派来的一位神秘的法国革命者欧几罗的来访。也因此发生丙午党狱，九人入狱。他首当其冲，被疑为主犯抓捕，受到最残酷的严刑拷打。其实，他就是湖北革命队伍的主心骨。

刘先生在牢里被折磨致死。令人感佩的是，那些狱卒和受难各囚都抚尸痛哭。也是他们资托狱吏，将噩耗及时报告给圣公会。他们在哭诉中说，刘先生在狱中一直坚持宣传革命，组织难友，以铁血军名义进行革命。虽受尽酷刑而读书不辍，天天读书写日记，间以诗歌抒愤励志。狱中五年，坚贞不屈，牢狱都被其感化，被称为铁汉。在刘先生的辞典里，革命也是宗教，是强国富民扶危济困的宗教。病逝狱中时，须发皆白，干瘦如柴。年仅三十七岁，终身未婚。遗憾的是还有四月余他就可以听见武昌起义胜利的枪声了。可他来不及挥手，就永远告别了他痴恋的战场。不知哪位高人指点，他被安葬在半山腰上。他在武昌起义的历史功勋中承上启下正处于壮腰的地位。他光芒四射的生命永远驻留在革命征途的半山腰上。

刘先生是潜江人，与我的第二故乡枝江比邻。他有四个弟兄，家境贫寒。他没有后代来祭奠是情理之中的。

将伏虎山走到尽头，便有光明豁然开朗。这里有二员虎将紧邻，左为孙武，右为吴兆麟。这种安排，颇见匠心。

孙武是起义领导层的核心人物。原文学社社长蒋翊武任临时总指挥，管军令。原共进会会长孙武任参谋长，管军政。起义军共两股力量合流，另一支是文学社，多系湘人。他曾与战友刘玉麟同穿一件袍衣。为了招兵买马，壮大队伍，对人称是孙文的弟弟。他主张论功行赏。对革命后的政府组阁中没真正的起义军很是不满。他的墓摆在最后。算是龙头蛇尾的意味吧。

吴兆麟是杰出的军事指战员。他当上武昌起义当晚的总指挥带有极强的戏剧性。1911 年 10 月 9 日，由于孙武在俄租界宝善里试制炸弹时失事，起义事项暴露无遗。孙武受伤被送进了日租界。陆军第八镇镇统张彪如获至宝，亲率巡防兵、督院卫兵数十名，火速赶往小朝街围捕党人。蒋翊武佯装伙夫，越墙外逃。熊秉坤组织 10 月 10 日晚起义时，其实正值群龙无首之际。

当工程八营三棚正目熊秉坤带领起义军抢占楚望台军械库后，发现自己人微言轻，有军心涣散不听使唤之虞。汪长林在巡防警戒时，发现了躲在暗角害怕杀头的工程营左队队官吴兆麟。吴兆麟也是日知会成员，被丙午党狱吓破了胆，从此不事革命，现在躲在暗角被起义军发现。他成了惊弓之鸟，连连摆手，竟发出别杀我这种毫无志气的哀求。可他一出现，起义军竟然发出呼啦啦的欢呼。吴兆麟，1882 年生。武昌（今鄂州）人，先后入工程营专科学校、湖北参谋学堂学习，其军事学识，为士兵熟知。熊秉坤一阵窃喜。这不正是来帮自己力挽狂澜的救星吗？

熊秉坤见吴兆麟在士兵中呼声如此之高，即刻推他担当起义军的总指挥。吴兆麟大摇其头，支吾道："这，这，太突然了。我难堪大任。”熊秉坤厉声道：“你看，大家多么信任你。你倒不自信？革命不是请客吃饭。你当也得当，不当也得当。起义能不能成功，就看你在此一举。再磨蹭，小心我的枪不长眼！”熊秉坤将手中的枪扬了扬。

吴兆麟深知目下处境不投诚则杀身。他没料到那段曾让他提心吊胆的历史现在咸鱼翻身挽救了他。他更是做梦也不曾料到有一天他会被推到风口浪尖指挥一场酝酿了八年的历史性辉煌壮举。

吴兆麟的确不负众望，调兵布阵，慧心独具，得心应手，成功地指挥了武昌起义，为武昌起义节节胜利发挥了决定性作用。一个夜晚的枪林弹雨，洗刷了他的污点，还原了一个英雄的本色。为此，我常想到一句话：人算不如天算。

两位虎将军的墓前也是光秃秃的。我在他们面前点燃冥币。火焰猝起，轻于鸿毛。鞠躬，再鞠躬。重复的是动作，不能复制的是深埋进我心底的悲伤。

这些埋伏在伏虎山里的英雄，注定要由一个地位低微的人举起发令枪。一场艰苦跋涉了八年的长征，注定要由一个意想不到的人画上圆满的句号。一段绵延了两千多年的封建锁链，一夜之间像多米诺骨牌走向了断裂崩塌。这是历史的巧合，还是命运的必然。不得而知。

伏虎山，一座卧虎藏龙的山，一座降龙伏虎的山。

英雄们活着的时候就不曾对这个世界索取过什么，所以，有没有人记得他们，有没有人来看望他们，他们都安之若素，静若止水。

百年后的清明节，是伏虎山独自守候的寂寞。

昨晚雷电交加，今天依然泣雨。一早起床观察天象，天空继续粗重地喘息。就想得待他平静，伏虎山林木繁茂，雷电天气是不宜前往的。好在过一会儿喘息之声远了，雨依然是清明的表情。

我们开车出发。这是第六年了，第一年只身一人来，后来约女友来，今天和他来。蹲在他们面前，像老朋友唠嗑儿，将他们的事讲给旁人听。边烧纸钱，边讲故事。一年讲一次，不多，寥寥数语，却是温故知新，是让他们地下有知，这世界确实记住了他们。他们安眠在武昌东面的伏虎山上。他们是刘公、蔡济民、刘静庵、吴兆麟、孙武。

黄柚高悬

柚子又黄了。家门口有这棵柚子树，秋天才有丰盈的意义。这柚子是挂着吊人胃口的，浑圆而饱满，还是一身青葱的时候就惹人时常惦记。每次走过路过都不愿错过，都要驻足凝眸臆想一番。偶尔走过了，还会忽然扭过头去，远远地看一眼，知她安好，才放心才欣然。幸而她与我们保持着距离，是清高的，只能仰视不能近玩。

渐渐地，她在我们一日三遍的催促中长大了，沉甸甸的脑袋满是狡黠，在浓绿的叶缝中或隐或现，跳一跳也难及。秋风漂染了她的肤色，秋雨润泽了她的心田。这时再看她，她是淡定而从容的。一根细柄将她与树干维持在若即若离的状态，在舍与不舍之间，却是他们自得其乐的意趣，况味无穷。外人哪能品咂？俗人如我者只会禁不住唾液的潜溢了，就琢磨着如何能找根长棍或者石头，将一柚在手，剥开来，来个掏心扒肝的肝胆相照。可它们偏是长在小区公共绿化带的。它们的存在只有风景的意义，是悦人目、赏人心的。即使天下的柚都已吃遍，这几只柚仍有若即若离的勾引和魅惑。好比男人女人的贪心，对可望尚未及的，总蠢蠢欲动，难以释怀。

一天一天地遭逢，一次一次的回眸，我总在心里问：你是甘愿独自终老，还是被人吃掉？树下一块石头，大红的行草写着“慎独”，下面两行绿色的小仿宋写着朱熹的警句：世路无如贪欲险，几人到此误平生。这话竟恰到好处，有一语惊醒梦中人的功效。

柚是秋的宠儿，薄薄的一层纱衣浸染得那么均匀，不厚此薄彼，不繁复芜杂。单纯的嫩黄扎在翠绿的叶中，不突兀，不惹眼，朴素而清新。自然是极高明的调色师。我常想，人在穿衣打扮时，若按植物花果叶茎的色系搭配，再丑陋的身材想必也是好看的。人最精彩的艺术创造也不过是对大自然的抄袭。

秋带给柚辉煌亮丽的生命里程。柚的突显可谓苦尽甘来。青春的锋芒业已柔软，晶莹剔透，包裹成一片片厚实的月牙，再聚合成一颗饱满的心。柚几乎是与橘青梅竹马，同时成长，是同宗的近亲，却比橘大气厚重坚实，砸到地上也不像橘有粉身碎骨的担忧。柚的脸皮比橘厚，也不及橘的脸蛋妖艳。她甚至是一副憨头憨脑的样子，一根筋地坚守本分，被人当足球踢也在所不惜。没有外力强悍的拉拽，她会一直守身如玉，天长日久的风来，亦是坠地为泥。柚是温良的。她打肿脸充胖子，做好了应对击打的准备。在万不得已落地时，以不损伤自己也不损害他人的面目软着陆。即使冰冻三尺，将柚吃进嘴里，也没有冰冷的刺激。丝丝缕缕，汁丰味甘。

硕大的沉沉的柚子，像浑圆的脑袋，隐约在深绿中，大智若愚的样子，总引起人想要上前抚摸一下的冲动。柚子单凭一根短茎连着，欲舍却恋，四两拨千斤的样子，像女人的吊坠耳环，像一个谜，在悬而又悬之间稳健地吊着人的胃口，扑朔迷离，看似直白又闪烁其词。

黄柚高悬，给人无限的念想。每每经过，或者一夜醒来再定睛看去，就总悬着一颗心，怕那些黄澄澄的柚子忽然被哪个胆大的馋嘴巴掳了去。就这样一日日纠结着，拎着心地关注着。愿她安然地活在视线里！

你尚在，我安好。不去追问岁月的尽头，谁被必然驱赶，谁对无奈臣服，谁找借口远走，抑或都固执地抱残守缺地坚守。纵然流星划过，错过是彼此交汇的彩虹。有梦真好。有彼此的挂怀真好。树树皆秋色。秋是怎样的色，秋能驻守多久，谁又能说得清？录入眼里，暖漫心田。即使霜触指尖冬声紧，依然抱定寒枝谜相戏。

给静泊一点悬念，给平淡一些迷局，生命或许就是这样丰盈的吧。诗人李贺感叹：园中莫种树，种树四时愁。独睡南床月，今秋似去秋。在秋的五彩斑斓里，我却日日留恋这硕果满枝的柚树了。

百年胭脂巷

这条街与长江平行，又垂直不足千米。笔直里生出些小岔，像女人的发际。中间一条主道，两边随性分出若干的小道，通向各自的幽处。这里因一条长江，而与汉口、汉阳相连。三镇在这里形成交集，往来方便。于是养成了耐不住寂寞又不失温婉的热闹性子。像妓女的眼睛，是勾人钱和魂的。

这条街与武汉三镇所有的街巷有别，是兄弟中的独生女，是懒于梳妆的、自然的女儿态。茶栈、布行、钱庄、成衣铺、皮草行、化妆品商号鳞次栉比。女人们做件旗袍，买点胭脂之类，总要光顾这里。钗环鬓影，号内号外，挤一下鼻孔，猛蹙眉一吸，总有暗香袭来。柔情和欲望便有些蠢蠢浮动。这胭脂是尘埃中的一点红，是灰头土脸中的生动。女人抿唇轻笑，这时，葱指蘸一点胭脂，合住掌心，两相磨匀了，轻抹在两腮凸起的笑肌上，便有使苍白霎时熠熠生辉的效果。灯光下盈盈粉泪，又染上了凄美的味道。所以，这胭脂，无论是音韵，还是形象，都有先天的凄清。名与物是浑然天成的相得益彰。

这条街长约八百米，宽不足十米，逼仄得像条鸡肠，像个没根基的街头混混，所以无名号，是个无厘头。但是这里的生意，出奇地好。风吹颗草籽，都能长得枝繁叶茂油光水滑。有人问，你在哪里忙什么事呢？你回答在武昌卖胭脂的巷子里。巷是比路更苗条的，是女人的针线活那类，不见大世面的，即使能做出什么惊天动地的事来，也是藏着掖着的。久而久之，这条街就有了一个极女人的名字——胭脂巷。这名字是信手拈来的，却约定俗成，沿用至今。起于哪朝哪代，却并无从追究。反正，姥姥是这么叫的，姥姥听姥姥的姥姥说，也是这么叫的。

胭脂巷在蛇山脚下，仿佛女人的一只绣花鞋被花心的蛇踩住了后跟。倒见不出痛痒，于是任由你踩着。这样相持下去，倒是给这街平添些许的情趣和传奇。蛇山是在平地上突兀地起了一根长脉，由南至北，似一条水蛇扭动灵动的腰肢，径奔长江里去。汉水也从对面切出一条口来，汇入长江。长江于是在这里有了海纳百川的气魄。江面上千樯万舶。十里帆樯依市立，万家灯火彻宵明。街上货宝奇珍聚集，肩挑、小贩、轿夫、苦力之类穿梭其间。由于从长江挑水的木桶无声无息一日三遍地挥洒滴漏，青石板路湿润而洁净。

中段的胭脂山北坡有“竹凤清”“桃花坞”石刻。相传此处古为渡口，一个艄公夜晚插入水中的竹篙到第二天早晨变成活竹，因镌“竹凤清”三字以志其事。又传此处多桃树，有“夕阳返照桃花坞”的诗句，故有“桃花坞”之刻。小巷两边的房子，要么白壁翘檐，要么青砖厚墙，严整而不失随和，平易而不乏雅致。

离南端的巷口两百来米处有一座胭脂山。不高也不长，整个儿像某个诸侯王爷的陵寝。因山脊皆石，色赤如胭脂，故得此名。这名倒也不俗。全因“胭脂”二字，便让人顿生怜惜之心。一草一木都染了女人的脂粉气。

胭脂山下有一家四合大院，墙院里是两层的阁楼，雕梁画栋。白天关门闭户，晚上却是车水马龙。匾额上刻写着“桃花坞”三个镏金大字。为了与这院名相衬，院外两只石狮旁边各立着一株桃树。每到春天，一片桃花灿烂，红里含粉，与胭脂同道。“桃花坞”得了这条街的古韵，又应了这条街名，所以活色生香，生意出奇得繁荣。晚上，这屋子里不仅商贾云集，而且衙门的官员也影影绰绰，似过江之鲫，鱼潜水底，暗暗穿梭其间。

这是我长篇历史小说《铁血首义路》（2011年人民文学出版社出版）里呈现的胭脂巷的样子。一百年前了。

这辈子我最爱武汉，武汉大街小巷我独爱胭脂巷。这是小说的男二号刘银根说的话，或许也暴露了我对这条路隐秘的情结。这情结是说不出理由的，是天然的契合，是一见钟情式的好感。

小说贯穿了一个凄婉的爱情故事。记者采访报道里说我用婉约的风格写首义，大约皆因这条脉动的爱情像一条暗河蜿蜒于字里行间。故事的发生地就在武昌胭脂巷。

不知为什么，武汉这个以粗犷著称的城市里会有这么一条婉约的巷名，这多少让我像猜度一个男人的柔情一样明白武汉柔弱动人的一面。这样的名字，自然是容易与爱情扯上关系的。潜意识里，这名字濡染了太多凄清的味道。小说的女主人公就生活在这条巷子里，并有一个与巷子相似的名字：胭脂红。

胭脂红是来自南京破败的大户人家的独生女。十五岁便被管家骗卖进胭脂巷里一座叫桃花坞的妓院，色艺双全，做了卖艺不卖身的妓女。在这里，她是独一无二的风景。她的纤弱的美，她的满含幽怨的才华，她的不能存活的爱情。这一切，都构成了一个清末民初女子令人扼腕叹息的一生。

对这个女子，我倾注了很深的情感。我自认为凡读者都会喜欢这个女子。我亦喜欢她同情她，却无力帮她解脱人世的苦难。她最后的归宿是在长春观里静守余生。爱她和她爱的人都在岁月的河里悄然隐退。唯有一个男子像那棵古老的银杏将她痴守。

一条清艳的巷子，一个女子凄婉的人生。任武汉风情万种，我偏喜胭脂巷这一种。尽管胭脂巷早已洗尽脂粉，今非昔比。

重回北京小记

一

北京西单繁华的商场和显赫的办公楼群背后，有一栋红楼，是2005年我在中组部工作时的集体宿舍。住在里面的都是刚调来和借调的同志。红砖显于外，白灰的水泥线清晰地纵横其间，有朴素的庄严。我住一楼一个单间，每层楼有一个公共的卫生间，是手拉式的冲水器。夏天没空调倒也不见热。冬天暖气充足，头一晚洗的衣服水淋淋地挂着，第二天准保干透了。北京的冬天和早春时节是很怕在室外行走的，因为风带了冰针，吹得脸上生疼生疼。风是干的，连空气也是干的。人在干干的空气中穿行，就如在一个电磁场里做机械运动，所以，衣服头发手处处生电，头发在衣服上不规则地黏贴飞舞，与人握手啪啪作响，有触电的轻疼。逛街时须得备一个水壶，因为喉咙随时就干得冒烟，否则一天下来挖一下鼻孔，十之八九是有血渍的。宿舍里有公用的厨房，多由家属工使用。我们一日三餐吃食堂。食堂在办公楼里，干净而明亮，便宜，吃起来也放心。

红楼里水很硬，有些鲠喉。水以至柔著称，“硬”这个词用来形容水，是北京赐我的生活经验。为此每天晚上我会从办公楼里灌一瓶从过滤器出来的水带回宿舍喝。红楼离单位近，横穿西长安街的地下通道即到。七点起床，七点半就到了办公室。在北京，红楼成了我唯一客居的家。工作了一年，北京的景点都无暇光顾，直到临走前一周看了宋庆龄故居、圆明园、十三陵等几个风景点。当时说给北京的同事听，同事说我们在北京待几十年了，你说的这几个景点我们也没去，才恍然明白，风景都是留给远方人看的。

这次久别重回北京，便央朋友特意绕道经过红楼。在熙熙攘攘的人车流里穿行，总算见到阔别六年的故地，心里的喜竟是不自觉的，像怀里揣着一只活跃的小鸟欢跳不已。可惜中间一道白色的护栏像王母娘娘划下的银河挡了直达的去路，以前倒是没有的。于是远远地凝望，见空调显于外，想必条件改善了，也不知这房子是否另有他用。如果去，我怕是也难找到那个留了我体温的故居了，似乎没有门牌号。那时每天回房间全凭本能的记忆，倒也从无差错。

墙壁薄而透，所以房间不隔音，隔了几间房，夜里有人说话也能声声入耳。好在那时年轻，辗转反侧终是合眼一觉到天明。现在，时光倒流，像久违的故人终又会面。心里伸出无数的爪牙来，想进去看看，不为凭吊只为怀旧，却因时间匆促，又不顺方向，终没坚持。只能巴巴地在车里行注目礼。周围的明珠商场还在。原来两只蝴蝶的红雕被写有“瞻云”二字的牌坊取代。

朋友说，北京变化大，连他也陌生了。对我来说，千变万化，只要这栋红楼在，北京就不陌生。朋友问我，这次来北京有啥感想。我说我第一次感觉像是多年前与北京谈过一场恋爱，却没走进婚姻。这次来，不为叙旧，只为感受彼此的容颜。我与这土地结下一份永不能释怀的情愫了。

两个半天一个夜晚，我都独自与北京私会。北京老师领导朋友很多，我选择了不打扰，选择了我与北京私下的对视。南锣鼓巷、烟袋斜街、后海的酒吧，都留下了我的欢颜和足迹。原来每天必光顾的天安门广场和新华门这次都省略了。时间真是个橡皮擦，它让内心找到了应该珍惜的东西。

二

夜生活在北京是灵动的，不事雕琢的。走进后海酒吧一条街，你很容易被音乐俘获。音乐飞越尘埃和喧嚣，隔绝白昼，人很易混入梦中远走高飞。酒吧的音乐是切近的，是带了生活体温的。它是一种面对面的述说，所以酒吧恰适合一个人倾听和独对。而酒吧往往也成了朋友们聚会聊天的地方，这时台上艺人的演唱就成了背景。当音乐风平浪静，喧嚣突显，尤能感觉音乐其实是夜晚充满灵性的纱衣。纱衣装点了人的情绪。

酒吧外那个盲人艺人很敬业，腿上绑着快板，鞋上牵着细索，脚打节拍拉动快板响，手脚并用，自奏自唱。唱的是河南梆子，高亢雄浑，是高于酒吧艺人的真正艺术家。遗憾的是他的舞台太大也太小，所有的走近都是风景看透，甚至没人有耐心听完一首歌的细水长流。沉默的来去，擦肩而过的是无言的感动和命运的无语。

三

烟袋斜街在北京鼓楼附近，街道不长，有两百三十二米，形似烟袋。一袋烟的工夫可以把街逛完。清朝时主营烟具、装裱字画和古玩玉器，是个有人间烟火气的地方。

我一早坐到入口处的咖啡厅看书吃比萨。读的是六世达赖不负如来不负卿的两难情绪。走完这街有一条河，河上有一座桥，名曰银锭桥。一人力车夫过来说，八十元可逛一遍胡同。他殷勤备至，给我拍照，临到按键时总变换花样地逗你笑，问你西瓜甜不甜，当然答甜。因为时间紧，胡同来不及逛。不好意思地说，看你这么费力，车来不及坐，请你喝杯热饮吧。那车夫总算理解我没有骗他的意思。

北京人的热情是出了名的。街上遇到一同事骑自行车的，她会推着自行车陪你一起走，她怕遇见你的孤独。公交车上听到你问路，有人会自告奋勇说，你跟我走吧，我和你顺路。她会把你送到目的地，然后离开，离开后又折回来告诉你回去时在哪坐车。

听口音你能分辨出谁是正宗的老北京人。他们的普通话是拐了弯的，是舒缓的抑扬顿挫和慢条斯理。这种主人式的热情，自信的弯调和缓腔，是无论在京城泊居多久的外地移民学不会也无法模仿的。它带有这个皇城和皇城根儿土地的气息。所以皇帝可以一茬茬地更迭，建筑可以一层层推倒复盖，不变的是土里长出的根深蒂固的京腔。

四

南锣鼓巷与元大都同龄，1267 年就以后市胡同的面目诞生了。北起鼓楼东大街，南起地安门东大街。

北京人胆量足，天可安门，地亦可安门。有门就好办，就可上天入地。北京人做事会察言观色看门道。坐在的士上，司机会通过你的口音和要去的地方，猜测你的身份。最简单的有二分法，一为重要人物，二为普通百姓。司机根据我要去的饭店，也猜我是重要人物。这话让我吃惊不小。

南锣鼓巷，不是制卖锣鼓的集市，也非锣鼓喧天之地。因地势中间高，南北低，形似罗锅人的驼背，而称罗锅巷，后谐音为锣鼓巷。“文革”期间曾叫辉煌巷，后又改回来。

平实的东西总有经久不衰的魅力。如今，这里是保存最全最完美的元大都胡同院落。只容一人通过的窄门，三两步进去，是第二道门，推开这扇门里面豁然开朗。门口是垂柳或者香樟浓荫盖顶。

我在这里买了一顶帽子，晚上寒露渐紧，全靠这帽子帮了大忙。后来朋友见面，也笑道，来北京帽子很重要吧。谁说不是呢？关键时候帽子可以抵一条性命。当然，我这帽子只充当了暖水瓶的盖子。

孤忠流芳屈原祠

我六岁那年，因葛洲坝水力发电站的兴建，不得不背井离乡，成为第一代三峡移民。多少次望故乡渺邈，归思难收。在我懵懂的记忆里，尚不知故土为何物，唯有那船码头震耳欲聋的哭声至今犹在，恍如昨日，成为乡情给我的最初诠释。

一些耄耋之年的老人怕客死异乡，有的宁可一人独居深山，孑然终老，有的非要家人答应死后回故乡为他们招魂才肯离去。我的祖母就是这样泣涕如雨地告别了养育她六十八年的故乡秭归。五年后，她撒手西去。临行前，祖母紧握父亲的手说：好想回趟秭归老屋啊。她何曾知晓那青灰厚墙的老屋早已化作故乡的碎片，沉寂在三峡大坝的河床里。

“鸟飞反故乡兮，狐死必首丘。”想必我祖母的魂魄早已回了故乡吧。公元前340年诞生于秭归乐平里的屈原虽然选择了济乎江湘，从彭咸之所居，但死后不也请神鱼驮回故乡了么？秭归虽大，我却记住了一个地名就叫屈原沱。

二十一世纪第一个早春的日子，我第一次溯江而上，抵达归州屈原祠。对我来说，这是一片精神的故土。在我血脉的源头永远驻守着这样一位伟大的爱国主义诗人、卓越的政治家和孤独的战士，要算故乡对我最宝贵的恩赐。

穿越雄伟险峻的长江西陵峡，抬头眺望长江北岸，一座气势雄伟的建筑，掩映在橘林与翠柏之中，那白墙红棱的山门格外引人注目。这便是屈原祠。

山门歇山重檐，三面牌楼，六柱五间，三级压顶。三面牌楼通高二十米。郭沫若先生手书“屈原祠”三个苍遒的大字镶嵌在牌楼上方正中的天明堂；襄阳王树人所书的“孤忠”“流芳”分嵌左右额枋；大门匾额上闪烁着“光争日月”四个金光灿灿的大字。

山门立柱鲜红，墙面雪白，屋面绿色琉璃瓦。红棱像血管，一柱擎天，终日流淌，永不枯竭；白墙似山涧飞雪，寒气漫天，高洁耀眼，孤绝笔立，好比诗人高标独立的气节。山门两侧配房为硬山顶、滚龙背，面墙正中有一巨大圆弧浮雕，中饰“龙凤呈祥”图案。山门静谧肃穆，气势恢宏。

屈原祠始建于唐元和十五年（公元820年），归州刺史王茂元首建屈原祠于州城东五里的屈原沱，建筑面积1651平方米。元、明、清屡圮屡修，才得以保存。

我久久凝视“孤忠”二字，禁不住泪水翻滚。这是多么精准的注脚。一个臣子忠于他的人民和国家，本属职业操守，天经地义。不幸的是先生的“忠”，似三峡激流险滩中一叶孤绝难行的扁舟。正是这“孤忠”二字遭遇奸佞小人的暗漩围剿，吞噬了他慷慨凛冽的人生。

屈原，名平，字原，又字灵均，战国时楚国人。从小博览群书，才华横溢。身为楚武王熊通之子屈瑕的后代，王室贵胄的家族背景，帮他减免了草根的漫漫求索路，少年得志，二十岁左右即成为楚怀王的左徒，地位仅次于宰相令尹。《史记》中记载他“博闻强志，明于治乱，娴于辞令。”“入则与王图议国事，以出号令，出则接遇宾客，应对诸侯。”位高权重，才高八斗，加上风度翩翩，秀外慧中。木秀于林，风必摧之。这是自然界的残酷，或许也是刚正不阿者难以幸免的遭际。

屈原为人刚强正直，在朝中只知秉公办事，不会察言观色，更不会阿谀奉迎，曲意讨好他人。上官大夫靳尚与屈原位居同列，见他年纪轻轻即深受楚怀王信任和重用，妒忌之火熊熊燃烧。屈原很快被楚怀王降为三闾大夫。据王逸的《离骚序》："三闾之职，掌王族三姓，曰昭、屈、景。屈原序其谱属，率其贤良，以厉国士。"便是一个管理教育王族三姓子弟的官。然而就是这样一个为人师长的小官后来也被罢免了，像一片被无端打落的树叶流放至汉北。

当时，秦国扩张南下，已蚕吞巴、蜀等地，对楚国构成威胁。在北方六国中，唯一能与秦抗衡的是滨海的齐国。屈原忧心如焚，一直主张联齐抗秦，并与齐国建立良好的外交关系。现在屈原被逐，秦国找到了离间楚齐的机会。

公元前313年，秦惠王准备出兵攻打齐国，事先派张仪出使楚国，对楚怀王道：秦王甚恨齐王，若楚与齐绝交，则秦国愿将商于之地六百里奉献大王。怀王大喜，立即拜张仪为相，并派人向齐国宣布绝交。等到楚国被孤立后，张仪出来会见楚将道：将军怎么还留在咸阳，难道六里土地尚未交割好？楚将大吃一惊，说，先生不是说好六百里吗？怎么变卦呢？张仪却一口咬定，矢口否认。楚怀王立即派兵攻打秦国，秦兵却以逸待劳，在丹阳迎战楚军，毙敌八万，俘虏将军七十多人，并占领汉中大片土地。

楚国在西北边境吃了败仗，韩、魏二国又乘虚而入，一直攻到邓邑附近。过去总是支持楚国的齐宣王痛恨楚怀王背信弃义，这次没发一兵一卒救援。楚国陷于水深火热之中。楚怀王只得命人从汉北召回屈原，与齐国修复旧好。事隔了一年，秦国又出花招，派人对怀王游说，愿意将汉中之地归还楚国，以求和好。楚怀王想起受到张仪欺骗的耻辱，说只要将张仪交付楚国，宁可不要汉中之地。张仪知道后，对秦王说，如果张仪能抵得上汉中偌大之地，请让我再次前往楚国吧。他带着重金来到楚国，一下车首先买通上官大夫靳尚、令尹子兰和楚怀王宠姬郑袖。

楚怀王下令把张仪关入囚牢，准备处死。靳尚当晚即入宫劝谏怀王道：张仪当初得罪您，也是各为其主。现在秦楚修好，张仪是秦王宠臣，大王处死他，不又得罪秦王了吗？加上令尹子兰和楚怀王宠姬郑袖左右帮腔，楚怀王只得答应第二天放回张仪。张仪被怀王放走，与刚从汉北流放归来的屈原失之交臂。屈原立脚未稳，便入宫力谏怀王杀掉张仪。怀王派人追赶张仪，哪里还有踪影！

秦昭王即位后，对怀王实行拉拢手段，两国通过联姻建立宗族关系。公元前 299 年，昭王派人约请怀王到秦国武关会盟。屈原认为秦国居心叵测，劝怀王拒绝。子兰等人却竭力怂恿怀王前往。怀王一进武关，即被秦王监禁至死。

怀王的长子顷襄王即位，子兰不但没有获罪，反受重用。子兰唆使靳尚进谗言，顷襄王于是把屈原放逐到更加遥远的湘南。

公元前 278 年，秦将白起举兵南侵，攻破楚京郢都，火焚了楚先君的陵墓，顷襄王不得不迁都陈城（今河南淮阳）。楚国人民沿长江、夏水四处逃亡。楚国经了这场空前浩劫，从此一蹶不振。

在朝廷，屈原“竭忠诚而事君兮，反离群而赘肬”。在草野，“国无人莫我知兮”“独郁结其谁语”！仿佛先生的名字，有太多的冤屈，屈怨。这样的谐音不知是不是他的宿命。这是一份走投无路报国无门的孤忠。白染成黑，忠污成奸。如此处境，情何以堪！生何以堪！难以想象的困厄，先生却没选择当时谋士幕僚远走他国的道路。朝政混乱，世事昏浊。他的忠注定是没有出路的绝境。

先生的青铜像立于山门后一个中心平坝上。先生头微低，眉宇紧锁，似在沉思，在自问。先生体稍前倾，迈动右脚，提起左手，两袖清风。这是先生一生求索的姿势。傲视阔步的只能是他孑然独行的美政理想和爱国灵魂。那飘逸的霓衣定然是先生自幼喜好、年既老而不衰的奇服，“带长铗之陆离兮，冠切云之崔嵬，被明月兮佩宝璐”。先生凛然孤愤，器宇轩昂，“举世皆浊我独清，众人皆醉我独醒”。先生“颜色憔悴，形容枯槁”。

我双手轻抚这深灰色的铜制塑像，希望时光倒流，希望自己是那幸运的江潭渔父。先生行吟泽畔的时候，我要拉住先生远行的衣袂：先生，世人皆浊，何不淈其泥而扬其波？众人皆醉，何不哺其糟而歠其釃？何故深思高举，自令放为？

我深知先生仍会一意孤行，他说：宁赴湘流，葬于江鱼之腹中。我绝不会莞尔而笑，鼓世而去。我会邀集四方百姓跪求于他：哥啊，回吧！昏君不值你舍生取义！

我知道先生会仰天大笑，歌曰：沧浪之水清兮，可以濯吾缨；沧浪之水浊兮，可以浊吾足。这就是先生，一个没有用武之地的战士，一个流离失所的游子。与其苟延残喘，不如葬身鱼腹。这是先生之抉择。殉国恰是战士最后的冲锋，是诗人灵魂的呐喊，是游子能够抵返故土唯一的归途。

屈原青铜像的东西碑廊呈南北走向。廊柱撑架，歇山大角屋顶。廊内先生的《离骚》《九歌》《九章》《天问》等二十二篇诗作和历代文人墨客歌颂屈原的诗句手迹，镌刻在青石碑上。其实铭刻在人们心头的，比石头上的更丰富隽永。

青铜像后面是屈原纪念馆，翠瓦飞檐，庄重高耸。陈列馆正面额上悬挂着郭沫若先生手迹“屈原纪念馆”。馆内分上下两层。下展厅陈列着屈原生平图片、绘画、诗词、乐曲、书法、屈原研究论文，历代各种版本的《楚辞》，以及明嘉靖十六年归州百姓捐款镌刻的一尊高 1.03 米、重五百余斤的屈原石像。上展厅陈列着秭归境内出土的珍贵文物。陈列馆四周橘树环绕，竹影婆娑。

穿过屈原纪念馆，拾级而上，屈原墓肃立于松柏之间。公元前 278 年，流亡了十多年的屈原已是六十二岁。当先生听到楚国的都城被秦兵攻占，晴天平地一声惊雷。这是他预料中的，却比他想象的节奏更快。先生涕泪长流，罢了罢了，兴楚无望了。阴风怒号，江水翻滚，一个清癯的身影怀抱巨石般的报国之志沉于汨罗。山地崩裂，江水呜咽。这天是农历五月初五。

噩耗传到先生的故乡秭归，父老乡亲赶紧用粽叶包最好的糯米投入江中。他们天真地以为，喂饱了鱼腹，先生就安然无恙了。他们还虔诚地驾龙舟驱水怪，举行盛大的招魂仪式。神鱼果然心领神会，将先生驮到归州城东的一个回水湾后，忽然，一股青云飘然而至，神鱼腾空而起，将先生衣冠留于岸边的山包上。后人遂将回水湾叫屈原沱，并在衣冠留置的地方修葺此墓。

墓体共三层，飞檐翘角，廊柱重叠，墓前双狮守卫，庄严肃穆。碑柱上依稀可见“泪水怀沙千古遗恨，归山枕岫万世流芳”“千古忠贞千古仰，一生清醒一生忧”的字句。所有的怀念和评价恰如漫山的橘柚忠实而淳朴。宋代诗人苏轼在吟“屈原塔”的诗篇里写道：楚人悲屈原，千载意未歇，精魂飘何处，父老空哽咽。至今沧江上，投饭救饥渴，遗风成竞渡，猿叫楚山裂。招魂仪式成为秭归端午节特有的内涵沿袭至今，形成中华民族民俗史上一道声色壮丽的风景。

在离开归州的前一天晚上，我们在一艘停泊的龙舟上被七十九岁的胡正浩老人领唱的招魂曲深深地震撼了。

三闾大夫哟听我讲，你的魂魄不可上东方。
东方有魔高数丈，东方有十个火太阳。
金石都能熔化尽，人到那里必受伤。

三闾大夫哟听我讲，你千万不可上西方。
西方有流沙千万里，西方有吃人的野豺狼。
流沙把你吞没掉，虎豹豺狼把你伤。

三闾大夫哟听我讲，你千万不可上南方。
南方有大蛇和大蟒，野兽狐狸真凶狂。
你若到了那里去，妖魔鬼怪把你伤。

三闾大夫哟听我讲，你千万不可上北方。
北方草木不生长，冰山雪地白茫茫。
你若到了那里去，寒风冰雪将你伤。

大夫——大夫——回来吧！唯愿你安然回故乡。

激越高亢的擂鼓声、划桨声、跺脚声，和着凄厉悲壮的歌唱，使沉郁的歌声成为惊天地泣鬼神的呼唤和呐喊，在亘古不息的峡江上空荡气回肠。听者无不潸然泪下。

我万没料到的是当我儿时不得不惜别故土的时候，屈原祠也由屈原沱搬迁至向家坪，后来三峡大坝蓄水，又再次移居茅坪的凤凰山上。这样的颠沛流离，竟似在默默地画一个圆。多年后，我重返故里，才发现我已荣升为先生的同村老乡。我的出生地在秭归茅坪一座名叫狮子包的山下。童年的故居潜伏在三峡大坝平静的湖底。凤凰山与狮子包隔湾相望。这湾长江也成为每年端午龙舟赛的胜地。

凤凰山上有屈原祠和他的衣冠冢。曾经在外栉风沐雨的屈原像被供奉在高峻的庙堂，接受往来如蚁的礼拜。袅袅青烟中，他已化作天神耸立天地间。

先生跨越时空与我竟在咫尺之间，幸甚至哉！这两座山都与三峡大坝共守家园，朝夕相依。它们环抱着一汪山峡平湖。曾经湍急的江水现在是万顷碧波，水阔浪静，犹如世界级聚宝盆，低调而安详。在这里看三峡大坝是最好的观测点。天朗气清，风和日丽。人与自然这样的契合，兜兜转转，是怎样的缘分？是命运怎样的成全？

我为先生一生漂泊的命运不安，但我深知他本“哀民生之多艰”“虽九死犹未悔”，又何妨以乔迁的方式作故土行吟？万道霞光深情地轻抹在屈原祠“光争日月”的匾额上。我引以自豪的故人正颔笑端视雄奇的三峡大坝，一边歌吟盖世无双的楚辞新章。为一个人立祠，是为缅怀立言，又何尝不是为一个时代的忏悔立碑？这样的碑，不可多得，也断难绝迹。

魂兮归兮！我亲亲的故人，我永远的老乡。

一个人的教堂

一直以为教堂的钟声是对圣洁的婚礼最庄重的祝福。新娘穿着白色婚纱，手捧鲜花，在父亲的陪伴下，走向心爱的人。正装的新郎在牧师的主持下，将一枚经过圣水洗濯的崭新戒指，慎重地戴到新娘罩着洁白蕾丝手套的无名指上。

牧师以威仪的姿容转达着圣父圣子圣灵的期待和担心：

“在上帝以及会众面前，你愿意娶她做你的妻子吗？从今时直到永远，你是否愿意无论是顺境或逆境，富裕或贫穷，健康或疾病，快乐或忧愁，你都将毫无保留地爱她，对她忠诚直到永远？”

答：我愿意。

“在上帝以及会众面前，你愿意嫁给他让他做你的丈夫吗？从今时直到永远，你是否愿意无论是顺境或逆境，富裕或贫穷，健康或疾病，快乐或忧愁，你都将毫无保留地爱他，对他忠诚直到永远？”

答：是的，我愿意。

肃穆的教堂，万籁俱寂，只有这对新人相守终生的诺言弥久回旋。温柔而浪漫，神圣而庄严。我相信此时此刻，所有的新娘都是最美的天使，所有的新人都是快乐的主人。这份幸福很大程度上就来自公开承诺的力量。虽然这承诺并不一定坚如磐石，但我相信这一刻的盟誓有时会像一股清泉，潜入人一生的旅程，让即使面临干凋的婚姻之树也能重新绽放生命的青绿。

婚礼是应该讲究形式的。这形式不仅仅是一个公告，更是一份郑重的承诺。教堂的承诺将进入神的耳朵，受到神的监督和见证。在神的注视下，还有多少沉默的谎言敢于像细菌明目张胆地繁衍进婚姻脆弱的肌体，还有多少温情脉脉的盖头能够悄无声息地掩盖忍辱负重被逼无奈的眼泪？

如果说西方的婚礼是壮观的冰，中国旧时的婚礼则是张扬的火。中国的婚礼是锣鼓喧天，满堂红。大红灯笼高高挂，鲜红的喜字贴满窗。鞭炮轰鸣，唢呐高奏，浩浩荡荡。新人在男方的厅堂里，一拜天地，二拜高堂，然后夫妻对拜，携手洞房。

单从旧式中国的婚礼出发，就可窥知女人在婚姻中的地位。自始至终，我们的新人没有一句语言的承诺，只有受人摆布的傀儡似的动作。新娘子头上搭着大红的盖头，很多人直到步入洞房，还不知自己的夫君长的是何面目。从结婚的那天起，女人就像钻迷宫般走进了夫家统治的王国。婚姻幸福与否，谁也没了发言权。

中国旧式的婚礼是不容许承诺的，我以为，这是男权社会男人为自己改弦易辙留下的退路。或许有人会说旧中国的婚礼是把天地当着神来礼拜，中国的文化是内敛的，无须语言张扬的承诺，只想默默地让天地做个见证。岂知天地只认得盖头，哪知盖头下男人神不知鬼不觉就能换上另一张面孔。这婚礼的旧习是谁定下的？我倒欣赏祖宗先生的睿智了。

其实，当着众人的面，宣告对婚姻的承诺，是要凭借心灵深处的爱和勇气的。在西欧，新人要面对耶稣那双洞若观火的双目，即使想把谎言说得像真的那样，也得承受内心的煎熬。对神可能给予的惩罚也是心有余悸。所以，教堂的婚礼大可以闻其声，观其心。

感叹中国旧式婚礼的繁文缛节，反观我们现代的婚礼竟是那般匆促、简单，甚至潦草。有人说：结一次婚，不亚于脱一层皮。没了规范的仪式，倒是在筹划宴请宾客中疲惫不堪。婚姻从一开始就打下了不胜其烦的烙印。新人向对方做出公开承诺，已经没有场合，没有契机，更没有心情。新人在众人热闹我独累中步入婚姻的围城。

据悉，大城市一些年轻人开始向往在教堂举行婚礼了。即使不在教堂，新娘一改红妆艳裹为洁白婚纱也似乎成为一种时尚。我不知道这是中西合璧的一种改良，还是数典忘祖的退化。有一点倒是可以肯定的，我们的新人希望婚礼给婚姻提供一个承诺的平台。不排除花前月下的誓言已使耳朵长茧，但是，私下可以指天发誓，也可以在光天化日下不露痕迹地毁约，这就是公开承诺公信公证的魅力，也是人天真地希望通过婚礼为婚姻求得高枕无忧的缘起。

我就是带着某种遗憾和渴望走入哈尔滨的圣·索菲亚教堂的。尽管这是一次工作性的造访。

身居武汉，听人说一些过去的租界也是教堂林立。可我一直无缘前去礼拜。一是苦于生计劳顿，无暇他顾；二是潜意识里总觉得不能一个人去教堂，否则就有去忏悔去赎罪的嫌疑。窃以为到目前为止，俯仰都无愧于天地，尚用不着去向谁悔过。教堂虽然占地不多，却是凡人靠近神，与神对话的地方，所以，一个人进到空寂却浩瀚的教堂，仿佛一脚踏入混茫的天宇，未免反衬出小人儿的孤独。

圣·索菲亚教堂始建于1907年，是东正教的大教堂。原是全木结构，1912年改为砖木结构。1923年在旧址重建，1932年建成，属拜占廷建筑艺术风格。整个教堂结构紧凑，主体建筑像安详的圣母怀抱着左右前三方受难的圣子，高低错落，严谨雅致。最高的主体建筑最醒目的是墨绿色的宝葫芦似的房顶，插着金黄色的十字架。左右前三面的建筑结构一致，只是两侧稍矮些，都是菱形的绿色穹顶，也都插着金黄色的十字架。正面穹形的正门上方高悬着耶稣手持《圣经》的巨幅照片。褐色的墙壁上随处可见十字架形的装饰图形。看到这么多规整的十字架，让我心情颇为沉重。来拯救苦难的耶稣自己首先被钉死在十字架上。这是神成为至人的必经之路，还是人间与天堂苦难的轮回？人来这世上就注定了要经受苦难的炼狱吗？人只有经历了苦难的磨砺，才能成为救赎他人的神吗？

我们的大部队是没打算进到教堂里面参观的，在这里停留的时间只有半小时。所有的人都在外面拍照，到此一游算是对教堂的交代。我却打定了主意，无论如何也得走进教堂，一睹庐山真面目。孤独也好，忏悔也罢，我已顾不得那么多了，因为这是我很久的一个夙愿，我不能亵渎内心的声音。我们的内心就是我们的神，我不能与神的召唤擦肩而过。

一个人踩着形单影只的落寞步入教堂，很希望一场盛大的婚礼与我邂逅。脑海里浮现过无数次的婚礼进行曲寂然无声。牧师和唱诗班都退隐在历史黑暗的角落。

教堂里正办着哈尔滨历史图片展。一张张黑白照片在往事中静默，似在沉思，又像在积蓄力量。这座城市曾是联结欧亚大陆的重要枢纽，是帝俄日侵华的盘踞中心，也是亡命白俄的栖身之地。从清朝至民国，侵略与反抗从未停息。如今，强盗的铁蹄已经远去，松花江畔的血迹已被冲洗。教堂作为历史见证，成为这座城市血雨腥风的记忆。政府选择这座教堂，唤起人们对如烟往事凝重的回忆，让我想起丧钟为谁而鸣。

教堂里墙壁斑驳，峭拔深邃，像百岁老人沧桑的身子骨，还能依稀看出往昔健朗的容颜。水晶吊灯在穹顶茕立而下。壁画环挂着每一面墙壁，静静讲述着《圣经》的故事。木质的走廊和台阶，都有历史抚摸的手印。装了铁栅的玻璃窗，像皱纹横生的老眼，疲惫地注视着芸芸众生。台上有一个艺术团在排练，各自为政，安详随意。这是一台不需要语言的艺术盛宴，那画面很像正壁上方静默的耶稣最后的晚餐。

现在教堂仅仅是一个文化的符号，一个民族的剪影。从这个意义上讲，我愿意跨越历史的长河，冲破时空的局限，设想一场美丽的婚礼在眼前重现。我挑了一位有着颀长身材、着玫红长纱裙的女演员与我合影。她的眼睛大而明亮，举手投足都有舞者的轻盈。我们心照不宣蹚过陌生像亲切的朋友挽起手臂，在另一位年长的女演员不厌其烦的配合下，我们成为一对临时组合的新人。事后，我看那张合影，大姐笑得很轻松，很灿烂，我却笑得有些无奈，有些凄切。内心有个声音悄悄告诉我：因为这是你一个人的教堂！我默默点头。

走出教堂，蓦然回首，发现一群白鸽偏偏安谧地栖息在教堂绿色的房顶上，四周富贵的现代楼群竟然引不起它们亲近的兴致。熙来攘往的人群、不绝于耳的钟声也不曾将它们惊扰。它们可是在为这昔日并不平静的教堂做着新的注脚？我会意地笑了，我的心也立时变作了其中一只和平鸽。唉，谁能认出那个大一些的白点，竟是我这匆匆的过客！

天真一过九真山

据说九真山是江汉平原第一高山。这是蔡甸人自己说的。自己说，总难免让人起疑。不过，我倒并不在意山的高度。常言道，山不在高，有仙则灵。他们倒应该编出个神话故事来，或者弄出个九真白骨掌之类武林秘籍。山无端卷入人的俗市，无论真假也要论个高低，实在大可不必。给山贴上极致的标签，我看也是画蛇添足。滚滚红尘，人与自然能葆有一份真，足矣。九真，何其难啊？山是一道天然的屏障，可以让人回归自然的真趣，甚至有退化为灵长动物的一时之快。岂不乐哉！山，一字足矣，一真足矣！

穿越漫天雾霾的重重封锁往山里去，开会也只是个由头一个幌子，甚至开不开都不重要。去山里走走，在山水林丰茂的吐纳与遮蔽中，与尘埃的围攻做暂时逍遥的对抗，才是正途，才不枉去山里走一遭。记得儿童文学作家董宏猷有一句挂在嘴边的口头禅：生命是用来浪漫的，不是用来浪费的。这话朴素明朗，人愈往深处活，愈能体悟其中的真意。

因为阴雨连绵，又没备伞，昨日下午抵达便只似猪仔从城里运到乡下，不为待宰，只被饱食一餐，然后在暖气烘烘中门窗紧闭地昏眠一宿。寄予无限憧憬的愿景就在咫尺间隔离门外。辗转至晨起便想无论如何都得去走走，否则，何必大老远跑山中的宾馆里开会？房子或多或少吸纳了山的精气，可隔靴搔痒倒不如甩掉泥靴来个直面相对更痛快淋漓。雨雾濛濛，信手接过已捷足先登在山里走回来的平安老师手中的伞，作协的美少女小林相伴，一次惬意的晨游便如愿启程了。

漫天的迷雾帮山打着哑谜。雾是真的，山只有了隐约起伏的弧线。经验告诉我们，这里果真有山，山不高，顶多有六层楼那么高；也不陡峭，像浑身冒气的馒头罢了。这样比喻似有怠慢之嫌，像大地的乳房吧，饱满坚挺，有母性的光辉。如若有路，爬上去并不吃力，可惜没有时间让我们寻找那条路。有没有路对我们也失了意义。心有路，真为径。

走得更近一些，茂密的树林昭示着山体的雄健。流动的雾是从山里吐出来的，树与湖滤去了尘埃。我们尽情地张开大嘴，贪婪地吮吸，鼻子和嘴巴都不够用了，深深地呼，长长地吸，彼此都是掏心窝子地给予。山的全貌是看不见的。这个也不重要，重要的是毫无芥蒂地融入，化作风，化作雨，化作草，化作木，没有隔膜，没有人为的距离，彼此欢畅自由的靠近吐纳。

茫然地走，不知所以地行进，只为往山的纵深去。柏油路很宽很洁净，循路而上，便见一湖泊宛然若小家碧玉隐约在软软的乳雾中。一只野鸭匆忙地惊起，它的率先律动似一只音符拨动了一把静置的琴弦，丝丝缕缕的涟漪与它一路相随倏忽远去。

水天相接处是山，或浓或淡地绵延卧伏。混沌的天地因为有山有树才似有了支撑，才少了漫天雾幔下的压迫。趁着熹微的天光，我们只有绕湖看山了。在山的臂弯里与湖亲近也不失为一道丰盛的早餐。湖周围精心拾掇过了。地面铺着红绿相间的地砖，踏上去即使微雨也少了泥泞的裹挟。水泥栏杆将湖圈养起来。伫立湖边，仰望山峦，山似动物的脊背让湖可资依傍，湖却成了这山的眼睛。山透过湖将天地人一览无余。山与湖就那样相依为命。有山无水，少了灵气；有水无山，少了骨骼。山与湖真是相映成趣了。

沿湖漫行，随意望去，只有这方天是明净而开阔的。湖将山一股脑地揽进怀里，再高的山都被湖驯服了。山因为湖的映照，也看清了自己。所以，恃高而威的傲慢也得以收敛，沉默地偏安一隅倒显出安分。清晨看山，是没经梳洗的山的憨态。她是静寂而含蓄的，让人心里生出无数的触须想要探个究竟。由于时间匆促，却止于遥望与冥想了。

雾中缭绕的山呈染了乳白的黛色，唯这椭圆的湖天心可鉴，似一面镜子，却比镜子更深邃，深不可测。红顶白屋是个摆饰，是来装点湖的寂寞的。空洞的几根白柱是屋的脚，风抱住柱子穿堂而过，在红色的房梁上来来回回地荡着秋千。房子有时不是供人住的，是供人遐想的。灰蒙的暗色板上，放眼望去，有那么一抹红，沉没着的心立时便弹跳起来，微微一笑便是相互领情心照不宣了。

白的拱桥其实也是装饰，是应景之作。小桥流水似乎是为诗意而去的，踩上去才知是实在的，是可以野渡的。桥下借助湖水的颜面，映出三个椭圆的桥孔，水上水下浑然一体，乍看成了一条健硕的鳄鱼，嘴巴眼睛都齐了，活色生香，憨态可掬。架在湖上的桥是完美的。湖成全了桥完美的梦想。

几只闲散的薄船削尖了身子骨，在清晨的寒雨里瑟缩着，无奈与寂寞一日日消磨纠缠着时光。夏日的热闹与喧嚣远去了，她们的回忆与游人的想象总有些交集，于是对来年到此度夏又生出无限的憧憬，能住下来写一部大书更是神往无比了。湖里看山，山下游湖，随意地一站一行都是极美的风景，是可以入画的。深冬的清晨，有两个执拗的女子娉婷地凝视，热情地行走，也不枉这山这湖寒来暑往的守候了。

人立白桥，蓦然回首，澄碧的湖水竟有红杉笔直地肃立。红褐的方阵夹在婆娑的浓绿中，暗沉的冬立时焕发了勃勃生机。将冷板凳坐热，大约不过如此了。倒是那赤裸的脚齐齐地立于水中，让人顿生怜惜之心。山暖湖寒杉先知了。手扶桥龙头，与这冷寂中的红杉为伍，景美人心暖，耳畔禁不住有袅袅的琴音传来，不远处就是马鞍山下俞伯牙高山流水遇知音的故地。这样想着，来此山中算是得了真经了。

凌波而上，更有曲尺绿径在水杉夹持中抵达与延展。湖到了边角就成了沼泽。这曲径是水泥桥，刷上绿漆，兼有红杉夹道蜿蜒而至。这是人对景的成全。

绕湖漫步，有洗心的惊喜，顾盼生辉。湖中的山是被水荡去了尘垢的，虽然遥不可及，却勾人遐想。湖上湖下两个世界。湖上是触摸现实的，湖下是弥补梦想的。

绕湖一周，在湖泊倒影里触摸山魂，寡淡的陌生已然亲切丰盈起来。

莲动坐渔舟

宋朝周敦颐的《爱莲说》云：莲，花之君子者也。又问：莲之爱，同予者何人？我想我与周先生应是一路人。我对荷的亲近，追根溯源，当与我的木名有关。父亲在我的名字中安放了一个“蓉”字，我对荷的亲近便多了一份骨子里天然的血亲。尽管如此，我对荷的爱一直止步于只可远观不可亵玩。遥遥地欣赏，静静地陪伴，默默地守望，是我对荷葆有的惯有的姿势。

第一次将自己植入藕花深处，是今年仲夏的事。与三五好友泛舟汈汊湖上，夏风十里一潭碧。只见满满的绿叶覆盖着一湖银光。点点红莲宛然兀立，镶嵌着一面阔大的碧玉。一阵风来，水唱波摇，那静置的玉变作了撒花绿绸轻漾起来。一湖的清芬便四处地漫溢。一股清凉之气顿时扑面而来。其实天正发着高烧，知了也不曾放弃抗议的权利。漫天都是知了捅天的嘶鸣。所以，有时想，盛夏赏荷，那份清凉一半应该是眼睛看出来的。

莲香缭绕，与荷为伍，一切是那般明丽、爽朗。接天莲叶无穷碧，映日荷花别样红。铺天盖地的阳光做了荷高蹈的舞台。田田的荷叶是眼睛稀释过的清凉。我们却要将一身浊污融入进去，洗尘爽身，将一颗寻了千里万年的心从碧波中捞起。我们就这样带着城里人久违的渴盼欣喜，嬉笑着、嗲叫着，摇摇晃晃踏上简易的仅四五个客座的木船。一叶扁舟载着沉沉的尘垢和默默的期待往纵深划行。

叶密不碍船。坐在浅色花布棚子下，其实几乎是赤裸的日光浴。于是信手采一片阔大的叶往头上一披，既是帽，又当毡。一手掌荷叶，一手采花摘莲，阳光的针芒早已不顾。拥立水荷泽国，竟似逃离了世人的纷扰，卸了浊世的盔甲，一身轻松，宠辱偕忘，返老还童了。兴奋，一脸的孩子气。船与船应和着。互为风景，彼此丰盈着目光与心境。

饱满的红润若心的花就在眼前。金黄的花蕊怒放着，清晰可数。原来遥远的念想伸手可及，原来做了千遍万次的梦撩开了夜的纱，于是注目都免了，矜持也没了必要，直接就是肌肤相亲相依相偎呼吸可触了。爱不释手，难舍难分，轻轻地抚握，盈盈地凝望。有时不忍美丽的夭折，便放生过去，嘴里念叨：你且好好地活。船移花别，倏忽而去。有时想，有花堪摘直须折，莫待无花空折枝，便狠狠心，一掐在手。二十元一个人，玩的就是采花摘莲。

从北京回来的特级教师王老师从水里捞起一些菱角藤，阳光射到他手上晶莹而多芒，却只有藤没有角了。那些菱角早四散到人们的餐桌。成熟的莲蓬也已飞往四面八方果了腹，清凉着喧嚣的世界。这是湖泊的收获，是农人的自信。清欢不绝于耳。找着花，寻着莲蓬，惊喜连连。老子的《道德经》说，君子为腹不为目。我们却为目不为腹。我们当不了老子眼里的君子，我们要的是那份与荷亲近的意趣。这无疑是盛夏最热烈舒畅的怀抱。她那么丰腴，那么清丽，那么豁达。我们是淋淋漓漓地浸润于荷香中了。

艄公是个长而瘦的老者，腰细得一把可以盈握，穿着白长衣灰长裤还带着袖筒，全副武装地撑起一方水乡的风景。他手中的桨片是我们的翅膀，他的手艺也维系着我们的生命。他没料到自己如此一个小小的农人会有一天带领一群自命不凡的城里人向荷香环绕的泽国飞翔。老人很随和，极力迎合游人的胃口，往莲蓬多的地方去。人一拨一拨地来，是他们的希望和生计。不能让游客失望，又要为后来者保留期待。这是他必须拿捏的尺度。艄公与游客难免会打嘴仗。一个说这里莲蓬太少，一个说今年莲蓬减产。一个渐入佳境余兴未尽，一个适可而止说老板卡着时间。你来我往地斗嘴，却是陌生向熟悉温热地渐行渐近。

也有聪明的游客压根儿不理这茬儿。他的兴奋点不在这里。他不采花也不摘莲。他只是默默地看，默默地想，默默地欢喜，任生命的韶华从叶缝花丛中翩然划行，任浅淡的时光注入清远切近的莲香。有顽皮的将脚丫伸进水里，再晾在舷上，好不怡然清凉。若是恋人，尽可以没入荷叶深处卿卿我我。若是老者，见了这鲜亮的花叶，亦是鹤发童颜，一脸真趣。倘是裸身的小娃娃来，你见了那粉嫩的胳膊腿，定疑为莲藕出水的盛况了。漂亮的女人着一袭粉红纱裙，笑靥若花，亦是尽可以滥竽充数的。我采花摘莲，是为拿回家中装点我的相思。我是人未走，对荷的思念已捷足先登了。

有比艄公更艰辛的水手。他戴着帽，穿着迷彩的长衣裤，腰上一根绳子拖着一个白塑料盆，盆里白塑料袋鼓鼓的，人走盆移。他全身湿透，穿行于荷塘。朋友说，可见这湖里的水并不深，才齐他的腰身哩。我初见他时，惊异于他是残疾人。握于他手上的藕带尖浅白地泛着光，像橡胶，我看成了他的残疾手。其实他是个健康的有一技之长的农民。他手里握着的是他采集的新鲜藕带。同伴说这些尖似凤爪的芽，长出水面即是荷叶。

我一向从色泽和形状推测藕带是幼年的藕，其实不然。那些细长的乳白的管子是长在地里的茎，浮出水面，见了阳光，就成为绿色的荷秆，中通外直，不蔓不枝，且多了自卫的小尖刺。藕带在泥里盘根错节地长，横着伸展，不断实现由地下向水面的扩张。也有长不出水面出人头地的，就独自老去，枯黑瘦硬，不可食，渐至腐作肥料，化作泥土更护花。藕是荷的地下果实，长在藕带以下。

武大的哲学博导说采藕带十分不易。先得用脚在荷茎周围地里踩，感觉有硬的根，再用手去泥里摸，摸到根管后再拔，怕拔断，得蹲下身，人身与头没进水里，匀力抽。这样才可保证根根尽量长而完整，以求卖个好价。我们以八元一斤把那中年农民采抽的藕带全买了。这对他对我多少是个安慰。他没带秤，双方估了个数字，就算成交。这就是荷，水上水下一身是宝。

游了湖，采了莲，上得岸来，迎上桌的也全是来自汈汊湖的鱼、莲子、菱角、菱角藤。我还第一次吃到嫩荷叶炒鸡蛋和清炒菱角藤。它们带着鲜活的湖与荷的气息融入我们饥荒的生命。我们其乐融融地喝着大蒜酒，盛夏的温度原来都挤上了桌子。

农舍的树上挂着青绿的柿子，圆圆实实挂满枝头。好像只待一阵秋风吹来即刻染成金黄，到底禁不住唾液的潜溢了。柿子扎在密集的绿叶缝里，不认真瞅是看不出的。这或许是青涩期应有的低调。秋千架上四个稚子安然地坐着，一声不吭。一个小姐姐抱着胖乎乎裸着下身的小弟弟。姐弟俩众目睽睽下闭着眼睛在梦乡游弋。我惊异于小姐姐的责任。她就不怕睡着后手一松弟弟滑下地去么？这就是童年的无邪无忧了。另外两个男孩双手扒着嘴角，向我扮鬼脸。我举着手机给他们拍照，他们竟淡定如初。我于是起了诗兴，赋诗一首：风吹荷花香满夏，蒜酒一杯劝客家。双鱼有心菱角飞，芙蓉无帐眠童花。怜生红尘万里征，芳草萋萋伴天涯。

汈汊湖在汉川，离武汉不到两小时的车程。子在川上曰：逝者如斯夫，不舍昼夜。

汉水之川啊，灌溉了多少美丽若汈汊湖的荷啊！

东湖牡丹动江城

“唯有牡丹真国色，花开时节动京城。”今年东湖的牡丹是撼动整个江城了。一车一车的老人和小孩来到牡丹园。更有远道而来的外地客，请两三天假，坐火车乘飞机划过漫漫长空，只为来武汉一睹牡丹芳容。画牡丹国画的画师也来凑趣，牡丹谷的路边就张挂着鲜艳夺目的牡丹国画。年轻女孩头上戴着五颜六色的花环在牡丹园穿梭拍照，你一时辨不清谁是人谁是花。贩卖塑料牡丹花的更是大行其道，他们知道假花真不了，真花假不了，但爱花却拿不走真花的人是不是可以用假花聊以自慰呢？事实是你总会看见有人就买了假牡丹开开心心地拍照开开心心回家了。高声独唱电影《红牡丹》主题曲《牡丹之歌》的人更是胆量十足，一个人的独唱往往传进别人耳里就成了随声附和的合唱，这样的景似乎就得配这样的歌。牡丹听，人在唱。甚至有老人在牡丹亭边的平台里翩翩起舞，正午的阳光就是舞台上的闪光灯。小孩子偎在母亲怀里，请画师写真。一双双情侣依偎在笔立的水杉林里，腿脚走累了，眼睛却仍精神地盯着远处的牡丹。今年的牡丹园真是一幅热执闹闹的画。

东湖牡丹园与我的工作和生活之地近在咫尺，今日前去作俯首帖耳的亲近却是首次。北宋欧阳修在《洛阳牡丹记》中说，洛阳人称看花去，这花必指牡丹。而别的花，则需特别注明指某某花，如桃花，桂花……不标注某某，单指花，便是牡丹无疑。于是他说，其意谓天下真花独牡丹。这话初听疑为坐井观天的妄语，有夜郎自大之嫌。到了牡丹园，又不得不感慨这话确有其道理。牡丹花红白紫绿色色艳，花瓣繁复层层垒，花形丰盈朵朵圆，蕊瓣沁脾片片香。无论色泽形态大小气味都堪称一流。看到牡丹，你会由衷地感叹其雍容华贵，富贵喜庆。置身牡丹园，单是花海的热闹鼎盛便让你瞬间入情入境，宠辱偕忘，愁绪溃散，其喜洋洋则已。

牡丹木本低矮，喜阴干怕光热，爱松软拒板结。牡丹原本长于山野高地，以洛阳牡丹独占魁首。从 2004 年起，东湖人将北花南植，竟使牡丹在东湖落土生根，年年复新盛绽，成为江南牡丹第一园。从 2005 年起每年一届的牡丹花会更是让东湖牡丹园声名鹊起。陈工历数北花南植的曲折艰辛，让我唏嘘不已。冰心先生说，人人都羡慕花儿现时的明艳，又何曾想到花儿当初浸透了牺牲的血雨和奋斗的泪泉！让牡丹落户东湖，其实早在二十世纪五十年代就成为东湖人坚持不懈的梦想。梦想与现实的妥协和最终达成，竟经历了半个多世纪漫长的过程。质疑和反对一度让远见卓识的奋斗者们举步维艰。为牡丹营造适宜的生存环境，经费和技术一项都不能少。失败带给奋斗者的首先是经费的制约。但是他们挺过来了。员工凑份子、化缘募集，法子都想尽。往事就让它成为奋斗者的足迹留在过去。我们理应记住的是牡丹成为武汉五朵金花（梅花、樱花、牡丹、荷花、桂花）之一，乃东湖之幸，武汉人之幸。

我每见牡丹华贵气象，总忍不住伸手相触，就见陈工像呵护自己的乳儿将我胳膊上的包往旁边挪一挪，她是生恐我的包无意中碰疼了花娇嫩的脸蛋。是啊，我现在看花，其实是来看她的孩子。她既想她孩子的美好能让世人皆知，又担心有人掠爱，损害了她的宝贝。她如数家珍的表情，无不泛着母爱的光辉自豪。所以，牡丹园里的花区外围都有一根长绳索作了警戒线，形成一个只可远观不能近玩的护栏。止住了脚，却止不住无数双热情的手。臂长能及处，花儿终是逃不了被抚弄的无奈。姑且借用一句名言，上帝对人说，我爱你，所以我要伤害你。

陈工的介绍，让我目不暇接。因为这朵花与那只朵儿实在都像孪生姐妹，形神近似，准确地叫出她们的芳名对我实在是件难事。岛锦、景玉、烟笼紫、玉板白、鲁荷红、乌龟锦、花二乔、层中笑、盛丹炉、锦袍红、群芳殿、大棕紫、贵妃插翠、白鹤迎春、乌金耀辉、昆山夜光、荷包牡丹、银红巧对、琉璃贯珠……我渐渐明白这些芳名是分辨其色泽花形，和纪念其来源的。比如，一树两色，或一花两色，叫岛锦，是日本从我国引进品种后改良的品种，谓之岛，且如锦缎色杂艳丽，谓之锦；花中雄蕊雌蕊再结合成为花瓣，层层高耸，形成楼阁形，中间又生出一片羽毛似的花瓣昂扬而出，像贵妃头上插着的一柄玉簪，谓之贵妃插翠；鲁荷红，望文生义，是从山东菏泽引进的品种；而荷包牡丹，不仅形似一串玲珑精致的小荷包，且有一个凄婉的爱情故事哩。传说，一女子爱上一男子，男人被抓壮丁，临行军前，女子连夜赶制一个荷包佩戴在男子身上，男子一去不回。女子被财主看上想占为己有，女子誓死不从，跳崖自尽。她的情人从战场归来，来到女子坟前痛哭，那坟上竟开出一串形似荷包的牡丹。荷包下面还有一颗泪滴，晶莹剔透。听了这个故事再看这花，果然那花就有了灵性，且怎么看都像荷包和泪珠，神形毕肖。

牡丹，素与传说并蒂而生。传说牡丹不惧权贵，违抗武则天让百花与雪斗艳的旨令从长安都城被贬至洛阳邙山。后有人说这是故意贬损武则天为暴君，其实不然，武则天是一个极富感情的人，且尤好牡丹。据舒元舆《牡丹赋序》说："天后之乡，西河也，有众香精舍，下有牡丹，其花特异，天后（则天）叹上苑之有缺，因命移植焉。"这正说明武则天的家乡，早就种有许多牡丹，而县品"特异"，已超过京城的许多品种，因此，将家乡的珍稀品种移至都城。后来，武则天在洛阳建立武周神都时，将长安一些牡丹带到洛阳来，亦是合乎常理的事。我认同后一种说法。单从武则天这位史上唯一女皇的智商情商推测，断不会做出违背自然规律为天下人笑柄的蠢事，且再看自武则天始的唐装，清代皇宫贵族女子的发冠都有牡丹赫然点缀其上，牡丹实则成为女人富贵雍容的象征。

在数不胜数的美妙芳名中，我听到一个名字叫肉芙蓉。以前孤陋寡闻，单知道水芙蓉、木芙蓉，今日在牡丹中竟有肉芙蓉，心里的欢喜自不待言。肉芙蓉白里透红，粉红肉感，像极女人圆润健康的脸蛋。感谢在此之前，陈工询问我的名字，我答曰：望见芙蓉的蓉。现承蒙陈工心照不宣的厚爱，我避过绳子的禁令，钻入园区，手抚肉芙蓉，与肉芙蓉亲密合影。进了"红灯区"，立即传来佩戴工作证的女孩严厉的喝止。陈工的纵容与她给予我这瞬间的定格便弥足珍贵。回家仔细品咂这帧照片，花人相照，分外妖娆。这要算我此行最美的收获了。

牡丹园里有很多商家瞅准了商机，无视牡丹的法律尊严，大肆贩卖牡丹赝品——塑料牡丹。有的商家甚至顺手将假花插入摊位近旁牡丹的叶丛中当广告，骗过了包括我在内很多的游客俯身相视。单以目测，的确能鱼目混珠。幸而用上中医的一闻一切，假的终究现了形。然而，到底为牡丹仅两周的花期感喟。这时再看那些抹了铜腥的赝品，便平添了一份惺惺相惜的宽容和善意。留驻美丽，或许是人与自然一个共同的永恒的课题。我对牡丹的认识亦起源于那些招摇过市的假牡丹。它们先入为主，以致让我在真相面前起了怀疑，真假难辨，转而又不得不为人抄袭自然的神工叹为观止。

我问一个朋友见过牡丹花吗。他不无遗憾地说没有。我向他这样描述：就像当兵的人入伍时佩戴的光荣花。有那么大那么红吗？朋友问。我说，有过之而无不及。这便是牡丹。她其实早就植入我们的生活，那些手工花，无处不在，只是我们一直无缘得见其真身。见到真容，竟仍有好一阵亦真亦幻的疑虑和惊奇。这便是牡丹。墙内开花墙外香，路人皆知的知名度与一睹尊容之难。这便是生活。世上很多的事情和花，似乎都走着类似的曲径：先知其名，后见其身。能眼见为实，以正视听，如此眼福艳遇，应是人生之大幸吧。

最近我是天天与牡丹幽会。因为有牡丹园的老总李正兴先生赐我尚方宝剑，要我多去牡丹园逛逛，培养对牡丹的感情。其实这感情早已是一坛发酵多年的老酒，只是无缘有开坛畅饮的这一天。今年，机缘成就，得以享受如此特殊的优遇，真让我像个底气不足的穷光蛋走亲访友。看一眼牡丹，倒像不是我赏花，而是花审我。她朵朵明亮的艳容，拒富贵于山野的淡定，让我饥渴苍白的灵魂瑟瑟发抖。一日日地来去，我倒是有了反客为主的从容。这从容缘于牡丹对我的纵容。以致花瓣饮进肚里，成了真正的水乳交融。雨后来过，早晨来过，正午来过，傍晚更是依依不舍离去，于是明白“国色朝酣酒，天香夜染衣。丹景春醉容，明月问归期”的意韵。如果没有关园的规定，明月恐怕也要催问我的归期了吧。

我一日日地去与牡丹欢会，她是早看清我的来路了。我是走后门进出的。我是素恶后门的，而这后门于我的意义在于它离我单位近，我进出都方便。门卫问我通行证，我说你记住我张脸吧。这张脸上有牡丹的特赦令。这便是后来时兴的词汇“刷脸”吧。我不是园里的职工，却俨然成了园里的主人。牡丹亭里坐一个中午，与牡丹园唯一的工程师陈工聊天。你们那个狮子、凤凰、牡丹处，应取个景点名。陈工说，我叫它三王图。我大言不惭说，就叫三王竞雄如何？又建议把牡丹花上的棚子拆掉，改建葡萄架，因为目前看这些棚子实在有碍观瞻。陈工说，是为了给牡丹遮阳挡风雨。你可知道有句诗说“明朝风起应吹尽，夜惜衰红把火看”？想到牡丹怕阳光又需要阳光的特性，怕风雨又要迎接人挑剔的眼光的现实，还真让陈工们犯难。明眼人都知道大棚下的牡丹确实更鲜亮持久。看来真正爱花的人是牡丹园的建设者啊。

果然，一场雨，一天阳光，牡丹花色渐走，丰盈渐萎，一日日显出溃败的光景，或零落，或萎靡。我耳里也时不时传来游客不无惋惜的抱怨：这哪里是什么气壮山河！哪里配称国色天香！错过她最美的花期，却在她苍老时遇见。已是难得的缘分。凋零，恰孕育着下一次美好的遇见。你不来，我尚好。你再来，你亦老。难得方知珍惜。

追随时光的脚步，见证一朵花由盛到衰的生命旅程，没有人不发出生命速朽的喟叹。不仅我，一应晚约的人都不断发出“唉唉”的叹息。侄女说，那不是凋谢是凝固。这话倒像乐观主义者给悲观主义者注入的强心剂。

“花开花落二十日，一城之人皆若狂。”因为爱，所以懂得；因为懂得，所以珍惜。

十里桂花香

武汉的土地很奇特。或许因为长江这根母乳的脐带得天独厚；或许因为地处南北要冲品性兼容。这样一个声色俱厉胸怀浩阔的城市，能用一双粗犷的巨手把一切的鲜花轻而易举地托举，流光四溢，多姿多彩，实属罕见。每至秋八月，街道院落都是桂花的香。这香从城市的尘嚣脱颖而出，像精灵穿行于大街小巷，有清肺醒脑提神的舒爽和惬意。行走在这个城市的秋色里，享受桂花香的缠绵和执着，应是人生一大景观。

桂，两土相堆植一木。这是桂的本意。常言问鼎金榜，叫折桂。可见采得桂花在手令人眼热又极为不易。一土不足，二土方成，说明人要出类拔萃，须得厚实的土壤，于天赋强项中选其一，专心培植，时令到来，必香飘十里，独领风骚。农村的孩子取名常信手拈来，桂字挂口，叫的人多了，这桂字便多了乡土气。桂花未见，土气的印象已捷足先登。让我爱上桂花，是来到武汉见到真实的桂花开始的。

桂花并不阔大，星星点点，或浅黄，或朱红，挤挤挨挨，一串串隐在深绿的叶片里。桂花的花瓣小巧玲珑，有质地有厚度，像小家碧玉，里面有细碎的蕊躲着，与外面的瓣不分伯仲地嬉戏玩耍。捧于掌心，也是温润如玉，状如金锭，让人直想呵护疼惜。她的内蕴全在香里，所以从不着意打扮得花枝招展，只以香芬予人。

花有千娇百媚，能悦人一时的耳目。唯花香是带着感情的，像软软的私语直抵人心。桂花的香是一股脑地给予，不含一丝保留，所以特别浓烈，细品像奶糖，甜至深处，有些腻，而这腻并不让人生厌，也无餍足之感，倒像有一双媚眼在远处不停地勾引，让你亦步亦趋，蹙眉屏息，恨不能吸她个一箭探底，一醉方休。

桂花树的主干并不分明，倒是从很短的主脉里老早就分出很多的支系，支系再生出庞杂的枝叶，所以，一棵桂花树更像一束插在土里的盆景，是合力合群地生长。桂花树的叶呈长卵形，四季深绿，周边有小齿。就是这身衣服穿上身就是一年四季，甚至一生都不曾更换。桂花树全因花而得名。桂花的花期不长，大约只有一周半月的时间。这是桂花树一生中最灿烂的时光。年年岁岁，她的绿只为期待这一季香的绽放。所以，只要执着一念地生长和坚守，总能迎来十里飘香。

桂花的香是比烈酒更厚道的。酒肉穿肠过，只有一时的痛快。桂花是你眼还没见到树形，香已款款而来，远远地招你迎你。你猛地一激灵，想看看她在怎样的地方招手，她却并不张扬地躲进叶缝里。将你送出很远很远了，你还没捕捉到她的身影。所以，桂花的香天生是带着土气的，不讲究外表的华饰，像农村成长起来的孩子，只将一颗坦荡的心示人，是不算计得失的呈献。

我常到东湖的桂花树下纳凉，简洁的旗袍，棉质的活页帽，再用两根绳吊一个鱼网状的软床，躺在桂花树的浓荫里，这是真正的身心交融，天人合一。我一次次走进桂花，那么贪恋，那么执着，甚至须臾离开就生出牵挂，只因她的香，她的染了温存的软语，有别于其他花的高贵的气韵。外表质朴，内里却蕴藉着无穷的精神，这是花中上品，像一个不怀杂念的怀抱，我愿把自己坦然托付。

有过往的游客望着我的吊床欣羡说，这样的香，这样的景，这样的床，真是神仙的日子啊！

黄鹤归来誉满楼

爽气西来，楼阁尽收今古风月；大江东去，玉带纵扫江汉云烟。

大大咧咧的长江裹巴山之野性，挟秦岭之霸气，一路左冲右突，狂放不羁，浩浩汤汤，一头闯入龟蛇锁江之门户，进入武汉这个繁华的大都市，倏忽间就矜持起来，温顺起来。

龟蛇互峙，演绎了多少壮怀激烈的历史故事。江汉汇流，见证了多少得天独厚的神话传奇。

在遒美的蛇山之首，激情的长江之滨，有两只鸟儿比肩相依，亭亭玉立，神情泰然地注视着芸芸众生。一双颀长的秀脚踩住蛇头龟背，一颗高傲的头颅昂扬淡定。此鸟非凡鸟。她们是这座城的守护神，也是她们身后一座千古名楼的精神图腾。她们有一个亦真亦幻的芳名：黄鹤。以她命名的这座楼便是黄鹤楼。

据《江夏县志》所引《报应录》。传说，黄鹤楼，因仙得名。原文为：辛氏昔沽酒为业，一先生来，魁伟褴褛，从容谓辛氏曰：许饮酒否？辛氏不敢辞，饮以巨杯。如此半岁，辛氏少无倦色，一日先生谓辛曰，多负酒债，无可酬汝，遂取小篮橘皮，画鹤于壁，乃为黄色，而坐者拍手吹之，黄鹤翩跹而舞，合律应节，故众人费钱观之。十年许，而辛氏累巨万，后先生飘然至，辛氏谢曰：愿为先生供给如意。先生笑曰：吾岂为此。忽取笛吹数弄，须臾白云自空下，画鹤飞来，先生前遂跨鹤乘云而去，于此辛氏建楼，名曰黄鹤。

橘子皮画鹤，固然很难成其黄；鹤画壁间，一定不会应节起舞。但人们一定愿意信奉和期盼厚德载物，善有善报。恩恩相袭，贫富无欺，成就了他人，其实也成就了自己。

四五百年前，这片温暖的江面曾是天鹅避寒的港湾。这一带地区也是向皇上进贡天鹅的地方。荆楚人民自然情有独钟，选中了高雅洁白且能自由飞翔的天鹅，来承载他们对美好生活和道德操守的期待。

龟蛇锁江，江纳汉流，三镇鼎立。在这里，长江与京广线交叠，东西水路与南北陆路交汇。黄鹤楼得此天地厚爱，占尽荆吴形胜，自然卓尔不群，名冠三楚。纵历经一千七百余年风雨飘摇，仍襟江带湖，撑天拔地，绵延不绝，号称天下江山第一楼。

黄鹤楼位于长江南岸，雄踞 61.7 米的武昌蛇山之首。主楼五层，高 51 米。建筑面积 3219 平方米。钢筋混凝土框架仿木结构。72 根圆柱拔地而起，雄浑稳健；60 个翘角层层凌空，优雅舒展。11 万块琉璃黄瓦金碧辉煌，熠熠生辉。60 尊风铃卧悬檐下，虽重约二十斤，却带有四面风页。清风徐来，翩然起舞，余音缭梁。浑圆沉郁之声，仿佛仙鹤浅吟低唱。万籁俱寂之时，幽然动容，心旷神怡。

黄鹤楼坐东朝西，面朝长江。千余年来，几番潮起潮落，几多兴亡更迭，世态万象，春花秋月。在她光彩照人雄奇多姿的外表下，谁又能想到她饱经沧桑，历经劫难。仅明清两代，就被毁七次，重建和维修十次。在自然与人为、天灾与人祸面前，她曾面目全非，几乎荡然无存，但风云际会，绝处逢生，屡毁屡建，仍风华绝代。

黄鹤楼出身显赫，根底深厚。始建于三国吴黄武二年（公元 223 年），兀立于黄鹄矶上，临江负险，高标卓立，是功勋卓著的军事瞭望楼。历代考证认为，黄鹤楼皆因其建于黄鹄山上而得此名。古代的“鹄”与“鹤”二字通用，故名曰黄鹤楼。五十多年过去，吴被晋所灭，三国统一，军事瞭望楼改弦易辙，逐渐演变成人们登高览胜、诗酒歌会、游赏休憩之所。国运昌，则楼运盛。她起起伏伏，死而复生，根扎山尖，矢志不渝。历代能工巧匠精心构筑，使其斗转星移，相时而生，形成了宋楼雄浑、元楼堂皇、明楼隽秀、清楼奇特的风格特点。她像一位智者佳丽，进退自守，宠辱不惊。她像一只金黄鹤楚凤凰，沐风雨而弥坚，浴火焚却重生。

黄鹤楼顾盼生辉，雄姿英发，是一座古典与现代熔铸、建筑美与艺术美交相辉映的精品。自清代“同治楼”于光绪1884年毁于民间大火，直到1981年10月新中国重修工程破土开工，1985年6月落成。1957年因建长江大桥，东边第一座桥头堡便占领原黄鹤楼旧址，即黄鹄矶处。重建后的黄鹤楼只得退居千米左右，立于蛇山的大观山上。听导游如此说，直让人联想起退一步海阔天空的人生箴言。天生万物，似乎都遵循这个法则。

现代的黄鹤楼高古雄浑，师承清代“同治楼”原型，又脱胎换骨。从西门拾级而上，走进宽22米、深14米的一层大厅，迎面便是一幅高9米、宽6米的大型“白云黄鹤”陶瓷壁画，两旁立柱上悬挂着长达7米的楹联：爽气西来，云雾扫开天地憾；大江东去，波涛洗净古今愁。这样的祈愿，这样的笃信，都源于这座新式古楼确有仙风道骨之奇韵。大厅花岗岩麻石铺地。周径达两米的16根红色大柱直通楼顶，成为支撑全楼的主要骨架。大气恢弘，端庄古朴。

这面陶瓷壁画由756块彩陶板镶嵌而成，取材正是“驾鹤登仙”的古传说。一只巨大的丹顶黄鹤穿越浮云展翅高飞，背上稳坐一白须飘飘的仙翁老道，玉笛横吹，神情自若。似离去，又似归来。下方是白云掩映中的三层黄鹤楼，朱红的圆柱，微翘的楼檐格外醒目。楼前人群浮动，或举杯相庆，或奔走相告。像送别，又似接风。真是天上人间楼吟楼，神仙凡人心连心，好一幅浪漫主义的楚天胜境。受了这样的感染，顿时如入仙境，宠辱偕忘，烦恼尽退。于是想，神话像宗教，尽管虚妄，却不失为医治人世苦难的一剂良方。

前后厅之间设有电梯。这可能要算最现代的元素了。多年前，我一直认为这是一处败笔，是离经叛道，是简单粗暴，是画虎类犬。特别是对于一个偏爱古文化的人来说，简直就是一场骗局，一个玩笑。以致就因这一点，我曾经一直不愿再走进我心目中神圣的黄鹤楼。

改变只因最近一个偶然的转身。在朋友的鼓动下，我不得不走进我疏远了很久的黄鹤楼。南北两侧均有仿古楼梯可供上下。我自然毫无悬念地选择了绕木梯攀登，九曲十八弯，导游说你还真是个细致的人，这楼里面隐有夹层，外三层内九层。绕了几个来回，不知不觉竟爬了层楼之高。喘息未定，回头见一白发老妪从电梯间微笑走出。老人轻松愉悦，与我相视一笑。合上电梯门，外面再也找不见电梯的进口。倒是内外跑马廊迂回，走道正中的墙面上雕着两只凤凰在祥云中嬉戏，完全看不见现代手术的痕迹。我素来对于电梯的宿怨顿时分崩离析。看来，没有华丽的转身，执着是极易走向反面的。

这些现代元素的巧妙嵌入，还隐藏在每层楼悬挂的宫灯里和以假乱真的仿木水泥扶梯间。朦胧的灯光，便捷的电梯，坚牢的扶梯。在传统的肌理里和谐地而不是生硬地植入现代科技成果，润物无声，修旧如旧，这或许就叫与时俱进吧。

二楼大厅依然是大理石面壁，正中镌刻着由唐代阎伯理撰、当代书法家王遐举书写的《黄鹤楼记》，记述了黄鹤楼兴废沿革轶事。文曰：州城西南隅，有黄鹤楼者。《图经》云："费祎登仙，尝驾黄鹤返憩于此，遂以名楼。"事列《神仙》之传，迹存《述异》之志。观其耸构巍峨，高标巃嵸，上倚河汉，下临江流；重檐翼馆，四闼霞敞；坐窥井邑，俯拍云烟：亦荆吴形胜之最也。何必濑乡九柱、东阳八咏，乃可赏观时物、会集灵仙者哉。

可见当初炮制神话的作者也颇费心机。为让人笃信不疑，指名道姓那仙人并非子虚乌有，而是三国大将费祎。黄鹤楼始建于三国，所以锁定时代是三国时期。为什么不是诸葛亮，或者别的什么人呢？且看费祎生平，江夏人，幼年父母双亡。由族父伯仁抚养，后来游学至四川，归依刘备。刘禅继位后，备受诸葛亮赏识。掌管军政大权。在一次宴会上，被魏人杀害。正如关公被奉为神明的守护神，人们用仙鹤归来的传说来祭奠一位蜀国大将，任何质疑都失去了意义。

楼记两侧是两幅壁画。一幅是“孙权筑城”，再现三国时期孙权将都城牵移鄂城，后改鄂为武昌，修建黄鹤楼作军事瞭望和指挥所用的过程。这是一幕黄鹤楼的诞生记。从上至下，划分三层。迁城：战马啸啸，旌旗猎猎；决策：朝臣献计，决策修楼；修建：工匠劳作，士兵监工。版画风格，线条流畅，栩栩如生。

另一幅是“周瑜设宴”。据导游说，此画取材民间艺术。自元代始，《黄鹤楼》就搬上了戏剧舞台。讲的是赤壁大战后，刘备久借荆州不还。周瑜便在黄鹤楼上为刘备摆鸿门宴。欲困刘备于楼上，以索回荆州。刘备知其有诈，不敢接受邀请，若拒绝赴宴，又怕授之以柄，荆州照样不保，正左右为难，诸葛亮当时回复来使届时赴宴。临行前，诸葛亮派赵云一人护送并给竹节一枝，嘱其危难之时打开。席间，周瑜借故下楼，派兵将黄鹤楼团团围住，并通知刘备交出荆州，又嘱咐道：若无本督令箭，不得放走刘备。他喜滋滋地唱：子龙性命在我手，刘备难下黄鹤楼。然后回到军中静待佳音。刘备万分着急，唱：勒逼孤王把宴欢，黄鹤楼上遇煞星！赵云忽然想起竹节，打开一看，竟是周瑜的令箭一支。两人忙持令箭混下楼来，逃回营寨。原来，这令箭是诸葛亮“草船借箭”时领下的，趁周瑜一时疏忽带走。果然日后派上用场。

三楼大厅的壁画为崔颢、李白、白居易、陆游等唐宋名人的绣像画，绣像旁是他们吟咏黄鹤楼的名句。一座楼用怎样的精神气象牵动了文人的心魄，一墙文字用怎样的波澜壮阔撞击了人们的心扉。读一读那些闪光的文字，触摸那些脉动的温暖，我们发现故人的背影并没走远。

自古江山文人捧。这里却是一座楼捧红了一位名不见经传的诗人崔颢。李白自惭形秽，心悦诚服道：一拳打碎黄鹤楼，一脚踢翻鹦鹉洲。眼前有景道不得，崔颢题诗在上头。一位声名显赫之人能以这样的方式、胸襟和雅量举荐一个同行，或许也只有这座楼里才能催生如此的旷达和智慧。

四楼大厅用屏风分割几个小厅，内置当代名人字画。摸一摸那个巨型笔架上的狼毫，眼前浮动的是历代文人墨客的雅集图，推杯换盏，高吟浅唱，诗文浩荡。

顶层大厅有《长江万里图》长卷、壁画。更有好事者置一管高倍望远镜，面江而立，收费眺远。站在五楼上，沿四面通透的回廊四顾，武汉高楼林立，车流如织，繁华与流变，人世与沧桑，全景尽收眼底。

楼的宝顶仍沿袭旧制，与清代黄铜宝顶一样，为宝葫芦形，高4米，底径4.4米，基座为荷叶卷边。外由102块琉璃制块拼接而成。与旧物不同的是，宝顶尖端装有直径0.8米的红色珠形航空障碍灯。而在这座楼的东侧，正伫立着一件同治年所建黄鹤楼上的原物，正是1884年经历火灾劫后余生的紫铜宝顶，高3米，底径1.8米，壁厚0.035米。这顶经久不衰的乌纱帽算是先人赐予黄鹤楼唯一的见证和信物。那样的雄浑，那样的大气，一脉相承，永放光芒。

“昔人已乘黄鹤去，此地空余黄鹤楼。黄鹤一去不复返，白云千载空悠悠。晴川历历汉阳树，芳草萋萋鹦鹉洲。日暮乡关何处是，烟波江上使人愁。”时光飞逝，物是人非。很多的东西在衰朽、裂变，更多的是在复制。一千七百年过去了，二十五年过去了，多么古老而又年轻的黄鹤楼啊，那样的光景，那样的愁绪，那样的渴求，似乎都不曾有丝毫改变。此时的黄鹤楼仿佛历史赠阅后人的精神坐标，让世代追随仰望。无论岁月枯荣，她就在那里。

江笼烟愁，月剪春花，暮霭沉沉。华灯初上时刻漫步长江一桥，缓缓向黄鹤楼靠近。夜色中橘黄的黄鹤楼缥缈、梦幻、神奇。流光溢彩中若隐若现，安详淡定中若即若离。她像一位母亲，静静地伸来一只手臂，将你引入温暖的怀抱。她又像你日思夜想的爱人，有近在眼前却难以企及的神秘。她灵秀而不失厚重，厚重而不失轻盈，轻盈而不失典雅。此时的夜色只作了一幅仙鹤腾飞图的底色。飞檐舒展，金碧辉煌。城市的高楼和喧嚣都隐退了，黄鹤楼也褪去了俗世的纷争和尘埃，更加空灵温婉。此时的她化作一个善解人意的眼神，蓦然对视，便有一股暖流直抵心间。

东湖行吟

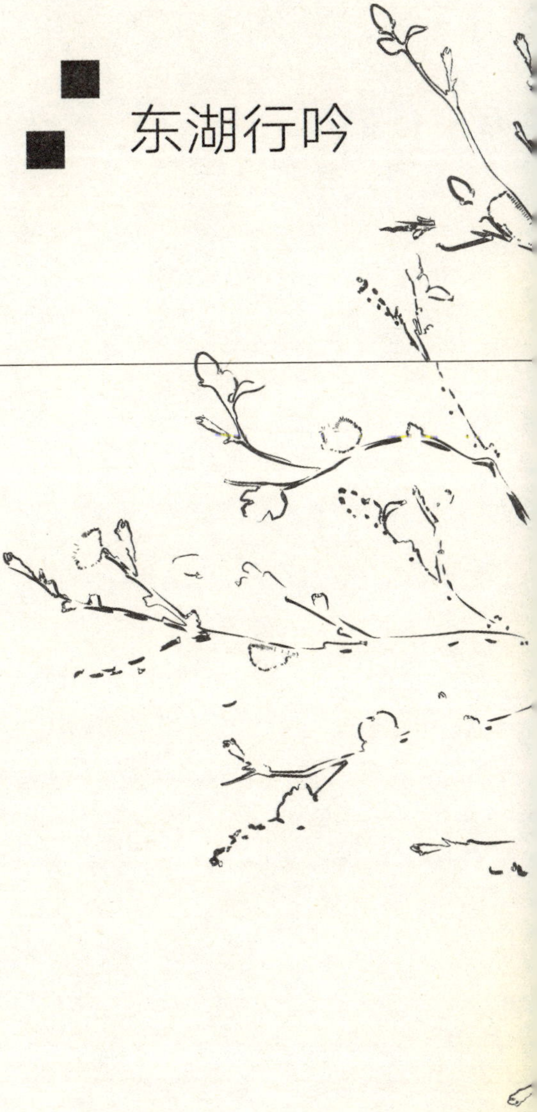

伟人的温度

走近东湖，就走进了武汉的心脏。东湖是中国最大的城中湖。武汉的灵动与大气，包容与洒脱，浩瀚与朴素，大约皆因得此天之独厚。长江甘居动脉，穿城而过；汉水愿当毛细血管，择汉汇江。东湖碧波万顷，泽被全城。此乃心脏之天职也。

东湖浩荡如海，湖光潋滟，十二个大小湖泊以湖中走廊衣带相隔又衣身相息，一百二十多个岛屿星罗棋布，一百一十二千米湖岸线九曲回肠，三十四座山峰绵延起伏，一千余亩山林四季长青。东湖水域面积三十三平方千米，是杭州西湖的六倍。因为阔大，你看她便有与海对峙的窘迫和豁达。朱德曾在东湖磨山留下一句千古浩叹：东湖暂让西湖好，今后将比西湖强。这是期许，更是胸襟，是自信，也是自勉。

东湖的名字，起于哪朝哪代并无确凿考证。南宋诗人袁说友诗曰："只说西湖在帝都，武昌新又说东湖。一围烟浪六十里，几队寒鸦千百雏。野木迢迢遮去雁，渔舟点点映飞鸟。如何不作钱塘景，要与江城作画图。"东湖历史悠久，自然天成，没有西湖显赫的声名。西湖是帝都的金枝玉叶，有秦淮河畔的脂粉气。东湖是长江的女儿，没有浓妆艳抹，没有管笙灯绿。她以天然的面目偏安一隅，处江湖之远。东湖四季波平浪静，如丝如绸。东湖沿岸有柳荫轻拂，有水杉笔立，有梅香扑鼻，有牡丹四溢，更有青荷入怀，且有九十九峰护卫。环绕她的她亦甘愿与之为伍的全是草根。即使毛泽东生前四十四次长驻东湖，东湖号称第二个中南海，也因东湖吻合了他农家子弟的乡土情结。东湖的浩阔以长江为参照系，以城池为立身之本，无论岁月枯荣，她都浩气长存，气定神闲。

泽东，东泽。这是一个多么巧妙的组合，一组多么神奇的邂逅。1956年5月，毛泽东在武汉第一次畅游长江，便居住在东湖南山甲所，以后平均每年都要来这里两次，少则十天半月，长则近半年。1960年东湖“梅岭一号”建成，这里便成了毛泽东在武汉主持中央会议、处理国家大事、接见外国元首和友人的“办公地”。梅岭一号这个寒香暖人的寓所二十六次见证一位开国伟人令人眼热的偏爱。他们亲密厮守，是伯乐与千里马惺惺相惜的鉴赏和馈赠，是母亲与儿子彼此欣慰的接纳和温暖。

曾几何时，伟人以仰泳的姿势怀拥苍天，仿佛一个婴儿徜徉于母亲的怀抱。东湖以水的柔软与坚忍、以海的宽广和坦荡托举起一颗智慧的头颅。她以波涛微弱的声息哼唱着摇篮曲。她轻柔地爱抚，温柔地轻拍，她让他安静平和地思考一个国家的命运一国人民的走向。他们的浮沉，是以波浪的方式相扶相携、渐进同升的，有肌肤之亲的熨帖和安然。波峰浪谷都是温润的曲线，是极完美的弧度。

人是树上的一片叶。伟人也难例外。逝者如斯夫，不舍昼夜。幸而东湖还在。东湖有湖回环不绝的情怀。她是一步一回头，余音绕梁的。不似长江东去的豪气，一去不回头。这是东湖的缠绵，是东湖的情韵，是有别于长江大海粗犷的细腻和温柔，是一个城市永远的记忆和丰碑。“梅岭一号”还在。屋子里缭绕的都是他的足迹，他的气息，他烟卷的幽香，甚至还有他吃过武昌鱼的盘碟，他挥就《水调歌头·游泳》的毛笔……东湖的水还在，抚摸过他肌肤的水分子还在。

因为这位伟人，东湖还有长天楼里与朝鲜领袖金日成三次亲切握手，有与英国陆军元帅蒙哥马利的亲密约见，与美国埃德加·斯诺先生，与作家斯特朗女士生花妙笔的谈笑风生。她甚至亲耳垂听到伟人风趣地重提延安时关于“美帝国主义都是纸老虎”的著名论断。她是一个忠实的记录者和陪伴者。脚印深埋，身影依旧。在环湖边，有一圈领袖的名字如雷震耳，他们是毛泽东、刘少奇、周恩来、邓小平、朱德、叶剑英、董必武、宋庆龄、郭沫若、何香凝、陶铸、江泽民、胡锦涛、习近平……毛泽东在东湖宾馆会见了来自六十四个国家的九十四批客人。一个伟人独具慧眼的君临，改写着东湖一贫如洗的命运。一个来自天然去雕饰的芳泽，必然以宇宙的大气磅礴类聚天下圣贤。

在这位伟人之前，还有一位伟大的爱国主义诗人曾经行吟侧畔。据《哀郢》记载，“去故乡而就远兮，遵江夏以流亡”“过夏首而西浮兮，顾龙门而不见”“背夏浦而西思兮，哀故都之日远。登大坟以远望兮，聊以舒吾忧心”。于是在“梅岭一号”的对面，以湖相望，耸立起一座三层高的“行吟阁”。编钟、虎架凤鼓，琉璃、飞檐都郑重地用那个时代残留的符号述说着一个诗人报国无门的慷慨人生。郭沫若以后现代诗人的名义题写阁名。

先生傲视阔步，仰面向天，衣袂飘飘，仗剑而行。或许诗人真的化身为石，或许他从来都不曾远离。石头定格的塑像，只是一道想象的印痕，是来自尊崇的猜度和心痛的缅怀。诗人是不是真的来过这里，东湖知道，东湖不语。这是他们之间的缄默，是永远的谜语，是历史的玄机。

设计者以湖泊的距离，让“梅岭一号”与行吟阁对望。不知是有意的成就，还是无意的巧合。这是一个君王与一个臣子理想的对接么？还是他们穿越时空的赏阅？或许只是诗人间的对酒当歌？抱负的施展，是需要平台的，也需要时代和性格来成全。

摸一摸东湖的水，四季分明，温暖如春。这是伟人的温度，是一个湖与一种胸襟笃定的情缘。

早春水杉

这是一把竖琴。堤张着弓，年复一年。弦是笔立的水杉，一长排兴冲冲地伸向天空，又一长排孤寂地醉卧在自己的倒影里。琴韵就在这一张一弛、一硬一软、一实一虚之间，袅袅地弥散。整个东湖都是他的舞台、听众。

水杉其实并不稀罕这个。他只想守土有责，做堤的护栏、湖的防风堤。弦外之音是要靠人去品咂的。能专心去品咂他的人想必也与他有着大同小异的命运。内心的寂寥与雾气缓缓地升腾，不变的是笔立向上的傲骨。

早春的水杉总是让人怜惜。梅香过了，桃艳过了，泊来的樱花正浓，满坡的香樟依旧绿着。一切的奉迎都在春的权势里换上新装。独有水杉光秃着枝干，所有的寒碜都披挂在他脸上身上。唯有青苔是湖水亲吻他心灵的痕迹。一世界的人都以为他老了。遍地都是他头上纷落的发丝，枯竭、羸弱，没有一丝青春的气息。他太直了，绝无旁枝，一根筋呼啸地向上。像箭，整装待发。他的抱负全在远方，他的指向太明，所以他遭遇了季节和气候的围攻。廉颇老矣，尚能饭否？他们剥去了他的盔甲，损耗了他的容颜。目的只有一个，就是让他屈服，哪怕弯一弯腰肢。他坚信直立是树作为栋梁应有的操守。无数的人，屈原、毛泽东都曾在这里徘徊、泅渡。我也常在这里踱步、思索。见了他，才明白所有的命运都是性格决定的。

很少人懂得水杉其实是最温情的。每层皮撕开来，都是柔软，是丝般的缠绵。原来所有的刚强其实只是掩饰柔情的外衣。

水杉是一副率真的急性子，撒一粒种子，就呼呼地长，三五年就能派上用场。做了家具，做了房梁，依然是直通通一条好汉，经年累月的负重和包容，不变形，不吱声。离根太久，才裂开一道缝，那是他对东湖水的思念。

冬湖荷语

一池的荷都萎谢了，一生的盛夏都远去了。枯黄的叶和干瘦的茎，是老妇人无奈的手势，静泊在岁月代序的沼泽里。没有挣扎的声息，没有。她是明智的，是对过往和前程冷峻的清醒。

一只乌黑的水鸟泅上岸来，那是我曾经误读过多次的野鸭。在举案齐眉的荷塘边，在雨雪飘摇的窗外，我曾对伙伴们惊叹：多温馨的鸳鸯啊！可他们给出的是残酷的不容辩驳的答案。他现在踩着我的孤寂，佯装觅食来了。

一只健硕的毛狗突然冒出来，这是另一位不速之客。野鸭扑棱着单薄的翅膀，惊惶地翩飞，然后隐入枯槁的荷塘里。这儿有她常年的家，是她永恒的依傍。岸只是她的梦。因陌生，因距离，而长满奇丽的幻想。她受不了哪怕一点点意外的靠近。她的向往是带着质疑的，是忐忑不安的。

我正要与他们亲近，他们却各自受到对方的惊吓，轰的一下，分道扬镳了。这是又一个误解。自然和人生会遭逢多少亲昵的误解呢？忽然，野鸭“呵呵”爆出一串冷笑，很粗粝，很酣畅，像谁内心的暴烈和求助。整个池塘都震动了。

水很静寂，一块厚重的泛着冷艳的纱绸，一张写满沧桑的宣纸。上面零乱地横亘着荷干瘪的素描。菱形、三角形、梯形，不规则的矩形，绘制着他们立体几何的人生。水里水外，现实与梦想，豁达地牵手。即使年轮老去，他们有天造地设的缘分。这缘分连成一片、一池，都是暖暖的，心照不宣的，和着阳光晶莹的芒，在我空茫的心里投影。

不忍卒读的是那荷叶。叶是丐女不堪洗濯的旧裙，是有过舞台辉煌如今只能改作抹布的手帕，是青春韶华在岁月的锋刃下低垂的头。再也抹不开的褶子，再也不能泛青的老脸。一池的落寞，无边的叹息。

岸边的垂柳没了夏日婆娑的风韵，露出憔悴的神色，却依旧执着，依旧婀娜，柔情似水，向荷塘伸展绵长的手臂，是同病相怜，是旧地重游？

池周围有水杉环绕。武汉东湖的湖中堤是最实在的，既可通车走人，又能壮山秀水。水杉也老了，老得遍地都是头上纷落的发丝，枯竭、羸弱，没有一丝青春的气息。可他硬朗的身子骨还在，齐齐地站立。不达笔直不罢休的模样，总让你忍俊不禁。现在，他与湖中堤组成了一把竖琴。琴声悠悠，宿命和轮回浅浅地飞。

夕阳捂着时钟，在树梢和云层来回地跳荡。旧年的钟声还在，新年的大门已经大开。时光的飞屑将我重重围困。我的思绪无涯地奔跑、追赶，可低头，我还在原地，寸步未移。

做成天鹅、蘑菇、鸭形的游船花红柳绿，怕冷地缩着脖子，挤挤挨挨，被人撂在池塘的空白处。远去的聒噪成了华丽的景，甜美的梦呓。

幸而，池塘的对岸镶了一道绿边。那是香樟树抵制岁月的护栏。他的叶是不败的么？不，夏天的时候，青黄交接，有绿色壕沟作掩体。他悄然地更迭，只是不着痕迹罢了。他的名字胜了，他的内心最清楚，孰赢孰输。走近去，看看他那张脸，那是有厚度的沧桑。

屈子的行吟阁伫立于池的东南角，已经很久很久了。三千年？三十个世纪？热闹的纪念馆、冷寂的铜像，细说着昨日今天。那像帽缨一样的檐顶，可是官场陈年的记忆？所幸琉璃瓦是香樟叶的绿，是盛夏的繁华，是永不凋谢的缅怀和思念。四围的是空寂的杉和柳。想必当初都有与阁白头偕老的雄心。如今水里只有她们萎黄的倒影，黯然的倒影，形影相吊。

夕阳渐渐失去等待的耐心，只余下最后一抹无力的天光，沉淀在荷塘贫瘠的床板上。上苍竟是最柔情、最善解人意的。很多的个人意志都拗不过岁月的无情。他把乌云和微光和盘托出，明明白白彻头彻尾地交付给了这萎谢的荷塘。冬日的荷因他而博大、生动。

荷在她垂垂老矣的时候，蓦然发现，她还能做天空的怀抱！她笑了，静静地笑成一朵夏日的荷，万千的柔情蜂拥而至……

深水静流，一池的静默，一池的蕴藉，一池的象形文字。

二月春愁

骤雨初歇，满眼都是水洗刷过的清净。汪汪的水湄子有薄如蝉翼的雾气，缓缓地升腾。脸上手上仍随时有寒露的触摸，湿润润的羞涩，不乏钻心的暖意。

我是喜欢早春的。一切新生命的嫩芽既蠢蠢欲动，又小心地蛰伏在冬的围脖里。偶尔阳光普照，方犹犹豫豫探出头来。路边的棕榈举着健壮的巴掌，逢人便示以明媚的笑脸。笔直的骨关节尽力地伸展，显出顽皮的稚气。香樟是最能含辛茹苦的。一件绿衬衣一旦上身，便舍不得离身。她的叶片状如薄卵，却能抵御雨雪风暴，捧住一棵凡心牢牢地撑持四季。此时的柳条吐着嫩绿的芽，在忽冷忽热的春风里，梳理着长发，丝丝缕缕的，迎风轻舞，像亭亭的少女的裙，像凌空的水母，被凛冽的湖边堤岸挺举着，欲擒故纵的样子。

放眼望去，绿的尽管绿着，仍是灰暗多于亮色。光秃秃的躯干多过绿叶婆娑的丰满。三角枫、重阳木、龙爪槐、紫薇、白桦、榆柳，都被凌厉的冬剥光了身子，显出强权下的落寞和形销骨立的窘迫，噤若寒蝉，一副不自信的神情，颇似久居屋檐下濡染的后遗症。因此，这早春是抹了淡淡愁绪的，像寒门才子，像春心萌动的少女，让人心底生发无限的疼惜。

这是二月午后的东湖。刚刚下过一场雨，人迹罕至。吃过午饭，信步湖畔。卸下半日工作的劳顿，投身自然。这样的时辰总是从头到脚，从里至外，透着淋漓的惬意。

东湖正门右侧是一片梅林。这儿没有磨山梅园的热闹。那边各色品种逾千，几乎囊括梅的天下奇观。身份和家世早被景区掂出了商机。东湖梅花节在路边以醒目的标语打出铺排的广告。梅想循着王安石的诗句，凌寒独自开，唯有暗香来，已是身不由己。身价二十元的门票，让一些游客望而却步，也让梅园的香浸染了淡淡的铜臭。这是皇族贵胄的悲哀，拥有了万贯家私，失却了独处的自由。

这儿的梅却无门无挡，任人来去，是梅与人精神的合鸣栖居。在梅树下穿行，忆起去年的今日。我们曾是三人在树下盘腿而坐。我当时像个返老还童的孩子。望望她，望望你，问我的两个好妹妹，这青梅可是青梅竹马的青梅？这样一边问，一边脑子里已是青梅下一群儿童少年嬉戏的光景。她们都笑说，是的吧？怎会还有别样的意思？今天那染着童趣的笑声犹在，形单影只的心便一点点繁华起来。这样纷飞的树下，更应有黛玉一样的女子在花魂间袅袅独行，结着馨香的愁怨，低眉垂首，削肩上掮一个豆蔻年华的花篮，抚嗅花香，喁喁轻语。我家养了一树野腊梅，香了整整一冬。现今萎黄着，每次去看她，见曾经的丰盈已爬满细黑的经络，像是人与自然，谁也无法抗拒的衰老和皱纹。即使天之骄子，也概莫能外。心里难免生出落寞，末了是无可奈何的摇头和叹息。

一人独坐，面朝一湖春水，波光潋滟，涛吻堤岸。磨山若蓬莱仙岛悬浮于烟雾迷蒙中，偶尔有沙鸥翩然跃起，将沉沦的目光捎向远方。在水天相接处，有船帆漫渡，若隐若现。柳条随风轻摆，似拂尘轻扫一个人的落寞。看天看水，看季节轮回，不知何时已是盔甲尽解，身轻如燕。

回返的时候，见路边树林掩映着三层楼台的别墅。整版的玻璃齐齐落地，面对东湖。高大的铁门静锁着凶狠的狼狗。一条新修的柏油路从铁门处向大路延展，强势地勾连。须一千五百万元才能买到一个毛坯。东湖成了富人的后花园。多想住这样的房子啊，可怜把我一辈子搭进去也凑不够。

这样的贫富悬殊，像倒春寒在心底弥漫。我努力以适才游湖赏春的舒畅取暖。其实，真正从心底深爱东湖的，并不是占有、侵犯，应该像一粒微尘，来了又去了，只取一瓢饮。

仲春的荷塘

牡丹卸了妆，浓妆艳抹的热闹依然在人们的记忆里硝烟弥漫。月季和杜鹃合着伙儿搭台唱戏，在大路中间在湖边院落，以艳红的色彩为春天造势。一应鲜花野草都在志得意满的春光里摇尾乞怜地奉迎。她们都想在春的大锅里争得一杯羹喝喝。

一朵面容极丑的花也杂在其中，那随风摇摆的步态那夸张的口吻都透出可恶的媚骨。说它是花，是抬举了它。那样的趋炎附势，搔首弄姿，让人退避三舍。她散发出的臭气污染着空气是一时的，就怕长此以往，在一块地里扎下根来。对于这样的花，我是绕道走的。有朋友说，那哪里是花，听说蚊虫都不愿栖息哩。看来大自然是有自己的辨别力的。

我爱东湖的名花。东湖的花四季不断。什么花都能在东湖安家落户。这是东湖的奇迹，也是一座城市的幸运。春节赏梅，二月看樱，三月牡丹，四月芍药，然后就期盼荷花了。梅香荷清，樱浪丹艳，她们都有自己鲜明的个性，不人云亦云，不趋权讨巧。所以，她们开出的花不媚俗。当然也不低调，只要出场，便有倾城倾国的轰动。

我一日日地与东湖约会，最想看到的是荷花。荷花被拦截在冬的霸权里一直不曾露头。那一池的枯萎让我每次路过，都只用眼的余光侧视一眼，那是我不忍卒读的怜悯与惆怅。幸而在屈原纪念馆旁，有一片壮硕参天的香樟，他们是温暖我四季落寞的青纱绿帐。走进这个伟岸的怀抱里，我总以仰视的姿势享受与他们惬意的对话。风掠过，雨来袭，都是虚妄，是不屑，是静守的安谧。光合作用下他们赐予我丰厚的氧气，让我困顿的灵魂不断地得到给养。因此，我的午觉几乎全被东湖的香樟占领。

四月中旬，已是仲春时节。春就快要告别她恣意横行的舞台。荷到底在我的巴望中露出怯弱的新绿。荷是谨慎的，她呈现给你的不是浓妆不是天香，是乳儿般的两片嫩嫩的小屁股墩儿。她们安然地贴浮水面，与她的母体保持亲密的依恋。这时的荷无疑是来与老迈的春捉迷藏的。她明媚的脸藏在水下，只露那两片鲜嫩的小屁股墩儿。你想上去抹一抹，竟也是不能够的。荷从娘胎里出来，便让你知道她是清高的，只可远观不能亵玩。

在扎眼的枯萎和没落里，那嫩嫩的屁墩儿是多么轻爽洁净，不含一点脂粉的气息。天然的微哂，竟胜过先前一应红装艳影了。仔细看，一星两点的水珠在叶片里滚动，折射出太阳晶莹的光，清亮剔透，愈使人不由得躲开周遭的杂草臭泥，而对这荷爽清的探视发出狡黠的会心的一笑。

陈年的枯荷为何一直坚守而不消隐呢？那细而脆弱的秆，分明让人生出许多的感伤。她们凌乱地占据一池，又未免有不甘心不放心不罢手的霸气，让人生怨。好在新荷终于绽开了一个个小屁股墩儿。那些老脸竟成了小屁股墩儿的陪衬。荷是清醒的。她愿意躲在萎败的阴影里，看似享有被呵护的荣光。她们是彼此的过去和将来。这个，她懂的。时光催讨着旧账，也唤醒着希望。在那不久的光影里，新荷就要舒展一池一地。普天之下，铺天盖地。我们再看荷塘时，可能早忘了问一句：那些老者是何时离去的呢？

仲春的荷塘，是新老并行的岁月。那一池尽管依然大写着的枯黄的老者，那一爿爿小屁股墩似的嫩绿，怎么看，都像一则人生的寓言。

梦里香樟

东湖坡坡岭岭樟树居多。我常去东湖吸氧。其实是与樟树的肺片链接。她吐气如兰，给我丰富的氧料。我奉献她的却是浊息废气，还美其名曰：二氧化碳。每次与樟树做这样的交换，我的内心总是惴惴的，良心不安，一边在心里鄙视自己像个滑头，一边又自我安慰，二氧化碳是她所需要的。可作为货币或者朋友间的见面礼，又明显地缺斤少两。我办公室的窗户正对东湖。坐在电脑面前困了累了，转头望望窗外，满眼的绿色像吸尘器，“呼啦”一下顿时清空所有的坏心情。

樟树四季枝叶繁茂，无论怎样的天气，都是盛装出行。浓重的绿裙，蓬勃的华盖。如果说东湖是一位坦荡的伟丈夫，香樟就是他患难与共的贤内助。他们相互滋养，相互陪伴，硬是把肃杀的秋和残酷的冬抵御门外。

樟树其实也并不是把一件衣服穿老，只是她的更衣术高明，像舞台上的戏子，当众换了一件衣服竟也是不动声色不易觉察的。还是那样薄绿的一枚卵，像秀手轻柔的合鸣，像一颗简洁明了的心。只有在盛春的时候，你定睛细看，才发现现在的叶比原先更鲜亮澄澈，满是阳光的气息，再低头，脚下踩着的竟是被风摇落的枯叶。那样的老态竟不知是何时起的。因为不是一股脑儿地坠落，而是一时一片地更迭，就像我们人自身，时光是一天天拿着刀剜肉，生命是在向死一点点逼近，却因为来得微弱，渐进地往前爬行，所以引不起我们陡然的伤感。

樟树的驻颜有术倒是肯定的。我想首推她的乐观和豁达。她喜光，与阳光为伍，难免染上阳光的性格。只要不是太干旱的地方，她总能随遇而安。她腰肢粗壮，身材高大，只要没人恶意束缚，她可以径直长到五十米。她单腿直立，然后分出很多的枝干，像千手观音，曲线地向上伸展，将自己一颗四季常青的心合力托举。年龄稍长些，皮肤就从平滑的细绿纵裂成灰褐的褶皱，千沟万壑，好像已活了数百年。她的阳光性格帮她延年益寿。据说，樟树树龄成百上千年，可称为参天古木。

樟树的脸相见不出丝毫的妩媚。东湖侧畔垂柳依依，莺歌燕舞，鲜花四季粉墨登场。二月梅花、三月樱花、四月牡丹、八月桂花，百花园里随便点将，都是名媛佳丽。她们都曾把自己打扮得花枝招展，对东湖投怀送抱。她们的到来引起东湖一时的心跳加速，却并不久长。来得匆忙，去也倏忽。后宫佳丽三千，东湖与樟树最亲。他们是婚姻中的亲人。可以说，东湖四季的生机是靠樟树点染的。樟树靠什么占据了主导呢？或许靠的就是这一生朴素的坚守。坚守是爱情的根。有了这根，所以平淡中见出奇伟。

樟树能占据东湖的心，并不单单靠她气宇轩昂的外表。相反，成年的樟树皮有些未老先衰的样子，比榆树皮皲裂得厉害。丑陋、干涩、晦暗，一层一层似人世的沟壑，写满沧桑和无情。可是，倘若你揭下一片风干的树皮，下端湿润的地方竟透出一股香。这是一股透明的、纯净的、脱离了尘埃和世俗的香，一股没有杂质、没有邪念、与生俱来、藏而不露的香。这蕴积的香啊，像上帝掀开了圣体盒的精灵，从褐色的纹理和缝隙间蜂拥而出。

樟树的香是含而不露的，遍布全身，潜藏在叶脉和枝干的经络里。除非风更霸道些，阳光更强势些，那香才从冷静的外表里挤压出来，你才会恍然从空气里感觉那香像云一样地飘浮。你想去捕捉，她却与你兜圈子。你不理她，她倒尾随而至。她不会曲意奉迎谁。她的香是自然的流溢。与谁相遇都是随缘。

人类窃取樟树的香，做虫子的杀手樟脑丸。这是她没料想到的。樟树只是本能地觉得自己是应该有香的，就像任何一个女子都希望自己馥香撩人。她的香助人类杀虫，自己却并不能避免虫子的伤害，就像一位良医，即使包治百病，也难免受病敌攻击。科学研究证明，樟树所散发出的松油二环烃、樟脑烯、柠檬烃、丁香油酚等化学物质，能过滤出清新干净的空气，沁人心脾。长期生活在有樟树的环境中会避免患上很多疑难病症。这是樟树的特质，像一个人的良知，经久的内涵。

我偶尔也会残忍一回，是想念樟树久违的体香。每次，我都像失散了魂魄，迷醉在这浓郁的香窖里，鲸吞海水般地深呼吸，恨不能一口气把那醇厚的香吸入血液沸腾的肌体。我疯狂地采撷那一片片开裂的树皮。她必经受这撕裂的痛苦，无奈的无助的，注定失败的抵抗。因为上帝常说一句话：我爱你，所以要伤害你！樟树也明白，于是，你从来听不到她在被揭去一层皮后的哀泣，相反，你只会看到她在阳光里明净的笑容。她郁郁葱葱，年年年轻。

东湖杨柳

东湖沿岸遍植着杨柳。东湖人有心插柳，柳已成荫。走在岸边，禁不住与杨柳相握，春风拂面，禁不住吟咏贺知章的名句：不知细叶谁裁出，二月春风似剪刀。杨柳依依，给伟岸的东湖平添了无限柔情。婆娑的柳辫像女孩的裙裾，轻灵地流转；像女人的秀发，婀娜地轻扬。你在任何时候驻足，柔曼的柳姿又化身灵秀的睫毛，闪动着湖光浩瀚澄碧的心魄。

久居堤岸的杨柳，与湖水唇齿相依日久情深。他们心息相连，互为表里。风平浪静的日子，杨柳是恬静的，像一幅窗帘参差地垂挂，给空寂的湖镶着葱绿的蕾丝花边。偶有汽艇箭一般掠过，湖水受到猛然的惊吓，引起好一阵动荡不安，水花拍岸，杨柳总像一双温柔的手睿智地摆动，在默祷，在安抚。大风来袭，湖水蹙眉，乌云掀涛。杨柳傲立枝头，来吧，让狂风暴雨来得更猛烈些吧。看啊，她拽住风的尾巴，荡起了秋千。她狂甩着柳辫，饮湖为酒，与风当歌，那样的活泼生动，那样的狂放恣肆，令人无比动容。

即使在万木萧索的寒冬，季节的霸权剥夺了她的明眸和彩衣，她亦是万条垂下，如丝如绦，不减风情。寒风瑟瑟，挺举着杨柳，如水母张弛有度。虫子派出杀手挖空她阳刚的躯干，她的身体从直立到倾俯，却不曾有病态的呻吟和弯曲。即使有人往她的躯体里塞进垃圾、污物和陷害，她的脸上依然闪烁着明亮的阳光。世事的沧桑和难以抗拒，反衬着她永不褪色的生命。她一点点佝偻下去，去赴湖水澄澈的怀抱。湖水温情脉脉，永远注视着她青葱的容颜。她相信所有的忠贞都会付出代价。

就这样坐化

一个人静坐东湖。正午的湖，是一生的盛年。水、树、阳光、细雨，无须修饰，都是丰盈，是振奋，是挡不住的诱惑。湖的一生是一生么？是多少个人世的轮回？满目苍翠，滴滴香醇，未饮心先醉。

一个人与一座湖的对视，注定是游移、哀戚的。肉身只是一个点，污浊的点，一滴水都算不上。水是至柔至善至纯至广的。灵魂是飘浮的花絮，霎时便抽离出去，只余蝉蜕一样的躯体，衣衫一地。人就这样坐化了，应属幸运。

鸟语翻飞，雨弹天际，人声是最不和谐的噪音。路长青苔，蜿蜒的是人扭曲的内心。船载桨影，浮泛的是挥之不去的离与难离。小孩是花，大人浊音旁的清流。这样的景里最要紧的是人噤声。天人合一是需要境界的，逃离俗身，任听，任看，任思飞想溢。山隐湖阔，天无人费，不知今朝何夕。

突然有艄公高叫：磨山，三十元一个人。语音猥琐，叫人心惊。景被人贩卖。景知道么？景不是娼妓，却要任人拿去。再回首，沿岸都是垂钓者。湖里的鱼天生是自由的，却做了香饵，打发着生命。有时人最难打发的是年复一年毫无起色没有生机的时光。生命的时长需要以钓与被钓的方式约定。这是生命的沦陷，是人生的末路。

年光以夏的蓬勃的绿强打精神，驱赶着倦怠、恶俗、焦灼和烦躁。喜鹊的尾羽很长，蹦跳着在草丛里觅食。人也在追寻啃食中喂养精神的空乏。掀开很多生存的暗角，里面爬满了蛆虫。目不忍视，耳不堪闻。

荷绿了，季节握着时光的刀剑，剪贴，复制，粘贴。年年岁岁，岁岁年年，永不疲倦。自然的生命被机械地重复，唯人像机械一样老朽。荷依然葱绿。绿了水，绿了湖，绿了大地、人间。唯一不能葱绿的是人颓丧的心境。

春天醒来

今天阳光慵懒着，一向雾蒙蒙的磨山南望山路珈山撩开了面纱，黛绿起伏，或浓或淡，或高或低，或肥或瘦，为东湖镶着蕾丝边。风摇着柳辫，摇着满满一湖的静泊，波涛粼粼起伏，一向平滑的绸，现在都烂成了碎片。

一声骤响，一片惊呼，汽艇乍然而起，倏忽而去。沿岸被树拴了手脚的敞篷船便一颠一簸，很响地亲吻水面，叭嗒叭嗒。波动起了性子，与船玩起了游戏，卿卿我我。白沫泛出来，“啪啪”之声更烈，竟是肆无忌惮了。激情一经撩发，竟是如此不管不顾。

风挟着满湖的水汽让岸上人耸肩喊凉。灰喜鹊跃上跳下，捡起渔人游客遗在石缝草丛里现成的米饭。他们与人有了默契，何时来去，都心照不宣。他们的亲近只为食，人却自作多情，温馨地注目跟随喂食，从他们身上博取人生的灵性和暖意。

大象一直弯着前腿，后腿聚合在圆球上，鼻子向天翘，很白，很壮，远看白璧无瑕，岁月不留痕迹。二十世纪八十年代她就出名了，被作为武汉的代表性风景出现在中央电视台《天气预报》节目。现在经过她的人没了特别的关注和欣喜。只有熟悉她的人看出她的疲惫、无奈和老态。

盛情的春天与轻装的人们一道醒来。人们三三两两，这里一群那里一簇，年轻的年老的，或席地而坐，或手牵手绕着圈玩童年的游戏。路人见了，认识不认识的，都加入进去，咸一句淡一句地扯闲篇。来，吃颗糖吧！给的人执着，接的人也便不客气。来，再拍个合影。东湖美不美？美！于是笑声像更大的波浪向东湖弥漫开去。东湖将天地分享给每一个人。每个人都是这天地的主人。薄黄的迎春花淡而纯，一朵一朵星星点点地杂在瘦硬的荆条里。玫红的茶花高栖枝头。白的红的紫的玉兰赶在叶捧场前争睹着路人。桃花朱唇微抿，就等佳音如期而至“扑哧”一声张口大笑。那泛着青气的果儿在季节的深处向我眨着调皮的眼睛，是铁了心要与我捉迷藏哩。

初夏对坐

初夏的风是温润的，拂过面颊，满掌地触摸，柔情得过了分。长发飘起来，化作风的手指，有撩拨的顽皮。谁吊住垂柳的发辫，一场风来，便恣意地晃荡，活泼地起舞。沧桑的林立的枝干全靠这柔软的枝蔓找到年复一年生命轮回的雅趣。寂静的风因一股脑的迅跑，使耳轮生出呼呼的声音，鼻眼里灌进荷青绿的气息。耳语里再掺进些高唱浅和的鸟鸣，这寂静的坐里便平添了无限旷远升拔的禅意。

积蓄了一春的夏如此浓绿地簇拥到枝头，像一个人的青春韶华积聚到一个临界点上，只默然守候那节令的一声哨响，便哗然绽放。莲从枯枝败叶里醒来，星星点点的绿为这湖畔的新娘织着素朴的锦衣。圆润的小屁臀儿隐在绿绸里，眨眼就站直了身子，或羞涩地打着卷儿，或露出畅亮的笑脸。寂寞了一冬一春的萎靡因这蓬勃的绿的莅临而渐行渐远。残破的桅杆在做最后的不甘退出历史光华的抗争。凌乱的坚挺与倾覆，青葱的崛起与铺排。这是时光交错的云影，是人生劝勉的说辞。阳光随意地洒落栖息，风潇洒地追逐嬉戏。老迈的钟声隐隐地响起。轻盈的琴键曼妙地起伏。翩然的默立，是玄机，仿佛猜不透那一唱三叹、一声紧跟一声的鸟鸣，是孤独的呼唤，还是无助的求欢；是挣扎的嘶喊，还是云空的取暖？单薄的挣扎、羸弱的坚守，终于等来枯荣交替。一湖碧波微漾开去。

从凋敝到神奇原来只需季节轻轻一个转身。

时间是一条绵长的路。有人坐在条椅上，与一爿荷塘相对。有人择景拍照，将此一刻的玫瑰花送今生婚姻中的爱人。有人匆促地来去，只为在这片景里赶路。我们都是时间的点，点上一个小小的符号。时间很冷漠，也很无情，不作任何停留，偶尔装风的模样摸一摸衣袖。

坐久了湖畔便渗进些凉意。午后的东湖其实是一桌开放的盛宴，无门无锁，无主无宾，不邀请也不饯行，不感伤也不感动。可这里依然是小众的热闹和欢喜。有人喧嚣地路过，有人老死不相往来，有人将梦做了一茬又一茬。独对与融入，永远只是部分，极小的部分。因为小众，常为人们遗憾。因为小众，又为如我者庆幸。

春荫蔽日

面朝一池春水，四周是蓬勃的新绿。风拂过树梢，是两个相爱的人的床笫之欢。阳光随风起舞，时而激情，时而温煦。去年的茎还在，褐色的枝干却是不能倒流的时光。一切的愿望都长着攀龙附凤的眼，不屑与往事为伍。那是旧伤，是不能逆转的告白。远离，或许恰是最好的去处。嫩绿的圆盘在水面上轻浮，寂然无声，像一个装矜持的人，明眼人都知道那脸上写满了旧藕的渴望。蜻蜓翩然点水，是撩拨，是逃离，其实不过是茶余饭后的散步，却极可能让人眼红，被说成是一场精心设计的走秀。

几日不见，再来时就会是一片浓荫，像新手的山水画，颜料涂得分外隆重。依旧是傍路排列，却因这高天挽手的新绿，像一个仪式，让人生出些拘谨。时光的催逼，就是这样一日千里，以自然更迭的方式，伤感都来不及。

重阳木的秃头因绿叶的到来显了形。曾经的鱼目混珠都成了泾渭分明。左边的樟树林，被人移走了好几棵。地上的土坑是一个逝去的背影。因为泥土还是新翻过的，所以思念还是新的。时间久了，旧的将新的覆盖，思念便渐渐地抹去了。倘是哪天自己化作一撮灰，就倒进这坑里吧。从我熟悉的树上丢下几粒种子，兴许能滋养一棵树，偶尔有一双手抚摸一下枝干，可能哆嗦好几天。与这片树林为伴，足矣。

信手拍下一张照片，一个人定格在我的画面。他不认识我，我也不认识他。他是一个符号，一个幸运的符号。世上很多的人无意中装点了别人的画面，连一声谢都免了。这就是自然的人生。挥一挥衣袖，彼此渐行渐远……

你不来我尚好

数日不至，荷已是亭亭如盖了。那样的葱绿，豁然跃入眼帘，瞬间的黯淡轰然潮退。想世间很多的情谊其实并非非你不可、非你莫属。没有谁会永远站在原处以最初的心境等你。你不来，我尚好。你再来，你已老。风景依旧，缘来缘去，扼腕相叹的是你的错过，错过。

年年岁岁，一枯一荣地更迭。兴奋是暂时的，像少女的红颜。去年的藕，发今天的芽，开今年的花。花叶相似，却昨是今非。所以，老妪是不该赏春的，她伤不起。人老心不老，有时并不是一件值得庆幸的事。

与周遭的美景有意无意地遭逢，需要一颗局外人的心。这一池的荷是我的老友故交。每次来都像是串门。见她如此端然地好，便由衷地欣悦。旧的去了，新的又来。我是踩着四季的脚步，一遍遍地来看她。她是早熟稔我的身影和注视了。她倒是无言，笑意盈盈。

池沿一圈的水杉、垂杨柳和香樟，给她一个暖实的怀抱。远处的水杉笔立，给她隔出一道防护堤。有这样的忠诚与呵护，她是尽可以从泥土的深闺里走出来的。像东湖随处可见拍婚纱照的男女，柔情是四处地漫溢了。

偶尔几只野鸭，隐在荷叶下发出低低的啁啾，是热情的招呼，是表明他的霸主地位。他们确真是四季常驻的。身边的荷却是轮番地更迭，都为取悦他的一声欢笑，听他一声召唤。冬天他是最孤独的，枯干遮不住他张惶的身影。那叫声和背影都是不安的。现今，他是得了宠了，躲在荷的温柔乡里，只将幸福的叫声传来，似要报告他的安适了。

树林里有鹧鸪婉转的呼喊，是高调的，无遮无掩的，将万籁瞬间覆盖。那样的急迫，追赶似的，一声未了，一声又至。丢了魂似的寻找。这样的时刻，我总情不自禁扯起嗓子，与他应和。他便似找到了久失的知音伴侣。我们一阵紧似一阵地唱和，喔喔，喔喔。这样的声音最是动人心弦。这是人与自然真正的融合。

他到底识出了我俗世的底细，一个好心永不会被接纳的冒牌货。他无声无息，不再搭理。他走了么？我不知道。我看不见他，他却居高临下早看清了我。我们是本不对等的临时的搭档。他终归是要飞走的。他有他的树林，我有我的池塘。

静守一池青荷。天色渐暗，寒风袭人。心情受了外力的胁迫，也噤若寒蝉了。风景尚好，心情谢幕。

仲夏看荷

烈日撑开的网阻隔我很久了。一晃小暑过半，再过一周即是大暑。武汉火炉的气象尚未到来。我久渴的心叫喊着东湖。东湖的水、东湖夏日的主人——荷更是伸出千手万手向我召唤。我在乌云压城的困境里挣扎，担心忽然的雷雨风暴。同事没一人舍得同行。我领了伞，戴了帽，全副武装地出发。我想且不与乌云较劲，它有它的去向，我有我的选择。心意既定，脚步便从容生风。

香樟垂柳环抱的荷塘映入眼帘。这便是我日日牵念贴挂胸口的碧玉。先前点点繁花浮绿叶的盛事已经肃穆。近前，才知浮泛的红莲已结实。原掩于花的艳容下怯弱的心，被时光的脚步推上前台，红润娇艳已是过往，是倏忽而去的青春。写了无限憧憬的饱满的初心，已在一拳的绿壤里挖出精致的窑洞。每个窑洞里住下一枚精巧的子弹。子弹里装的不是火药，是人生的寓言，剥开来有润泽的清甜，有希望的苦涩。这是爱情走进婚姻的味道么？他们扎在广寂的绿叶间，有些深沉，有些低调。若是被人采了去，子弹射出去都是清凉的奢侈。大街小巷，莲蓬成了主角。贵得咋舌却是一定的。一花一实，贵重是自然的。

迟开的红莲因为有莲蓬的参照，也不及先前初放的高调、张扬，倒是淡定地和气，安静地兀立。早与迟互为镜鉴，是彼此的忠告与箴言。圆盘的叶经了烈焰的烘烤，皮面厚了老了，比周边的树叶更苍绿，已有人至中年的气象，比水面高出一人多高的距离，几近极限。他们忠实地耐心地陪伴着花、莲蓬。难以想象没有叶厮守的日子，花与实会多么孤独无助。有时依傍不为衬托，只是彼此养成的习惯。她们是他的功绩，是他全部的骄傲。

黯然的天光下风依然轻盈地穿行，柳摆荷摇，怎一个爽字了得。知了漫天嘶鸣，它们躲在树叶里，想先声夺人，引来的却是鸟儿高吟浅唱的哂笑。

端午东湖

今天的湖水一直波涛滚滚。没有风，是汽艇的飞翼，不断地跃起。鲜红的五星红旗猎猎招展。爱国的情绪得以渲染。红旗是气氛，是热闹，是鸿运当头。汽艇前角高高地翘起，屁股沉在水里，机声轰鸣，风驰电掣，撒两撇碎银划翼而去。浩顷碧波，我扯缰驭马，这还不够，还要将艇身整个儿抡起来，化作一柄薄薄的刀背，切水劈波，犁出一片险奇，一片惊声，一片齐声的喝彩。

熙攘的人群或三三两两或成群结队逶迤而行。从晨曦初晒，到夕阳斜抚。东湖一直人气喧天。我坐在一长椅上，左边是神算先生，右边是画师。他们的客人如流水，一拨一浪地来去。再看湖水，波光粼粼。这满盆的湖水，哪里是水，是财。端午是水的狂欢，是屈大夫带给水的节日。岸上人流不息，湖中财源滚滚。

天光澄明，磨山苍翠地伫立。那山上也是人流如蚁吧！我们隔湖遥想，是彼此的风景与心境。人行财聚，磨山也似盆中金山，众生环抱。

沿岸的船家今天很累很神气。踏波履浪的喜乐是客人的，与湖水嬉戏的幸福却属于他们自己。平实地坚守，将落寞守出一片银光灿烂。这大约要算东湖的厚道吧。

端午的正阳从叶脉里扎出浓郁的清芬，一阵热风摇曳着弥散。荷的香不来自花，是叶经络里流溢的，带有叶本真的质朴的味道。

阳光愈烈香气愈浓。这时花还是襁褓里一抹微嫩的笑靥，零星地掩在叶缝里。那就赏叶吧。荷叶真圆啊，顶在头上是可以当雨伞的。一茎一叶，一叶一世界。长而中空的茎绝无旁逸斜出，不枝不蔓。每片叶都独立向上，又与旁叶挤挤挨挨，齐齐地站成一个方阵。每一枝看起来那么单薄脆弱，她全部的心力都似在向天空托起一张明媚的圆脸。她希望世界只有一张脸那么大吧。那样一切都如荷塘和谐了。

热浪裹挟着叶的青气扑面而来，钻入鼻孔，让人禁不住收腹来一次畅快的深饮痛吸。就在这悠长的一呼一吸中，风捎着水的湿气凉津津地泼你一身清凉，人便格外地雅致神清气爽。

沐坐在塘边香樟垂柳的浓荫里，枝叶与人微微地颔首。与一湾水、一爿荷，默然相对。你看我时很近，我看你时很亲。不喧哗，不艳抹，这是小日子淡泊的诗情。这里静，偶尔有野鸭打个喷嚏。循声望去，她在如林的茎缝里游弋啄食，不慌不忙，神情端然。银灰的天做了锅底。丰盛的荷挤占了天光，碎银的波从叶茎的缝里闪着清白的眉眼。偶尔一声咕的哗响，是蚱蜢，是还没更衣的土青蛙，纵身入水，还没让你看清踪影，塘已然平复了宁静。

荷是静谧的，有小家碧玉的秀气与安详，不急不躁，年复一年，枯荣不易，只将一身宝贝给人间。让你吃藕吃莲子吃茎秆还不够，还将圆圆的一张脸让你做蒸肉蒸馍的气垫。果腹尤不足，还在万花退场的酷暑里安抚你的心目。一圈的浓荫，环一块微漾的碧玉。田田的一片青荷有玉的温润剔透，又比玉多了生气与灵动。阳光是最懂荷的，不要阴郁，只需明明白白的照耀。他们互为成全，相互砥砺。疾风知劲草，烈火显真金。陪伴人时间最长的花要算荷吧。映日荷花别样红。

坐久了大江大湖，看过了波涛滚滚的江湖气势，到静泊的荷湾里来坐坐，闻一闻荷叶香，听几声鸟鸣，又平添了许多人生的意趣。

全裸的心

端午过后，夏至将近。荷塘像襁褓里的孩子，一天一个样。每次去看他，都有扑面而来的壮观和新奇。浑圆的亭亭的叶愈加浓密，一片上去了水里又顶出一片来，争先恐后挤挤挨挨地长，长成一个庞大的家族，凝作一块温润厚实的玉，被香樟和垂柳的浓荫拥抱入怀。

几天前还是星星点点羞涩地掖着藏着的花苞，像毛笔的笔尖，云天即是长卷。有初露尖角的孱弱，有初生牛犊的雄心。泼墨挥毫尽在不言中。现在那笔都已齐齐地浮出叶面，呈现于大庭广众之下。放眼望去，若红英浮于碧潭。笔锋没有了，因含了大地的金风玉露，饱蘸了天地的深情浓墨，肉肉的，团团的。丰满的玫红，紧抱着，似拳拳的心，全裸着，不含一丝杂陈。她不单单拿笔去抒写了。她用心，红润饱满的心。心比笔更勾魂摄魄。

只是你会担心这样的坦陈、这样的裸露、这样一簇一簇的呈现，会不会被阳光烤蔫，被眼红的路人掠走，被风雨摧折。那样饱胀着，像积累了一个轮回的生死需要诉说，像酝酿了无数个昼夜的相思期待懂得，像一个一个包裹着的命运的秘籍，猜不透，也不急于揭晓。就那样你看着我，我看着你，悄悄地被诱惑，被清洗，被占领。

俗语说，好花看到半开时。因为未开，所以有期许。因为有期许，人生多出些意趣。所以与其绽放无余，不如保持现有的一份迷局吧。别趁我一个转身就骤然绽放。让我耽于对你无尽的猜想。

初秋看荷

今年武汉的夏可谓铆足了劲，热得比往年更认真更执着，简直像个泼妇，火辣劲一上来，就赖着不走。气温之高，持续之久，还原了一个火炉城酷暑的真面目。即使老天爷亮出“立秋”的令牌，也无可奈何失了权威。从一个烤箱里逃离，风起时树叶哗然，看荷叶与一张长椅的默然相对。鸟声斑驳，薄雾相隔。凉爽扫过湖水，荷叶倾覆，内心的热度一点点缓释。

每次站在黄小宝定居的蒸笼般的阳台，便想，我孱弱的黄小宝决意在立秋前一天告别其实是明智的选择。否则，只是煎熬的时间长一些而已。听一些爱在自家的小院里侍弄庄稼的人抱怨，今年的豆藤叶长得水灵却不结豆子。他们翻来覆去地找原因，肥料干旱都不是原因，唯一的罪魁是热。热得庄稼都无心做爱了。一些在阳台上养花草的人家花草也死了一批。植物的离去，是悄无声息的，所以远不及灵动的小动物的离去让人悲伤心痛。

好在真的秋随一阵风一场雨的莅临，来到我们身边，抚慰我们几近烤干的心灵。在一个微雨的午后，我来到东湖。女友告诉我这个夏天她几乎没来东湖。我原本心里怀了很深的歉疚顿时得以宽解。因为这个夏，我也只是在傍晚开车走马观花匆促地看望过两三次。那时，我坐在开着空调的车里，望一眼蓬蓬勃勃的荷，知她安好，便匆忙离去。往年，即使夏日正午，我俩也几乎是天天光顾东湖的。酷热阻隔着我们的想念和亲密。

我对女友说，我来看东湖，其实是冲荷来的。或许是因为我名字中有一个“蓉”字，我对荷有种天然的精神依恋。“世间花叶不相伦，花入金盆叶作尘。惟有绿荷红菡萏，卷舒开合任天真”。荷最能以宽容自强的姿态和愈挫愈奋的绽放抗击环境的恶劣。她的根茎宁折不屈，她的花叶出泥不染，她的莲子不事张扬。这些都是我向往的或者是与我的环境契合的。所以，纵然炎夏是个煎熬的季节，因为有荷，有荷的坚强和美好，四季中我依然更深刻地爱着夏。

入秋的荷像步入中年的女人，有的显出黄脸婆的沧桑；有的依然坚挺着青春的模样，只是绿得有了厚度，青春的稚嫩已然远逝。一朵两朵的花像晚来得子，证明着荷强劲的生命力。她们有过炎夏的阅历，还有什么看不透悟不穿的？所以，你仔细端详，她的面容是淡定的从容，是优雅的稳重。

轰轰烈烈的夏必然以冬的形式谢幕，秋是个善解人意的家伙，她像个和事佬，像个纠纷调解员，像个说客，彪悍的夏到了这里，不得不收敛了嚣张的气焰。再这样下去，地球就成火星了。秋不得不动用风的巴掌和雨的软泪，一切都得到了缓冲。刚刚走出夏的初秋是画家笔下的过渡色，有夏的温情，有秋的凉意。此时来看荷，依然是荷最灿烂的季节。你无须为万木表面的谢幕而悲秋，也无须为必然来到的隆冬而伤感。

我一个同事是个成功的诗人。他的父亲便是在冬天里挖荷塘里的藕冻得再也没爬起来。寒冬里荷深埋于泥里的果实成为穷苦人生活的一柱火光。荷以隐身的形式对抗着另一个极端的生存环境，保护着来年的生机。有几人能像荷那样不屈服于夏的炎酷也不拒怕冬的肃杀。对抗夏，荷是高调的；抗击冬，荷是低调的。这便是环境的智者和胜者。我骄傲父亲于百花中选中“蓉”做了我人生隐秘的基因。

无边的涛声

今天微雨，东湖水满满荡荡，粼粼地起着波涛。涛声轻而脆，像一个人午夜的耳语。因为雨，东湖四顾无人。他现在成了我一个人的东湖，一个人的风景和忧愁。这样的涛竟是一波一波铺满了东湖。一向守静的东湖因为这绵密的细雨，因为那捉摸不定的春风，竟是动了心地有了活气。

几艘敞篷的木船怕冷似的挤在一处，泊在风浪里，一起一伏地荡。艄公闲极，下水捕鱼。水漫过湖堤，鱼儿有幸无幸地受到波及。盈盈的湖水里不时有死鱼横亘着尸体，在水波的峰谷间无由地荡。那白是一个字的哀愁，让人心惊。间或有咸腥拂面，想必是东湖五味杂陈的内心，总是颇不得宁静的。

一个穿薄膜雨衣的女艄公在漫过堤岸的水草里用棍网打水。水花四溅，是水沉默的抗议。我问她，你这样追打，可逮到鱼？她听不清，也不明白为何问得如此多余。旁边的女子作补充却听不清。她也只顾往船上爬。网是透明的空。她白白地浪费了工。或许她在乎的不是结果，而是过程，满载希望的追逐和寻找。

垂着绿辫子的杨柳依旧殷勤，向着湖面伸一双不倦的长衣袖，有一丝撩拨的轻佻，也有穷极无聊的耍弄。湖不知能否一眼窥破其中的浅薄，倒是有心无心地奉迎。

走过一道白玉石的拱桥，这里的涛因为与内湖在桥下做了联手，所以没有声息。起伏的波峰只是做个样子给谁看的。站定，瞭望，东湖是比海还阔大的，起着蒙蒙的烟雾。两边有隐约的湖中堤蜿蜒，与湖那边的磨山纠结。对面水天相接，真有沧海共长天一色的浩大。那样的水阔天空，那样的烟雨迷蒙，是一个巨大的陷阱，一张无边无际的网。有谁一脚下去，是很难脱身的。有人甘愿陷落，便会像这湖，濡染的尽是漫天的愁绪。这样的微雨中，一个人听涛拍岸，真是蜜甜的空寂和迷离的哀愁。

这样无趣地绕着湖边缓缓地走，偶尔有樟树的香逗引我向前。走近却又捉迷藏地消弭了踪迹。可见这也是位逗人玩的主，并不能付出真心的。茂密的樟树枝叶倒是不减热情，每每天天地在水泥道上方挽手而行，搭起天然的绿荫长廊。多少人曾在这里留恋，打太极拳，健身竞走。匆匆地来去，都是彼此的过客，极少有人驻足对话。偶尔的交错，也是无心的。

回来的路上，见粗大的梧桐裸露着遍体伤痕。放眼望去，唯有她是赤裸的，枯枝败叶的样子。躯干粗大，枝杈亦张扬恣肆，其实内里全是脆弱。春风染绿了很多的枝头，却不曾光顾这满目疮疤的梧桐。不是春风无情，是梧桐有了破罐子破摔的脾气。

我得走，尽快地离开。一个人与一片天的对垒，注定是我的败局。冷寂、猜疑和太过沉重不是你的，也不是我的心愿。可我知道，走了今天，走不了明天。明天，明天的明天，我还会故地重游，你也会故技重演。

忽然发现，一个人的眼神为何总是含着忧郁，只因这样的风景只有她一个人用心在读。

有花相伴

她们是春天的小姑娘，现在却成了我几案上的老妪。远去的红颜凝作时光刀剪下一缕黯然的叹息。记得一位很有名的校长对自己一生只得一位糟糠之妻心存遗憾。朋友劝他，人一老，就美丑不分了。他却回答：花老了还是花，草老了永远是草。每当看到我桌上这束自制的干花，老校长的话便声若在耳。

黄腊梅依然是开放的姿势，香陨了芳华，花瓣却不曾零落。时光抽干了丰肌玉骨，只余下春的标本聚合在枝干。还有两枝不知名的秀叶小花，也都憔悴于枝头。叶依然葆有青绿，曾经的粉红也是依稀仿佛，只是淡些更淡些。目光栖息处涌流的依旧是初见的记忆。这样的提示或许便如爱情初酿的醇香，即使岁月偷换了我们青春的容颜，皱纹横生，花容尽失，也牵手夕阳，相看两不厌。

我是一个雨天的地上逢着她们的。东湖边烟雨漫天的春，红的白的绿的花，如海似雾，纷纷扬扬，目不暇接。春是一股脑地给予，地是忙不迭地应承，慷慨得让人眼花缭乱。去亦匆促，让人伤感也来不及。好东西驾到，总是潮涨潮退。能抓住一个，永驻身边，已是幸运。爱她们美色的人从枝上采下，却怯于门卫的质询，又扔在了树下。他们之间有过怎样初见的美好，怎样始乱终弃的惜别，怎样的无奈或者借口？这些都不重要了。重要的是我与她们有了不曾凋败的新的遭逢。像再婚的两个人，有了重拾的美好和珍惜。她们的家在举头之间，却已切断归途。与我的相逢，应是我之幸，她们之幸。

现在，那薄如蝉翼的瓣、细若游丝的蕊、坚挺绽放的姿，都是侥幸的胜利者。在注定不能决胜的岁月里，她们的遗存是一厢忠告，一场青春如歌的盛宴，一场值得坚守的佳缘。

时光的罗盘

只是转了个头，一池的绿荷已萎，蔫头耷脑。高高的秆还在，举着残破的战旗。一阵秋风，他们摇头晃脑，点头哈腰。争强好胜，出人头地，业已看破。一星两星的绿，在做最后的挣扎。有的秆和他的旗一齐倒下了。往日绚烂的舞台一片狼藉。

水很静寂，一块厚重的泛着冷艳的纱绸，一张写满沧桑的宣纸，上面零乱地横亘着荷干瘪的素描。菱形、三角形、梯形、不规则的矩形，绘制着他们立体几何的人生。水里水外，现实与梦想，豁达地牵手。即使年轮老去，他们有天造地设的缘分。这缘分连成一片、一池，都是暖暖的，心照不宣的，和着阳光晶莹的芒，在我空茫的心里投影。

不忍卒读的是那荷叶。叶是丐女不堪洗濯的旧裙，是有过舞台辉煌如今只能改作抹布的手帕，是青春韶华在岁月的锋刃下低垂的头。再也抹不开的褶子。再也不能泛青的老脸。一池的落寞，无边的叹息。

淡淡的天扎进水里，明澈的阳光让水羞于抬头，也不敢面对。风在继续助纣为虐，直到全部趴下，荡平一池一湖的雄心。沿岸的水面轻点着细屑的浮萍。我辨不出真面目。或许是来年的希望。一对对情侣着白纱礼服，借湖的景拍人生最隆重的合影。来了又去了，四季络绎不绝，不变的是两个人的内心。心里温馨，四季都是温馨。为季节的凋败伤感的，是不能得到的完满。

草黄了，杜鹃树的枝叶萎靡了，重阳树的头秃了，鹅黄的三角枫哗哗纷落，是风在笑，是树在哭。紫薇曾经艳红的花串都成了远去的浮云。

地还是那片地，人还是那个人，心还是那颗心，岁月不与人，便缘木求鱼。恍然间明白，不是给养贫乏，是天时不济。

季节是时间的罗盘，肥了瘦，瘦了肥，都是一粒棋子，任时间盘剥搬弄。

一阵风袭来，叶在地面上迅跑。风止叶停。原来欢快和远走，都是需要外力助推的。叶曾与树干亲密厮守，夏是叶对树浓烈的表达。曾经的轰轰烈烈已是不能倒带的余歌。现在，叶与干到底走到了尽头。是叶的老态让树不忍卒读，还是树以风为借口喜新厌旧？合久必分，分久必合。这是自然与人类谁也逃不过的宿命。叶现在是自由的。她的快意全写在冉冉翻飞的姿态里。重力加速度让叶再也没了反悔的余地。她坠入红尘的那一刹那，便注定了拥抱孤独，与沉寂为伍。

时运是季节幕后的一双手。人间再精确的魔术师都无法调制出如此均匀的温度。说温就温了，说热就热了，说凉就凉了，说冷就冷了。时令是个最听话的孩子。时令是握在自然手里的一个宇宙空调遥控器。

在草坪上席地而坐，懒洋洋的。这是在享受阳光与季节的成功合谋。不敢掐一草一叶，怕他们和人一样突遭陡然的分离。一只黑甲虫主动爬入我掌心，又倏忽钻进草丛里。走吧，走吧，不要把我们美好的相遇变成一场劫难。我们是彼此的过客，两不相欠。

与喜鹊散步

在东湖散步，时常会与喜鹊邂逅。不知谁给她取了如此讨巧的名字。想必人人见了她，都愿取悦和追捧。简洁的叫声，清脆而明亮。小巧的头顶着秀丽的乌发。灰褐的马甲一年四季地穿。屁股后面很绅士地拖着蓝灰的燕尾服。两只纤纤素脚，一蹦一蹦地跳跃。长长的尾巴像舵，忽上忽下，翘得老高。看似健硕的身子因那一双纤足无声无息地蹦跃，持重中显出轻盈。

见惯了世面，喜鹊便有些目中无人，泰然自若。在路边，在草丛，只要你安静地注视，她亦安然地低头啄食。倘是你弄出些微的声响，或是正巧被她发现你在靠近，她亦是不惊不乍，霎时展翅腾飞而去。那奋飞的模样从容淡定，让你禁不住联想起大鹏，只是小了几个型号。

喜鹊倘是没有这条长而灵巧的尾巴，就易混同于麻雀、灰鸽。她的轩昂和俊逸也全因这条玲珑乖巧的尾巴而掠人眼球。

东湖水天

苍茫水天，银鸥翩飞。很久没来东湖，再来已是别样的风景。蓦然看去，最灵动的当是那一身银光的鸟儿。素白的身躯被一双矫健的翅膀携带着，一会儿点栖水面，撩动一池波心，涟漪不绝；一会儿腾空跃起，给灰蒙的幕天搅起一片亮色。他们是季节邀来的稀客。虽然不是我期待的大鹏的样子，甚至过于娇小，却牵引着视线，昂扬板结的心。

被岁月篡改着容颜的柳条有些落寞，有些孤寂，有些不修边幅，却固执地坚守着盛夏一袭碧玉珠帘的位置。这是他们亘古的约定。无论岁月枯荣，那样的自信，笃定，让人感动。天空很大，很多的诱惑，来了又去了，不变的是最后的赢家。柳条那么单薄，甚至有些孱弱，却自有福智，一撇一捺，书写着秘籍。船儿鸟儿游人都很隆重，风姿绰约，却注定是过客，长着驿动的心。偶然的寒风算得了什么？素颜恰是一道美丽的考题。

总爱走那条水杉笔立的夹道。精致的木板踢踏有声，无论何时去都清爽雅致，窄窄小小的，只容一人坦荡而过。若是情侣手握手黏着走，须得前后跟着，跌跌撞撞，有意无意地，就添出许多的浪漫情韵。那羊肠小径曲曲弯弯，绕岸而行，似一首咿呀的曲谱，透迤婉约，静静响彻于这片水域之上。其实我是知他前身的。密密的一爿水杉林，充当了防浪堤。盛夏东湖水暴涨时，这里必有半截树身是浸泡水中的。人只能远远地充任看客。后来洼处填了土，水退去了。又在一片杂乱的繁盛中去粗取精，再加些整齐的木板铺排成轨画龙点睛，原先的粗犷冷僻便焕然一新，有了别样的滋味和韵致。每来这里，总觉得这路在召我唤我。不去便有亏欠，便觉辜负。在这里看湖光山色，移步换景，心旷神怡。这时猛一回头，从两排高耸入云的水杉之间，逼仄的木轨曲径之上，亭亭地走来一女子，即使相貌平平，你依然可能觉得惊为天人。若是三三两两的孩子追逐嬉戏，那样一幅静置的画顿然掠起无限的生趣。

漫步小道，时常遭遇意外的收获。这些鲜嫩的红尾梢就是我从一渔夫手里买的。九元一斤。贵是贵了点，却因为有东湖、野生作为关键词，讨价还价都免了。在见我前，它们活在网兜里。尽管依然悠游于先前的水域，却是狡黠的渔夫赏赐生杀予夺前最后的狂欢。我对它们是久仰其名。听说肉极丰嫩却刺小且多，我惜之爱之。晚上回了家，片刻工夫，它们已匍匐我的刀俎之下，果然鳞小肉厚，剖开来，壮硕的肠被肥油包裹着，罕见的鱼油让我惊叹不已。想起春秋时刺客专诸在烤鱼里藏进一把鱼肠剑，帮助伍子胥和公子光完成刺吴王僚的神圣使命。那剑果真只有鱼肠粗细吗？那样的森严壁垒，专诸的勇猛、公子光的智慧、伍子胥的慧眼识人，显露无遗。专诸一刺成名，鱼肠剑也一刺扬名。那样标致的红尾，那样粗细有致的线条，一会儿只余下一堆残渣。专诸与鱼，谁为鱼肉，谁为刀俎，都是一样的宿命。呜呼！有朋友诧异，东湖有鱼卖？我答，纯属巧遇。

去年的夏天我曾在这里独自漫步，忽然两名船工精赤着上身，从一艘正检修的游船底部钻出，往岸上扔来两只硬壳物。它们落入草丛的弧线与我的视线刚好邂逅。他们说这东西营养丰富，要我拿回家。我端详着，它们正是鹬蚌相争渔翁得利的蚌壳。它们附着在船底是安全隐患。想起童年在村里过年时追看蚌壳精的情境。一群人围着一个圆场，场上的主角是一花红柳绿的女子，涂着厚厚的脂粉，妖冶地站在竹篾和彩纸糊就的蚌壳中。一艄公在前面唱歌逗引，蚌蛤精便不停地扇动壳翼，嬉之舞之。那算是乡下一道诱人的文化大餐。又想起在饭馆里曾吃过蚌肉火锅，硬硬的，听说养人，价格自然有些小贵。再看这硕大的蚌壳，便油然而生久违的亲切。从壳缝里窥探那蚌壳精，也不过是丰厚的两片肉，正一张一翕地缓缓扇动。女精是看不见的。旁边一群游人中一中年妇女递过一塑料袋，我只得将蚌壳装了。船工又接过去在湖里汲一些新水好让他们苟且偷生。我便像兵不血刃的战士拎着收获的两只蚌壳穿行于络绎的游客中，倒是惹来一路的艳羡和口水。更有好事者主动告知这东西腥气大，烹饪中要多加些辣椒、花椒。走了一大圈，临离开东湖，我却到底将它们放归湖中。

放它们一条生路，其实也是给我放下一颗犹疑的心。放下，竟然一身轻松。

小梅岭赏梅

这里是我的乐土，四季的乐土。因为衰败的冬天，反而去得更勤更为隆重。几乎每个中午，我都要去看他，似在赴一个内心的邀约。去一次有一次的安适。不去，周身都窜着隐隐的不安和亏欠。我当然知道，他不是我的专利。美注定是属于大众的。

起初还要特别明示：去东湖大门看梅花开了没。后来，脚步自然地沿着湖中长廊前移，目的只有一个，依旧去那个老地方，看那些黄的红的粉的青的梅是否陆续绽放。一次一次地期盼和惊喜。那种痴，让人想起一首校园老歌：一日看三回，看得花时过，兰花却依然，苞也无一个。不愿错过东湖的梅，这是我的心结。有心错过与无意相逢是付水东流，是笑看落花。唯有惺惺相惜，唯有彼此成全，方不辜负流年，不负岁月喜乐，人生静好。来了又去了，去了又来了，来来去去是彼此的过客。然而每年那一刹的相伴却惊艳了一生牵念的怀想。

我对梅的嗅觉是灵敏的，几乎十拿九稳。去一次定有一次美妙的收获。先是金黄的野腊梅，竞放的，或羞涩地打着朵儿的，挤挤挨挨，在光秃的林中抢掠着路人的视线和嗅觉。今年的腊梅花期格外地久长，像这片土地的户主，在其他梅还不能竞放迎客时，他们努力撑持着门面。朱砂梅、青梅、粉梅都像一粒粒纽扣攀附着枝头，豆蔻年华，春心萌动，有一些骄矜，又掩饰不住地焦虑，在开与不开间彷徨。

黄腊梅依旧，那般晶莹剔透的花翼，像蜜蜂小小的翅膀，在微茫的天幕下，安静地栖息。所有的梅中，数腊梅最香。她是吸了天地精华的。每每与腊梅对视，心里涌动的都是难以言说的情愫。那样奇丽的香，那样纯净的黄，像一个坐怀不乱的君子，只感慨我们的相遇是多么值得珍惜的缘。

腊梅是野生的，真应了那句“野花总比家花香”。因为出生乡野，便少了人工培植的梅的那份娇气。来得勤勉，做得也妥帖。像乡里的孩子，在对你大笑时，心门是敞开的，无挂无碍，殷勤备至。

这片梅林依偎在东湖侧畔，一个平缓的小土丘，算是一个有大家族背景的公子。这里的梅有绿萼、粉台阁、铁梗红、送春等二十多个品种千余株。虽远不及东湖梅园规模宏大，但论梅的花龄、品相，却属上乘。这里也是东湖最早的梅园，由二十世纪三十年代初，东湖风景区的开创者周苍柏先生亲自打造。为与毛主席居住的东湖梅岭区分，这里便在“梅岭”前加了个“小”字。梅园虽小，却小得精巧雅致。似大户人家的小公子，自有其清雅娴静的气质。三棵巨人般的雪松占据着高处，霸气威仪又不失温婉亲切。四季恒定的苍翠，是他不温不冷的表情。扇面样地铺展，一层一层，都是掌心向上地迎着天光吮吸甘露。武汉很少有雪光临。雪松或许有怀才不遇的遗憾。有人安排他与梅为伍，寂寞便淡了，怨气也得了医治。“墙角数枝梅，凌寒独自开。遥知不是雪，为有暗香来。”香草美人，谦谦君子，谁说非要四处招摇呢？穷乡僻壤也好，繁华闹市也罢，将一缕香坚守在原处，总有人有意无意地赏阅。

在半坡腰里，还有一丛竹子，青叶浓密。肃杀的冬竟然拿如此柔弱的竹毫无办法。微风摇晃着扁舟，哗啦啦地，丢盔弃甲的总是滚滚寒流。

立春后去东湖散步，心里牵绊的依然是小梅岭的梅。梅是冬春交递的主心骨，梅是这个颓败的世界伸给人的一星曙光，一抹亮色，一段灵魂的絮语。看梅其实是去看时光，看时光的杀手如何与梅巅峰对决。繁盛或寥落，生命在起落荣枯里诉说，没有胜负，只有另一种起承转合。看梅，还有个心思就是与时光竞走，试图留住些什么，遮挽些什么。其实梅在或者不在，看或者不看，她都在那里。年复一年，一茬的喧腾与一茬的邂逅，一茬的登台与一茬的谢幕。

艳丽的绽放、沁脾的芬芳，都在或远或近地招手。盛大的热闹已然远去，迟悟的到来依然淡定。微风轻走，春寒怯行，挡不住落红无数。花瓣轻纷，落地成殇，无声有声，无形有形，比酒更浓烈，比歌更婉约，比字更动人。那是无奈的告别，是秘籍的告诫。抗得住严寒，抗得住肃杀，抗得住孤独，抗得住岁月么？抗不住，谁也抗不住。俏也不争春，只把春来报。

选在惊蛰前的时节里看梅是易生伤感的，可以说是自找没趣，是为赋新词强说愁，是身在福中不惜福，是自我折磨。但仍旧要去，要看，看彼此的旧貌新颜，看彼此的昨日今天。

今天的梅，今天的你和我。悠游地招摇，豁然地孑立。轰轰烈烈的喜乐，悲悲切切的感伤，都是浮云，是乱象，是市声，经不起岁月的凝眸，经不住风雨的打磨。虚荣的艳影、茕独的坚强，都是昙花，是讪笑，是哗然。一样地终结，一样地转合，一样地一样。

找一个喜欢的角色，找一爿清雅的高地，找一个灵魂的自己，随意地演绎，生或灭，不羁绊，不牵扯，来去无悲亦无喜。

春光乍泄

正午的东湖，每天去都有新的气象。从冬的末梢一路走来，生命如此地舒展，一日日向昌盛进发。睡莲轻盈地静泊。鱼儿欢跃地来去。金银花素颜清芬。阳光洗净磨山浮云。自然真好。一坐一立都是景。

梅花裹着清香的艳影还荡漾心头，广玉兰、山茶花、樱花、桃花、海棠花却已“哗”的一下，奔涌而出，像是早就铆足了劲儿，掀开冬衣醋意的遮掩，赶趟儿似的站出来，以势不可当的气势狠狠吓退了冬的阻拦。这儿一簇，那儿一排。这儿一片艳红，那儿一边粉白。东湖边，全被她们占领着，像刚刚走出大山的小姑娘无所顾忌，从头到脚钗头凤霓，花枝招展，把水泥森林里住久的人搅得“心潮逐浪高”。

白发苍苍的老人特意穿上纱裙与老伴儿相携阳光中、花树下，摄下春光簇拥的倩影。成群结对的新郎新娘穿着洁白的礼服、婚纱与白鸽嬉戏，与春水辉映，与垂柳偎依，只为让春光照进他们的人生，让爱情的芬芳铺满婚姻的旅途。尽管春眠不觉晓，尽管工作累得直不起腰，上班族们仍然挤出午休的缝隙，放缓下班回家的节奏，在晨曦初露中，在暮色阑珊里，在花影树丛里流连忘返。

即使偶尔下一阵雨，气温猝降，花瓣一片一片、一树一树、一阵一阵地零落，也不失为惆怅的美。它告诉你，美从来都是千姿百态的，有阳光下清澈的笑脸，有微雨中淡淡的伤感，有暮色中与时光角逐的无奈，有晨曦里拥抱一天好心情的快乐。这就是春的豁达、春的自信。春是这样浪漫，这样多情。纵然你老态龙钟，也禁不住欢呼雀跃，好像只有此时，人与自然才真正合一。

新叶从苦苦埋没了一冬的志向里探出头来，东瞧瞧，西望望，起初还有“木秀于林风必摧之”的矜持和胆怯，一看大家全都盛装出行，花团锦簇，于是也放下顾虑，轰的一下，就齐齐地站到了风口浪尖。这时你随便一望，就能看见他们高昂的头、年轻的笑脸，在离阳光最近的地方，在与花儿窃窃私语的枝头。

鸟儿从清晨里醒来，似乎就没有停止过。叽叽叽，啾啾啾。有的婉转，有的直爽；有的简洁，有的冗长。像孩子围着新买的玩具议论不休；又像远行归来的旅人，围坐一处，争先恐后地讲述南来北往的见闻。他们与花儿结伴，邀蜜蜂在花丛中共舞。他们轻盈地落在新叶的头上、手上、胳膊肘上，为春天献上五彩缤纷的祝福。只要你稍稍留意，就能听见他在对你发出一种信号，像呼朋引伴的友情的召唤，像琵琶别抱的爱情的秘籍。你一定会笑，他怎么就单单用这样的音符，这样的节拍，从万籁的世界里脱颖而出，以天使的声音触摸你的耳际，撞击你的心肺？

最不惹眼的小草在花下，在墙角，在路边，也都从曾经难以抗拒的宿命里伸直了腰杆。尽管脸上还残留着营养不良的鹅黄的面色，可是与枯草一起，足以担当赏花人舒适的坐垫。他们知道，人们永远没兴趣把目光投射到自己身上。他们不稀罕这个。他们仰着脖子，天真地无邪地看着头顶纷飞的花儿、朵儿，也像迎接自己的节日，默默地为花儿捧场。

一对老夫妻推着车从岁月深处走来。老妪歪脚扭头推着车，看上去是男人陪做康复训练。我问那先生，您比老伴小吧？先生微笑说，我们同龄，七十岁。老伴患帕金森，脑子腿脚都有了问题。我想这才是今天最美的风景。

这是一群自愿集结的乐队。乐风悠扬，歌声嘹亮。他们来自杨园小区及附近社区，最大的七十多岁，最小的五十多岁，非专业，全凭爱好，自带饭食，谁想上台唱歌都行。我们不敢唱，我们记不全一首歌词。这位七十多岁的阿姨行。她一张口，我们都自叹不如。老人们很热情，说你也来唱一个。我们摆手怯场而去。

这是东湖的青年节，濒湖画廊最鲜活的画。青春确非粉面红唇，也非冰肌玉骨。她是一种精神状态，是昂扬的生命意趣之心。即使青丝染霜，皱纹荡漾，也青春永驻。节日快乐！未老先衰的我向不老的老人们致敬！

白鸽的兄弟

今天，萌动的春光摆满隆重的盛宴以迎接贵宾的礼节接待了我。她派来成双成对的新人和洁白的鸽群，让我渐行渐远的青春在他们白色礼服和白色婚纱的倩影里重新绽放爱情的甜柔。

鸽子在大树和欧式阁楼的尖顶徜徉她们家族的幸福。雨后初霁的草地是她们温暖的舞台，阳光、水和空气都一碧如洗。她们是这湖畔最热情最高贵的主人。她们不断地飞扬起轻盈的舞姿，向游人发出盛情的邀请。只需轻轻一跃，就在树叶、房顶和草地的背景上随意点染出圣洁的图画。

我久不见阳光而长出绿色霉点的心化作一只自惭形秽的灰鸽，羞怯地蹲在明媚的草地里，企图向这些洁白高贵的天使靠近，靠近。她们发出欢快的殷勤的嬉戏的笑声，咕咕，咕咕，一会儿聚拢来，一会儿纵身飞起，一会儿呆呆地将我凝视。有几只甚至傻傻地用亲密的热吻吮吸我尚裹满冬日寒气的手指。我的手空空的，是一只乞丐的碗。我很难为情，由于走得匆忙，一文不名。我说，你们去吧，不要怕冷落了我。她们手里才攥满了喷香的食粮和闪光的金币。可她们真傻，傻到只认我这个浪迹天涯衣衫褴褛的兄弟。

东湖神韵

见过大海，才知长江是克制的。长江在堤岸中逶迤而行，淡看灯红酒绿，唯陡峻的山岩和突兀的礁石反激起飞扬的浪花，让人恍然记起她骨子里其实是傲岸不驯的。见过长江，再看东湖，竟有处子天然安谧欲纵却羞的神韵。

东湖的水域面积是西湖的六倍，是中国最大的城中湖，因之她有海的浩阔的胸怀。东湖四季波平浪静，如丝如绸，有人临湖听涛，称疑海碧波。东湖沿岸有柳荫轻拂，有水杉笔立，更有青荷入怀，且有九十九峰护卫。所以，东湖其实是集万千宠爱于一身的娇姑娘。

东湖没有西湖显赫的声名，西湖是帝都的金枝玉叶。东湖是江城的女儿，有大大咧咧不拘小节的性子，没有浓妆艳抹，没有管笙灯绿，少了西湖秦淮的脂粉气。她以天然的面目偏安一隅，处江湖之远。所以，环绕她的她亦甘愿与之为伍的全是草根。即使毛泽东四十四次长住东湖，东湖号称第二个中南海，也因东湖吻合了他农家子弟的乡土情结。

东湖离我工作的地方仅一道之隔，离我居所一站之遥。我几乎每天中午去东湖散步。我以这种方式回报命运给我的馈赠。每见东湖，疲惫浑浊滞重尽解，只照进澄澈的光明和雍容的暖意。在这里我们彼此拥有，彼此爱恋。在对视和行走中，我们感受彼此给予的温度，相看两不厌。

一棵重阳木，以婆娑的葱茏舒展的虬枝，扑入视线，成为独一无二的那一个。散步的喜鹊，在草丛在树梢轻盈地蹦跳，唧唧地窃喜着每一场邂逅。笔立的水杉在湖中切开一条大道，在愿望与风景之间搭起捷径。微风吹皱的湖水总以绸面的轻柔将木船汽艇龙舟以及渔民的生计和一个民族的魂魄托付。打扮得花哨的小木舟，总像个孩子蹭在岸边，有人经过就扯着嗓子叫，我们一起玩吧。初夏的荷与阳光嬉戏着，仲春的小屁孩儿业已穿上亭亭的裙。偶尔蹿出一两只野鸭发出欢快的惬意的笑，让人忆起儿时的捉迷藏。弥漫的荷叶像疯跑的孩子，每一个湾子都是她们明媚的笑脸。

四季蓬勃的香樟托阳光的巧手洒一路绿荫，迎来送往，殷勤备至。青纱帐，香樟林。樟树高天搭棚，温润如玉。我每去东湖，总于此留恋，情意缱绻，绿绸帐暖。她以恒温的怀抱，拥抱四季的荣枯。即使偶尔的飘零，亦是乘你转身之际。她是这里最温和的表情，鸟人都愿意将自己安然托付。

屈原老先生在湖畔行吟很久很久了，两千年，几十个世纪。他喜欢这地方，我也喜欢。我总以跪拜的礼仪向他表达亘古的虔敬和内心的哀鸣。仰视和膜拜不是我一个人的，他成了每一个莅临者共同的姿势。我恍然明白东湖何以让荷名扬天下。

一直很希望住一个这样的宅子：绿荫环绕，果树飘香。果子熟了就邀朋友小聚，须得自己爬树采摘，不时发出童声的欢鸣。有一片荷塘，可以垂钓可以畅泳。有一畦菜地，自己耕作，不打农药，想吃什么种什么，和虫子一起分享。再养三五只鸡鸭，两条狗，它们没有围栏铁链。一匹马。马只是欣赏，偶尔可以代步。

农村的孩子可能会笑话这有何难。其实这也是很多城里人的梦想。东湖有很多美丽的院落。阳光跃金的草坪，清芬沁脾的荷塘，桂花夹道，绿荫匝地。群鸟浅吟高唱，交响和鸣。每天有情侣着婚纱拍照，以天地为证，书写的是爱情走向婚姻最浓重的华章。见了他们，除了感动便是祝福。陌生因自然和解。暑热天里我常扎在浓荫里，以青纱为帐，以彩绳为床，鸟声做伴，美梦托付给自然，那份安谧清凉与旁人无关，与尘世无关。想想这就是东湖的好。

对于大美，真爱是弱水三千，只取一瓢饮吧。

一见如故

神农架小记

天朦胧着，雾缭绕着，开门见山是久违的意境了。这是神农搭架尝百草的山。坐飞机一小时，然后坐车两小时，从三千多米的停机坪来到林区政府所在地松柏镇，右耳还堵着痛着。路上邂逅两棵并不魁伟的桃树，猴儿的本性便暴露无遗，于是学孙大圣信手采了些桃子。吃之，甘润若清泉沁脾。入山采果，不谋而合，这大约就是我与这神山的秘籍了。住下，阳台开阔，开门即是山。更是若脱尘远市，久在樊笼里，复得返自然，惬意无比。虫鸟欢鸣不绝于耳，望青山耸翠，默然相对，只觉神农当在其中。一个人的莅临，便成了一座山的盛宴。伫立阳台，心里生出无数的爪牙，早沿那密林翠毯一路攀援，任其千沟万壑，壁立千仞，也是无所畏惧的了。

神农溪水贯穿全城，人们依岸而居。街道干净整洁，人烟稀少。大象狮子金钱豹蹿出森林，被人们请到广场，做一个城市的地标。似乎也只有这里，这座原始古老的森林才配享受这份荣誉和自豪。溯水而上，有个女子正拳打豹子。有人问那女的是谁。我们坐在车里，异口同声，陈传香。有人说那是“豹子最后的舞蹈”。有人说放在当下，陈传香违反了珍稀动物保护法。有人感叹全国的城市建筑没有个性，走到哪儿都是一副面孔。我说现在唯一的区别就是这山水了。

晚上步行四五十分钟，到老城区买特产。抓一把野山菌，一股土地的芳香沁人心脾。嗅一嗅蜂蜜，没有白糖的气息。五十元买三斤山核桃。四十元买一斤黑木耳。有经验的游客是不怕巷子深的。我是第三次访客了，来这里采购山货，尽一个家庭主妇之职，物超所值，总是十分惬意的事。这里的女人水色好，红润饱满，像水蜜桃。每次来，她们还在原来的年龄原地踏步，我却是一日千里地飞行。

刚下飞机时地面温度是十度。穿夏装的游客纷纷加上春装或毛衣。走在水边，灯火辉煌，只听虫声如鸟，清脆大胆，清晰可闻，却不见蚊蝇飞舞。有人说过去这里的牛是不用拴鼻绳的，极言其老实。说这里的人也和牛一样老实。有人说现在可能不尽然了。越来越发达的路把人心扯乱了。

这里的集镇被山包揽着，人被琳琅满目的山货包围着。土制的黄酒是点燃大家情致的，无论男女抿一口，脸便微微地有了羞涩，有了桃红柳绿的味道。原本的生疏和戒备也都渐渐地被缴了械。唱儿歌做游戏老不老少不少，都返老还童其乐融融了。山里的店名也很有趣，野人原味，野人馆，都冲着一个“野”字去。不论你信与不信，都是和神农架一样打着野人招牌的。反正它抢占了先机，杜撰和虚构都无人追究，反成了一个特有的机趣。店内也很不精致，随意得像丰收的农户，核桃松子香菇板栗就那样大袋小袋地堆着摆着，像仓库是任人取拿和打量的。

去神农架走一遭，离开的时候，腮帮牙缝满满的塞的尽是山味土味，还余兴不尽，离开时必然大包小包山货随行。神农架神不神不知道，野是一定的。野味横流，遍地狼烟。

候官湖

你在候官，我却待字苍老的闺中将我钟爱的官人守候。

候官湖，月牙般的弧线写着明媚阳光下隆重的温情。汽艇突突地搏动着湖安谧的心房。这喧嚣于我有用，于一个孑然于尘世之理想国度里的异人有用。他是她内心的奏鸣曲，是她抵御孤独的伴侣。

今天是她来到这个世界的日子。她不知道她与今天的阳光是不是儿时的玩伴。阳光下并无新事。一个女人的童年和中年距离有多远，一个女人的爱情与婚姻有怎样的联系。微风笑意盈盈。杨柳摆动纤姿。鸟儿高吟浅唱。他们替谁辛劳地守着我人生的秘密。他们是我景仰膜拜的智神。我想找出些可以贿赂他们的珍宝，以请求他们给我一些开示。我却一贫如洗，除了一颗富有的大脑和一副善良的心肠。每个试题答案早就成为唯一，而我还在苦苦思寻。

那静卧于臂弯的荷淡定地伫立原地，青春的脸庞已爬满黄褐斑和再也展不开的褶皱，那空寂很久的莲蓬曾经储满青葱的希望和富足。能想象那一湖的繁华都只为“阅”己者来。一拨一拨的，来来往往。绣花鞋似的采莲船还在，敞开着怀抱却盼不来拥挤的足音。一根铁链锁住了他的手脚，还有那颗不愿安分的心。其实不必刻意，他与这个湖的一世情缘是摆不开漂不走的轮回。

此时的静与不能倒流的时光组成一则古老的寓言，让人猜不到来处，也悟不透今生。那沉默的垂首是沉思是想念。在思念的空白处，耳边传来你的问询，每一个音符都在渐渐干涸的心壁上弹出美丽的回响。惊涛拍岸，浪花飞溅。想托鸟儿衔一根我乌青的长发，正好落入你适时摊开的掌心；想借白鹭的双羽骑行到你殿堂的上空，对视彼此陌生却亲切的容颜，相看两不厌。

梦中醒来，你以清冽的水作墨以浩瀚的荷为纸，狂草的祝福和箴言是拨开我黎明的第一缕晨曦。一天的日子便晴朗无云。冬日的普照尽揽入怀，你可是照彻我一生的光明与温暖？我不自信，不是我不自信，是岁月盘剥了我的自信。就让我在深秋的静泊里以俯首的姿势迎接你的莅临，直至永久割据，做你绚烂华章里那片精致的殖民地。

湖里的汽艇有伴，成双成对。我独坐微醺的暖阳里，抚摩我儿时关于朝阳的梦想和关于爱情甜美的神话。垂柳依旧，鸟鸣水唱。盛大的荷是永远的主角。即使岁月涂改她的容颜，垂垂老矣，她依然举着残破的旗，为过往祭奠为未来坚守。鸟儿是不甘寂寞的，你说什么呢？口述一封情书吧，以不为世人通晓的方式，以动人心魄的力量抵达她的归宿。我当你的信使，也当唯一的读者。

云影披着初冬的凉意催促我离开。我不想离开。望天，麻雀的翅膀只够托起自身的飞翔。他们浅薄地喧笑着结伴来去；望地，衰草伸着精瘦的脖颈将脚步渐紧的寒冬窃望。他们都是与我一样的草民。我坐在台沿上。这是一个人的看台。一个人的主角与看客。我却以十倍的虔诚向未知礼拜。寒气握住我的手指将一个顽固的囚徒驱赶。我何时能走出这一片天地。我能到达哪里？

所有的静默都是无言的等待。季节的兴起与落败都是不可抗拒的再生之力。花肥绿瘦是女人脸上的脂粉，现在洗尽铅华，时光抽走了荷年轻的肌血，风雨打落了天仙的花瓣。我沿湖岸漫行，每一步都和着你欲语却休的心跳。你是含蓄的，因为孕育而内敛；像一个身怀六甲的小妇人，你的美需要另一个人静读和分享。

远处的楼群是我不愿归去的森林。在你近旁，水寒山冻，我愿。我愿是你每一个晨昏里那一声让你铭记的鸟鸣，我愿是你繁华落尽后依然在你叶脉上滚动的露珠，我愿是你莲藕拔起后残留在你躯干上的那一撮黑泥。

赐我今生，伴你永生。

天　眼

下午一场雨，以为这个中秋注定与团圆无缘。像一个单恋很久的人，期待着良辰美景帮不自信完成上上签佐证。一轮圆月到底蒙着橙纱昏黄地伫立，有些孱弱有些倦怠。虫子们在草丛树林里高吟浅唱。中秋因月的莅临而显出诗意的祥和。她的出现是繁花落尽后的独树一帜，是日暮途穷后的峰回路转。让人欣喜，也倍加珍惜。现在反思那艳阳后突如其来的暴雨，是她痛苦的抗争，还是只为洗尽铅华后的绽放？夜幕深沉，世象万千。要洞穿多远的厚障壁，才能实现此刻的君临？

朗月清辉，正大光明。望你，望你这明眸天眼，望你这水晶银盘，望你这时空隧窟。我在尘埃处望你，我在黑暗处望你，我在寂静处望你。望你，我只能望你。除了望，我找不到更虔诚的方式。我将自己从头到脚洗净，将房前屋后扫净，将核桃、桂圆、红提洗净，猛然发现它们也模仿你的样子，是圆的。连我内里的那颗心也是圆的。很久没有十五的月亮十五圆了。听说下次的正大圆满得是八年后了。恰逢其时多不易。与你遭逢多不易。秋虫合鸣，似在急促地数着时光的分秒。望你，从尘世楼的尖角跳入茫寂的太空。望你，从芜杂的绳锁里挣脱。望你，清空所有的心事澄澈地望你。追随是件多不易的事。望你，望见你。望你时，你也在望我，这才是我们今晚全部的意义。

人间五彩的窗是点缀今晚你的繁星。夜已凉，暖初透。供你的果饼果了我的腹。它们被你开了光而显出灵异的力量。孩儿说他们那里在放鞭炮礼花。远方的朋友点了荷灯在水天处迎你。漫画里一对老夫老妻月下对饮。朋友要我在一盆水里放我梳妆的圆镜看你。朋友说这样可以看见你的七彩光。我如法炮制，看见一个跳动的你，边上闪着蓝光。我像小女孩向老师汇报实验观察结果。侄女送来板栗、月饼。那只茶杯正好有了主人。举头，你在。屋顶尚有一厘米的间距。我不移，你便不在。其实，你在。你在人间的天堂里，你在祈祷的念想里。一架飞机轰隆而过，你在，你在清辉寂妙玉宇处。再举头，一厘米已减去一半。你在走，我想留。现在我须探身前倾，才能发现你在。我想趁你看我时入睡，现实照进梦想，这个中秋才没有遗憾。我还是走出去吧，你需要追随。

设想了很多次，如果你真的只能隐匿在云层背后，谁都能帮你找到十足的理由。那雨就算一场秀吧，也无怨无欺。就想你不显于天，也会显于心的。人人心中都会升起一轮满月。向外的探视便转为向内的自省自照，然后彼此照耀，或许也不失为另一种意境另一种收获。

似要应和某种猜测，再转头发现月与云果然有了亲密的嬉戏。是云追月，还是月追云，已无法考证也不必追究。月披上云的霓裳，在云彩的左拥右抱中迷失了大半个身影，几有被吞噬的危机。云层层叠叠，有贵妃醉酒的眩晕。这是追逐与梦想交汇的狂欢。月被云团团围困。可谁都明白这并不是月想要的。所有的狂欢都是暂时的消遣。月需要温柔乡，但温柔乡绝不是她最终的归宿。做中秋满月岂单单是盛名所累？月左冲右突，欲言又止。云不知所云。

月到底挣脱了彩云的追逐。她用了多大的力量费了怎样的口舌都不重要了，重要的是她回到了众人期许的模样和高度，没有一丝游云和羁绊，分外澄澈，像一只天眼，明亮坦荡。天幕也为之沉静。

月是孤独的。使命注定了孤独。

端然地看雪

在温室里待久了，不妨看看下雪的样子。清清凉凉的。慵懒和无聊瞬间被屏蔽。喧哗的世界被推得很远，满耳里只余下汽车轮胎与雪水哧哧的抗争。

天空依然一片灰蒙，却因为雪花的莅临，被雾霾吓怕的人们对世界多了一些信任、一些美好、一些希望和铺天盖地年的味道。

因为雪，天地忽然变得很小很小。雪将脚锁在了屋子里，足不出户地盯着雪花看，看雪自由飘逸的样子，那么轻盈那么晶亮，需要多少轮回才能结出这漫天的花啊！一世界都是你的树，你又何必昙花一现？盛开即是凋落，这是怎样的仪式怎样的契约？风也改变不了你的方向。还是抢着看未经融化的雪吧。那六角的花的瓣是触手，是丝线，轻灵地落，缓缓地堆。每一次坠落，被捧起，或被践踏，都是宿命。且让我用视线为你拉一道护栏，让你免遭生灵涂炭，化浊流为轻白，将往事覆盖。即使世界只有眼前这爿房子间隔的空间，亦是惬意满足的了。

雪天生是个理想主义者。雪不如雨直接。雨是透明的，直爽地一泻千里。雪来得温婉、轻柔。隆重的铺排，却是舒缓的着陆。她经不起过分的热情。她以掩盖的方式抹杀着差距掩盖着污浊。同是理想主义的人是不愿看雪被践踏的样子的，站住一隅，盯着雪的脸庞，默然端视，让她纯洁的样子占住眼帘，留驻记忆深处，让时光虚度。雪花似水中的游鱼，因为这份端然的凝视纷至沓来，一片片，一群群，将这冷寂的人儿也包裹了。曼妙两相知，谁解此中意？

因为凝视，蓦然发现眼前的树都老了。曾经森郁的楠裸着筋骨，来不及凋谢的花房高擎着，为雪搭窝。没有老去的是这带了新年气象的雪的景，年复一年，岁岁相似，却依然能激起一世的兴奋。雪充当了一面镜子，她照鉴了树的苍老。往岁月深处行走的人，也不愿照镜子。人怕镜子道出真言。

下雪的时候，我哪儿也不愿去。堵在单位就在单位。堵在家里就在家里。啥事不做，就是看雪。像牡丹开了赏牡丹一样，雪花也是要赏的。一年少有的几茬，来得矜持，所以高贵。高贵得大人小孩都愿意为她罢工罢课。雪被下冬眠的种子虫儿们一定喜滋滋地挤在一处像过大年哩。在雪花擦拭过的天空下看雪，清凉而安详。

车溪恋梅

第三次到车溪的时候，我钟情于腊梅峡的梅了。

腊梅峡位于宜昌市点军区车溪的中部，是溪峡北岸的一条支流。由于这里自古生长着三千多亩的野生腊梅，故名“腊梅峡”。历次的造访，总是与花期擦肩而过，只见峡口东侧百米高的悬崖峭壁上人工书写着“腊梅峡”三个隶书大字，却不曾有暗香浮动、疏影横斜。历史上咏梅的诗画贴满了文化的长廊，生活中衔梅填名的人摩肩接踵。梅的高洁和凡俗，便充盈着我的脑海，使我对梅有了无可无不可的漠然。我到底没有见着真的梅哩。

这是冬日一个阳光稠亮的午后，听说正是梅开二度的日子，急于拜会那雅俗的梅的真容的心，等不及欣赏车溪景区安排的民俗表演，就已跃跃欲试了。

高跟鞋小心地踩着森凉的石板路，向峡的深处探行。走过一架穹形的鹊桥，便有袅袅的香，随风拂面，款款而来。抬起头，只见跻身芜杂的衰草里的梅早已迎候在那里了。倘若不经意，你断不会发现那枯木衰草里竟掩映着芳香四溢的梅，这或许也应是野梅的纯朴之处。梅、竹、松素有岁寒三友之称，所以，梅当属好男儿的形象大使，我以为。

梅的浅黄的花蕾似在我近前的那一刻倏地敞开了他的心扉，我听见他对我耳语：你看吧，我剔透的花瓣是我澄澈的心，一瓣一瓣包藏着对你的思念。我想回答说：我知道。可我发不出一丁点儿的声音。我像一个灰姑娘，突然遭遇了梦中的王子，我沉醉于梅的香软的怀抱了。这执着的浓郁的香，不含一丝儿杂念，宛如唱了千年的情歌，使我只想沉醉，沉醉，永不再醒来。一律的晶莹的淡黄的小花，内里包裹着一层紫红的短笺，仿佛以鹅黄的花蕊为笔，写出的泣血的情书。

你那样明明白白地站在毫无掩饰的光秃的枝干上，经年的风霜和雨雪，掩埋不了你笃定的从心蕊中流泻的情怀。你就是这样向世人昭示着对我的期盼么？有瑟瑟的风袭来，我担心你也逃不过花的宿命，会像桃花、梨花那样一片一片地飘零，然而，你没有，你的花瓣抱得那样紧密，分明是抱定了一颗拳拳的爱心。我的手肘不小心触痛了你，几朵花儿竟整个儿地摔落到地上，向我传达着你在命运面前内心的脆弱和无奈。

“俏也不争春，只把春来报”，于肃杀的苦寒中临风飘举春的信息，这需要何等的勇气和坚忍？我不能学文弱的黛玉掘土葬花，我却要躬身扶你于滚滚红尘之上，以我微弱的鼻息给你诀别的温暖。

假如我是一朵雪花，翩翩地在半空漂泊，我一定认清我的方向，用我甜柔的爱情滋润你落寞的馨香。梅，这就是我给予你的悄悄的回答。

有人说，梅花色之艳、形之大当数无锡和南京了，然而那些人工斧凿的梅，到底没有车溪的野生腊梅这般醇厚，这般沁人心脾，刻骨铭心。

临别车溪，我冒天下之大不韪折了几枝梅花。古人言：有花堪折直须折，莫待无花空折枝。我便心安理得。我萧索的冬日不再寒冷，因为有梅做伴。

第三次到车溪，我禁不住钟情于腊梅峡的梅了。

鸣凤山

远安有座鸣凤山远近闻名。鸣凤山净高二百八十八米，论个头算不得山中的豪杰和伟丈夫。相传，在南北朝梁武帝年间，一只金凤凰从西天飞来，栖落山巅，鸟瞰群山，只见山色空蒙，紫光潋滟，便留恋于此，久歌长鸣：仙山在此！鸣凤山美名由此而来。

通往鸣凤山顶，有南北两路。北路凿石为梯，共一千九百八十八级，险要处，如履刀刃，须得手脚并用，匍匐而上。南路荆棘丛生，更为险峻，只能攀岩走壁。因而，爬鸣凤山，如将生命做赌注。然而，山顶殿宇森森，钟鼓袅袅，香火长年不断。据说，从梁武帝时起，山上便建有两千多平方米的鸣凤山大观。在紫皇宝殿匾额上，至今可见梁武帝年号。各殿宇均依山凿石而建，雕梁画栋，飞檐斗拱，金碧辉煌，各殿神像或威风凛凛，或慈眉善目，神肖毕至，栩栩如生。鸣凤山一直为道教所主持，属武当山全真教一脉。

芸芸众生舍平路，冒险攀援，当然不是因为鸣凤山的雄峻，也不是因为鸣凤的传说，更不是为了舒活舒活筋骨，那么，是什么吸引了人们？就在我神思遐想的当儿，只见一位须发飘逸、衣袂生风的道人行走如飞，如蜻蜓点水而去。那夷坎坷为平地的从容，成为鸣凤山石阶上铿锵不息的足韵，鼓舞着我们登攀的勇气和信心。一千五百年来，一代又一代道人择仙山而居，远红尘，凌绝顶，坚守着那一分超脱、淡泊和宁静。我想，这该是鸣凤山最美的风景。无限风光在险峰啊！然而这片风景因为太多世俗的造访又能坚守多久？

于是我们拜别神仙们匆匆奔下山去，不敢驻足。

两尾鱼的艳遇

我不知道我的前生是不是一尾鱼，抑或像父亲赠予的一枝水芙蓉，对水的亲密，让我对我的前身充满了质疑。我离不开水，不论是眼睛，还是身体。我对水的感情超越了作为人肌体对水的需求。它们是一种物质对另一种物质的渴望，而我不是，我是灵魂深处的依偎与召唤。

这次从北京回汉就感冒了，我知道我在北京两天都没怎么喝水。如果一片土地见不到水，我就会显出鱼儿上岸的饥渴和恐慌。记得2005年我在中组部工作，其间去圆明园玩，见那儿的湖泊都干裂得如同鱼儿渴死前张开的嘴，我便呼吸窘迫。去河北沧州调研，一路我都巴望着窗外，谁也不知道我在找水。枣树的绿荫掠窗而过，可我见不到期待中的水，偶尔见一泓浅水擦肩而过，竟欢呼若雀，同事们莫名其妙。到了传说中小兵张嘎少年成名的白洋淀，只见芦苇丛生，湖波浩荡，这才有了鱼儿归水的安适和惬意，不料，有人告诉我这里的水是从湖北的丹江口引来的。唉，便失落便兴味索然。那一湖的诗情便不真实，有了矫情。千里迢迢，抚我灵魂解我饥渴的仍脱不了故土么？这么说，我与一尾鱼的相遇，就有了灵魂的情谊，或者兄弟，或者姐妹，或者情侣。

几年前，我从超市的屠场里买下两尾鲫鱼，武汉人叫喜头鱼。这名字我爱听，却怕叫起来生涩而一直羞于出口。我是守旧的，我维持了先入为主的叫法，我叫它鲫鱼。我把两尾鲫鱼的尾巴洞穿，然后系上一根细细的红绳。我无力将谁与我配对，却敢冒老天爷之名，为它们配对。我不知道我为它选择的是不是正好是它希望的，那样我就没有罪过，但愿我没乱点鸳鸯谱。我至少知道当时做这一切心是虔诚的。东湖的风景喂养了我，我也将这最美的水域赠予它们。我常独步东湖，也常与一群人散步东湖。独步时我觉得我更安谧，我胸中涌动的东西就像鲫鱼的肚子鼓鼓囊囊的，有讲话或者诉说或者独白的冲动。我想，只因为这时我返祖了，我悄悄变回了我自己。我或许真的就是一尾鱼。

后来，我又从超市购得两尾鱼，依然是鲫鱼。想挑一样大的，不得已，条件只能给我一大一小。我与母亲拎着水袋里的它们，辗转车流，在一个雾雨蒙蒙的日子，在武汉关码头将它们放逐长江。长江是连通我与更广阔世界的根系，我相信它们会到达更辽远的地方，将我与某个人某些事毗连。

鱼与肉，我一直本能地选择吃鱼。鱼中我吃得最多的也是鲫鱼。现在，我忽然想到假若我前生是一条鱼，我想我愿意是一尾鲫鱼。她不属于标新立异的长相，普通，哪儿都能碰见。谁都认识她，但谁都不觉得她有名气。从不奢望冒伟人几句诗就出人头地，就一夜成名天下知。她很实诚，肚子总是鼓鼓的，有货，有些憨头憨脑。她不贪慕高枝，不嫌贫爱富，室内可供养，泥塘里也自在。她适应力强，任何淡口味的水域都能充当她的家。她也有些狡黠，除非她自投罗网，想一手抓牢她也很难。她是崇尚自由的，也敢于冒险。她体量不大，但鳞片很厚。她有自我保护意识。薄薄的一张鳊鱼，被当作一地的特产武昌鱼，这似乎不是她的风格。但她从不揭穿，她与他们相安无事地共处一地。她做她的家常菜，他做他的座上宾。

今天是个特殊的日子，是我生日。你我的遇见便成了一种说不清道不明的缘。也许有人会讥你贪饵，笑你看不穿这个老掉牙的骗局。他们哪里知道你愿者上钩，不为沽名钓誉，只为途中与我相遇。

前几天，在我常流连的东湖荷塘，那样子也似乎是你，这次，你换了一个地方，是在东湖碧潭观鱼的周边池塘。你再次展现在同一个钓者的手里。我经过，你正好顺着钩线跃出水面。同样的开价，十元，当时我一文不名。这次，还好，我的同伴带了钱包。我毅然出手，借钱将你据为己有。这是你的执着，也是我的痴狂。我甚至坚信你和前几天我遇见的那尾同样价钱同样模样同样大小的鲫鱼是同一尾鱼，抑或是我放生的另一尾鱼。你们什么时候走岔了道，你们需要我重新成全。

我在犹豫，是应该将你吃进肚里，让你以肌骨的方式参与我的生命，予我永世的亲密，还是等下一尾鱼与你团聚，将你们一起喂在我身边我眼前，或者由我亲手将你们再次放生东湖。我不知道，我期待天意。

可竹小院

宁可食无肉，不可居无竹。每次见到周家的这丛竹子，就禁不住想起东坡这句生活之道。周氏青年一家住一楼。一楼潮气重，且有泰山压顶的抑郁，故选房时大多回避之。我没问过他为何选中这里，看他年轻，小孩才读幼儿园，想必是择房资历与买房刚需正好轮值，是没有退路的选择。我感慨的不是选择，或许从另一角度讲也正是一种选择。

我观察过所有一楼住户，唯他将狭长的阳台开垦出三块区域，菜园、活动场和花坛。菜园四季都是绿油油的，攀藤的有黄瓜豆角，沿着护栏随行就市地长，绿蔓修饰着生硬的铁栏，入眼爽利而柔和。用砖分隔的菜地圈养着与时令合拍的菜蔬，辣椒白菜土豆是常见的。不论种什么，那片土壤总显得营养充足，松软而精神，像有专人护养的孩子。活动场铺着天空色淡雅的地板，什么时候瞄一眼都是干净而清爽的。即使秋天，公共区域的银杏叶蜂飞蝶舞，这个庭院也似乎有一双神手遮挡住了。花坛紧依转角的墙基。一蓬窝竹从孱弱到健旺，四季鼎盛。竹下是星星点点的三叶草，粉红的小花躲在绿荫下羞怯怯地自开自落，一块不规整的方石卧伏其中。一丛带刺的玫瑰更是惊艳了众邻，成了这栋楼独有的风景。每天经过这里，那静谧而温馨的院子总给人惊喜。夏秋之际，两三枝玫瑰花钻出铁栅向路人微笑致意。我总情不自禁将鼻子凑上去，任沁脾的玫瑰香注入荒漠的肌体，于是一天的心情都爽了。我有一次向男主人感慨，这花远胜花店的玫瑰，更香更纯粹。男主人倒是十分大方，建议我采回家去。芳邻赠香苦心栽，路人惜花哪忍采？我到底只能投以目光的艳羡了。

一切都是那么简洁，却自有一份怡然自得的雅致。实惠而不土气，别致而不张扬。旁边有几家似有效仿，却空有东施效颦之叹。一直在模仿，从未被超越。我认为究其原因是他们家没有周氏这样的男主人。周氏青年在省直一机关上班，是朝九晚五准点上下班的科员，没有八小时以外的灯红酒绿，也鲜有谄媚讨好者上门打扰，他的时间除了在单位端稳饭碗，其余都给了孩子和前庭后院。我遇见他时，他不是带着孩子玩秋千，就是在晾衣服整理庭院，听不见一句怨言。沉静安适的样子。走在街上是没入人群再也找不见的那种。这家的女主人也很普通，貌不惊人，工种一般。每经过这个家都呈现一片祥和之气，让我感慨万千。

想想其实一个男人在外面创造显赫的声名财富乃家兴之幸，拥有一个专注宅院方寸地的男人亦为家幸之福。

阳台上的植物园

我爱在自家的阳台上小坐，因为这里有我的植物们。他们像我的孩子绕膝承欢，让我一享天伦之乐。这每一棵植物背后都有一个温馨的成长故事。他们的诞生是个隐秘的契约。这种秘密的情愫伴随我们的年华不断沉积、发酵，让彼此惊喜、充盈、烛照。嘿嘿，其实这秘密一天天长大也便成了不是秘密的秘密了。

这里有三棵果树便是我好吃佬的见证。吃下的果核瓜籽，随意扔在花钵里当有机肥，后来一天天发了芽，出了苗。那最初的模样像一个谜语让我猜不透他们的来处，后来渐渐显了形，我才知它们是桃树、石榴树、柿子树。正所谓无心插柳柳成荫吧。当然到了夏天，还会现出一些瓜藤来，一串串的小西瓜，虽有些基因变异，但照见了我这张嘴的真面目。

每年万物复苏的日子，我都会给植物们当一回组织部长。有的树长大了，原来的钵子小了，限制了发展，我就换个大钵子。有的当初因为小，合在一居室办公，现在有长大的趋势，狭窄的空间就成为束缚，我就调兵遣将，选贤任能提拔重用，让长大的占一钵，独当一面。于是放眼望去，满目欣然，由小到大，由少到多，有了蒸蒸日上、繁荣昌盛的气势。若得与世外接轨，引进外来品种，就嫌阳台小了。即便不引进，长此以往，它们也该对我这个主人提要求了吧，得有更多的房子或者别墅或者庄园吧。可不能小看了植物们。

二月早春时节，桃花最先冲出冬日萧索的围攻，在枝头掀起粉红的面纱。起初还是拳头似的小花苞，两粒并蒂均匀地散在枝条上，形成一枝一串的红，顿时让在冬日里灰暗太久的阳台熠熠生辉。每天我都会怀着巨大的期待去等待花开，像一个父亲期待妻子诞下可爱的婴儿。终于一觉醒来，一朵粉嫩的桃花最先在枝头豁然展开了笑脸，那么饱满，那么明媚。五瓣花在清晨的阳光下真的像刚出生的婴儿清清爽爽，昂扬的花蕊根根直立，像桃花内心的光芒，那么清纯，那么惹人怜爱！我情不自禁想要摸摸它，吻吻它。我们凝眸相看，柔情缱绻，相看两不厌。

这是何等的深情和馈赠！春深似海漫九天，不及桃树送我情。于是，一个诗人诞生了。不要怀疑我的才情，我竟在一天里写下这样六首诗，唯有诗传达我对它的感激之一二：

陋室偏安闹市中，暖阳不与四时同。
潜心苦熬青春过，桃花钗头笑东风。

——尔容赋家阳台桃花始盛开。

春风着意上桃枝，粉面含羞亮我室。
不经三冬寒彻骨，哪来今日比肩知？

——尔容致自家阳台桃花盛开。

千年修得同台住，此生愿伴花果树。
莫道闹市形影孤，桃橘芬芳鸟语诉。
庭院深深风飞渡，草色芊芊染朱户。
枯木逢春手拨土，空中楼阁亦有路。

——尔容致阳台植物园。

雨怯怯敲钟，更漏漏何从？
坐瑶台树下，数桃花几丛。
园冷泥锁足，抬头见霓虹。
万事有转合，自在天意中。

——尔容致雨栖阳台赏花。

花间三壶茶，清芬一滴醉。
微薰浸古道，何似还今朝。
琵琶弦上说，知音世间少。
风吹仙袂举，雨来问寂寥。

——尔容春雨于花下品茶记。

怜孤伴山楼，繁枝驱海愁。
独秀春不暖，随波情难酬。
雨横催红谢，涯寒逼蜂佝。
愿化蝶翅飞，永结浓情游。

——尔容为桃花高栖独放愁秋难结实赋。

盛春时节，盆栽的榕树下开了一种花。淡淡的紫，盎然的黄，像水仙，有几分矜持。色泽模样又与樱有几分神似。五六一簇地从铁栅里探出头去。葱绿的身子健硕轩昂，与牡丹叶有得一比。呵呵，这不是我家的土豆先生吗？买的土豆没及时吃，发了青，像有了身孕。听说人吃就中毒，于是不忍心当垃圾扔掉，搁进一个花钵里。不让吃，就成全他再生吧。放下也就不管不顾。不料，他以质朴的绽放辉耀了我落寞的春天。

狭长的阳台每到夏日便郁郁葱葱，桃树、柿子树、桔树、石榴树更是拼着劲地长。他们的种子往往是经了我嘴的吮吸的，所以，他们抽出的每一根枝叶都饱含了我生命的味道。种子、阳光、土地、水、有限的空间，这是我能给予的全部。坚守一隅，束之高阁，任近在咫尺的热闹和群鸟的附和在眼前开怀大笑。他们只装点这一爿小小的天地和小小的人儿。他们只负责葱茏这个促狭的人儿对人世美好的梦想。花开花落，春华秋实。即使有的终不能开花，不能结果。或许它们要为之承受同类的冷脸和窃笑。但是，又有什么关系呢？我们需要的是存在，是生长，是生命的过程，是彼此的见证、关怀和慰藉。寒来暑往，风狂雨虐，岁月沧桑，却终不改其志。呜呼，进亦乐，退亦乐，荣也喜，枯也喜。相看两不厌，唯有慈舍心！

2017年的夏天，阳台上的桃子红了，红得纯粹热烈。虽然远不及市面上的桃子壮硕，却一样饱满生动。他们一日日高悬于我心口之上，从精致的一枚卵到红紫的一个蛋。这是怎样的情谊和奇迹，怎样的赠予和感动！于是，阳台诗人又诗兴大发了：

去岁早春发初芽，转年兴枝又吐花。
独茎潇潇含幽梦，野户寂寂引我家。
人间六月桃李尽，寒台八月丹累椏。
桔幼经冬尤著果，玉壶冰心岂畏夏？
蝉笛鸟舌江湖险，雄鸡一唱鬼也怕。
闹市隐枝自成荫，天运地支惟命达。

善意的成全总有意想不到的回报。人生多一些对他人的成全又何妨？

尘世土色因为小小的善心平添一抹新绿，造物原来是多么神奇。每一个晨昏，我与阳台上的植物们站成一个方阵。我们一起仰着天真的笑脸对阳光雨露说，但愿人长久，千里共美景。

蛇山行

蛇山是在武昌城的平地上突兀地起了一根长脉，由西至东，似一条水蛇扭动灵动的腰肢，径奔长江里去。蛇头却被黄鹤楼镇住了，任由汉水像一条水蛇从秦岭山脉逶迤而来，从对面切出一条豁口，汇入长江。长江于是在这里有了海纳百川的气魄。蛇山对面即是龟山。这龟山也是长得奇巧。身体蜷着，背上隆起高耸的大包。一只头向南伸着，像要去长江痛饮。当然也有人产生过这样的联想：是不是蛇山与龟山本是一条南北贯通的龙脉，却吃不住长江气吞山河之势，被自西向东，拦腰切开。看来最柔弱的，恰是最强大的。大潮之下，山峰也得让道。后来万里长江上架起第一座大桥，便于此选址。自然一个桩子打下去，坚如磐石，稳如泰山。龟蛇由一条长江大桥相连，于是烟雨莽苍苍，龟蛇锁大江。

沿蛇山，一路走来，是温馨而又疼痛的，有浸如肌肤的亲，有敲及骨髓的痛。红梅凌寒吐香，她一身清癯一身艳红，袅娜地绽放，你可是那胭脂红幻化而来，要迎我度我暖我？这群硬汉已站成山体，融入山骨，亲近他们，仰视他们，让人动容。这位穿对襟短打、行止粗犷的男人可是曾对胭脂红一厢情愿的帮会头目刘银根？这位戴礼帽着长衫的可是胭脂红生死相许的汉口巨贾曹玉林？那个夹公文包一脸天真的书生可是见了胭脂红便情窦初开的留日学生曹新义？一个人漫步蛇山，脑海里风云翻滚，拥塞的全是小说《铁血首义路》的此情此境。

山脊已被柏油路削平。太过平坦，全然失去了山陵的况味，兴味索然。只是倘若是百多年前10月10日的那个夜晚，南湖来的大炮或许更易上山。上山的大炮更忙更多，蛇山会更热闹更拥挤，攻打湖广总督府可能也不致那么艰难，除了蔡一炮能率先一炮命中，可能还会出现李一炮张一炮。

今天的蛇山好寂寞。山风萧瑟，枫叶铺地。五门大炮被岁月和游人磨圆了磨钝了磨走了硝烟。蛇山依然郁郁森然，依然冷凌孤绝，不峻拔也不陡峭。任何人都可以靠近和亲昵。可到来的人依然是厌倦喧哗的少数。市声被树林和山体屏蔽，幸而有塔有炮有远去的历史，还有永远激荡人心的英雄和传说。充盈而丰沛。这些已然足够。

翻过蛇山就是脂粉撩人香车宝马川流不息的胭脂巷。下山的路依然荆棘丛生，无路可走。我试着探出一条道来，像当年的曹新义为了挽救桃花坞失火中的胭脂红，竟撂下炮火连天的战场从山上冲下去。如此身上手上会留下多少划痕？会不会一个跟头栽下去粉身碎骨？他没我这些顾虑，没我这样那样的不舍和纷扰。他心里只装着一个人。他冲到火海深处，可惜胭脂红早已逃离现场。他们从来不曾在一根弦上共振。两个深爱她的男人，一个死，一个从此遁入空门。所幸长春观成全了那个执着一念的人。曹新义与胭脂红在这里意外邂逅，从此她是他的归宿。纵然身在咫尺，心在天涯，他们依然共有相守终老的一生。

虚拟与现实，恍若隔世，亦真亦幻。哪里还有空门还有净土？四顾无人，唯有一帘幽梦、半山幽径。

大悟小栖

来这里才大悟人生么？小小的一个磨盘岛，几栋白壁红顶的别墅，却被冠以玉皇度假村。口气好大呀。权且不论名头，只来小憩，与异地的自然来一次交集。湖水连缀的山峦，浓荫掩映的曲径。阳光吹送着富足的氧吧，知了不绝于耳。落叶故枝，鲜花野草。偶尔有扎在浓枝下的钓者，不管认得不认得，问，钓着了吗？答，没有。想追问，钓不着，又何必钓呢？唉，多余，无趣。于是连回头打个照面都免了。各自继续划各自的轨迹。偶遇，交言，见或者不见，万物无别无他，不打扰，不记挂，不过是彼此的风景与过客。

鸟的碎嘴一下一下剪开黎明的大幕。天空躲在窗帘后，是模糊的粉妆脸，有些睡眼惺忪，有昨夜笙歌后的残梦。一天的日子就这样轻忽地翻过，又翩然莅临。生命的某个接口卡在年轮的齿链上，不知如何前行，抑或流连于昨日的缠绵。清晨踟蹰床上，什么也没想清楚，承接的日子已递过接力棒。天空冲决窗帘和玻璃，大白于天下。

屋子被浓密的树叶、明丽的阳光还有鸟语鸡鸣紧紧环抱。知了高亢激昂地领唱，百鸟粗声细语地应和。这屋子筑起的我的窝巢嵌在自然原始的怀抱里，安详而静谧。慵懒地赖在床上，鸟儿掠过窗棂向我道早安。平视阳光漂染娇嫩的树梢，绿的尽管绿着，却有厚薄之分。苍绿与青翠由低向高泾渭分明。盛夏的慷慨大约应以这富足的氧分子为标志。我且早早地拉门开窗，让一切的滞浊都沉淀下去，让切盼的轻盈明澄蜂拥包抄。早安！嗡嗡盘旋的蜜蜂！早安！我似懂非懂的鸟语！

人隐在暗寂里。各自忙碌在交错平行的轨迹里。大千世界，谁与谁邂逅，谁们在邂逅后交言靠近，相知相亲，实在似森林里的草木，似汪洋中的浮虫，似宇宙间的浮云。想想人生纵如流星划过，却爱过爱着，笑过笑着，甜过甜着，暖过暖着，就该对这个世界称谢，就应将身边人珍惜，就得善待每一次过往。

岛上人迹罕至，没有熟人引导绝不能发现有这样的去处。远人别尘，这里是尽可以放胆呼吸的。周末，约一桌好友在这里喝杯清茶，吃几个老面馍馍，绕湖走几圈，心肺做一次大清洗。几多庸常都淡了，几多紧迫都远了，几多琐事都撇开了。从巡道工到部长，从小木匠到名满天下，流星起落，毁誉几何？成败何在？天南海北，聊天说地，不大彻也有小悟吧？

让我想想今天该做些什么，才不枉这日子的盛情光临。哦，我该起床了。朋友早安，爱人早安！

咸宁三题

隐水洞

那里有座山，硬朗、雄健、郁郁葱葱。山只是一个成功的掩体，一件美丽的外衣。它以山的高度和形体立于群山之间，像一个内敛的男人沉静的脸孔。

他内里藏着一个洞，洞非空洞，是以空的式样写实，绵延5180米，雄踞亚洲第一，形成水陆两栖的走廊，从南通到北，从远古通至今天和未来。一座县城于是以通山命名。

那是一个展厅，人类生命演进的展厅。谁也不敢相信，那些拔地生长的石笋长满二十万年前地球的指纹。莲花座一样层叠的石坝、不再随风摇曳的石旗和濡染了母系崇拜的钟乳石，都以淡定的姿势讲述着二万年来的阅历。头上星云浮动，一个坑又一个坑，水以世上最温柔的力量，摹写着星球大战的模型。这样的洞天洞地，这样的沧海桑田，是一个多么旷达的寂寞。

水以同样寂静的方式卧伏在洞里。时而浩荡，须乘船1300米；时而蜿蜒，须坐火车1300米；时而潺湲，须陆地步行2580米。这样的跌宕多姿，只有水能做到。水以自己的柔情与山私奔，远离尘嚣，种养神奇。这样的相守要经历怎样的磨砺、犹疑和抗争？每一处既是疮痍，又是告白和结局。少有阳光、绿草，一切的繁华只是静寂的朴素和朴素的静寂。

山就是山，水还是水。唇与齿，血脉与苍穹，寂寞与坚守。一个洞成了一座山的心肝，一座空山成为一片疆土的内涵。

蓦然回首，山非山，洞亦非洞。

潜　山

那里有座山，明摆着叫山，自己却不承认，硬说是山的卧底。

山里有流溢的音乐，踩在木质的阶梯上，拾级而上，缓步而下，像在云里雾里穿行。这样的时刻，手中该握一本书，随便拣一处坐了，看文字随音乐翩然起舞，听心情从书上叮咚淌过。或者该有爱人相伴，正恋着的，或已是白头偕老的，手牵手，走走停停，都是不能言喻的图画。每一步的携手和跨越，都是惬意轻松。即使顾不上看对方一眼，凝眸和絮语也是回环在心里的。那样的时光，总是顺着山势，缓缓地起伏，不高峻不险拔。是随意濡染的，像艳红的山茶花开满大大小小的山壁，像早春的翠竹婆娑在阳光的投影里。

走这座山不费力，沿着公路和阶梯绕山一周，也不过半天的工夫。脸上泛起淡淡的红晕，背上有了微微的湿润。这是一种熨帖式的对话和交流。他不是没有气势。随处一瞭一望，山杉挺拔，樟树茂密，竹光摇曳。原始和现代交融，自然和造景和谐。所以，这座山是供人休闲的，像出生殷实之家的男孩，有着不慕虚名的从容。有人称他国家森林公园倒也贴切。

温泉浴

那里有座山，山隐着形。恒温的泉水汩汩外冒，这里一池，那里一窖，才知这里是有山的。

泉是山的语言，压抑心底太久了，遇到心仪的人总有说不完的话。全是掏心窝子的，所以带着山的体温。在路边，用巨大的石头搭建一个露天棚，泉水管子伸进来，就成了一个免费的洗浴池。女人上午，男人下午。男女老幼把自己脱个赤条条，趁机看看同类的身体，这是彼此心照不宣又快活的一景。这里从不空闲。异性偷窥也是免不了的事。大家伙儿在一起就安全，看也是白看。这是野趣，是自然的炫耀，是咸宁独有的魅力。把温泉圈起来换几个银子，是商人对泉的亵渎。烧一管热水冒充温泉，是比兑过水的假酒还损心情的谎言。温泉的谎言是直白的，不带硫黄味的。所以尽管人上了当，泉水清则自清。

山是温泉依靠的肩膀。泉水并不是山的特权。可温泉一定是从山里走出来的，漂亮、清澈、一路欢歌，以大山女子的柔情泡走人的疲惫龌龊。那伸过来的手臂是温和的、润滑的、宽厚的，不厌其烦的。脏的流走，清的再来。因为有山做依靠，温泉是坦荡的、自信的。就怕人有洗不尽的污垢，有止不住的贪恋。那最后一滴温泉将是山的眼泪。

神灵护佑的呼伦贝尔草原

夏日铺张着阳光的盛宴，从南至北沿途散发着热情似火的请柬。知了扎在树上，嘶哑着喉咙高声朗诵着震耳欲聋的欢迎词。无形的紫外线张灯结彩铺满蔚蓝的天空，水草般缠绕着我们漫长的旅程。太阳高擎的聚光灯下，我们每个人都是万众瞩目的主角。

密封的铁罐车里，我们像一群小老鼠愉快地大嚼着一见如故的美味，抛弃疲惫不堪的火车、飞机和汽车，大笑着扑入呼伦贝尔碧波荡漾的草原。它是这样的清纯，澄澈如洗。很想驾一叶扁舟，将我未老先衰的人生放进这清流里濯洗，只保留一颗纯洁的心变作一头花白的奶牛，或是温情的绵羊，在你温柔的怀里自由地徜徉。

抓住阳光的尾巴，握紧细雨的缰绳，我行我素的姿势跨上桀骜不驯的烈马，在世俗惊愕的目光里，一路高歌狂奔。不加修饰的喜悦化作丘比特神箭，斗胆搭上成吉思汗的弯弓，穿越传统厚重的阴霾，总希望在我转身的时候你已为我布置一片温柔的晴空。

一个人早起，凝视月湖与太阳湖相偎相依的双臂，期待你醒来，和我一道屏息谛听成吉思汗在这里滞留的传奇。充满灵气的巴彦胡硕敖包，在富饶的山岗静静伫立。我明白长生天会耐心地倾听一切苦难的诉说。在这一刻，蒙汉民族的大宅院里只有善良和虔诚充当着可汗。他慷慨地给我们分发灵魂栖息的帐篷、水和粮食，给懒散的翅膀灌注一飞冲天的灵气。精心挑拣的祈祷严肃地绕着天下第一敖包，转了三圈，然后向祭台的土堆上扔进一颗石子，期待叩响长生天神圣的大门，愿望与现实做美满的拥抱。

蒙古包和女人的衣服都轻盈地飘荡着白云，他们说因为这里是白云的故乡。他们的夜晚很短，我们仿佛快乐的蚱蜢，稍稍合一下眼，就跳到了第二天阳光茂盛的草丛里。我患了严重的睡眠不足症，后来才发现我应该多一些感恩，感谢长生天猜度了我的心事，让我们少一些黑夜的阻隔，早一些见到彼此开心的容颜。

白云流淌，骏马星驰，夕阳的金辉沐浴着一个南方的女子，一个有幸与昭君同乡的女子。神奇的呼伦贝尔草原啊，你可是多情的藩王赠予昭君的绿手绢？有一些清香，也有一些苦咸，比秭归的香溪水更亲，更绵。风儿吹送着荡气回肠的马头琴，天空回荡着缠绵悱恻的牧羊曲。和亲的队伍，从遥远的汉朝一直蜿蜒至今天。在番王执着的领地，我想起遥远的爱情。想起爱情的时候，我的心就是一块安静的碧玉，醉卧在呼伦贝尔草原广袤无垠的怀抱里，我迷失了自己。我发现在有爱的地方，纵然天涯海角，也是温馨的家。

在呼伦贝尔草原的余晖里，一位多愁善感的女子站成一尊望夫岩般的雕像。无处着陆的心思化作一缕一缕七彩的光线，朦胧着你的清晨我的黄昏。

江水的诱惑

一条江纵贯全城坦荡东流；一座城傍水而居枕江而眠。拨开城宇林立的森林，随时坐对一条洪阔的母亲河，是件多么幸运的人生乐事。被红尘纷扰的灵魂缓缓飘落，栖息沉淀，又奋水而出。仲夏炙烤，知了嘶鸣，全因有长江的托付洗濯，一切的锋芒便消弭了踪迹。

笨拙的集装箱、沉重的砂石驾着铁的船翼翩然划过，哄哄的呼吸踩着浪的节拍飞花卷岸。人赤脚裸身化作乳黄的水滴，或附岸嬉戏，或沐风静坐。阳光的薄纱里，认识的不认识的，都因这江而有了同样的心律、同向的注视。满岸的和谐如砖缝的夏草蓬勃而生。

一颗头一对鸥翅是真的勇者，引无数人望江兴叹。有人游到江心，与蠕行的船切磋泳技比试身手，像鸟扑向飞机比画高低。有人去了就不再回来。前仆后继，永年如是。

不会游泳的借木篷船到江心驻足拍照，到中流击水，胜似闲庭信步。船看岸，岸盯船，暂时的告别，适当的距离，都能转身化作彼此的风景。

精赤的小孩撅着屁股打水仗。岸上才学会走路的小孩盯着水里的孩子看。人对同类的拥有生发艳羡是天生的本能。年轻的母亲说，把他衣服脱了扔水里去。年轻的父亲信以为真言听计从。剩下小肚兜的孩子又转身在爸爸手里吸奶瓶。年轻的父亲要继续给孩子脱衣服，又受到年轻母亲的制止：这么小，你真让他下水啊！孩子想得流口水，豆大的眼睛继续盯着江水里的孩子们。那是孩子们的天堂乐园。一个母亲一手牵着一个孩子，像骄傲的将军，踢踏有声，水花四溅。一个肥硕的奶奶卷着裤腿给小孙子搓澡。孩子的小鸡鸡在阳光里在众人的目光中全无怯意，比春天树上的乳芽还可爱。小姑娘碎花连衣裙和江水一起贴到纤巧的躯干上，又不断地蹲下去，将裙子捂进水里，裙子鼓成帐篷，欢笑着大叫，妈妈，快看我有游泳圈了。

风筝傍着江水在空中招摇，那红灯笼串成的长尾巴直耸云端，很醒目，很惹眼，可依然很寂寞。长江的气场太大了，一切都环绕着她，谁也敌不过她。她是白昼万物倾俯的大地，她是夜中那颗最亮的星辰，没人不受到她的吸引，没人能抵御她的诱惑。她无意显摆也无意逗引。她浅黄的布衫衣袂飘飘，像母亲不着脂粉的表情，温和地静默，无声地来去。

洋人来了。他背着远足的包，双腿扎进水里，那样子也有几分孤单。百年前，汉口可是他们的国中国。五国租界，彩旗飞扬。现在，江水淘走了历史，很多的如意与不如意都一去不复返了。他成了彻底的背包客。

那孩子终于被他的父亲拎进了江里，一岁多的孩子的父亲当然也是个刚刚长大的孩子。他们是彼此的理由，完全可以互相成全。小孩子的瓦片头还没褪尽母亲羊水的味道。他本能地找回了生命的故乡。年轻的母亲在岸上喊：少玩一会儿，别把面前的小肚兜弄湿了。女人做了两个男孩的母亲。

小家伙站成一个“太”字，低头踢打着江水。年轻的父亲握着孩子的小翅膀，在阳光里笑成了一朵花。女人一再催促，大男孩只得奉命将自己的儿子提到妻子面前。母亲给孩子擦身子穿衣服。这个尝到水的甜头的小家伙却第一次发出了愤怒的哭叫。一条腿往江的方向拼命地挣扎，伸出“太”字的一捺。两个大人都拗不过一个倔强的向水而亲的孩子。最后，大人的权威占了优势，他们合力抱走了这个受到江水蛊惑的孩子。远离，或许只有远离，才是唯一的撒手锏。

洋人不走了，在岸上席地而坐。被太阳烤红的脸颊依然向着江水。扶一扶眼镜，偶尔看岸上来来往往的人，很享受，很亲切。他成了这里的一部分。因为江水，他理所当然地被接纳，异国他乡，因水随遇而安。

岸上泊着花花绿绿各式各样的鞋。它们替主人守着从江里带回的欢喜。江水拒绝它们的加入，却不拒绝它们的主人。主人愿意湿身却不愿湿鞋。它们似懂非懂，任人摆布。这是它们的使命，与生俱来。

来了就不想离开，像孩子见了母亲。惯常的想念是有的，只是搁在心里记挂，却远不及相见后的依恋。亦步亦趋，像饥饿的孩子围着母亲的灶台。风夹了江的湿气渗进肌骨，满满的都是凉爽，温润恬静，南来北往的惊扰都化作浅浅的浪花，像从容的笑纹为城岸镶上花边。

蜻蜓飞来又折回岸去，风吹羽斜。江上点水是需要勇气的。江与海是一气的，没有奔海的气魄，怎敢与江对垒？听江涛浪声，你会感叹江比海温柔多了，没有惊涛拍岸，没有白浪穿空。

在江边住久的人容易染上江的性格，不安分，不舍目下又心向远方，是蠢蠢欲动又柔情款款的。江因为有走南闯北的气势，而比偏安一隅的湖多了大丈夫的豪气与不拘小节的灵气。见多了江，你会忘了湖的好，像在外闯荡江湖的人容易忘了家中妻子的好。所以，湖畔多隐士，江上多浪子，各有千秋。

今天是 2013 年 7 月 16 日。不是有意去迎合一个伟大的日子。偶然，纯属偶然。或者叫天意成全。1966 年 7 月 16 日，毛泽东以他七十三岁的高龄再次畅游长江，这次他游了一小时零五分钟。畅游长江之后的毛泽东留下了那张流传千古的著名照片。自此，7 月 16 日被确定为毛泽东畅游长江纪念日，后来，这一天被定为全国游泳日。从 1956 年毛泽东第一次畅游长江，到 1966 年的十年间，一代伟人矫健的身躯曾四十二次与长江亲密地拥抱交谈，其中十七次在武汉。

上了岸，听见广播里反复播送着这样的话：各位游客您好！欢迎参观游览汉口江滩。请您珍惜生命，不要进入水池，不要到江边嬉戏游泳，争做文明游客。边听边嘿嘿大笑。子非鱼，焉知鱼之乐！

胭脂归老长春观

这是位于武昌宾阳门（现大东门）的道观。雌雄两只石狮守门。红墙绿瓦，殿宇森森。三孔雕花穹门，正中大门的上方，横一块绿底匾额，上书“长春观”三个浅黄隶体大字。长春观依山而建，五进，单檐歇山，坐北朝南。整个宫殿从下至上，层层递进。层宇绕紫，峰谷流丹，古柏奇木，仙境物阜。

据文字记载，长春观已有两千多年的历史，始于春秋，道祖老子来此设坛施教。秦汉时期建有老子宫，后至元世祖忽必烈时期，真人丘处机在此结庵，渐成大观，取名“长春观”。

历史上的长春观十分庞大，东起卓刀泉，南含宾阳门，北盖白鹤观，西连黄鹤楼。数十平方公里，皆有宫观、茅庵、庄田，是闻名遐迩的江南洞天福地。明代以后，几历山火、水患和战乱，渐显衰败，特别是太平天国一场战火，殿宇颓废，成残垣断壁。及至同治三年（1864），龙门派十六代传人何合春道长从武当山而来，集官捐军资合力，长春观得以修复如今。

2010 年的清明是一次道缘。那天，我有幸与长春观的女道长吴诚真同登龟山，第一次站在电视塔上鸟瞰长江汉水和武汉三镇，第一次觉得离我深爱的武汉又靠近了些。虽然春阳明媚，水汽山岚却为这样的盛景平添了朦胧和诗性的距离。龟山与长江南岸的蛇山本是同一道山脉，却因为要给长江让道，生生地骨肉分离。

方丈堂门口两棵珊瑚树，树叶泛着春天的新绿，树干却是从一百一十年前就定居此处的。辛亥风云也曾在它的记忆中留下惊鸿一瞥。在它们面前我肃立良久。在一切的历史和自然面前，我都必须保持谦恭的态度。

吴诚真方丈是新洲人，1980年携二十三岁的花样年华步入长春观。她是一千八百年的道教史上第一位女性方丈。她饱满红润的脸全是慈祥，微微的笑意浮现眼角眉梢。我想问她为何置一个女子花儿般的梦想于不顾，选择出家，又怕冒昧冲撞了她。她倒是对我热情周到，也体贴，仅半天的时间，已视我为她的朋友。她拿出友人赠予她的八千多元一斤的大红袍，让人沏了给我们喝。又从里屋拿出几个苹果，说是供果，给了我们同去的三人。我没敢吃，放进了包里，带回家。随行的人说这是方丈开过光的，吃了太平吉利。我后来回家禁不住文字的诱惑还是吃了。我提议在方丈堂内合影。她笑而应允，且特意取出莲花冠和紫花法袍，执玉如意，隆重地坐到方丈椅上，与我们合影。与方丈相处久了，便觉她是一点架子都没有的，倒像我身边愿意日日一见的亲切温和的大妈。对道教，我除了对老子的《道德经》一知半解，略晓八卦，其余是一片茫然和空白。方丈却为我的无知和浅薄一一解答，对不清楚的字，她还几次三番耐心地为我书写。

我对长春观一直有罪不可赦的误解。我望文生义以为这是个尼姑庵。八点多钟，我来到王母殿，见一个清瘦的道士跪在神龛前读书。我想，这女子真勤奋。以为到了道门就是无忧无虑一身轻的，不料这人竟脱不了俗气，像学生晨读。我把她蓝色的道袍和白袜黑鞋，以及绾在头顶的髻，上上下下打量了几个来回，都无法猜度她的性别。我轻轻发问，这儿可以上香吗？她说在外面。头也不回，声音脱离面容给我答案。这声音因为低沉，我依然不能断定她的性别。我去靠近门口的小店买香，又见一个男道士也在其间购物。我才从女店主那里确认长春观是男女乾坤道士都有的。后来也才确认那晨读者是个男人。

长春观有位姓迟的道士，相貌堂堂，丹凤眼，鼻子秀而挺，身材适中，说话和气，声音悦耳。听说他精通《易经》，同行者反复称道他算命准。我几番跃跃欲试，却到底没请他算。我觉得人还是活在迷局里好，这样苦也好甜也罢都是一个愿景。好比看故事，结局都知道了，再看就提不起兴致。人生就该在这样磕磕绊绊和寻寻觅觅中领略风景和真谛。我所不解的是好几个道士都年轻英俊才华卓著，为何要抛弃爱情婚姻和尘世的天伦之乐隐居观里呢？仙姑道姑没有见面，也是挂念。听说年龄最长的八十多岁，最小的十七岁。观里一共四五十个人，一月两百元的零花钱，这儿就是他们的世界和家。除了信仰，为何选择出家？这一直是我的心结，却几次张口话到嘴边又转移了话题。

这次面谒，给我的长篇小说《铁血首义路》中的女主角胭脂红找到了最后的归宿。小说是这样写的：幸运的是，辛亥年武昌起义引发旷日持久的阳夏保卫战，一江之隔，战火对这座道观秋毫未犯。倒是长春观监院汪宗德在观院设粥厂，救了很多饥饿的人。

进长春观大门，穿过三皇殿，便是一敞阔的院落。两棵象征吉祥如意的银杏树高耸挺拔，雄雌相伴。这两棵树又称阴阳树，只因栽雄不栽雌，难成活；栽雌不栽雄，开花不结果。两树距离适当。有人用道家哲学阐释：过远，相思太苦；太近，观物伤志。观内松柏居多，四季常青，莫辨时令。唯这两棵银杏树，随季节更迭，气象万千。红尘冷暖，二树先知，颇显灵性。来往香客，常常不敬神像，敬银杏。树枝上年复一年系了许多的红结、红布和红丝带。此刻浅黄的扇叶随风轻舞，缄默浅笑，似有私语相传。

走过小院，便是紫微殿。殿内神龛前，跪一纤弱女子，眉清目秀，神色淡定，超然物外。她身着蓝色道袍，头系混元巾，头发挽着蟠髻，用一根桃木簪插着。脚穿青布圆口鞋，裤管扎入白色袜筒内。手握经卷，嘴里小声叨念不止，释读不倦。她就是胭脂红，现法名静空。

……

多年以后，香客们时常会在长春观里见到两位仙风道人。男的须发皆白，静若处子。女的，神态安详，慈眉善目。

世外仙姝寂寞林，两棵灵秀银杏树。一曰痴梦仙姑，一曰钟情大士，在岁月的长河里静默坚守，年复一年，枝繁叶茂，白果飘香……

如今，每每见了长春观，总情不自禁浮想联翩。冥冥中总以为小说中那个才貌双全、情深义重却命运多舛的艺伎胭脂红真的隐匿其中。或者她的精神化于无形，鲜活于观内，让我敬畏又迷幻。教我期待一见，又叶公好龙不敢靠近。

致武昌教堂

今天细雨霏霏，像圣父思念我的泪。我说过我会去看你的。你一定等得心力交瘁，仿佛只余下生命最后的游丝。你喘着早春温润的气息，为我极力遮挡着冬寒的霸气。我伸手欲要抚摸你久违的慈祥的脸，你却生怕我会受到现实无奈的惊吓悄然转过身去。

我知道你就在这个城市的某一隅，用你温慈的目光注视我匆匆的背影。可我总是深陷滚滚红尘，与你擦肩而过只为生计。你睁着老迈的双眼，隐在历史曾经繁华的尘埃里，把祝福和祈祷默默地撒进我深深浅浅的脚窝，还要时常蒙受我不明真相的指责和猜疑。等我惬意归来，我看见我长了老茧的双足沾满鲜花的春泥。我从来不曾向你道一声感谢。你也不计较我披着世俗的粗布衣。

我没有足够的资本到你面前肃立。我的贞操给了哈尔滨的东正教教堂。一年前为了满腔热血，一车的人只有我付了十五元的门票执意走进了那个已派作他用的殿宇。像一个病极乱投医的老妪，以为会遭遇一场盛大的灵魂的洗礼，却只有人去楼空后生硬的耶稣的彩画偎依着老朽的墙壁。

今天，我把自己从头到脚冲洗得干干净净，换了整洁的旧衣，这是我所能做到的虔诚和谦逊。你知道我贫穷低微如一介草根，只生怕尘俗垢病了你殿堂的宁静。我说过，我要来看你。对我来说这是人生一次重大的典礼。我知道这雨就是你思极而泣的欢喜。

为了迎接我的到来，你取下了自己挂在十字架上褴褛的战衣。那曾经绑缚你伟大身躯的十字架被涂上了耀眼的金色，而独独不见你形销骨立呼吸可闻的身躯。其实，我不是为金钱来的，更不喜这掩饰你身心创痛的表面的繁华。我来其实就是想看看你在十字架上孤独了两千年的容颜。我无力将你解救，尽管我一直有这样的雄心。我只能跪拜在你脚下献上我羞涩的初吻，倾尽我的余生，深情地亲吻一个世纪。

我是一个一文不名的丐女。你给予我那么多，无论痛苦，还是快乐，都是财富。可我不能把它们变作金子，不能给你任何体面的见面礼，倒是带来满满的祈祷和漫无边际的忧郁。

你到底是喜欢我的。我能听见你百转千回没有道出的话语。你也一定听见了我的心音，怯懦的谦卑的落入灵魂深渊的绵绵絮语。从此后，我把多舛的命运托予你保管。我知道你有很多的信徒，今天就挤满了三层楼，一拨一拨的，来了又去了。可能以后我不会常来看你，因为我还有很长的路要走，还有很多的事要做。这些想必也是奉你的旨意。我希望在下次见你的时候，你为我的困境松口气。你太累了，他们来，除了唱轻描淡写的赞美诗，更多的是不断地往你单薄的脊背上加堆如山的祈愿。我也不能免俗，尽管很不忍心。

今天我最大的满足是我终于能站在你面前第一次为你唱赞美诗。滑行在你赠予我无论是悲苦还是荣誉的往事上，我第一次向你献上来自心底深处奔涌如潮的感激。不知你是否能在参差的合奏里听出哪缕是我发出的生涩的歌声。那是一个迷失和彷徨太久的孩子回家时真正的情不自已。

对你的追随我只能恭敬地安放在心里。无处不在，须臾不离。你苦难的十字架在哪里，我牵挂你的心就陪伴在哪里。

南津关闯关

第四纪冰川时期的某一天，“啪”的一声巨响，只见天空扬起一道闪电神鞭，狠狠地朝一座桀骜不驯的山峰劈头盖脸甩去，顿时山峰英俊的脸庞裂开一道足有十八公里长的深口子，撕心裂肺的痛苦化作汩汩清流一泻千里……想必这就是南津关的诞生之秘。男人经过这里，想到什么叫险象环生，什么叫忍辱负重。女人经过这里，想到什么叫英雄埋名，什么叫柔情缱绻。

风流倜傥的南津关位于宜昌市夷陵区西陵峡出口，自古就是“雄当蜀道，巍镇荆门”的天然关卡。汽车把我们送到山顶，已是初秋的黄昏。阳光依然健朗，穿红着绿喜气洋洋打着腰鼓的老人，夹道欢迎我们的到来。他们像自家过喜事，满心的真诚全写在脸上，与橘红的夕阳相映生辉。这场面很像解放战争胜利后老百姓迎接凯旋的战士，又像国家领导人出访时喜闻乐见的国宾礼。我们什么都不是，顶多算是省城见过一些世面的文化人。我们都忍俊不禁，颇有些难为情，想必这已是乡间最高礼仪了，心下又偷着乐。长途汽车颠簸的劳顿瞬间蒸发，低沉着的心情被腰鼓的木槌一下子敲击到山巅。

难得的一片平地是村小学的操场。现在放暑假了，便被聪明的景区拿来做了临时的舞台、餐厅和旅馆。吃了农家饭，就是文学采风启动仪式和文艺晚会。操场上灯火通明，彩旗猎猎，红幅标语排山倒海。飞虫在灯光下成群结队地亲吻我们的裤管，“噢噢”的转了弯的声音，模糊一片。有几只落到膝头，跌在地上，我才认清是知了，透明的双翼，外鼓的眼球，似曾相识，却与城里的知了有别。城里的知了是高栖枝头，或隐居茂叶，拼命地尖啸、嘶鸣，只闻其声难见其身，给热度平添几份烦躁和不安。这儿的知了却是默默地亲吻，或是婉转地合鸣，一不小心就会殒身忙碌的鞋底，像扑火的飞蛾，生命都置之度外了。如此热情让平淡的心不堪重负。

晚会结束，帐篷扎营，席地而眠。知了和蚊虫轻轻地唱起了摇篮曲。月色蒙蒙，山风习习。新朋老友喜相逢亢奋不已，窃窃私语直至夜阑人静。真是稻花香里说丰年，听取鼾声一片。这鼾声伴随山峦波浪式的节奏，均匀地起伏，成为南津关山顶上一道温馨和谐的风景线。

第二天清晨，集结号嘹亮地划破早山的寂静。我们穿上景区赠送的印有南津关大峡谷字样的红色运动衫，排着长蛇阵向南津关大峡谷进发。金黄的包谷从紧裹的绿衣里探出头来，向我们默默地行着注目礼。蔚蓝的天空飘着朵朵白云，一碧如洗，纤尘不染。苍翠的碧山像大鹏展翅，一股清泉从两翼间跌宕着蹿出，寥落的，像亮晶晶的琴弦，这便是七弦瀑。七叠相连，高差一百五十米。春来纤细如丝，夏至白浪翻腾，秋如七弦和声，冬似玉笋倒垂。现在是立秋后的第二天，瀑布温柔的和弦被我们兴奋的谈笑淹没了，静静的，像一条玉带在青山白云间依山垂挂。

再向前一百多米，便有一块红砖砌成的双层叠碑冲天耸立，像一道山门挡住了峡口，上书“南津关大峡谷，长江第一大峡谷”十三个大字，上下参差，像旗帜，像火炬，颇有些英姿飒爽的豪气。碑很新，红砖里的白线分明可见。据说是野外探险队首先发现了这里，然后勾起了人们打造景区的欲望。在人的足迹无所不至的今天，这个大峡谷像一位淡泊名利的隐士终于迎来了一鸣惊人的时代。

这次与我们同行的依然有宜昌的野外探险队。他们穿着潜水服，戴着头盔，英姿飒爽，比我们领先一步出发。我们开始沿着山路下行，直抵峡底，然后穿越大峡谷。

行至半山腰，便有一片白茫茫的瀑布倒垂，恬静中悄然生出妩媚，形似孔雀长尾，这便是孔雀瀑。不等细瞧，已有啧啧惊呼传至耳鼓，循声望去，只见不远处白瀑从高空呈射线飞流直下，如万箭齐发，声响震天。一位着玄衣戴白头盔背黄色旅行包的青年正佝偻着背顺着飞瀑从天而降，像利箭射出的子弹，咚咚钻进人的心里，激起叹为观止的回响。这便是眼见为实的探险队了。

我忙不迭想要一步跨去，又恨脚下怪石林立，水石阻隔。一步步像探雷小心翼翼来到瀑布脚下，已是人头攒动。一会儿，着红衣、黄衣的探险队员陆续顺流而下，激流在他们脚下溅起飞扬的水花，整个山壁成了他们手中一块小小的舢板。我们把一双眼睛瞪着飞瀑中的人儿，临渊羡鱼，看他们踏波履浪，好似天兵天将。他们到了瀑布下的深潭，轻轻地打个滚，然后从容地起身，向下一个目标前进。

我说且慢，能与英雄合个影么？那男子竟不拒绝，笔直地站了，任我挎起他结实的胳膊。后来看照片，才发现这男子真是帅气十足，蓝色的头盔，黑色的短袖，黝黑的皮肤，腰间是全副武装的安全索。正是我在孔雀瀑第一眼看见的那道惊天景观。

勇士们远去了，我仍伫立瀑前。离近看了，又觉这瀑布少了先前令箭齐发的霸气，倒像女子长长的发丝，丝丝顺滑，柔韧有度，有一绺被旁边的巨岩拉过去，更显出柔情的力。一时竟辨不清是男子的豪气，还是女子的温婉了。而正是这道飞瀑成为峡谷的主流，一路浩浩荡荡引导着我们向前。

顺溪下行，有的水石相击，形成玉莲花，在石上绽放出生命的精彩，晶莹而多芒。与那些接天连地的瀑流相比，像小女子散文，有另一种温心润肺的味道。有的却静若处子，安详地守着眼前的一泓清泉、一爿青石，过足不出户的小日子。只泄出少量的雄心在石头缝里打漩，犹豫不决地想着远方的志向。微微的，像一层薄薄的轻绸，噢，更像是蒙了一层淡淡的轻愁，让人情不自禁伸出手，拿脸拿心去熨帖，去亲近。

溪流边常见提示牌，上书“珍稀动植物保护区”。两边的森林蛛网随处可见，白色的网线上有水珠悬垂。在香獐出没区，这些蛛网成为蜘蛛可笑的雄心。香獐又名麝，性情温良，四肢有力，善登坡跃涧。幸而香獐温良，蛛网总是完好无损。这样的地方似乎只盛产温良恭俭让。我的一个同伴当时不小心闪了一下腰，乡民立即走进树林深处采来一抱枯叶，说叫岩板头，用粮食酒泡了，喝下去包好。我接过来一看，松松软软的，其实是附着在荒岩上的树叶和青苔，下面很平整有贴过岩石的痕迹，年长日久竟是疗伤的良药。

这样走走停停，美景和好心情一齐充塞着我们的旅途。一些地方水流量很大，只有刀削斧砍的峭壁与水流，或缠绵悱恻，或大江东去。景区人为游客安装了铁链和逗号样的铁钉。踩着这些逗号行走，心里衍生的是无边无际的向往。

我们戴着景区赠送的棉线手套，紧紧攥住铁链，小心地踩上铁钉一步步往前探行。有的地方身子必须像壁虎紧紧附着在山崖上；有的地方必须像虾佝偻着在岩层张开的大口里吞吐穿越；有的地方须手脚并用，以退为进步步为营；有的地方水漫过了石头，以致不得不像青蛙扑通一声掉进浅水里。于是笑着打趣：常在水边走，哪能不湿脚！会游泳的人索性来个水陆两栖，碰到水深处即跃入水里游一阵，水浅了又上岸走一程，真是逢山走山，逢水涉水。遇到难过的坎，又恰逢天兵天将经过，我们就嗲声唱道：妹妹要过河，哪个来推我嘛？年轻的男子犹豫着回头，头盔下的那张脸红一阵白一阵，终于犹豫着扶一把。我们又唱：哥哥你大胆地往前走！大家于是轰隆 笑，各奔前程。

这样的美妙时光并不多，因为大家体力相差甚远，很快就有了高下之分。体力的强弱和对景致的兴趣把大家自然地分出了小分队。我们三个女人很快就落了伍。我们自甘落后，把赶路的时间匀一些给了景致，流连忘返。最让我们伤怀的是红岩落泪。瀑流淅淅沥沥，从伸出山体的红色巨岩上披挂下来，形成水晶般的珠帘，落到半壁山腰上，滴生出毛茸茸的青苔。那青苔像婴儿的毛发，一绺绺，一片片的，煞是惹人怜爱。红岩落泪，这名字似应了南津关大峡谷诞生之谜。天地间伟岸的山峰自有红颜为他挂怀垂泪。这泪与山峰内心的痛苦合流，反浸润了这条峡谷，几经千年万年岁月的锤炼，成熟达观起来，化作那一路或高亢、或温婉、或静默、或激情的溪流，成为这峡谷重生的血脉，百折不挠，奔腾不息。

这样的侠骨柔肠时刻感染着我们。有人说，我甘愿做这溪里的一根水草，油油地在水底招摇。有人说，我想做这溪里的一尾小鱼，在大自然怀抱里游来荡去。大家憋红着脸，诗情画意成为相互打气的加油站。

让我永生难忘永远感激的是两个陌生男人的侠骨柔肠。在这原生态的峡谷里，手臂和脚几乎每行进一步都要付出艰辛的代价。有些地方是典型的喀斯特地貌，上元古界震旦系、早古生界寒武系地质剖面，往往是地上溶洞密布，地下暗河涌动。最困惑的是脚常常为找不到立锥之地而使命悬一线。我有两次历险，幸而绝处逢生。

一次是在上山的时候，铁链太长，像青藤在岩石上无可凭依。我没经验，加之手臂一向是无缚鸡之力。手攥住铁链，无力垂直拉上去，身体竟荡起了秋千,一下被甩到了峭壁旁。眼看下面是绿汪汪的深水潭，我大惊失色。惊魂未定，后面立即伸出一只手把我的身体扳回了位。再一抽，人立即登了上去。这一切都是瞬间发生的，来不及细想，没有那只手我一百多斤的身体能在铁链下坚持多久？登上山腰，才看清恩人是景区附近的农民。我邀他合了影，他只顾憨厚地笑。这笑像溪里安详的涟漪，一圈一圈漾进我心海。

如果这是一场有惊无险的考验，后来一次是绝对的惊心动魄，至今心有余悸。那是峡谷最后五百米的一次闯关。告示牌显示面前有两条路可选，一条是平坦的步行道，一条是探险道。探险道上有三关，闯过三关就到达胜利的终点。

同伴们毫不犹豫把脚迈向了探险路。说是过关斩将，何必为最后三关扳倒一个勇士的至高荣誉。匍匐着走过一道峭壁，以为两关已过，不料才过一关。到达第二关前，忽然队伍逶迤不前，男男女女都像蝙蝠紧张地贴着山壁，下面是一汪碧潭，一百五十多米，仍深可见底。水周围巨石林立，一头栽下去一定是头破血流。我下意识地抓紧了手中的铁链。我想只要有手中的铁链在，就有命在。

前面的女伴终于双脚落地。我信心百倍往前挪移。不料，左脚踩着的铁钉太短，铁链在此处转了一个长长的弧度，尖硬的岩石表面湿滑圆润，人在拉紧铁链的同时，右脚根本找不到着陆点。如果谁的左脚有力，再踮起一些，或许可以给右脚腾出方寸之地。但是，由于左脚与右脚之间距离太远，左脚根本无力挪移。这样一旦右脚腾空，整个身体的重量就全交付给了两只本已酸软的胳膊。面临前不着村后不着店的处境，我绝望极了。胳膊颤抖，双腿哆嗦，我说我不行了！我听出我不由自主的哭腔。我难以想象那后果会是什么。严重的是我不会游泳。不料我的话音刚落，一个已经过关的男子迅速踩着峭壁上的铁钉向我这边探行。有几次他的手抓着了铁链，脚却踩空，又退回去再来。这一次他终于三步并作两步来到我身后，把我后背轻轻一举，我立时找到平衡点，手脚迅速做本能的前移。我得救了！我失魂落魄的心终于回到我惊慌失措的躯壳里去。

我跳到地上的时候，那男子已迈开矫健的步伐向前去。望着他渐行渐远的身影，我默默地祝福好人一生平安！

夷陵是三峡的门户，因水至此而夷，山至此而陵得名。南津关大峡谷虽然险象环生，却总能化险为夷。走出峡谷，身心都像在炼狱里滚过一遭。这世上有很多的艰难险阻，只要有人关键处给你一个支撑，你就能扼住命运的咽喉，创造生命的奇迹。南津关大峡谷是一本原创版的神奇大书，每个章节都是峰回路转，曲折动人，亲自翻阅定能找到人生的秘籍。

松滋掠影

沧水的天空

看着夕阳一点点隐遁，像火焰泯灭最后的余晖。只留光晕于天上人间。一湖静水，两爿思念。天光勾勒山峦最后的倒影。这光这影是咫尺黑夜的引桥，让漫漫无涯生起温情暖意。

浑圆的夕阳，像一枚土鸡蛋的蛋黄，那么饱满、生动、光彩照人。他是主动地隐遁，还是被动地拽入？是倦怠后的休憩，还是为迎接明天蓄势待发？他的步伐那么匆促，几乎是数着分秒地坠入。

群山之巅逶迤起伏，那是怎样的怀抱，拥有怎样的磁力让他义无反顾选择离去抑或回归。广袤的幕天转瞬即消失了他的踪迹，只余漫天的霞光让人想起他羽纱轻盈的背影，想到他刚离去或许并没走远，他只是躲在某个角落期待回眸或挽留。

辗转流连，改变不了日出日落，晨钟暮鼓。夕阳无限好，只是近黄昏。沮丧和落寞喷涌。信步向前，与天光做最后的竞跑。不如说是与某种疑虑忧惧做无谓的抗争吧。

大地沉黑，一湖的波光清泠地静泊，轻盈地飞扬。岛是峰，被岁月锉削了锋芒。所以，在这里泛舟是要格外小心的。表面温柔，内里千沟万壑。不摸准心性总难免触礁。

孤独的亭与星盘的岛，每一个剪影都是夕阳的诉说。一钵清汤，煮千骨瘦硬与苍翠。喝一口，醉一宿。

所幸星光乍起，一颗，两颗，不甘被油烟熏染的妇人仰首数星星，一脸稚子的笑容。湛蓝的天让人想起遥远的海。原来傍晚的天空就是这样子的。城里的孩子却早已不认识真实的天空，是谁把天空走丢了。

沧水的田园

吃过晚饭与傍晚的乡村田园有个约会。田埂上随意铺展的三叶草开着车轴花，浅淡的紫色。浓浓的绿洒些星星点点的紫，有低至尘埃的淡泊朴素。蹲下身去，与她做无言的对视，又油然生出朴拙的敬意。想起在云南丽江那条八百年的老街上随处可见一种装饰挂件。透明的玻璃里镶嵌着三叶草，极普通，却因享有一个漂亮的名字——幸运草而逗引人驻足留恋。现在她俯拾皆是，唾手可得。原来乡村的田园满是幸运的珍宝，想采一枝佩戴都不忍心。

走惯了水泥路，走在全裸的黄泥巴路上，倒有来自大地深处的亲昵踏实，连鞋子都嫌多余，恨不得狠狠心脱了鞋，赤脚与土地亲近。随手采一把金银花，很香，不是城里阳台上囚禁的藤萝，沿路皆是。慷慨地给予，只需拿去拿去。难怪乡里人要比城里人舍得。大包大包的，说拿去，全是便宜货，都是自产的。

原来人还是脱不了自然的属性，一到大自然，就嫌文明的进步是盔甲是累赘，恨不能变回猿猴去。那样彼此就没了居高临下，没了格格不入，没了门不当户不对。彼此的介入与融入都是平等地来去，自由地抵达。

肥绿的水塘不时有鱼儿跃起。不及我们向他行注目礼，就钻进水里，只余一些气泡，勾我们追逐想象空空地欢喜。狗尾巴草伸长纤细的尾巴，与水与鱼打着永远的哑谜。大道至简的船像两只无人搭理的鞋随意地搁在水面，让人不免想起“野渡无人舟自横”的诗句。这样的船城里人是不会坐的。与其说是不自信不如说是不信任。这样子也能载人？不敢，也不可以。还是作壁上观吧！

看树与天空在水里顾影自怜；看堤岸线柔和地切割天地；看水渠哗哗浅浅地歌吟。我们什么也做不了，只能充当看客。然后指指点点，然后评头论足，这是山水画，这是花鸟画。唉，走在乡间的小路上，才发现做个农民真不易。我们稀罕他们的田园，他们手绘的山水画。他们却指着我们的背影，说那才是幸福的模样。

浛水的半岛

它不过是水中的一撮毛，绿草红土，扎在水中央，一座半岛，似蹲伏的刺猬。却激起我们无限的兴致，想要在平淡无奇的日子里制造一次冒险。

我们徒步半个圆圈，与黄昏的天光做争分夺秒的抗战。四个女人，其中一个中途变节，到了目的地却缩回去了。余下我们三个女人，一个整齐的年龄梯队，义无反顾上了岛。

赤土的粉末，据说与楚人尚赤有关。赤，代表红，代表裸露，代表坦荡到底吧。所以，见了赤土，我们没想到赤贫，想到的是赤子之心。女人无论什么年纪对于新奇的自然都有一颗裸露的初心。

我走在头里。我们不约而同选择顺时针绕岛一周。一些不毛之处都像有履带走过的纹路，用手轻轻一掰全是碎末。有人说这是风化的结果，我说这是开发的痕迹。我们不期待正确答案，顺口说说，就说说而已，给寂然的岛屿留下些人气。

坐到水边，临水自照，算是到此一游，也不失一份惬意。遇到陡峭的山壁，我们也来一次手脚并用，当一回爬行动物。有人便乘机拍照，说这是你们返祖的见证。高跟鞋便露出了孱弱，平底运动鞋骄傲地冲刺。平常素不往来的手就这样在相互搀扶中有了亲密接触。陌生的隔膜就是这样在生活的点滴中退却的。

苍硬的岩潜入水底，似岛伸展的根须。便想这刺猬终是注定逃不了的了，那人为的机器也只能缴械投降丢盔弃甲。这抔土看似柔弱，其实也坚强。她以独到的风景实现了占有。在广袤的漉水湖里，她的身躯过于娇小，却与坚实的陆地藕断丝连。所以，向她的抵达其实一直有一条隐秘的通道，执着恰是独一无二的捷径。

深山里的村庄

这鳞次栉比的别墅群像一枚枚光芒四射的金蛋，在一个海拔五百米的山窝窝里安然地伫立，相互依偎，相互照耀，相互依存。他们的主人有一个共同的身份——农民。这里就是全国文明村松滋市刘家场镇的三堰淌村。

老支书有个跟他的使命一致的名字：刘治富。这是一个人与一片土地隐秘的情结和契约么？他今年六十五岁，脸庞饱满，笑容温煦，思维敏捷，表述颇有见地。这栋还在建设中的别墅就是他家的。他说做下地得要两百多万元。其他五十多户农民都把新别墅住成了旧别墅，他退居二线很久了，才开始平地基，打屋场，垒高墙。他的别墅显然更豪迈，更底气十足，一眼看去像汉口江滩的百年欧式老建筑。

三堰淌村四面环山，海拔最高七百米。公路是竖着的，农田是挂着的。山高石头多，出门就爬坡，在没发现地下有煤、也不敢向煤要钱的年月，这里穷得一个窝头填一家人的肚子。刘治富当过兵，当兵是山里娃子打开世界通道的一扇窗。村子由贫致富正是这个当过兵吃过苦见过些世面的刘治富一手抢抓机遇创造的。村子坐拥煤矿山，这是金窝窝啊。金山第一锹就是他手里诞生的。他以村子的名义、股份的形式在比邻而居的恩施和宜昌独资办了咸丰小场坡、巴东五三沟两个煤矿。他让农民入股，每年坐在家里收红利。先人后己不仅是他应有的境界，更是他之智慧和情商。他自己也笑言：我最后做，即使比他们显得豪华些，他们也不会有什么意见。这是一个农民的狡黠，也是一个领导者的高明。当书记的让群众得小实惠让自己得大实惠，几乎在老百姓那里是可以平心静气的。所以这个村的两任支书其住宅的奢华是明目张胆的，或许也是坦荡示人的吧。大理石墙壁、真皮沙发、实木家具、枝形吊灯、中央空调，无论外部材质，还是内里摆饰，都能与都市豪华酒店媲美。

正是油菜籽收获的季节，空气中流溢着纯天然的菜油香。收割机似家家共同豢养的宠物在四面环绕着别墅的耕地里来回跑动。炊烟四起，鸡鸣狗吠，才让人想起这是一个村庄，一个温暖的怀抱。割去油菜后的桩子泛着泥土和青草的香。三三两两的农人安详地坐在田巷里，移动着屁股下的小板凳。他们在为下一轮丰收插着小小的玉米苗。这盆地中的原野是有限的，地无三尺平。削去山头，开山造田，以此增加农民收入渠道，说是寸土寸金都不为过。枕着矿山生活的农民随着煤矿开采的局限，住着金房子喝稀饭会不会是杞人忧天？听现任村支书、五三沟煤炭公司总经理吉明东说，由于开矿，这里出现了缺水和地质塌陷问题。吉明东今年五十二岁，他从一个“头顶四两油，肩上背轭头，匍匐爬行向前走”的矿工做起，在井下摸爬了十三年，从挖煤工、安全值班员、采煤班班长、值班调度员到副矿长、常务副矿长、矿长到总经理。正是先富带动后富的典型。他的洞见恰是老百姓的忧虑。发展草菇成为他带领群众致富的新路径。

想到水和地的忧患，我还是主张俭以养德。将钱堆在房子上，住得舒适了，肚子可是要一日三餐的。村名中为什么有一个淌字呢？是说水贵如油，还是富得流油？一个淌字，让人不禁想到，即使坐拥金山，需要发掘，更需要节制。

与丰富的气派的别墅群相比，我倒更喜欢卸甲坪乡土家人单纯的生活。他们的房子追求简洁和土风，仿木的圆柱、木格的窗户、醒目的两层楼房。他们能歌善舞，走在路上，坐在船里，到处都是舞台，随时都能演出。那种彻头彻尾的愉悦似乎更让人踏实。回返的路上，作协一位老师说，我认为这些土家人的幸福指数可能比那些住别墅的农民还要高些。我深以为然。人终究是精神的人，一个喜欢载歌载舞的民族定然是精神愉悦的民族。

一个叫刘远俊的土家歌王今年七十八岁，穿着黑底绣花的土家民族服，耳上架着歌星们常用的耳麦，松弛的面庞轻微地洒着些老年斑。任何时候，你对他说，刘老唱个歌吧。他一定开口就唱，眼睛笑眯眯的。听说，他能唱一千多支山歌，即将出版六本民歌集。港台地区和加拿大一些电视台都播过他。一些音乐学院的学生每年都要找他访谈取经。说他是土家歌王，并非浪得虚名。他与妻子、女儿同台献艺。他打鼓，拉二胡，唱歌，样样精通。女儿刘颜燕演说鼓子，一边敲鼓，一边唱说，歌词自创，以一个打工女的回家问路为线索，传递家乡变化的喜悦，自有一番清新平实的味道。让人感慨艺出一家也远非传说。刘远俊的妻子七十三岁，唱起情歌来，依然有少女的羞涩。她当着众人的面喜滋滋地说，我俩就是因为都喜欢唱歌才走到一起的。那种自豪甜蜜的表情，让人想到爱到深处的婚姻经历岁月无数趟的洗涤后依然鲜亮无比。

土家人带我们去看的也是一带沉碧之水、两岸青黛之山。以水为界，在松滋看的竟是五峰的风景。以山为界，在松滋可以领略湖南的风光。这也算是别样的意境了。悠长的峡谷、古朴的石头房、生锈的铁桥，一切都是原汁原味。他们给一种漫山遍野的花取的名字也很实惠，糯米花。看那细细小小的花针果然与糯米神似，见之便油然生出稻粮丰收的喜悦，叫起来也油然生出人间烟火的味道。他们给水库取的名也挺有趣，纱帽尖、母猪磦，土，很土，简直土得掉渣儿。叫起来却自有一番亲切的熨帖，过目不忘。这大约就是一个民族的个性吧！深以为喜。

见到这枝百合了吗？她不是谁从城里的花店买来的，而是这峡谷赠与的，长在路边，唯一一枝。这花也不是我亲手采的。长长的笔会队伍里今天加入了二十个松滋本土的文学爱好者。我们来自武汉的作者看景拍照走得很慢，先上船后起坡，三两下就落伍了。走到一座石板桥上，大家总算有了短暂的汇流。不知怎么就发现一男的手里拿着一枝花。我不认识他，甚至连长得啥样儿都没顾上看一眼。那花竟然是百合。高贵的百合在红玫瑰里从来都只是点缀。这里竟然有野生的百合，奇了怪了。我说能借花拍个照吗？他说拿去，给你！然后继续走他的路，一群人。哇噻，女性可不止我一个。人群涌动哩。我没拒绝。我看那花洁白中透着淡淡的绿。六片花瓣束成一个修长的喇叭，洒着些稚嫩的雀斑。内里伸着六根长长的花蕊，其中一枝捏着一个小小的拳头。

回返的路上，一个本地女作者指着一个黑而壮实的男子告诉我，你这花就是他采的。我向他表示感谢，并问他在哪采的。他说就在路边啊。我说，你怎么这么幸运？他说，因为这花注定是你的吧。我说，那也要感谢你的慷慨。他说，武汉的作家你是唯一坚持走到底的，所以，这花归你自有其道理，天意吧。这位张氏作家又用一个塑料袋装了峡谷田园的泥土，掬了些纱帽尖的碧水。我是执意要将这额外的奖赏带回武汉了。

百合花开，花开百合。

荷漫洪湖

洪湖水浪打浪，洪湖岸边撒渔网，看来洪湖是水泽之国。到洪湖是必得赏荷的。在东湖赏荷，在西湖赏荷，在颐和园赏荷，在杜甫草堂前赏荷，荷不厌百日看。在荷名满天下的日子里，能与荷有各地相逢相知的际遇，也算是我与荷的亲缘。因为本名中父亲赐蓉为名，所以这荷成了我与生俱来隐藏于骨子里的基因，无论何地何时，每每见荷便如鱼儿见水，有本能的亲近和渴求。我深知荷是名贵的，也是低俗的；荷是清高的，也是谦和的。荷可居庙堂之高，亦可处江湖之远。水湾处、污泥处、静谧处，荷是风姿绰约的，荷选择最炎热的天气里绽放，却在最寒冷的天气里收获。但深以为憾的是在长江大海里看不见荷，在湖泊的深水区看不见荷。而我以为真的勇士是要与激流为伍的，是要在深水里扎根的，是要去天涯海角展露身手的。

因为参加武汉作协第十一届长篇小说笔会，我有幸来到洪湖，一行文人雅士乘坐汽艇的飞翼，在湖的浩阔中劈波斩浪，而周遭伸手可及的却是荷。荷青春的面容已然远去，满眼都是残叶枯蓬，我以为我会落寞会感伤，不料此刻的荷依然搅起女人一湖冲天的笑声。我的心竟然也是欢呼的，是欢腾的，是雀跃的。这是为什么呢？仿佛大海万顷碧波的洪湖水竟然是荷的天下。没有浩瀚的青绿，没有蓬勃的花朵，美人迟暮，倒有一种成熟端然的美，有生命自处的宁静。盛年的热闹和追捧已然远去，一湖的枯萎是青春远去的背影。我蓦然发现荷是可以四海为家的，是可以到中流击水的，是可以拥抱更加广阔的蓝天的。心中淤积很久的那份遗憾似汽艇划开的水波瞬间散去。

时令已是深秋，铺陈的荷似碎了一地的青春。曾经的葱茏如恍然划过的水波，是平淡中的惊奇，轰隆而过，让人感慨绽放即是衰落，却葆有风景看透的自信，理想实现的豁达。水草漫天，浮萍是岁月的残羹，照见的是远去的花容，是再也不能硬朗的激情。因为我们的到来，她的眼里没有孤独。

在这里，秋蚕食着荷铺天盖地的韶华，却将莲子赠予我们当饭吃。这是洪湖的荷赐予主人的大方和客人的奢侈。每天还躺在床上，耳里隐约传来报时的钟声，钟声是悠扬的名曲：洪湖水浪打浪，洪湖岸边是家乡。不多不少，仅仅两句，已是诗情漫染，赤土庄严。

喜欢一个人静静地看湖，看湖上荷的亲眷。船是谁们的鞋，等那个合脚的人穿上一道起航。它们似乎很寂寞，又蠢蠢欲动。垂柳是季节最后一缕柔情。鸡们爱热闹，随处聚会。它们很安静。它们懂船的心思却不言语。鸡想远足，也守着自己固有的岸。这样无言地相守其实也挺好。彼此懂得，沉默即是深水静流。

午后散步，我提议去看看洪湖长江侧畔的湘鄂西革命纪念馆。参观是一场沉重的旅行。无计其数的优秀人物二十多岁已身居要职，叱咤风云，三十岁左右就牺牲在他们追寻的伟大的民族解放事业中。感慨唏嘘不已。女友说倘若她身处那黑暗的年代里，她宁可选择自杀。我说我不会自杀，倒是可能成为他们中的一个。小诗人说，参观后心里平和多了，还有什么想不通的呢，还有什么值得计较的呢？我说，灵魂受到震动远胜我们此刻坐在屋子里写小说吧。大家频频点头。

纪念馆右侧有一个僻静的居民区。单看房子的外表是被时代遗忘的角落。裸露的红砖，平整的青瓦房，老旧的木门，门上是锈迹斑斑的锁和忙碌的蛛网。房子是过了气的女人。唯有门口空地上有人不舍稼穑的油油的菜畦。中间一条干净的水泥道，迎候着往来。要是倒退三十年这里应该是个优越时髦的所在，引无数面朝黄土的农民艳羡。没想到三十年后我们这些追求都市文明生活的人依然一见如故一见倾心。碧绿的菜最让我们心动，油嫩的样子恨不得拌点沙拉即刻吃进肚里去。狗盯着我们看，极专注，不惊不乍，浓黑的眼睛像涂了眼影，有警惕，有切盼。那样子特别像生活中的某个人。脑海里立时有了主张，下次描述某个人的脸可以说他长着一副狗相。一只朴素的黑狗转身爬阶梯，身子和屁股一扭三叹，与一个女人优雅的背影无异。一只鸭从容地走进菜地，吃一口抬头望我们一眼。一只鸭和三只狗相安无事各行其是。他们共同的表情是淡定恬静。有一男一女各自低头挖田。见了我们三个不速之客只是拄锄看看，也不吭声。

我们在院子里寻找果树，可惜走了一通没看见果子，最后只对着这些布满蛛网的房子说，赐这样一间小房过一过从前的日子也是难得的奢侈。小诗人说这是不是就是所谓让脚步慢下来让灵魂跟上。嘿，谁说不是呢？

地大物博

由一所大学建成一座享誉全国的自然科学博物馆，馆藏各类地质标本三万余件，其中自然罕见的珍品近两千件。它荟萃的不仅是地质世界的千古奥秘，更是一所大学开掘自然王国的心血巨献。这所大学便是中国地质大学。这座博物馆便是中国地质大学逸夫博物馆。走进这座博物馆，你会情不自禁感叹：地大物博。

博物馆位于武汉东湖之滨，南望山麓，毗邻武汉光谷广场，居大学西区校门南侧。一个不规则矩形的建筑外，紧依着一个巨大的球体。银灰色的网状球面，在天光的映照下熠熠生辉。这是一个包裹着的地球哑谜。这是地大的师生像蚂蚁啃骨头，从中国幅员辽阔的土地上一点点衔回来汇集而成的地质科学的瞭望台。

一省之博物馆往往是从人的骨头里解读人类的足迹。地大逸夫博物馆却是从大自然动物的骨化石里，探究生命的进化伴随地球新陈代谢的奥秘，所以走进地大博物馆，便要阅读一部骨头的史诗。

走进一楼展厅，迎面便是一幅百余平方米的幕墙。这幕墙乍看像水泥，灰蒙蒙的，上面布满或深或浅或淡或浓的划痕。仔细看，有的像小鸟的飞翼，有的像蚯蚓在沙滩蠕行后的沟渠，有的像鸡爪。你想辨个究竟，却又依稀仿佛，什么也不像，什么也不是。想寻出些规则来，也是枉然。因为它压根儿没有规矩，是横七竖八、纵横交错的，像蹩脚的泥瓦工拼出浑身解数也抹不平的水门汀墙面。这当然也非家庭客厅幕墙的翻版。这确实不是人类的作品。此时此刻，人这东西是不是产生，产生了会是什么模样，都是远之又远、后之又后的未知数。

如果没有导游的解说，我丝毫瞧不出这墙壁有什么特别处，我也深信别的看客比我强不了多少。更多的都是凡胎肉眼。隔行如隔山，没有相应知识的武装，断不会有一眼见底的火眼金睛。

导游说，这面幕墙其实是一块巨大的古生物群化石，距今两亿多年。那些凹凸不平的爪痕，是两栖爬行动物的杰作；那些纵横交错的线条，是无脊椎动物和虫子在水底潜行觅食的佐证；那些蚯蚓状的曲线，是鱼鳍在水底翩然划动的舞姿。

看来很多的奇珍异宝也是藏锋露拙的。这种拙有的是天生的，是娘胎里带来的不显山露水的性格；有的却是怕露了惹是非，于是故意装拙；有的是机关算尽，弄巧成拙。不论是哪一种拙，只有遇到真知灼见者才有咸鱼翻身的那一天。

1989 年，一片深埋于延安榆林山沟，沉寂了两亿多年的古生物化石等来了它的伯乐，仿佛被如来佛压于五行山下的石猴孙悟空等来了他命定的唐僧才能推翻五百年的重重压迫。这位伯乐便是中国地质大学地球科学学院二十七岁的卢宗盛教授。这几天，他带着他的师生团队正协助中石油公司勘探油气。偏僻的山冈，机器轰隆，庞大的钢钻疯狂地旋转。当钻到在离地表十五米左右位置的时候，钻头发出了“哧哧”的钢石碰击的声音。一直以地层古生物陆相研究为己任的卢宗盛听出了来自遥远古生物求救的呼声。这呼声，是敲打在一位教授厚实的古生物学养基石上发出的亲密回音。卢宗盛以学者柔弱的命令阻止了机器的粉碎性破坏。一片百余平方米的古生物化石得以死里逃生。

这样的考古发现，是上天赐予的机缘。偶然的机缘偏爱一切伺机待伏有准备的头脑。宝贝被发现后，人们一时难以给它用武之地。它不得不继续按捺寂寞，在原地休息待命。直到 2003 年中国地质大学新修的博物馆布展，古老的石头才重振雄风重见天日。据说在这之前，教授和工匠们又花了三年左右的时间才将这片化石与地层剥离，然后拍照，请当地的石匠和农民将石头化整体为散片，切成数十块，再一一编号，由卡车运回武汉，再拼装还原。

博物馆二楼是生命的起源与进化展厅。最引人注目的要算六具高大的恐龙骨架。它们身形伟岸，脖子长得像起重机的铁臂，都是骨架毕现，惟妙惟肖的。如果不打听，一定以为全是真化石。其实，五具高及二楼楼层的庞然大物来自地大人对恐龙科学的想象和合理的虚构。其中，脖子最长的是合川马门溪龙，体长 22 米，颈长约占体长一半，是现代长颈鹿脖长的三倍。产于重庆合川县，生于距今约一亿四千年的侏罗纪。是人类知道的脖子最长的动物。人站在这群恐龙身边，像个可怜的侏儒。所以，那时人不出现是对人自尊心极大的保护。

另外一具恐龙骨架部分真实。其体长 10.5 米，体高 6.1 米，牙齿小而多，前肢细小而后肢粗壮。产于黑龙江省嘉荫县，生活在 6500 万年前的白垩纪末期。因此被称为黑龙江满洲龙，以素食为生。因嘴形颇似鸭嘴，又俗称鸭嘴龙。其颈椎、脊椎、尾椎、肋骨和大腿骨，都是真实的骨化石，在整个骨架中占百分之五十。尽管如此，在世界恐龙化石中仍占据着重要地位，构成了地大逸夫博物馆的显著标志。

我更喜欢躺在地上的鹦鹉嘴龙。因为它不是谁的赝品，它是它自己，是彻底的真实。它没有一般恐龙吓人的外表。身长一米左右，头骨短高而宽平，鼻孔极小，眼眶大，嘴巴呈倾斜状，与现代鹦鹉嘴相似。故得此名。它看上去极秀气，当然也极安静。它与石浑然一体，保持着原始的埋藏状态。肋骨壮实宽厚，尾骨苗条，身子呈弯曲的 S 状。虽然被石头定格，却依然能想象其当年活跃于辽宁朝阳县爬行时灵动敏捷的样子。导游说这龙生于距今一亿三千五百年的早白垩纪时代。

在二楼展厅的左侧，我被一具三趾马化石吸引。现代的马都是四脚趾。这匹马却让我们谛听到生物进化的足音。三趾马以埋藏的状态安然地保持着维持了千余万年的卧姿。它是现代马的祖先，生活在一千五百万年前地势低缓气候暖湿的地区，产于甘肃。其实我非常渴望能看见一只非洲猿的化石。据说它是人类的祖先。我想摸摸那条尾巴，想亲身感受到人屁股后面的尾巴的确存在过，想明白为何人类发明了一个成语，叫“摇尾乞怜”。

三趾马的骨与石是融为一体的。这样的卧姿是石头给予的定力。床是石头，躺上去骨也成了石头。骨成为石头，却依然是骨的风骨，是不能曲解的象形文字。我们看骨化石，就是读这些无声的象形文字。在我的老家三峡江边有一块状如女子的石头。人们传说那是一块望夫石。女子思念爱人，久站不去，凝结成石。这样的站立，需要多大的勇气和定力？不敢想象。有那样一个男人值得女子终生等待，注定成为不朽的神话。

这一切都是石头的魅力。石头是一沓沓写不尽的纸。动物以安眠的姿势书写着关于水、关于土、关于气温、关于时间的古老命题。我想起臧克家先生的诗：有的人把名字刻入石头，想“不朽”。结果把名字刻在石头上的，名字比尸首烂得更早。看来，把身体的骨嵌进石头里才可能世代相传。将自己的骨变作石头，这是石头对骨的挑选，还是骨对石头的垂青？这是骨与石头之间的选择。想必成为化石的骨，是骨中的幸运者。

导游说这块化石由武汉中华奇石馆赠送。我很欣慰。人与物都应有最能发挥其价值的去处。这样的赠与留，体现了怎样的英明果决和大度？这是石头的幸运，亦是自然科学的幸运。

如果说虚构对于科学求真的心带来了些许的缺憾，那么，在这些恐龙的身边，摆放在玻璃橱窗里的恐龙蛋化石，又对虚拟和复制给予了补偿和正名。

在这群庞然大物的身影下，有一窝长形恐龙蛋化石。表面呈淡淡的墨绿，可见岁月皲裂的痕迹，都是极规整的长体，约十五厘米左右，极饱满壮硕。共二十枚，分三层，呈放射状排列。恐龙是卵生动物，下了蛋，再依靠自然的光热进行孵化。可见恐龙是个粗中有细的妈妈。每下两枚蛋便转个方向，屁股一撅一挪，围着中心下一圈。这样的腾挪，是小心翼翼的。对于庞然大物的恐龙来说，真不是件容易的事。这样就避免了蛋之间的相互挤压，也避免了宝宝在孵化过程中受力不均。这是一位多么温情大义的母亲！这窝蛋距今约七千万年。由地大的任有福和张凭从江西上饶采集而来。如此完整的长形恐龙蛋化石在全世界极为罕见。这是地大之大幸运，这样的幸运永远归于那些在攀登科学的道路上不畏艰险孜孜以求的人。

穿越这片恐龙化石的身翼，在大厅北部地上一个长形玻璃橱里，横躺着一条体长八米有余、形似鱼雷的鱼龙化石。根根肋骨清晰可见，并有网丝状的皮肤纹，头骨背近似三角形，四肢像船桨。发现鱼龙的皮肤化石在世界尚属首次。鱼龙身体周围布满似金属的小圆疤，乍看似水里冒出的气泡。圆点之间填上肌肉，便是鱼鳍。这块化石产于贵州关岭，生活于二点二亿年前的三叠纪晚期。其长度和完整程度位居世界第一，堪称鱼龙化石之王。

如果说地质博物馆是从动物的骨头里解读历史，那么，这种解读是需要平台的。这个平台便是石头。每个远古的标本，其实都是石头的呈现。这便是石头的魅力。

石头的魅力不仅在于它有定格装框的功能，还在于它可以为美丽改写自己的硬度，让刚强的外表下呈现自然的婀娜多姿。地大博物馆有一具如花似画的奇观——海百合化石便是有力的明证。

二楼展厅最醒目的标牌旁边便是一幅形似古老青灰墙砖的立体画。细长的茎柔韧、悠长、飘逸、虬曲。有的纠结一簇，有的独表一枝。仔细看那些茎，是有一圈一圈细密螺纹的，像多节虫的表皮。最长的可达一米左右。茎的顶部像盛开的百合花。整幅画茎干流畅，花叶舒展，有在水里漂荡的灵动和俊逸。如果仅看外表，你定以为这是一幅花的浮雕。其实，它压根儿不是植物。而是生活于海洋里的棘皮动物大家庭中的一员。因形似百合花，而取名“海百合”。一只完整的海百合，由根、茎、冠三部分组成。构成冠部的萼和腕，如同盛开花朵的花萼与花瓣，是海百合的主体，很难保存为化石。在地层里保存较多的是被海水打散的海百合茎部。如此完整、特征清晰，面积达十五平方米的海百合化石，如花似画，叹为观止，堪称世界之最。该化石产于贵州关岭，距今二点三亿年。

石头沉淀着生物的足迹，记录着生命起源与进化的蓝图。石头在岁月的长河里经过风化、搬运、沉积和固结，也呈现出大自然多姿多彩五光十色的神韵和魅力。可以说生命的历史也是一部石头的历史。在浩瀚的石头家族中，有一批石头以其绚丽的色彩和灼目的光泽，脱颖而出，夺人眼球。它们便是宝石一族。在地大逸夫博物馆的珠宝玉石展厅，以“五皇一后”为代表的名贵宝石陈列，在国内也堪称一流。“五皇一后”便是钻石、红宝石、蓝宝石、祖母绿、金绿宝石和珍珠。地大珠宝学院的学生自己设计的作品，前卫不张扬，热情不冲动，专业不刻板，宽泛不平淡，令人叫绝。

看着玻璃橱子里的宝石，立即想到了财富与权势。我相信石头是不长势利眼的，一切的霸权都是人为。权力往往抢占着物以稀为贵的讲台。石头永远是石头。只欣赏，不占有，或许才是我们应持的态度。

在这些价值连城的宝石之外，我倒更喜欢陈列在地球奥秘展厅的一块孔雀石，绿茸茸的，泛着幽雅的光。体积特别大，凹凸不平，或高，或低，像一座人迹罕至、青苔遍野的山谷，充满盎然的生机。那样的静美，那样的翠绿，不忍触碰，又为之倾倒。往通俗里想，或许像一块面包放久了长出的绿霉。绿霉是腐蚀的结果。而孔雀石是含铜的碳酸盐矿物，是一朵矿物世界的奇葩，大量产出时可炼铜，质纯色美者可作工艺雕刻品的材料及装饰品，粉末可做绿色颜料。可见大自然有大刀阔斧鬼斧神工，也有细致入微精雕细刻。这枚孔雀石产于广东阳春石碌，块大色美，造型奇特，在我国排名第一。

参观地大博物馆，在化石和声光中穿行，你会有不知今夕何夕时光倒流的迷幻和清醒。你会明白生命都是大自然的杰作。人在自然那里真的只是沧海一粟。飘飘何所似，翩翩一沙鸥。你会更加珍惜生命，珍爱自然。

一切的生命都是偶然，一切的生命都将归于沉寂。

地大人雄心不小。他们在这座博物馆里还创造了一个可以依靠磁力悬浮转动的地球。据说是世界首创。地球仪直径一点五米，与黄道面呈现出二十三点五度夹角倾斜旋转。据说与真实的地球旋转角度一致。敢把地球搬到一室内为我所用，还有什么是地大人不敢想不能为的呢？

固执的棕榈与多情的榕树

在四季常青、海波荡漾的南方都市，挺拔俊逸的棕榈与长发婆娑的榕树，总是最能打动人心。他们如一对俊男靓女静谧安详地装扮着那方永远激情飞扬的热土，让人不禁联想起南国红豆般纯净的爱情。每当驻足凝眸，便要惊诧大自然的巧手何以就在这湿热的胎腹里孕育出如此美妙的绝代双娇。

棕榈身材颀长，独立，绝无旁枝。成熟的粗壮的身躯，笔立向上。淡绿的躯干上是一撮青葱的头发，随风飞舞。在那些形容猥琐的灌木面前，他像龙王宫殿里走出的风流倜傥的王子，举手投足间流泻出超凡脱俗的高贵。北国的土地有人打出这样的广告：仿真棕榈树抗风吹，抗日晒，抗雨淋，抗八级大风，可供园林绿化，街道、小区、公路，各种景观的仿真树绿化，产品持续十年不变形不褪色。棕榈读到这则广告，才明白自己身上竟有这么多的优点。

他一直以为他只是一介草根。命运给他指定满满的海、明净的沙子就是他的故乡。他从小就是在这样的环境里长大的。等他一圈一圈从自己的身体里向上拔节的时候，便在躯干上刻一道记号。他盼望着长到天那么高，所以，肚子鼓鼓的，满是遥远的梦想。当他长呀长，始终不能摸到天顶的时候，他就不往上长了。他明白了天空遥不可及，于是开始左顾右盼，开始梳理头发让它们在风中飞而不乱。他学习衣着色系的搭配，尽管一身是绿，但上深下浅，下面几近于白。这样的色泽即使你在很远的地方，也能一眼看到。他就是用如此简洁的服饰，从一般树种杂沓的色系和臃肿的土气中脱颖而出。

我曾俯身端详他的脚，何以在八级台风面前寸步不移，固若金汤。却发现他的根像燕子窝，脚趾短而零乱，绝不似想象中那般须根粗壮方稳如泰山。他几乎只占用了方寸之地来完美他的人生。我几次情不自已，反复摩挲他的躯干。他的胸肌鼓鼓的，中间粗两头细。心胸狭窄的风想要借助岁月的砍刀划破他雄健的身体，却只留下一圈一圈的年轮。海水和沙子站起来使劲捶他，踢他，打他，他毫无惧色，像铁一样坚硬。于是，有人给他一个“铁树”的绰号。

榕树与棕榈一样，喜欢耀眼的阳光、汪洋的水和热辣辣的温度。共同的志趣使他们情投意合。一个阴柔，一个阳刚；一个在风雨中舞蹈，一个在海滩边执着地坚守。他们是南国土地上一对和谐的情侣。他们其实各有各的工作岗位，一个在海边站岗当防风林，一个在街边当清洁工净化空气。榕树特别想念棕榈的时候，就伸长根须拍拍脚下的土地，棕榈接到信号，就把头发摆两摆。他头发飞舞的方向便成为榕树的裙裾摇摆的方向。

榕树其实很老了，但她为了吸引棕榈，总是披着长发装年轻。她还希望棕榈以献花的方式表示爱情，可棕榈只以固执的沉默表示忠诚。榕树就一天一天地想，一年一年地盼。她相信铁树总有开花的时刻。

棕榈认为榕树太浪漫，像个不知年龄永远长不大的小女孩，所以他笑了。“扑哧”一声，千年一叹的花便开了。

武汉日全食一瞥

这是东湖的一个湾子。密密的梧桐叶筛下太阳的光斑，一圈一圈形成层层勾连的光环。走在这条路上，仿佛置身斑斓的舞台。你会发现自己其实是可以成为主角的。自然界很宽容很大度，他愿意给我们每一个亲近自然的人搭建一个公平对话的舞台。我常漫步这片树林，给身心来一次沐浴，带来的是疲惫和尘土，带走的却是恬淡和清新。今天与往日不同，我要到湖边去赴天庭的一个盛典。

这是一条干净的水泥路，静谧而温馨。他伸展柔和的双臂将一爿荷塘轻轻搂在怀里。田田的荷叶齐人高了，似乎还没止步的意思。从泥里崛起的志向因了荷花的依傍，更加雄心勃勃，恣意往高空发展。茎很脆弱，仍努力充当恨不得覆盖全世界的荷叶的支撑。实在不行，他宁可自我折断来告诉荷必须正视根基不硬的残酷现实。水珠跳到荷叶上调皮地滚动。荷叶绿茸茸的，幽幽地泛出浓郁的青气。

荷花安静地依傍着蓬勃的绿叶，似出浴的美人，眼里还有昨夜的残梦。粉嫩的脸盘泛着娇艳的红晕，有些矜持，有些羞涩。阳光洒在花瓣上，晶莹而剔透。削尖的美人指，优雅地向上托举。可惜佳人在水一方，只可远观不可亵玩焉。跳起来，你会发现荷把一颗千疮百孔的心托在掌窝窝里。每一个圆孔都装了一则人生的箴言。花谢的时候，莲子成熟了，丰盈饱满，像乳汁丰富的奶子，鼓鼓囊囊。现在，武汉的大街小巷都飘着莲子的香，剥开薄薄的一层青衣，里面是雪白的两瓣仁，吃下去，丝丝清甜，再细细咀嚼，又有一缕淡淡的苦涩，带有生命成熟的味道。原来每颗莲子里都夹了一片青嫩的叶芽。这叶芽是新的希望，是伴着成熟来到的。即使荷整个儿老去，她依然是一片青葱向着未来。这满塘的荷叶荷花卿卿我我、蓬蓬勃勃，赶趟儿似的。他们如此地盛装出行，也和我一样去赴天庭那场盛典吗？我想是的吧，那已是一桩公开的秘密了。

我们要共同见证一个历史性的时刻。据说是五百年才发生的一次艳遇。天文学家很了不起，连几点几时几分遭遇，然后持续多长时间，都说得有鼻子有眼的，简直像神巫，有未卜先知的功能。如此天大的秘密竟让各大新闻媒体给捅出去了，满世界沸沸扬扬。科学家说那叫日全食。小孩子说那叫天狗吃太阳。我说那是月亮和太阳入洞房。谁说只有人类才产生爱情呢？

拐过这段林荫道，左边是平缓的坡地。高大的樟树林俊朗地站成一片方阵，陪伴着孤独的屈原纪念馆。纪念馆门前的路意气风发，径直向东湖延展。到了湖边，忽然地开阔起来。内陆湖难得一见的礁石水牛般卧伏着，屁股被风摸得圆润了，成了赏湖人钟爱的座椅。现在这些石头上面业已座无虚席。似乎谁都不想错过这个凑热闹的机会。看，七旬太爷太婆也来了，手里还握着黑胶片哩。他们要学给他们瞧病的医生，把那个天庭的秘密全显现在那黑胶片上。他们说他们很幸运，先人盼了五百年，他们只用几十年就赶上了。我也很幸运，我们长江流域的地球人都很幸运。不明白他们为何选择长江作长长的甬道。据说把长江拉长了，亚洲其他地方也跟着踏上这条黄金水道，参加这场天庭的盛典。从天上俯瞰长江应该是一条玉腰带吧，或者是长袖善舞的轻纱。长江边的城市也一定像美丽的珍珠。这些都惹他们垂爱。

噢，草地上还站了二十多个外国人。他们摆好了五六架天文望远镜和上十部蒙了黑胶片的长镜头照相机。黄头发、白皮肤、钩鼻子、大肚皮杂在中国人中特别显眼。我现在发现我并不需要减肥。

在他们面前我太苗条了。不仅我，其他同胞都算得上小巧玲珑。

两三棵棕榈笔直地挺立。头发在风中潇洒地飞舞。东湖的水满满当当，波浪温柔地拍打着堤岸。汽艇载着勇敢的人在水面上呼啸，掠起高高的水花，像洁白的羽翼，像轻灵的白帆。知了很安静，湖边的垂柳对着湖面梳理着长发，一摆一摆的。天空渐渐灰暗起来。盛典的序幕默默拉开。

八点半钟开始，天庭那个美丽的爱情故事为我们一点点掀起神秘的面纱。来参加盛典的人都借助变废为宝的 X 光胶片，或从商店买来的简易黑胶片眼镜，或者天文望远镜，间或向太阳的方向瞄几眼。据说一次凝视的时间别超过十秒，否则有灼伤的危险。能让我们瞟上一眼已经是天大的人情，哪能贪得无厌呢。我也手握一张小小的胶片来赏阅他们的艳遇了。这是一位八旬老爷子给我的。我把它放在太阳镜前恭敬地仰望天穹那座神秘的殿堂。

垂柳轻舞。风从湖面吹来，夹着淡淡的鱼腥味。有两个年轻人耐不住性子，索性就地垂钓。细长嫩白的鱼被他们用虾做饵，浮出水面，然后在草地里上下翻飞。一会儿就有近十条银白的小鱼做了诱饵的俘虏。这时，一位矮个儿中国先生走上来劝钓者离开。他和那些外国人是一伙儿的，可能是翻译。他说这些德国人信天主教，他们不忍心看见这些活鱼在面前挣扎死亡。钓者反问道：他们吃不吃鱼呢？矮个儿先生无言。矮个儿先生又来请我出面劝说。我摇摇头。我想，垂钓乃中华民族的传统文化。还是请外国朋友入乡随俗吧！我身边一位年轻男子怀里抱着小孩，小孩穿着哪吒的红肚兜，眼睛滴溜溜地转。男子说，这叫红梢，因为鱼尾是红的。肉厚且嫩，但小孩不宜吃，刺多。

人们的兴趣很快回到天庭那场即将开幕的盛典。总是坐一会儿，又对着遥远的天空看一会儿。先是太阳变成一个苍白的圆。圆周围迅速涌上鱼鳞状的云层，层层叠叠，由深向四周淡去。太阳晕了。有小孩大声说。

是的，再刚强的人都经不住柔情的软磨硬泡。太阳被月亮五百年不懈的追求也弄得有些魂不守舍了。他晕了，他觉得至少应该给月亮一个眼神对视的机会。

上面缺了一小块。有人从天文望远镜前扯起嗓子报告，月亮开始咬太阳了。放了暑假的小孩子说。不，是亲吻。我在心里给他们纠正。我还在心里默默地把月亮与太阳、地球之间的三角恋细细地琢磨了一遍。

我想会不会是这样呢？月亮，她还有一个诗意的名字叫婵娟，长着玉盘般的圆脸，温柔而情笃，是天体中公认的最美丽的天使。月亮身边生活着两个伟岸的男子，一个叫地球、一个叫太阳。虽然月亮比地球个头小，出生也晚一些，可月亮一直把地球当作弟弟来呵护。因为地球憨厚实在，人口众多，负担重，压力大。为了好好看护这个弟弟，月亮一直或近或远寸步不离地绕着弟弟转。于是被科学家称作地球唯一的卫星。她知道弟弟怕黑，夜晚降临的时候，她总要为弟弟擎一盏灯。她的青春全耗在这上面。当她知道自己是地球唯一的保护人时，这成为她不可推卸的责任，以致常显出母性的光辉。地球却把月亮的细腻温柔爱护误当作爱情。他对月亮总是葆有一颗跃跃欲试的心，迄今已上百次派人乘宇宙飞船去月亮上登陆探望。

月亮不以为然。她一边继续看护地球，一边深情地注视那轮永不泯灭的太阳。太阳比地球阳刚，而且光明磊落，能量无比。这是任何天体无法比拟的。太阳豁达，充满了不倦的激情。他为自然界万物默默奉献光和热。他日出而作，日落而息，周而复始，毫无怨言。这些都构成一个巨大的磁场，吸引着月亮，让她的爱情坚如磐石。

相反，地球利用了太阳，却常常抱怨太阳黑子和耀斑太多。太阳有时发脾气，于是产生磁暴。这是太阳与地球较劲。地球还有一个致命的弱点，就是心胸不开阔，见了太阳极少不产生阴影的。他知道月亮不爱自己，却使出浑身解数，用万有引力和离心力把月亮软禁在自己周围。月亮顽强地抵抗，才使自己与地球保持了平均

384400千米的距离。她为自己划定一个椭圆形的框框。她顺着这个框框行走，不许地球越雷池半步。

太阳很聪明也很大度。地球对月亮的单相思，他一眼就看出来了。他尽管也爱着温柔大方的月亮，却决定放弃爱情，把一生的光热全都倾注到服务人类的伟大事业上。即使后来中国人想出了一个夸父逐日的故事，也没能将他打动。在这点上谁也休想与他相提并论。

近五十亿年里，月亮苦苦地爱恋太阳。为了表达她全心全意的感情，她宁愿陷落在太阳的光辉里。她身上写满了太阳的名字，这为她招来很多不屑的骂名，说她是靠仰仗太阳的光辉过日子的。她不介意这些。相反她用自己的温柔中和了太阳光，让人类从她身上解读太阳温柔的一面。世上最锐利的武器不是刀枪，不是火炮，是执着一念的爱情。

太阳的铁石心肠就是被月亮日日夜夜的坚守给软化的。他累了。他知道月亮一直在后面紧追，不舍昼夜。2009年7月22日，他和月亮、地球注定要站到同一条起跑线上。太阳觉得应该和他们俩好好谈谈了。

月亮站在太阳和地球的中间，说你们有什么话就直说吧，别闷着。地球抢着告白我爱你，月亮。月亮说你知道什么是完美的爱情吗？地球傻子似的摇头。太阳也没经历过真正的爱情，他呆愣着。月亮于是跑上去给了太阳一个狠狠的亲吻，这就是科学家说的初亏。太阳从前也经历过月亮偶尔大胆的一吻，可他一次次勇敢地逃开了。今天却不一样。五百年啊，沧海足以成桑田。他一阵眩晕地闭上了眼睛。他脸周围迅速涌来了鳞片似的云，他蒙了。他一时辨不清自己的方向，任月亮一口一口亲吻下去，把圆圆的脸盘都咬缺了，一会儿像白炽灯泡，一会儿像镰刀，一会儿像羽毛，一会儿像金钩。他往日的刚强一点点地向后撤退，如水的柔情蜂拥而至。

九点二十三分，一再受到鼓励的月亮，索性一把抓过太阳的手。那一刻我清晰地看见黑色的天幕上一枚精致的钻石戒指闪闪发光。这是太阳和月亮的爱情信物吗？全场的人全都欢呼起来。一切都像狂飙突进。请戴上这枚戒指！太阳对月亮轻声耳语。月亮积蓄了万年亿年的相思山呼海啸般总爆发了。她顾不了羞涩和矜持，一把搂住太阳，就像海洋把整个天空揽入怀抱。九点二十三分五十六秒，善解人意的长江为这对苦恋的情侣拉灭了开关。武汉心弦一颤跟着一起进入黑夜。噢，我身边的人们再次发出惊呼，掌声四起。知了齐鸣。这是激动人心的伟大时刻，这是天人合一的梦想成真。

湖对岸水天相接处烧起了橘红色的晚霞，近处的松柏成为天光的剪影。风徐徐地吹送，四周骤然凉爽起来。汽艇点起了航灯。知了继续引颈高歌，像大合唱，震耳欲聋，响彻云霄，似乎只有这样才能为天上那对伉俪助阵，让他们听到来自人世间的震撼和祝福。有人说天上一日人间十年，想必这是真的了。海枯石烂，地老天荒，还有什么事不能发生！恋人间的山盟海誓当慎重之。

九点二十九分，从不擅离职守的太阳迅速从意乱情迷里醒转过来。他重新一点点整好衣装，又把被云摸成鸟窝状的头发一下下梳顺了，再推开月亮一再的挽留，重回到自己原来的工作岗位。被修改了近六分钟的作息时间，又重新步入年复一年的生活轨迹。

知了平复了激动，霎时安静下来。一个上午的见识胜过了一生一世乃至祖祖辈辈，真的不能随便大叫知了了。气温缓缓回升。太阳从月亮的柔情里走出来，但明显少了平素的锋芒和霸气，收敛多了，温和多了。十点半钟，理智终于彻底占了上风，太阳完全恢复元气，重又抖擞起精神。人们且走且停，意犹未尽四散开去。

何日君再来！当我依依不舍离开东湖湾的时候。我听见无数的声音这样说。我相信他们还会将今天的幸福重来一次，无数次。只是在长江边的武汉，在武汉的东湖上空三地相逢已成奇缘。

我再次看见那个穿着哪吒肚兜孩子的时候，他正偎在他母亲怀里酣睡。他父亲说天一黑孩子就睡着了。这小家伙把盛典当作盛宴享受了。

天台山告天

将军县红安县城以北六十里有一座天台山。上平下阔，形似水平梯台，巧若天工，故名天台山。

天台山海拔八百多米，拾级而上，并不吃力。倒是在松林和尚未竞放的映山红之间曲曲折折地攀行，有“披云跌坐虑全消”的惬意。站在天台山脚下，群峰叠翠尽收眼底。天台山头部平阔，加之上有天台寺压顶，故虽高居万物之上，却无半点盛气凌人。远望天台山，似群山秀发上一顶乌纱帽，白壁锃亮，面目威严。

行十数里，到山岔口，沿五十余级石梯拾级而上，经离垢门，至伯台，方可与天台山相触相亲。凡尘天庭间，离垢门成了一道警示，一道门槛，寓尘心未了，难及天台。台东有两山并峙，形如台，前中、右、左三台，依次为仲、叔、季台。天台山为最，故又曰伯台。以伯台为中心，呈众星捧月之势。伯台山壁四周苍松掩映，藤条挽手。唯此天台山巅刀削斧砍过一般，静守一处，显出超凡脱俗普度众生的旷达。

绕过离垢门，达天台山腰际处，有两处石砌的水井。山泉无声地滑过石壁，有大爱无言的亲切。恰逢两个小孩执水枪在此汲水玩耍嬉戏，好不快活。午后的春阳柔柔地普照，咫尺间身心已远离尘嚣。难怪明万历年间姚安知府李贽曾于暮秋登台咏诗曰：缥缈高台起暮秋，壮心无奈忽同游。水从霄汉分荆楚，山尽中原见豫州。

明月三更谁共醉，朔风初动不堪留。朝来云雾千峰闭，恍惚仙人在上头。

天台山并不是不毛之山，宇宙尘寰在风雨飘摇之际，为山捧走泥垢，也捧来生机。不知是何时何处的殷勤鸟衔了这样那样的种子，到石缝栖息时吃漏了嘴撒了几粒，寒来暑往地孕育遭逢，于是生出杂色杂种的青枝绿叶，点缀了寂寞的石壁。不是五谷丰登，却有另一番生命突围的韵致，葱茏着心境。于是想到我们时常要面临被挤压或者天生贫瘠之地，有时难免绝望或怨天尤人，其实都徒劳无益。唯一的出路是静观其变，或等待时日，总有上天有意无意地成就。正所谓处心积虑，左冲右突，不如退而结网，于无为处有为，于无声处响惊雷。

天台山上卧伏着一座红墙庙宇。香雾袅袅，钟鼓不绝。听说原寺起于宋朝，后来几度风雨几近于无，新中国成立后重修此庙。方丈是一位金盆洗手的商人，住在临近一座山腰的新庙里，平地上有缘一见，互道吉祥如意。这庙里只一位和尚值守。磕头点香之际，木鱼钟声相庆，凡心与天愿合一，庄重神圣。出得门来见庙门上写一副对联：天下事了又未了不了了之，世外人法无定法不法亦法。里间门上写着：以德为佛，人成则成。这些玄而又玄的法语，让人感叹唏嘘颇费思量。想这世上很多的纠结其实并非天意或他人所为，而是自己看不开，在自设的樊笼里困兽犹斗。菩提本无树，明镜亦非台。本来无一物，何处惹尘埃！

回转的路上特意在告天炉小栖。天台山西南冈有一垒石，状如香几。右有石，如鼎炉，岩层纹路清晰，一圈一圈，外柔内刚，似乎手指轻轻一碰就会灰飞烟起。传说这石由太上老君炼丹时落下的香灰叠积而成。明万历年间户部尚书耿定向题名“告天炉”。意为凡间俗人有何愿景心曲尽管在此向上天倾诉祈告。本来有一肚子的苦水满脑海的希冀要向老天爷祈祷，想起天台寺门上的对联，又觉多余。一切浑然天成，何苦庸人自扰？

冬季到木兰湖来看你

两次到木兰湖，都是冬天。大地厌倦了夏的火热和秋的繁华，开始衣衫不整，不修边幅。山的前额露出光秃秃的老态。湖水也像一杯客人走后的茶，冷飕飕地吐着寒气。然而，对于我，却好比阔别亲人的游子回到了久违的故土。抛别城市的喧嚣和芜杂，擦去世态脂粉的累赘和矫情，找到的是一种返璞归真的踏实和亲切。好比人与人的相遇，盛名得意之时总显多余，甚至有上门乞好的嫌疑；而在对方门前冷落车马稀的时候，彼此的心境反倒清澈、坦荡。

第一次来这里，是去风景区管委会联系省作协签约作家的会议。听说是去英雄的故乡木兰湖，于是欣然同往。吃了一餐午饭，没来得及叩拜，就匆匆作别，像一个友情客串的过客，雁过有声无痕。这一次算是正式登门造访。不，是一次彼此千呼万唤的探亲。我受惠于武汉作协，参加第七届长篇小说笔会，用木兰湖的灵气为文学铸剑。

木兰湖因木兰将军而得名。传说木兰将军的家就在湖北黄陂木兰山下，木兰湖畔。这里有朱氏名木兰，女扮男装，代父从军，立功封为木兰将军。她不受朝禄，解甲归田，恢复红妆，侍亲以终。历代在木兰山上祭祀木兰，唐建木兰庙，明建木兰宫，后修木兰殿。现木兰殿在绝壁之上，朱柱青瓦，殿门额刻“忠孝勇节”四个大字。殿内端坐木兰鎏金塑像，男装女貌，英俊神武。两侧山墙，有“登山求嗣”“河畔习武”“代父出征”“凯旋归乡”等木兰故事彩色壁画，栩栩如生。唐代杜牧诗：“弯弓征战作男儿，梦里曾经与画眉。几度思归还把酒，佛云堆上祝明妃。”唯大英雄重本色，是真名士自风流。小小少女一举动天，羡煞了几多凡尘男女。

两次到木兰湖，都是冬天。我想，这不是巧合，是暗示，是一场千古的约定。一千五百年前的那个冬天，一位十七岁的少女戎装素裹，英姿飒爽，告别父母家人，骑骏马，执长鞭，跨过黄河，越过黑山，奔赴边陲，血战十二年，屡建奇功，写下了巾帼不让须眉、爱国孝长的英雄传奇。“不闻爷娘唤女声，但闻黄河流水鸣溅溅。不闻爷娘唤女声，但闻燕山胡骑鸣啾啾。”在那个“朔气传金柝，寒光照铁衣”的冬天，一位豆蔻年华的少女改写了中国封建社会男尊女卑、女不如男的历史。在那个“将军百战死，壮士十年归”的严酷现实面前，一位大义凛然的女将军在“可汗问所欲”时，“木兰不用尚书郎，愿驰千里足，送儿还故乡”。这个女孩和她的名字一样，有着花儿一样的纯朴和芳香。她和木兰花一样名垂千古，流芳百世。

很多次我肃立木兰湖前，希望一个美丽少女的倒影与我约见。每天都有凄厉的北风缠着我们的房间嘤嘤地呼号，我都耐心静听，那不是恐怖，而是倾诉，像木兰远行泪别父母的絮语，像木兰驰骋疆场与羌胡血腥的厮杀……

认识木兰，是从课本里那首《木兰辞》民歌开始的。至今仍朗朗成诵：“唧唧复唧唧，木兰当户织。不闻机杼声，唯闻女叹息。问女何所思，问女何所忆。女亦无所思，女亦无所忆。昨夜见军帖，可汗大点兵，军书十二卷，卷卷有爷名。阿爷无大儿，木兰无长兄，愿为市鞍马，从此替爷征……”少时读书，摇头晃脑，不辨其意，却有一位少年女英雄从此在脑海里扎下根来。这是一首南北朝民歌。有据可考的就是这些口口相传的文字。它像一条岁月的河，从南北朝，一直流进了今天。她的芳魂在民间的唇齿间清香缭绕，源远流长，滋润着一个民族经久不息的爱国热忱，激励着一代又一代女子挑战传统，与男子并驾齐驱。

从不敢奢望有一天把双脚落到英雄家乡的土地上，而且一住半月。在这里，我们写小说，听故事，漫步湖光山色间，即兴赋诗接龙，好不惬意。木兰湖的中心有一座白鹭聚集的小岛。我们乘船登陆，古诗里“一行白鹭上青天”的景象与我们无缘。候鸟总是势利的，许是嫌木兰湖的冷僻，已迁徙他处。只留下一个三层的亭子，木兰佩剑捧书，好一副岁月静好的淡泊宁静。我突发奇想，一蹦三丈高，努力数次，总算打探到木兰手中竟是一本无字天书。有人笑我的手指上是一片白灰，她哪知，每一个颗粒都是打开那天书的秘籍。

连着亭子，到湖边有一道长长的石阶，居高临下的路边有一尊石猴，手捧鲜桃，默默伫立，似木兰儿时忠诚的伙伴，为少女守护着孤独和坚持。我用树枝轻轻擦去石猴额头的鸟粪。这高傲的白鹭太不仗义，临分手还要往人头上拉一泡屎。我蹲下身去，把头倚在石猴肩上合影。午后的阳光突然亮起一道彩虹，划过我的眉宇，从木兰亭注入我手中。不知为什么，石猴竟像一个人，在我脸上眼里写下万般柔情。这种柔情是他给予我的，从远古而来，与生俱来。这是一次美丽的前生后世的邂逅，像这道温婉神秘的彩虹永远定格在我与他的合影里。我把这帧照片录入我的手机屏。我坚信他会温暖我生命中的每一个冬天。

历史总是踩着先人的足迹一步步向前。在拜谒木兰山的路上，为了表达内心的虔诚，我提议下车步行登山。所幸三个女友立即应声附和。我们蹦啊跳啊，一不小心就踩进了木兰当年的脚窝里。她是赤脚吗？抑或还淡淡地冒着热气！我们用这种亲密的方式向一个远去的少女问好。曲曲弯弯，蜿蜒而上，一扭头，竟然发现我们的右侧远远地在一棵青葱的松树巅栖息着两只喜鹊。树下是一汪蔚蓝的湖水。有人大声朗诵：“雄兔脚扑朔，雌兔眼迷离。双兔傍地走，安能辨我是雄雌！”我立即要大家噤声，取出相机，拍下这美丽的奇缘。遗憾的是，其中一只太过敏感羞涩，等我用相机捉拿它们的时候，只余下一只怅惘地盯着伙伴远逝的方向。

是谁惊扰了它们的约会，还是注定了那就是一只永远孤独的小鸟？唧唧复唧唧……

我双手合十，跪在木兰山前，耳畔清晰地传来历史切近的旋律。

古建收藏第一庄

两根石柱，两根木条，两只红灯笼，只为点缀黑牌正中的两个字——“李庄”。富贵黄，字体朴素中见古韵，规整中显洒脱。题字人非正宗书家，却正是本庄主人李炳来先生。时间 2010 年。

李庄，因其主人姓李而得名。而这李庄因其归于张公山寨，于是极易让人产生张冠李戴的联想。

李先生选择将自己人生的一个总结，放到张公山寨的旌旗下，又算得他的睿智。一个人无论多么财大气粗，还是要冠以更显赫的名头，由此及彼，也叫借鸡生蛋，搭个顺风车，捎带着，也就一传十、十传百地名声远扬了。

你可以不知道李炳来先生是何方神圣，但你一定知道晚清四大名臣之一的张之洞先生吧。张公山，即因张公而得名。据《武昌县志》记载：张公山原名寨山李。因湖匪常骚扰乡邻，百姓不堪其扰，苦不堪言。时有张之洞之副官李尧廷为寨山李人，得知百姓苦难后，向张请兵消灭了蟊贼。百姓感恩戴德，遂将此山更名为张公山。

2000 年，李炳来先生独资在张公山建立他的复古建筑梦想，一天天、一步步安营扎寨。张公走进李主人的庄园做了寨主。李主人借了张公的名号为自己加冕。这是巧合，还是宿命？或者算是天机，神算？这样的邂逅，不能不让人震撼。

李炳来先生不是书家，却有书家效法古人的情结和慧眼。书法讲究认祖归宗。花甲之年的李炳来先生也是在落叶归根的年龄选择了回归故里，将他走了大半圈的人生，轻盈地画个圈，又回到了原处。

李先生原是国营建筑公司的“一把手”。后下海经商，从事房地产业。他吃的是建筑的饭，人生主要的光阴都在与房子打交道。广厦千间，只取一屋居。这是人生常态。李先生不是。李先生将他大半生的积蓄用一个庄园圈起来，里面全是几百年前的江南古建筑。那些被历史的风雨吹折得七零八落的残肢破体，他视为珍宝，像一个看到金子的拾荒者，他心里一直装着窃喜。别人视若不见，别人当垃圾废品，而那正是他无限的商机。这是一个多么精明的商人。不，他又绝不是一般意义上的商人。他眼里看到的是残象，心里却装着丘壑。他像个高明的裁缝，零星的布头，修修补补，就是一件光鲜的新衣。你甚至看不出哪怕一丁点的破旧。修旧如旧，恰是对他至高的奖赏。

这奖赏一点也不过分。李庄确实便是一个旧宅院。这旧，透出一股浓烈的酒香，愈陈愈香醇，愈耐人寻味。这旧，也不是老土，不是落伍，相反却有领先潮流的意思。在水泥森林、钢筋混凝土的现代建筑群里，显出其卓越的光辉来。

我第一次睡雕花床，便是在李庄的绣楼里。这是从江西的乐平市移植来的。楼里盛满清道光的风云。前面两间是屋子主人居住的正堂。我住在后堂，据说那是儿子们的房间。儿子结婚后，就搬入正堂。父母则搬入后堂。所以，后堂又称为高堂。楼有两层，楼上也是对应的四间，却是小姐的闺房。我住进这楼里，全任感觉。这感觉竟与小姐无缘。看来，我要么做了媳妇，要么做了高堂。这样的巧合，像命运的机缘，是打着哑谜的，所以，自从走进这绣楼，便有神秘暗地里跟踪。

粉红的罗帐，绿锦的被面，红花的床单，一对同样色系的粉红花枕头。这一夜竟无论魏晋，更不知今夕何夕，天上人间，一夜昏愕难眠。雕花的床架，可以依稀嗅出年轮老迈的气息。不知其主人是何模样，又何曾想到以后会有怎样的女子，取代她在这张床上的位置。竟是一径入梦，便一脚跌入时光隧道。同床异梦也好，同床同梦也罢，都是一种惊悚的遭逢。现在想来，一个人是不敢在那一幢楼里久住的。那样的凛然，那样的贵气，让我生出贸然闯入的歉意和胆怯。

这楼最有特色的是前后都有天井。四水归堂，有四方来财之意。做人做事，前前后后，都有通天之功，都老天爷照应，岂不是顺风顺水，高枕无忧？房梁上一对龙身隐入，寓意飞黄腾达。这样的雕梁画栋，可见主人的匠心，对生活的精致热爱。

现如今，我们的房子都是撒几粒种子，瞬间速配的。一眨眼的工夫，房子如林耸立。再一眨眼的工夫，房子已夷为平地。来去，都是金钱在那里甚嚣尘上，在那里翻云覆雨。我们的房子很贵，房子却很不值钱。拆与建，倒与立，不过是几块砖和几吨水泥在纠结，在拧巴。我们的画师似乎与建筑格格不入。是谁抛弃了谁，是谁将谁解雇？人们没有时间没有精力去琢磨，去思考。他们追着房产泡沫奔跑，他们的梦想都成了远去的泡影。而李庄的出现，正是泡影的海市蜃楼，正是一个远去时代的回光返照，正是精致生活一句美丽的呓语。

二楼的楼道墙壁上高悬一节烈的木牌，木牌高耸如山。小姐提着裙摆，从楼上的幽暗处款款而来。这楼道里有她们怎样的笑声和期许，有她们怎样的梦幻和悲欢？想必有父母在，有兄弟在，都是不值一提的。这样紧紧凑凑的绣楼，是像女子的绣花鞋之类的，在官厅、官宅、民宅、书院、戏台的古村落里，更显雅致秀丽。

张公山寨，或许更应叫李公山寨。李公从江西安徽收罗了唐代石虎、宋代石狮和系马桩、明清祠堂和官厅民宅二十四处古建筑群。将这笔宝贵的文化遗产再现出来，需要的不仅仅是财力。因为我们的周围从来不缺少有钱人，缺少的恰是李公的天赋才情和远见卓识。

在繁华的大都市里，我们需要走进李庄，重温人类行走的记忆。这记忆是那样的鲜活、厚重。灰色的砖墙，玉白的石拱桥，还有一池绿叶荷花。江南水乡，软语轻行。一切的梦想都触手可及……

到望家宗祠朝圣

宜昌市夷陵区太平溪镇是我母亲的娘家。正月初六我四舅长子结婚大典，所以母亲组织亲友团前来贺喜。快到太平溪，我才听说前面不远处有望家祠堂。活了大几十年，首次知道望家还有个宗祠，且有千余年历史。几大步跨到眼前，蓦然发现这望家宗祠早在2002年11月7日便被湖北省人民政府立碑为湖北省文物保护单位，真让人喜出望外。只见望家宗祠依山面江。门口不远即三峡大坝。游客穿梭如织。遗憾的是大年正月初五，门锁着找不到开门人，一行望家后人只在门口坐了坐，从门缝里望了又望，算是聊表对先祖的怀想之情吧。旁边是太平溪镇政府。听说因三峡大坝蓄水，望家宗祠才上移至此。而且是先移望家宗祠，后来才有镇政府选址于旁。可见望家宗祠乃风水宝地也。

一直因望氏家族不在百家姓之列而颇费口舌。每每提及，总有人质疑惊奇：还有这个姓？是少数民族吧？这姓好，有希望！可到底也被无端搅起一肚子的疑窦。我这人天生不喜庶出，不喜旁门左道。后来陆续听人说，“望”在千家姓里面是有的。相传荆楚一带姓望的是伍子胥的后代。问我父亲，父亲说他还是孩子的时候，就听人骂他们姓望的是伍子胥的丫环生的。资料显示伍子胥在逃亡过程中与楚国巴东官渡口一个艄公的女儿相爱，后来怀孕。临别，此女请伍子胥为腹中的孩子取名。伍子胥回头深情一望，欲语还休。

此女知伍子胥有难言之痛，更从他回头一望里受到启示，于是给孩子取名望。后代子孙都以望姓传递香火，大约也有望子成龙、望女成凤的期待吧。这里有三峡地区唯一的望家宗祠。在同一条直线的正前方靠江边有一座庙叫伍相庙。这两个建筑如此亲密地厮守，我想也并非巧合或者偶然吧。

因为这份亲缘，我开始研究伍子胥。伍子胥名员，字子胥，春秋时楚国人。伍子胥是楚王三代忠臣之后。曾祖父伍参、祖父伍举分别是辅佐楚庄王、楚灵王的重臣。“三年不飞，一飞冲天；三年不鸣，一鸣惊人”，就是伍参以鸟智谏继位三年不理朝政的楚庄王留下的千古佳话。楚灵王更是倚重伍举才坐上楚王的宝座。父亲伍奢是教导楚平王太子建的太傅。有如此辉煌的家族基因，史书称伍子胥“少好于文，长习于武”，有“文治邦国，武定天下”之才也就毫不足怪。他从一个楚国的逃臣到位极吴国一人之下万人之上的相国，更算不得奇迹。

公元前 522 年，伍子胥因父亲伍奢、兄伍尚被父娶子媳的楚平王含冤杀害，而险脱虎口辗转逃奔至吴国。后结识吴国的公子光，荐刺客专诸，策划刺死吴王僚，帮助公子光夺得王位。伍子胥又荐举要离，七荐孙武，助吴王阖闾坐稳王位。为使吴国内可守御，外可应敌，他相土尝水，象天法地，最后选定今苏州古城地址，建造阖闾大城。终在吴王阖闾九年，全力帮助吴王阖闾亲率吴师攻下楚国都城郢。伍子胥掘楚平王墓，鞭尸三百，报得杀父之仇。伍子胥帮助吴王西破强楚，北威齐晋，南服越人，使吴国国力达到鼎盛之势。伍子胥对吴国忠心耿耿。吴王阖闾战薨后，又扶助其孙夫差即位，帮助夫差打败越国。他劝阻夫差与越王许和，后又阻止夫差让勾践归国，谏劝夫差放弃攻打齐国而伐越。夫差却听信伯嚭谗言，厉拒忠告，反于公元前 484 年秋赐死伍子胥，并将其尸裹鸱夷革中漂浮江上。传说钱塘江怒潮即为伍子胥英灵再现。吴国和夫差被越王勾践带入不归路，应验了伍子胥的预言。夫差被勾践赐死。死前要求脸上盖上遮羞布，表示黄泉之下无颜面见伍子胥。

屈原在《悲回风》里说：浮江淮而入海兮，从子胥而自适。可见他五月初五投江只为追随伍子胥啊。吴越之地端午节的起源便是纪念伍子胥。而且，伍子胥死后，吴越楚官方民间都修庙纪念。全国伍相庙不计其数。伍子胥刚烈坚韧、智信忠勇、恩义孝慈、耿直敢谏、识才任能。我想能传承伍子胥的生命基因，实乃望氏之大幸。

望家宗祠白壁翘檐，雕梁画栋，属于典型的南方庭院建筑。白石条门框，方方正正，黄杨木门，朴实厚重。铁狮头噙链，链上挂锁，刚正不阿，威严祥和。大门上方黑底金字招牌“望家宗祠”。门两边延展一圈周正的白砖护墙，围出一个宽敞的庭院。

穿过院门进去，才是正宗的古色古香的望家宗祠。依然是石方条门框，黄杨木本色门，铁狮头噙着锁链。只是大门像刀削斧劈一般，陡峭地竖起一面高昂的墙。像望氏的性格，是正直而有血性的，让外人不敢造次，有凛然不可侵犯的威严。而他们又是注重外表华饰，讲究名誉洁净，追求浪漫诗情的。你看那些白得耀眼的墙壁，龙头含珠的屋檐，白云玉笛兰草环绕的彩绘，乍看有些貌似白族人的房子，走进去才知多了些贵族大家的风范。我轻轻坐到初春的石槛上，心里翻涌的是亲人爱抚的暖意和灵魂皈依的恬静。

望家宗祠并排隔着两扇门，左为正房，与院大门相对。右为偏房，比正房矮且窄。偏房上书“笃其时食”，可能是烧火做饭的地方。绕屋一周，偏房右侧有一扇细密的铁方格窗户，锈蚀过后，反更像木制的，与大门的颜色浑然一体。

望氏分布北京、上海、江西、四川、宜昌等世界各地，家谱还在查访续修之中，所以，屋里很是寂寞空旷，尚无祖先牌位的供奉。屋子里游荡的是静穆的厮守，是古老的见证，是对明天未来的期盼。

咫尺之间，被锁链挡住了亲近，好奇便从门的隙缝里伸开了触角。推开铁链，才知里面竟是两层的楼房，顿时心下又是好一阵狂喜，真为祖先华而不喧、贵而不显的气度折服。中间是个无遮无挡的天井，青石板铺地。正中是正屋，六扇活页雕花木门。两边木梯对称通往二楼。八根廊柱，圆实挺拔，稳当地立于方圆两块精巧的石头上。左右各一间厢房。抬头看，二楼是喜字形木框护栏。有人说这些都是正宗的原砖原瓦，因三峡筑坝发电而移民至此，仿原样移植复制。

母亲说：望家宗祠其实早已有之。伍相庙在长江边高高隆起的嘴上，与长江北岸秭归县茅坪镇杨氏庙相对。杨氏庙后来做了我哥入学发蒙的小学。伍相庙后面一条山谷土石路进去近两里是望家宗祠。这一带地名就叫伍相庙。后来三峡大坝蓄水，伍相庙进了龙王府。望家宗祠搬迁至现址。现在单从这庙与望家宗祠一线相连推断，我想望氏家族确系伍子胥后代无疑。望氏家族果然渐成家业，兴旺发达，不忘祖恩，后修伍相庙缅怀纪念先祖伍子胥，又改母亲隐居之所为望家宗祠，紧随其后，陪伴身边。宋代范仲淹写过一首《伍相庙》：胥也应无憾，至哉忠孝门。生能酬楚怨，死可报吴恩。直气海涛在，片心江月存。悠悠当日者，千载祇惭魂。

几经历史的劫难和风雨盘剥，望家宗祠依然保存完好，真算得一个奇迹。相信心中有望，生活便有望。

巧合的是，这天竟是侄子天赐的十八岁生日。天赐欣然在望家列祖列宗面前举拳宣誓。十八岁成人礼，便顺风顺水，成了天作之合。

建痕处处留福声

从福建回来已经很久了，其实也不算太久，不满一周吧，却恍若隔世，像谈一场隔空喊话的异地恋，匆匆地相会又匆匆地告别，浓浓情谊与日俱增，思恋的触手像福建无处不在的巨榕的长须，丝丝缕缕，缠缠绵绵，随风飘洒，又随处扎根，长出思念的亭亭华盖，千枝万叶筑巢引凤，丰富我人生的风景。

福建位于祖国东南大门，与海比邻而居，与世界隔海相望。福建，是有福得建，也是建之得福。我本名望建蓉中有个建字，潜意识里，总觉得中国之大，唯福建与我有某种贴肌入理的隐喻。还好，天遂人愿，我飞翔的心啊，插着翅膀，在平若高原柔若棉海的高天穿越驰骋。我终于扯断那尘世的种种羁绊，抛别滚滚尘嚣，到达云天处，在万丈光华万籁俱寂的寒天净土，洗尽铅华，一日千里。朝辞武汉彩云间，千里福建一日还。两岸江海啼不住，痴心已过万重山。

呼啸的冷风拂面，时令已是深冬。所到之处却飘溢着福建炽热厚重的海洋气息。

福建是慷慨的，五天的行程，如数家珍。菜咸了，就笑说，你们这菜是用海水炒的吧？见到碗里有一把枝枝杈杈的树根，喝下去却有参汤的美味和营养。咂咂之声汇成赞美之词不绝于耳。闽菜普遍不用辣子，所以，都是质朴的浅淡。连那花瓶样的海蜇也是白得晃眼，浅紫的触须蜷曲有致。有人说内地要十元一头，这盘子里可是堆积如山啊。每人吃三头还有剩出的。如此昂贵的美食怎忍心浪费，于是强迫肚子又吞下几头。桌上的海鲜们带着海的气息扑腾一下已跃入另一片海仓。在内地六元一只的烤生蚝，在这里一盘黄灿灿的煎鸡蛋里，用筷子轻轻一拨，即是红苕粉搅拌着星星般数不清的生蚝肉。丰富的蛋白质营养着我们的胃口，让我禁不住盯着福建人的脸庞看，看这些海鲜如何充盈着他们的面庞和生活，对海边生活也生出无限的欣奇神往。万涓归海，海才是众生的归属啊。

海啊，一座城市与海为伴，是件多么幸运的事。人说一方水土养一方人，人的面貌性情也写着当地水土的模样。福建人有海包容的胸襟与开阔的气质，我们是见证了的。这里有可容一千二百万吨原油储备的现代港口，有可容三十万吨的商船，在世界其他地方有可以再建一个福建省的成功的商人。

苍茫的暮海，颠簸的小船，一群内陆客与大海一起心旌激荡。在海岛上在暮色中在海的怀抱里我们吃着海鲜唱着歌，有个脸长得不太白的老兄歌声最美。他引颈高歌，海沸腾了，一屋的人也都沸腾了。

在那样热情如炽的烘烤下，我竟然不识时务地感冒了。我的咳嗽不可抑制地浅吟高唱，在我四处寻找吐痰的垃圾桶时，有人指示，背后可以吐。我推门而出，意外地发现我与海竟然只在咫尺之间，海就在我转身之际触手可及。我的带了病菌的唾沫竟有海容身笑纳，这是怎样的福分！我心有不忍，可又纷涌起无比的满足。真正的大爱是将美好与缺污一起尽揽入怀的。

福建人的开放像福州大街小巷那郁郁葱葱蓬蓬勃勃的榕树。气根飘荡，独木成林。她是灵动的，从枝干上不断地生发新的根系，柔情而不失独立，自给自足是前提，不依附，向周围向他人向世界广阔地覆盖和占领，也是延福，最终是福报。福建人像那个闽字，关起门来是条虫，走出门去就成了龙。门内的虫是安逸的，也是灵动的。

看看南靖县的客家土楼，那是怎样的门？在一片葱绿的田园和树林中，只见一座巨型碉堡赫然耸立。薄如蝉翼的阳光像聚光灯照耀着黄灿灿的墙土。墙基一律椭圆的鹅卵石，往上三层整齐地间隔着木窗，将碉堡均匀地围了三圈。顶上盖着齐刷刷的灰瓦，伸出浑圆的柱体，像一把晴雨伞，又像大清王朝官员的顶戴。檐下吊着三两成串的红灯笼，像风铃又像一面酒幡亮出深山，给这土得掉渣的土柱子挥洒了一抹喜气。土柱子南面倒有一面幕墙，红漆涂了一个方正的长方大框，两扇厚实的木门上方书“怀远”二字。这楼耸立要道咽喉之地，十分醒目。

方圆数百丈，拔地四层楼，黄泥巴将这炮楼筑得结结实实，严丝合缝，历经数朝屹然不倒。“怀远”二字，怎可承载那来自唐朝末年的中原南迁。我们五天里坐飞机坐动车坐汽车，现代交通工具下的一身轻燕已是疲劳不堪，那牛车徒步的万里之遥，又洒下多少饥渴劳顿？第一次知道客家并不是一个少数民族。她是汉族中原人在这里受到的客人般的礼遇，又是他们一种自谦式的自我认定。他们是谨慎的是警惕的。他们像贵州深山里贸然闯入的那只老虎，驴子们瞪着眼虎视眈眈。他们互相窥视着对方，互相征服，又唇齿相依。这背祖离乡的客家人将自己一群一个团体地圈起来，圈在泥巴糊起来的圆圈里，一层一圈，吃住养殖一层层，将日子码得像楼房像积木高耸入云，一家一户地比邻又独立，享受公共的环形跑道，又鸡犬之声相闻。

在这蛮荒之地，他们抱团取暖，只留一些气窗，向世外打探；只留中间一个圆圈，与天地通声气；只留一扇门，与外界接壤。敌人来犯，关门大吉，那窗口也成了射击的炮台。在深山峻岭之间，在清溪土岗之畔，大家伙儿筑这样一间浑圆的土楼，看似一口深井，却不是井底之蛙，内里深藏大世界；看似壁垒森严，却其乐融融，自在潇洒成一统。难以想象这便是雄霸天下的中原大汉，南橘北枳，适者生存。土楼是小众的，却无不散射出生存智慧。躲进小楼，自成高天，不为逃避，不为树敌，只为相安无事，客身而居。

据说这些土楼引起世人的关注，甚至被列入世界文化遗产，得益于上世纪八十年代西方卫星监测。他们以为这是中国在隐秘的深山秘密建造的导弹基地。为了求证，他们远涉重洋来到福建，遮遮掩掩以旅游为名，带了长枪短炮实地考察，却让一场虚惊化作一个建筑奇迹的发现。

漫步土楼，一圈圈地绕行，像鸟儿盘旋于先民巨大的智慧之巢。土楼一楼是厨房，二楼是粮仓，三楼四楼是卧室。院子里散放着鸡鸭，门口种着绿油油的庄稼，一群女人戴着尖顶竹帽，从帽子两边垂下两面花布将脖子和脸捂着。明澈的阳光洒在她们蹲曲的背上，远远看去又是一道灵动的风景。几平方米见方的主卧一床一柜简洁务实。厚朴的土墙已有裂缝。木质楼梯踏踏有声，回荡着历史远古的回音。透过竖条的木制窗棂，一碧如洗的青山蓝天镶嵌如画。圆阔的天井里有公共的朝堂，供奉着祖宗的牌位，几炷青烟袅袅升腾。孩子们在穿堂的过道里安然地伏案作业。熙熙攘攘的过客不能荡开他们的心力。他们像他们的祖先一样，目光是专注的，唯有专注才可守住属于他们的一方文明。那大门上的对联：怀以德敦以仁借此优斋遵祖训；远而山近而水愿兹云秀育人文。那刻于门楣的庭礼诗写着：诗书教子诏谋远，礼让传家衍庆长。在这蛮荒之地，他们用诗文庭训极力维护着中原古老的文明记忆。那过廊两边光洁如绸的琉璃柱上精雕细刻的钱币和祥凤依然可见汉民居的遗风。他们甚至用土楼将故土的语言打了包围成圈，现在听来恰是保存完好的中原乡音。帅哥，他们叫晕倒。美女，他们叫迷路。丈夫，他们叫搭铺。嘿嘿，这谐音带给我们一路欢笑不止。我们以北方方言为基础方言的普通话一一比对，在比对中幽默着讪笑着。哪知先民在九泉之下笑我们，他们说的才是大唐正宗的官话哩。

这里盛产铁观音、正山小种、大红袍、牛蒡茶、红美人、金线莲。每个名字都如雷震耳，层层叠叠黛绿的山峦即茶叶的故乡。我辗转留恋于土楼老居民的小货摊。这里没有华丽的包装，没有耀眼的品牌。从长着土地色的农妇手里，几十元轻松购得她们亲手采摘的茶叶，让她们从我们手上接过丰收的喜悦，这不是双重的喜悦和实惠吗？这些散发着汉移民芬芳的土特产让我情不自已，大包大揽。我想，我带走的不是特产，而是这方古老的土地和土地上永不消失的足音。

云水谣啊，云水摇。云天之处将水摇。青山之间把梦摇。隔天连远把情摇。

家住长江边

一城，两河，四岸。这是大自然钟情武汉的速写，是上天馈赠这座城的厚礼。一条浩荡绵长，滋养了中华民族五千年灿烂文明的母亲河长江，低调高怀，俯身屈就，甘愿做武汉的内流河穿城而过；长江最长的支流汉水，中断自己单打独斗的野心和独步天下的梦想，选择在武汉，羽化无形，注入长江。这是一座城固有的魅力，还是上天执着的眷顾？是大自然有意的成全，还是天遂人愿偶然的巧合？是江湖义气，是浑然天成？城因水兴，人因水灵。我想说我深深地爱着这座城，爱她的城环水抱，江湖多娇。

我在长江边出生。长江在秭归茅坪激情涌动，催生了无数的婴孩。一座依山傍江的青砖大瓦房里，长江的耳畔再次传来一个女婴嘹亮的啼鸣，她便出生了，从此，她这一生注定是长江的女儿，一个傍水而居的漂泊者。所幸长江一直跟随着她，一路欢歌呵护，让她不论身处何处都有柔柔的温情和暖暖的安适。

六岁那年，我的出生地被选为三峡大坝坝址，长江的母乳要化作电流点亮中国每一处暗角。担负着这样达则兼济天下的使命，长江不得不与她的儿女洒泪而别。伟大的母亲注定要承受四海为家的命运。还不曾进入学堂的我不得不依依惜别生我养我的长江，随父母附江而下，迁徙枝江。一颗幼小的种子还来不及在生养她的土地上扎下根须，便不得不离井背乡。故土远别，仿佛无根的浮萍，有些张惶，有些不舍。所幸，长江似故土甩出的脐带，千转百结，在枝江董市镇拐了个弯。读书教书，日子是一朵朵浪花。即使我不经意间回眸，也能与江水闪闪的目光相触。这样的深情，怎不让我感动？很多时候，我会多情地以为，她是特意为我绕道，为我停留。

长江在一马平川的枝江全然失了湍急的气势，早春的时光里更是清冷冷的澄碧若洗。我曾在这里教过书，当过公务员。工作先于生活，将我导入这个县城。来来去去，却很少驻足。市委黄色的办公大楼风采依旧，问要不要进去走走？我说不必了。这里是铁打的营盘，流水的兵。昔日的同事几乎全部云散到各个岗位当了或大或小的领导。枝江与我的关系经过岁月的淘洗和沉淀，现在蓦然发现唯有这长江分出的枝杈于我亲近。水纱下的石头颗颗毕现。柔曼的青苔款款地招摇。在橙黄的夕阳里，像孩子似的蹲在江边，伸出两根指头，从水里拈一枚枚鹅卵石。春江水暖指先知。水微凉，心却暖若朝阳。

来到久别的董市江滩，发现养育我的故乡只有在这里才忽然阔大起来。一条江给闭塞中的某个点捎去多少希望憧憬灵动与活力！碧绿的江面遍洒金屑，水光洲色因古老的乡情褪尽冬的萧索。光秃的枝满满当当栖息的都是回乡的温暖和深情，五彩斑斓，火树银花，春意盎然。花枝招展的船有乡土的俗，俗中飘逸淡淡的温情。繁荣的船静泊着百年老港，现实复苏远去的记忆。在这里，在人生的紧要处，他永远属于我人生最美的港湾，有隐秘的快乐，有低调的奢侈。

小女孩一天天长大，脚步一天天地游走，在看不到长江的日子里，便有鱼儿上岸的恐慌。记得 2005 年在中组部工作的那年，我出差河北的路上，见到有水的地方便惊呼，被同事疑为天真的神经质。听说正近干涸的因小兵张嘎声名卓著的白洋淀的水是从湖北丹江口南水北调来的，仿佛他乡遇故人。久旱的小鱼摇摆着尾巴，欢畅淋漓，投入母亲的怀抱，心里潮涌的都是暖暖的亲情和满满的自豪。

那颗从故土上漂泊的种子在风雨中慢慢长大，长成了一棵小树。小树被命运和理想移栽到武汉。这座美丽的江城，是她自主的选择，是城与人的两情相悦，是命运一次偶尔的看护，是她今生最爱的栖息地。她的心息伸出庞杂的根系，曲曲弯弯，扎入这座城的历史今天和未来。

要说武昌的江滩，最美处便是汉阳门。我身处闹市，每每思想我的母亲长江，便去汉阳门码头。百年前的老武昌城东南西北共有十道城门。东边由北至南依次为忠孝门、宾阳门（现为大东门）、通湘门；南边自东向西依次为：中和门、保安门、望山门，保安门位于中轴线上。西边顺江自西向东依次是文昌门、平湖门、汉阳门。北面是武胜门。

武昌城的建城历史可追溯至三国时期。东吴孙权在他的国都武昌（今之鄂城）邻近的黄鹄山北侧（今之蛇山北侧）筑一军事城堡。它面对长江，背靠蛇山，并与夏水（今之汉水）口遥遥相对，故取名为夏口。在三国以后的历次朝代更替中，武昌有四次大规模扩建记载，而最大一次扩建是在明洪武年间，共设九座城门。清末，张之洞督鄂时修缮城墙和城门，并增建了通湘门。张之洞离鄂后，一直到辛亥革命爆发，武昌城墙和城门楼基本保持完整无缺。

近代以来，武昌城主要经历了两次围城之战。一次是太平天国时期，1852 年底，太平军水陆两路沿江而下，连克湖北重镇汉阳、汉口，随后搭浮桥，围攻武昌。1853 年 1 月 12 日，攻克武昌城。第二次是 1926 年 9 月，国民革命军北伐军一路高歌北上，北洋军吴佩孚部于汀泗桥和贺胜桥两战皆败，退逃入武昌城，并奉命固守。9 月 1 日，北伐军兵临城下，武昌封城。两军对峙，直至 10 月 10 日城破，前后共四十天。由于城墙高耸，城垣结实，久攻不下。最后因城内弹尽粮绝，饿殍满街，革命军才入城。胜利后的北伐军熔炮台，拆城垣，永久性摧毁武昌城的军事抵抗力，后武昌古城墙全被拆除。从此武昌无城墙古迹可言……

汉阳门始建于 1371 年，当时武昌城扩建，辟城门名汉阳门。

旧志记载："1574年汉阳门设有扬子江渡直达汉口。清时置有大江渡，名为汉阳渡。"

汉阳门自古便是商贾云集人流火爆之地。这里荟萃着古文明与现代文化的精华。人在汉阳门，便可将武汉三镇的历史和今天尽收眼底。显赫的与朴素的，古老的与时尚的，凡俗的与雅致的，都在这里形成交集，逗引着人的胃口，每去一次总是食欲大开，无以餍足。

这里龟蛇锁江，地势险要。南岸的蛇山，与北岸的龟山互峙。这龟山也是长得奇巧，与对面蛇山隔江相对，有龟蛇锁大江的意思。身体蜷着，背上隆起高耸的大包。一只头向南伸着，像要去长江痛饮。当然也有人产生过这样的联想：是不是蛇山与龟山本是一条南北贯通的龙脉，却吃不住长江气吞山河之势，被自西向东，拦腰切开。看来最柔弱的，恰是最强大的。大潮之下，山峰也得让道。

有着一千七百余年历史的黄鹤楼便耸立于长江南岸，雄踞61.7米的武昌蛇山之首。镇守长江风云，俯瞰武汉三镇。黄鹤楼得此天地厚爱，占尽荆吴形胜，号称天下江山第一楼。"眼前有景道不得，崔颢题诗在上头。"诗仙李白在这楼里展现了文人相亲的博大胸怀。站在巨人的肩膀上，一首《黄鹤楼》让名不见经传的诗人崔颢名扬千古。

"昔人已乘黄鹤去，此地空余黄鹤楼。黄鹤一去不复返，白云千载空悠悠。晴川历历汉阳树，芳草萋萋鹦鹉洲。日暮乡关何处是，烟波江上使人愁。"江笼烟愁，月送沙鸥，暮霭沉沉。华灯初上时刻漫步长江一桥，再缓缓向黄鹤楼靠近。此时的黄鹤楼飞檐舒展，流光溢彩，金碧辉煌，将你黯淡的心情瞬间照亮。她真像一位母亲，桥是她静静伸来的手臂，沿桥而行，你便走入了她温暖的怀抱。她又像你日思夜想的爱人，缥缈、梦幻、神秘，有近在眼前却难以企及的温馨。

此刻，城市的屏障和喧嚣都隐退了，夜色擦亮了黄鹤腾飞的翅膀。这只混入平凡太久的鸟儿终于还原其神奇的真身，拍拍翅膀，微笑伫立，那样灵秀，那样典雅。看啊，她挣脱了俗世的纷争和锁链，扫去了滞重与尘埃，就要凌空飞去了，又似有不忍，恋恋不舍。她留恋什么呢？她有更多的期待啊。她多像一个人温润的眼神，蓦然对视，便有一股暖流透骨彻髓。

1957年，万里长江上架起第一座大桥，于此选址。八个水泥桩子像定海神针一锤下去，坚如磐石，稳如泰山。龟蛇二山接成一条长龙。一桥飞架南北，天堑变通途。因为这座桥，武汉三镇霎时生龙活虎，龟蛇飞舞。桥上人车川流，桥中火车呼啸，桥下船舶逶迤。一派生机勃勃。

穿过汉阳门，在武昌司门口自由街，有一条以小吃闻名遐迩的小巷，名曰户部巷。初听这名字，以为是京城户部建的巷子。其实只因其东临直属京城户部的藩署而得名。

这巷倒应了户部管口粮之名，囊括了武汉三十多种特色小吃。户部巷的早点都是有背景、资历深厚的。这里有源于战国时期的清水粽、南北朝的春饼、隋唐时的绿豆皮、宋元时的油果、明清时的米酒和近代出现的三鲜豆皮、汤包、热干面。有石婆婆的热干面、徐嫂子的鲜鱼糊汤粉、陈家的牛肉面、高氏夫妇的稀饭和煎饼、万氏夫妇的米酒。最有名的当属蔡林记的热干面。

市人逛街累了饿了，蹭到这里。从早到晚，户部巷都没了消停的时候。从早上五六点开门，凌晨一两点仍是灯火通明。天长日久，户部巷不仅是武汉人自己喜欢凑趣的地方，也成了武汉人招待外地客人的去处。这里像一扇窗，可以管窥一个城市文化的渊脉。这里离江只有百把米，所以算得上长江的后院。

进了汉阳门，往南一路直行，东至中山路、南至粮道街、西至得胜桥和凤凰山、北至中山路，便是昙华林历史文化街区。一平方公里的古街区域，散布着文华书院（华师前身）、石瑛故居、钱基博老宅、瑞典领事馆、国民党政治处三厅等五十二栋优秀历史建筑和武汉近代史遗址遗迹。百年前，这一带是武昌起义的英雄穿梭于汉口汉阳武昌三镇联络革命的根据地。昙华林32号，据说便是刘公的住处，武昌起义的九角十八星旗便是在这屋子里，由俩堂兄弟亲手绣制的。

蛇山南麓有一组两层楼的欧式建筑群，裸露的红砖墙，洁白的水泥线，穹形的门窗，赤红的机瓦，白色花纹点缀楣檐。楼房平面呈“山”字形。院内绿树成荫，草坪如毯。整体朴素而又庄严，典雅而又温馨。院子门前是可容数万人集会的广场。红色的秋海棠盘踞在花坛里，一坛又一坛勾连成环，将广场簇拥得如火如荼。铁栅门两侧斜插着两面鲜艳的铁血十八星旗。艳阳高照，大门前孙中山一手执礼帽一手执文明棍着对襟长袍的铜像，熠熠生辉，须仰视才见。再前面，是剑指苍穹的黄兴拜将台，位于广场中轴线南端。无须多言，这些标识已赫然注明这座建筑群的身份。它便是曾叱咤风云，用震撼寰宇的一声枪响，轰然推倒两千多年的封建帝制，又一声号令，天下云集，众手开启民国大门的鄂军都督府，现辛亥革命武昌起义纪念馆。武汉人俗称其“红楼”。历史在1911年10月10日一声枪响后，只是眨了下眼睛，一个国家和民族的命运便从此改变。

汉阳门四季游人如织。他们登黄鹤楼，看桥头堡，听长江船吟水唱，赏滩边的戏班吹拉弹唱，吃户部巷小吃，走昙华林古街，逛路边特色小店，然后在汉阳门码头搭船过江，入夜在大汉口歌舞升平。好一派逍遥自在。

一个春日融融的午后，我来到汉阳门江滩，席堤而坐。此时，梅花还在枝头坚守最后的芬芳，广玉兰含苞待放，樱花有些按捺不住，乡村的桃花杏花梨花也都迫不及待。这里是春江水暖人先知。“扑通”一声，就有个长长的光着身子的人影梭镖一样地扑入江里。转眼就是五六颗头在水里起伏，鸭一样摆摆头上的水，胳膊是桨片，是鸥翅。阳光闪闪，是长江金子般的善心，光芒四射，让人不敢对视。

桥上的车如甲虫，踌躇地爬行。水面上载沙石、煤屑的货船，伸出细长的鸭脖温柔地滑行，举重若轻地泰然驶过，全因水平静的托付。他们这样依存，相濡以沫，让人动容。一艘驶过，又一艘线一样地从桥下穿出，隐隐地有机器的喘息，像船与水老迈的亲吻。他们是老夫老妻，知水性懂船运。水与船就这样相扶相携，将负重与责任，温情与理想，像长长的胶片缓缓地向前推行。

泊在岸边的趸船，是船们的家，是那些活蹦乱跳的小子的港湾，是拴野心的绳索，停停靠靠，来了又去了，偶尔依偎，两不相欠。三层楼的游船，上面写着江城六号、江城八号。呜——一声浑厚的鸣笛，人便轻燕一般飞扑。趸船上的铁甲板便是咚咚一阵隆响。脑海里竟是百年前武汉江面“十里帆樯依市立，万家灯火彻夜明”的景象。那时，江水无桥，船便是路，是一座水上的不夜城，狂草着武汉的繁荣。现在，坐船，仿佛游乐场里开碰碰车，不是必须，是为过把瘾。你不必担心游船生意，它总是满满当当，座无虚席。络绎不绝的人，始终盎然的蓬勃兴致，省内省外，五湖四海。这里的人气永远都像厨师的蒸笼，热气腾腾，四季不减。刚刚停靠，倏忽间，已从武昌桥下，箭一样地射到对岸。浪花追逐着船和人。他们互相疯赶，消解着长江永不倦怠的寂寞。

想就这么坐着，静静地任岁月的流沙和无奈的红尘将我掩埋，脱胎换骨，化作一个俊俏的新娘，以江为镜，以桥为媒，被两情相悦的人在尘埃中扶起，将人生的遗憾重新拾掇。江水平阔，波澜不惊。再也没了江清月近人的过往，往昔都是不能倒带的老歌，是一去不回的黄鹤，是空然老去的白云，是青春渐远，是覆水难收。满岸的人，都是青春扑鼻，都是诗情浪漫。偶尔的白发苍苍步履蹒跚，都是揣着一颗向往的心来。什么是永恒什么是浪漫什么是我们想要的人生？坐对一江春水，一切都无须多言，也不必刻意。亦庄亦谐，随性自在就好。仿佛坐在母亲身边，只要她的影子在身边晃动就好，只要你的呼吸她能真切地听到就好。这样的相守是平和的庄严，是随性的安适，是淡泊的幸福。

那些泥土掩埋的烟云

望文生义，坟，是泥土掩埋的文化；墓，是泥土填盖了日头。谁也不能预测和周全生命。谁都是这人间的过客。人生就是笑着笑着就哭了；哭着哭着，就睡了；拼着拼着，就倒下了。人来了，纷纷扰扰都是热闹；人走了，风景荒野都是清寂。那热闹着的，无论快乐，或者痛苦；无论成功，或者失败，等进了坟墓都化作一缕云烟，这时才恍然明白，其实天下本无事，庸人自扰之。古今多少事，都付笑谈中。

我几乎每天去东湖散步。在东湖边走，常听过路的游客感叹，东湖没什么古迹。古迹是历史的划痕。没有古迹，是东湖的遗憾，也是东湖的幸运。古迹意味着这里曾经被太多的人事纷扰和闹腾，之所以留存也因带有太多名利权贵的爪印。没有，或者比较少有，倒是另一种清静自在。东湖的风光属于自然天成，树树着青色，山山落朝晖，水水摇闲章，都是清清白白，闲云野鹤似的，不为名累，不受权附。轻轻松松，坦坦荡荡，本色天然，这就是东湖的底蕴和自信。

古迹有显于外的，也有敛于内的。东湖边有些古老的东西都被水天风云吹散了，但有些历史的烟云却隐没在草丛土包间。东湖边好些坟墓便是见证。杭州西湖侧畔也有近五十座名人墓，有岳飞、徐锡麟、秋瑾等革命志士，有林和靖、李叔同等文人隐士，有俞曲园、陈师曾等书画名家，更有苏小小等脂粉香人。一座湖泊的风景其实也是一座城市的风云。西湖的帝都背景，让她更像金枝玉叶，被众星捧月地环绕，精致得像一座漂满花瓣和脂粉的深潭。东湖处江湖之远，倒流溢着更多草根的气息。这草根从出生起便注定被践踏被打压，他们与庙堂愈远，更常忧其君。旁观者清，正了倒了，清了浊了，他们更有发言权。这些都注定了他们的革命性。所以，环绕于东湖的坟墓也几乎清一色与革命有关，与反抗有关，与颠覆一个时代的命运有关。这是武汉这个城市的气质，也是一座湖泊天生的血性。她有海的包容，也有海的凶险。所以，每当走在东湖边，心底是宽阔的，也是虔敬的。

沿东湖路北行，经东湖梨园大门，往东湖湖中走廊行进千米左右，是一个林木参天的小山丘。一曲折小径往密荫深处升拔，小山顶有一座花岗岩石碑，上书“九女墩”三个苍劲大字。这是人们为纪念九位抵抗清军英勇牺牲的太平天国女战士而修建的坟墓。

1856年，太平天国占领武昌，不少妇女加入太平军。太平天国鼓吹“男女平等”，这口号极具诱惑性。这是每个女人希望打碎的枷锁。她们巾帼不让须眉拿起了刀枪。清政府派出大批军队对起义军残酷镇压。清军攻陷武昌城。进城后的清军大肆屠杀，包括长春观都被毁于一旦。九位太平军女战士英勇奋战，被清军围攻至东湖边，终因寡不敌众、弹尽粮绝而即将被俘。狼牙山五壮士选择的是跳崖，这九位女壮士选择的是跳湖，都是人生被逼到了绝境。湖水淹没了九朵金花美丽的梦想和鲜活的生命，也让她们永远定格在花儿的姿态。

附近的村民从湖中将她们的尸体打捞上岸后合葬在这里。为避耳目，不叫坟叫墩。此后，这里就被称为“九女墩”。一个地方被永久地命名。据说，在九女墩的四周相继长出梅花、桃花、梨花、杜鹃花、海棠、荷花、桂花、菊花、月季花九种花卉。村民认为这是九位女烈士显灵。倒是这九种花在东湖沿岸随处可见，开得煞是灿烂，四季花影不绝。

1952年，武汉市人民政府将九女墩培土重修，建基立碑。碑为花岗石砌成，高八米余。董必武、郭沫若、宋庆龄、何香凝、张难先等人为九女墩题词纪念。九女墩碑记由董必武撰，张难先亲笔书写，篆刻在石碑上。九女墩高高的花岗岩石碑顶端有六个铜铃，风振铃鸣，配以拍案怒涛，恰似九位女战士英灵奔驰战场金戈铁马的激战声。这里终年浓荫蔽日，鸟语花香，有鸟鸣山更幽的意境。四季有人来踏青赏景，夏季更是纳凉的好去处，人流不息，也算是一种淡到深处的凭吊吧。

东湖的东南角，有一座南北走向的小山，山不高，却林木丰茂，郁郁葱葱。山脊宽厚平坦，山侧肥实平缓，远看似一只卧伏的老虎，自有一番不怒自威的气势。这山果然名唤伏虎山。青山得幸埋忠骨。这山的北翼便密密地分布着九位仁人志士的坟墓。从北至南依次是武昌起义领袖人物刘公、蓝天蔚、蔡济民、刘静庵，党的一大代表李汉俊，抗日名将郝梦龄，辛亥首义志士孙武、吴兆麟，国民革命师长张森。这山与人也好比马与鞍，听听这些如雷震耳的名字，他们是卧虎，也伏虎。他们曾经若猛虎出林，降妖伏魔，改变着一个时代的走向和一个国家的轨迹。现在他们只留忠骨化作卧虎，依然看护着这座城市，关注着芸芸民生。

这里打头的是刘公。刘公为何排在第一，估计与他的历史功绩有关。他排在头里，还有一个功效，就是让人想起旧时代富二代的优秀典范。那时候的富二代都是低调的，是劫富济穷的，是忧国虑民的。我因写长篇历史小说《铁血首义路》与武昌起义的志士们结缘。每年清明节必去伏虎山看看他们。进了林业科研院，登一段缓坡，刘公便率先映入眼帘。那时许多的感慨都是百川汇流，群情激荡，难以言表。有时无言倒是最好的表达。烧纸燃香只是个仪式，一个缅怀的仪式。做多了，彼此都无须告白。

刘公1881年生。原名湘，字耀宗，又名柄标，后改名公，字仲文，湖北襄阳东津老营上洲人。他浓眉宽额，谦和儒雅，却是个多愁多病身。他父亲是襄阳巨富刘子敬。武昌起义能取得成功，与刘公的资助有着密切关系。他1902年东渡日本求学，1905年秋协助孙中山创立同盟会，创办《民报》宣传革命。1907年3月，与张伯祥、邓文翚等在日本成立“共进会”。办报与共进会开销几乎都由他出资。所以，尽管他的主张不多，行动也算不上激进，但他将家里的钱变着法子地输给了革命。他被任命为共进会第三任会长，任何人都无话可说。武昌起义打响前夕，刘公又从家里以捐官为名骗得五千银元悉数交给革命准备枪支弹药和去上海请领导人的花销。可以说，没有他的这五千元大洋，武昌起义只能是无米之炊。

刘公对革命是忠信的，可谓赤胆忠心。他不求当官发财，甚至将妻子与弟弟带在身边，以整个身家性命做了革命的抵押。为照应武昌起义筹备处，刘公搬出雄楚楼，举家租住同里1号。后门紧对14号前门，即武昌起义筹备处。刘公的妻子李淑卿、弟弟刘同，常出入其间，端水送饭，串门旁观，与同志们相处甚好。机关开会也从不避讳他们在场。所以，后来在汉口宝善里出现孙武制造炸弹引起浓烟，导致起义一应资料信息被俄警搜走，传言是他弟弟刘同放学在家没事就去看孙武制炸弹。刘同嘴里叼着纸烟，立于孙武身后。烟灰掉到脸盆里，呼哧一声响，炸弹未爆，却有硫酸上喷，屋内更是浓烟四起，屋顶窗户烟雾翻滚。刘同被捕。传说后来的大搜捕与名册被搜有关，也与刘同受不了皮肉之苦招供有关。

武昌起义成功翌日推举都督时，刘公再三谦让才任军政府总监察处总监察。又参与起草制定《鄂州约法》，但弟弟招供这件事在他辉煌的功劳簿上无疑抹上了一笔沉重的污点。刘公多愁善感的仁慈心从此被罩上了一层驱不散的阴云。1913年3月，宋教仁被刺后，湖口起兵讨袁。袁世凯称帝，刘公通电反对，并在汉口积极组织武装讨袁。尽管功过没有直接联系，他想将功折罪的心是虔诚的、急迫的，也是坚决的。1920年4月12日，刘公带着他永远的欣慰与遗憾病逝于上海。1922年10月15日大总统黎元洪追赠刘公为陆军上将。

伏虎山还安息着一位革命的忠实信徒，他三十七岁便死于牢狱，坚持革命不成功不结婚。可怜一生未娶，壮志未酬。他是潜江人，死后老母亲金氏和兄弟四人从家乡被接到武昌圣马可堂。母亲见儿子须发全白，形似骷髅，哭晕两三回。他便是刘静庵。一个将年轻的生命毫无保留地献给新国家意志的人。他安葬的位置是所有坟墓中最高的，处于半山腰，坐东朝西。他的前后左右都有其他志士环绕。这样的安排不知是有意还是无意。我为这种安排欣慰。他在武昌起义的历史进程中其实正如他身后埋藏的位置，承上启下，却出师未捷身先死，中途夭折。在他短暂的人生里，他有太多没来得及品尝的人生甘果，他没看到十八星旗在蛇山之头高高飘扬，他不知道他以身相许的革命仅仅换来了民国的诞生日，他唯一应该欣慰的是他在武昌所划燃的星星之火照亮了一个时代。

他的墓台因为高宽平坦，而被来山里锻炼身体的人选作了最佳训练地和栖息地。我第一次去看他，就与两位在这里锻炼的老人相遇。老人只知道这里安息的都是烈士，是对社会对国家有功的人，至于做了什么事并不了然。我把烈士的故事讲给他们听，他们肃然起敬。他们希望这些烈士的事迹能变成电视剧走进千家万户，他们的想法正合我意，可我心有余力不足。我一次次带着拳拳的感动与深深的歉疚离开。

刘静庵没一官半职。他在革命中的影响力全在于他无私的行动和无声的人格。他生于1875年，原名贞一，字敬安、敬庵，又名大雄。幼承父教，习程、朱、陆、王之书，亦好新学，立志革新社会。他因革命加入新军，为黎元洪当了两年司书。半光头的长辫，额亮如灯，嘴阔鼻挺，器宇轩昂，道貌非常。他亲自策划了科学补习所的创建。为筹备响应湖南起义，湘事遭破坏的警电到达武汉。欧阳瑞骅、宋教仁二人被开除学籍。为避科学补习所遭捕的风声，刘静庵匿居在高家巷府街“日知会”躲避三日，风声一过，仍回军营。

转眼又是1905年的夏天。七月盛夏，蝉声齐鸣。刘静庵因一封疑为黄兴的来信被黎元洪开革，继续去美国圣公会，利用日知会做阵地，聚集读书人，宣传革命。与牧师胡兰亭交厚。不久，胡兰亭为解决刘静庵的生计问题，让他做了日知会的执事，管理日知会，并介绍到文华书院兼职国文教师。刘静庵利用管理之便，将日知会作了传播革命聚集革命力量的场所。表面上仍以开通民智为宗旨，实际置备了大量革命书报，任人阅读。为掩人耳目，刘静庵加入了圣公会，成了信奉基督的革命者。

经过半年多的酝酿，日知会作为新的革命组织建立了。刘静庵任总干事。他们办《楚报》，揭露时弊，嘲讽时政。日知会曾接待孙中山介绍来的法国民党领袖欧几罗考察长江各省革命实力。欧指出日知会是中国大陆唯一之革命团体。

湖北的反清革命自花园山聚会起，经科学补习所，到日知会，已有四年的光阴。是年农历八月，汉阳伯牙台。刘静庵在这里组织湖北党人开会，商议响应梁钟汉从日本归来带回的指令。原来江西萍乡湖南浏阳醴陵将于近日起义，同盟会领袖孙文先生命令湖北积极配合，做好起义响应。不料，这次与会人员几乎全部被捕，即为丙午党狱。

萍浏醴会党矿工起义被镇压后，湖广总督张之洞闻湖南党人潜入湖北，即于街头巷尾遍贴悬赏缉拿与此事有关的十五人之告示，刘静庵和吴贡三、李亚东、殷子衡、冯特民、任重远、孙武、张难先等人被捕入狱，琴台之会暴露无遗。审讯的核心是萍浏醴的革命军是刘静庵的党羽。刘静庵自然受刑最重。当年多么风流俊逸的人，竟只剩下一副瘦骨，衣服穿在身上，像挂在木架上，空荡荡的。后来张难先、季雨霖被人保释出狱。

1907 年 2 月 7 日，清廷一方面迫于美国的外交压力，一方面出于缓和满汉矛盾的考虑，电令湖广总督“对刘静庵等人从缓办理”，免除已捕九人死刑。刘静庵先押在省城武昌的湖北臬司狱，后转至湖北模范监狱。朱子龙在狱中牺牲。

刘静庵在狱中坐如铜铸，行如满载船。虽病甚，不昼寝。虽紧急，仍从容。暴烈之容，不见于面。叱咤之声，不出于口。人喜亦喜，人忧亦忧。

刘静庵曾怅然道：“予持耶稣之名，求救中国之苦。身在缧绁，心在天堂也。”他提议在狱中组织中华铁血军。办白话报做宣传工具。李亚东为之撰稿。吴贡山草拟起义檄文。狱卒任他们将报纸传递出去。

6月12日（农历辛亥年五月十六日），刘静庵逝世。他是丙午党狱中在监狱里第二个被折磨致死的革命者。让人感佩的是，那些狱卒和受难各囚都抚尸痛哭。也是他们资托狱吏，将噩耗及时报告给圣公会。他狱中五年，坚贞不屈，人人都叫他“铁汉”。

伏虎山烈士墓群排在最末端也是最南角的是吴兆麟。武昌起义在他这里进入高潮和结点。他是清军中被临时争取过来的力量，却成了武昌起义的临时总指挥。他用兵如神，在士兵中享有极高的威望。发现和任用他是一个意外，也是个巧合。历史有时就是这样，紧要处不计前嫌用对了人也是可以扭转乾坤的。

却说武昌起义的队伍工程营占领楚望台后，熊秉坤安排两班侦探。一由汪长林带队，巡视楚望台至通湘门，窥探宪兵营动静；一由汤启发带队巡视中和门正街、西街。汪长林巡哨至楚望台西南城墙，见人影幢幢，问：“你是人是鬼？”人影回答：“我。”汪长林听出声音是吴兆麟，问：“你为何不出来？”“怕被杀了。”“都是汉人同胞，怎得如此！走，我带你去见熊代表。”

此人短髭墨黑，眼泡惺忪。平时寡言少语，大智若愚，憨态可掬，关键时候掷地有声。此人便是吴兆麟，字畏三。1882年生。武昌（今鄂州）人。先后入工程营专科学校、湖北参谋学堂学习，后升任工程营左队队官。是日知会会员。丙午党狱后与革命组织失去联系。其军事学识，为士兵熟知。他一出现，场上兵士便为之欢呼。对于军营来说，官阶就是权威，是战斗力，是指挥刀。熊秉坤纵有天大的军事才能，但他仅仅是个班长。起义到了节骨眼上，一个将领的号召力至关重要。熊秉坤尽管是打响武昌起义第一枪的人，划火柴可以只要一双手，但要引领这把火烧成燎原之势却需要一呼百应。习惯以服从命令为天职的军人们需要一个强有力的军官站出来服众。熊秉坤喊破喉咙也镇不住众声喧哗，这就是草根的人微言轻。

好在天降救星。熊秉坤见吴兆麟在士兵中呼声如此之高，即刻迎上前去，紧握其手，硬是将当晚的总指挥棒交给了吴兆麟。

吴兆麟郑重以革命军临时总指挥的身份发布十条军令。吴兆麟不商请不解释。善战者贵在知己知彼，择人任势，出其不意，攻其无备。十月十日晚，武昌起义三次进攻督署，一夜浴血奋战，督署、藩署、臬署等重要机关均势如破竹，一一拿下。此役一战，伤十七人，牺牲赵道兴、纪鸿钧、宗厚德、张斗照、李自新等五名党人。武昌大捷。翌日全城都是九角十八星铁血旗迎风飘扬。

湖北军政府成立，吴兆麟任参谋部部长，第一协统领，参加阳夏保卫战。1912 年 1 月任大元帅府参谋总长。后调北京，授陆军中将。不久退出政治，致力于社会事业。病逝后，国民政府追赠陆军上将。

蔡济民，1886 年生，湖北黄陂人。1901 年入湖北新军。1906 年参与日知会，又先后参加共进会等革命团体，任同盟会湖北分会参议部长。竭力促成共进会、文学社联合，制订起义计划。武昌首义，他率二十九标攻下藩署，黄兴称其为“鄂中军人之巨擘”。1913 年初，任鄂督黎元洪的参谋长。1915 年 1 月，受孙中山命任湖北革命军司令长官。1917 年 11 月参加护法斗争。1919 年 1 月 28 日，被川军旅长方化南杀害。

蓝天蔚，1878 年生，湖北黄陂人。1896 年 1 月入武昌新军工程营。1897 年 2 月选送武备学堂，并被送往日本士官学校深造。授为湖北新军训练营务处（后改湖北督练公所）教练兼湖北将弁学堂和武高、武师等学堂军事教习。因与革命党人有联系，为张彪所疑，遂辞职。经由吴禄贞推荐，任第二混成协统领，驻防奉天。武昌起义后，与张绍曾、吴禄贞密谋响应，议定奉天独立，并组织参与历史上有名的“滦州兵谏”。1912 年 1 月，孙中山委蓝天蔚为参谋总长。南北议和后，支持孙中山，暗中资助广州革命军政府，并任鄂西联军总司令。1921 年 1 月，被军阀孙传芳诱捕，先囚禁于夔州（今奉节），后押往重庆时遇难。

郝梦龄，1898 年生，河北藁城县人，先后入陆军军官学校、保定军官学校学习。抗日战争时任卫立煌部中央兵团中将前线总指挥，忻口会战时，1937 年 10 月 16 日，在山西大白水前线作战牺牲。国民政府追认为陆军上将，中华人民共和国成立后，追认为革命烈士。郝梦龄将军是抗战初期牺牲在抗日疆场上的第一位军长。为纪念郝梦龄的功勋，武汉的汉口北小路改名为郝梦龄路。

张森，1887 年生，字木亥，湖北麻城人。1911 年 7 月入保定军校入伍生队。三个月后，因武昌首义爆发，入伍生队解散。张森与同学刘文岛（湖北人）、季方等一起到沪军都督陈其美属下组织北伐敢死队，参加辛亥革命。1912 年，保定军校复校，张森入第一期就读，不久同乡夏斗寅找来，张森出面介绍其到在山西任营长的湖北同乡张笃伦处任职。张森于 1915 年从保定军校毕业。当时北洋军阀喜欢用行伍出身的军官，认为他们思想简单容易控制，对军校学生，尤其是南方籍军校学生，多怀疑其有革命倾向，只允担任参谋长一类幕僚职务，使得张森毕业后很不得志。1917 年，张森得知夏斗寅在湘西当上梯团长，便欣然前往投奔。之后张森又介绍保定军校湖北籍毕业生万耀煌、佘式谷、叶蓬等人进入夏部。夏斗寅本识字不多，因有保定生的加入，队伍才得以发展壮大。1925 年夏部扩编为湖北第二混成旅，张森任第三团团长。1926 年夏，北伐军兴，经蒋作宾（湖北人）等联络，夏部被收编为鄂军第一师，参加北伐。北伐军占领武汉后，夏部改编为独立十四师，张森任该师二旅旅长。1927 年 5 月，夏斗寅叛变，率部进攻武汉。武汉政府派张森、万耀煌的保定同学任剑若先生前去劝阻，谁知夏、张、万不念同乡、同学之谊将任先生杀害。夏军从嘉鱼登陆进攻武昌，先头万耀煌部在纸坊被叶挺率部击溃，张森旅因晚到得免，随夏斗寅等逃窜于皖西。蒋介石以夏斗寅进攻武汉“有功”，扩编其部为新编第十军，张森任二师师长。1928 年，夏斗寅部改称第二十七军，张森任该军六十六师师长，率部参加二次北伐，途中因病回南京休养，于当年 4 月 19 日病逝于南京。张森死后于 1929 年安葬于伏虎山。

另外，阎锡山的幕僚长——朱绶光将军也葬在这里。朱绶光将军墓位于伏虎山上山道的入口处不远，从墓碑看是朱将军后人于 1989 年重修的。朱将军长子朱尊民先生附葬于墓侧。

朱绶光，字兰荪，1886 年生于湖北襄阳，是刘公的同乡同学。1905 年赴日留学，入陆军士官学校炮兵科，与阎锡山、程潜、李烈钧等为六期同学。在日期间结识孙中山，加入同盟会，并与阎锡山、程潜、黄郛等人组织“铁血丈夫团”，投身革命。毕业回国参加了辛亥革命和二次革命，1914 年任北京陆军大学教官，1917 年再入日本陆军大学深造，成为民国初年受过系统教育的极少数军事人才之一。1923 年回国在陆军部任职，1926 年 2 月应阎锡山之邀赴晋。朱绶光入晋后不久，就升任晋军参谋长，1928 年参加二次北伐，于同年 6 月率部首先进入北京，兼任平津卫戍总司令部参谋长，因总司令阎锡山长住太原，由朱绶光留京代行总司令职权坐镇平津。同年 7 月，发生了震惊中外的孙殿英东陵盗宝案，朱绶光奉命查办，他从追查销赃渠道入手，成功缉捕了孙部师长谭温江等人，使案情基本明了。9 月，朱绶光又奉军组织军事法院，会审东陵盗案。但是阎锡山、蒋介石都想拉拢这个土匪军阀为己用，又各自收受了孙从东陵盗出的大量珍宝，使得这一惊天大案最终不了了之。1929 年 10 月，朱绶光以次长代理军政部部长，不久国民党新军阀间矛盾激化，阎锡山晋军、冯玉祥西北军和李宗仁桂系策划联合反蒋。说来也巧，三部参谋长：晋军朱绶光、西北军刘骥和桂系的张翼鹏都是湖北人，便由这三位参谋长居间联络，一时传为趣闻。中原大战中晋军战败，朱绶光寓居北平，1932 年阎锡山再起后，朱出任太原绥靖公署参谋长，1935 年叙阶陆军中将，1936 年率部参加百灵庙抗战，1937 年 4 月晋中将特加上将衔。抗战爆发后，朱绶光任二战区参谋长，曾代阎锡山赴前线指挥晋北防御战。1939 年 6 月，朱绶光到绥远主持蒙古各盟旗地方自治指导工作，1942年任蒙藏委员会委员。1943年参与处理伊盟事变，力主和平解决。1944年后，历任军事委员会、国防部上将参议。1946年12月，当选为国大代表。1948年1月，由湖北省选为国民政府监察委员。2月14日在武昌病逝。后由湖北省政府公葬于此。

在武昌桂子山下，华中师范大学的校园里，隐居着大总统黎元洪之墓。不算排场，倒有大隐于市的安然与雅致。墓园十二亩，由牌坊、墓碑、墓冢、“黎公厅”、“游廊”等组成。墓的后面是一块记载大总统生平的巨大碑石。碑文由国民党元老于右任亲自撰写。始建于1935年。

这是一位福人。圆圆肥肥大智若愚。别人为官职绞尽脑汁处心积虑争得头破血流，他是漫不经心，只管伸手接住天上掉下的馅饼。甚至还要扭捏几下，才肯上轿。他是中国历史上唯一两任总统和三任副总统的人。在武昌起义筚路蓝缕终于摧毁了总督府，在黄鹤楼上插上了九角十八星旗，一夜激战所向披靡的第二天，在湖北革命军群龙无首，小职务的起义军难以服众的情况下，他作为官居要职的温和派被人从床底下拉出来，逼着当上了中华民国军政府鄂军都督。这位置是历史的拐点，也是老虎凳，弄不好是枪靶子，弄好了也不一定由他坐稳天下。他是颗棋子有无可奈何的命运，承担风险，也有些坐享其成。好在他坐山震虎，吉人自有天相。这样看起来，那推翻了两千年封建帝制的武昌起义多少像玩儿戏。可历史有时候就是如此，以为是那么高不可攀顶天立地的巨人，一个风口浪尖就完成了轻轻一个转身。

黎元洪1928年6月3日在天津去世。1932年，其子奉其灵柩回武昌。1935年11月24日，国民政府为黎元洪举行国葬，并迁其夫人灵柩合葬一处。原墓为花岗石砌筑，“文化大革命”期间被毁。1981年，市政府拨专款在原址附近重修黎元洪墓，墓前立花岗岩石碑，上刻“大总统黎元洪之墓”。1991年在墓后复建了当年章太炎撰文并篆额的“大总统黎公碑”。墓园四周植以松柏，并筑有八边形护墙。2010年，武汉市人民政府斥资两千多万元，重新整理和修复黎元洪墓，扩充为民国大总统陵园。

墓的前面立了一座高大的牌坊。牌坊正面正中四个大字“共和磐石”苍劲有力，背面正中刻的是“乾坤正气”四个大字。曾有人提出过质疑，认为黎元洪能称得上这几个字吗？这牵涉到对黎元洪的评价问题。从黎元洪一生和他所处历史来看，他是称得上这几个字的。毕竟黎元洪是辛亥革命武昌首义的都督，也是中国历史上唯一一个两任大总统和三任副总统的人。长期以来，黎元洪就没有享受过历史的公正。黎元洪在中国走向共和的道路上，尽管步履蹒跚，坎坷曲折，但毕竟也是迈开第一步的先行者之一，我们理应给以必要的尊敬。

黎元洪，字宋卿。1864年生。湖北黄陂县人。所以，在湖北他还有个雅号叫黎黄陂，汉口有一条路就以此雅号命名。1883年（清光绪九年）黎元洪考入天津北洋水师学堂，毕业后，派往广东服役，充二管轮。1888年随“广甲”编入北洋水师，1894年甲午中日战争爆发，随舰队北援。座舰被日舰击沉，黎漂海遇救，往南京投两江总督张之洞。1895年，应两江总督张之洞电召赴宁，监修新式炮台，先后任狮子山等处炮台总教官、专台官。1896年随张之洞回湖北，任炮台监制、护军后营帮带，参与训练新军。1898年至1901年曾三次赴日本考察军事。1904年，任护军前锋一、二、三、四营督带。

黎元洪方脸阔耳，两腮肉凸，唇上两撇八字须像墙头草，遮掩了大半个嘴，也遮住了他内里的野心，显出的都是憨厚愚实。他给人的印象是说话温和，办事谨慎，不轻易发言。武昌起义前，他在第二十一混成协（兵额4896）任协统。此时湖北新军中的革命党人约五六千人，与他的管辖力量相当。

武昌起义前，黎元洪的行为并不过激，他对汉人与满人的矛盾是主张以和为贵的。比如，武昌起义前，瑞澂指令军事参议铁忠主持紧急防务会议。督队官阮荣发提议以第三十标第一营旗籍兵士替换工程营，把守楚望台军械库。黎元洪立即反对：“若论湖北创练新军，工程营最早。张总督曾四度改编，择优组合。考核成绩优异。且目兵中眷属随居省城的占多数。整体换成旗人，更会激起汉人士兵的反感。我建议，派前管带李克果、参议厅工兵课员及工兵课长成炳荣、马祖荃、张策平、刘绳武诸人，川驻军械所监视。”众人表示同意。武昌起义率先夺取的便是楚望台军械库，可以说没有黎元洪这次无意中的帮忙，武昌起义一是不可能顺利占有充足的武器，二是与后来做了临时总指挥的吴兆麟失之交臂。可以说，黎元洪这个建议的被采纳，客观上为武昌起义的成功提供了人力和物力两方面的关键准备。这是他始料未及的，只能理解为天意的成全。

在黎元洪的部下中出现过刘静庵、潘康时、杨王鹏、李六如等革命党领导人，他是采取开革的办法，并不处死。可见他对形势的分析是心中有数的。他当然也履行了攻打起义军的职责。好些起义军也死于他的枪口下。起义前向他来劝降的两个战士就被他当场击毙。但他对满汉关系不激怒的处事方式，为起义保存了力量提供了方便。他凡事主和和表面仁慈的性格，也使他在权力纷争的漩涡中赢得了主导。无为即有为。在武昌起义胜利后的第二天，革命到了风口浪尖的关头，湖北革命军由于群龙无首，小职务的起义军难以服众，他作为官居要职的温和派被争取被推到历史舞台的聚光灯下，是偶然也是必然。他的人生开始裂变，异彩纷呈，写满了匪夷所思的传奇。

武昌起义其实是一场兵变。其爆发与成功有太多的偶然因素，战火一经燃起，怎样持续下去，并燎原全国，是群龙无首的，也自然没有周密计划。在当时武昌起义军以小克大、以弱胜强、毫无最终胜算的情况下，黎元洪能临危受命，与自己的政党决裂，站到推翻政党的指挥台前，也是需要牺牲精神的。尽管传闻他当督军是从床下拖出来的，找到他时，他吓得浑身打战。当告知要他出任都督时，黎面色惨白，大喊：“我不能胜任，休要害我！”要黎元洪在一份安民告示上签字。黎瑟缩不签，李翊东大怒，举枪对黎说：“再不答应，我就枪毙你！”后来干脆拿起笔签了一个“黎”字，说：“我代签了，看你还能否认不成！”于是《中华民国军政府鄂军都督黎布告》，贴遍全城。虽然有些被逼无奈，后续之事毕竟不是天天有人拿枪逼着他。孤注一掷做一次赌博也好，逼上梁山将身家性命做抵押也罢，历史的关键点他成了振臂一呼号令全国的旗帜，这就是不可抹杀的功绩。

性格决定命运。黎元洪宽仁随和，不激进不苟合不立山头。他像一颗圆溜溜的石头站在湍急的水流里，你可以推着我前进，我也可以原地不动。没有锋芒，一切都是外力的作用与需要。他只是以自己的重量站住位置。而位置可以当一面旗帜用，也可以坐山震虎。他很多时候更像个傀儡，中庸之道被他玩于股掌之间。所以，别人打天下，他坐天下。占住座位，只是别人的需要。等真正的主人来了，他是注定要下去的。所以，看起来他是个坐享其成的福人，只管喝酒吃肉，享受众星捧月的优越与荣耀，个中滋味只有他自己品咂。

黎元洪身逢国是维艰风云突变的时代环境，还常被推至历史的重要拐点成为众矢之的，却没有一个敌人，这不能不让人称奇生羡。别人栽树他吃果子，笑他憨人憨福，也是无疑的。六十五岁的黎元洪病逝于天津英租界内的黎氏寓所内。此时的中国，各军事集团争权夺利，政事虽难统一，但对黎元洪安葬从优却无分歧。黎元洪病逝后，民国政府曾两次发令举行国葬，其丧葬过程经历天津殡殓、北京追悼、武昌安葬三个阶段，历时十年多，盛况空前。

黎氏天津出殡时非常“排场”。开吊第一日，第三集团军总司令阎锡山自北京电令天津，嘱各机关团体下半旗致哀。19日上午出殡时，其子女等五十余人披麻戴孝——挽灵车而行。灵车前由津埠三个警备连，保安队、骑巡队、手枪队各一个连护送。参与执事、鼓乐、僧众、送殡执绋者约一万余人。黎元洪出殡四个多月后，当时的民国政府为其举行了隆重的追悼会，追悼活动由蒋介石及冯玉祥、阎锡山、李宗仁等人发起，联名通电公告于众，并在北海公园天王殿举行了隆重的追悼会。1935年11月24日9时许，参加黎元洪葬礼的中外各界人士及民众从四面八方涌向洪山宝通寺，参加这位民国大总统的风光大葬。武汉地区参加葬礼的人最多。全国下半旗，停止喜庆娱乐一天。据说，当年参加移灵公祭者达五万人。在军阀割据、甚嚣尘上的境况下，黎元洪死后的葬礼其规模之大，礼仪之盛，耗费之巨，延续时间之长，为现代中国丧葬历史所鲜见。

一次去给位于华师校园的黎元洪和位于卓刀泉古寺后面伏虎山上的辛亥首义烈士扫墓。见到伏虎山上一只野猴，它几乎每年都与我不期而遇，提示我想到历史也爱玩猴把戏。这泼猴去年在山上，今年在寺里。去年扔给它橘子，摔碎的是不吃的。今年递给它苹果，也是不屑的。因为关公的卓刀泉寺里有丰富的供果，它随意取之。有不杀生做护身符，它几乎可以无障碍跳荡穿梭于山野人间。既做山大王，又有享不尽的瓜果。鱼与熊掌兼得。不得不服有些人也似这猴就是天生的好命。有些人凡事渔翁得利，好事占尽，其实与他的本事无关，与他的护身符有关。当然这护身符的取得也与他趋利避害的风眼马屁有关。为此，总是为长眠伏虎山的刘公、刘静庵、蔡济民、孙武、吴兆麟们叹息不已。所谓炮灰，所谓为人作嫁衣，所谓有人栽树别人摘桃子是也。

有人说历史是任人打扮的小姑娘。文字便削弱了可信度，让人们相信历史的可能更多来自实物的见证，比如坟墓，比如古迹。东湖水岸，坐拥珞珈山的武汉大学以秀丽的山水风光和一流的教学质量蜚声中外，被誉为“中国最美丽的大学”。校园内有一座六角飞檐亭，碧瓦熠熠，六根朱红圆柱支撑。亭四周植有冬青和绿草。亭高约七米，上部攒尖顶为木质结构，下部红圆柱用水泥浇筑。亭中立有一块石制纪念碑，碑身高1.46米，宽0.58米。这就是“六一”烈士纪念亭。是为纪念1947年6月1日在“反内战、反饥饿、反迫害”学生运动中被国民党枪杀的陈如丰、王志德、黄鸣岗烈士而建，建于1947年11月。莘莘学子一茬又一茬，历史的车轮滚滚向前。让花儿们看到亭子，想到亭子祭奠的人也如他们曾经一腔热血，想到风声雨声读书声声声入耳，家事国事天下事事事关心，也算是这亭子存在的意义吧。

东湖之滨洪山南麓，有一座陵园坐北朝南，叫施洋烈士陵园。施洋是一位律师。律师以捍卫真理保护权益为天职。他的天职卷入一个时代强权与弱者斗争的风潮，时势成为造就英雄的熔炉。

这个陵园几乎成了市民的公园，处于闹市中。一边是闹中取静的山林，一边是人车熙攘的红尘。像墓主人，生前为草根劳工请命，生后也甘与芸芸众生为伍。陵园开阔，入口即在武昌珞喻路，拾级而上，穿过牌楼，是一个瞻仰广场。施洋全身塑像巍然耸立于广场中央。基座上刻有董必武题诗：“二七工仇血史留，吴肖遗臭万千秋，律师应仗人间义，身殉名存烈士俦。”纪念碑高5米，基座宽2.2米，长35米，左侧刻有烈士生平事略，右侧刻有“二七”惨案经过。纪念碑的后面就是施洋烈士的衣冠冢。烈士原来安葬在洪山脚下，后迁至山腰，修成现有的陵墓。墓坐北朝南，呈八方形，边长1.9米，上书“施洋烈士之墓”。

施洋，原名吉超，号万里，字伯高，竹山县麻家渡镇双桂村人。1889年6月13日生于湖北省竹山县施家湾。为寻求革命真理，1914年考入湖北警察学校，期满毕业。次年考入湖北私立法政专门学校本科学习法律。1922年6月，施洋加入中国共产党。同年7月底，施洋领导汉阳铁厂取得了罢工胜利后，参与组建武汉工团联合会，并被聘请为该会法律顾问。

1923年1月，汉口英国烟厂因无故开除女工而引起工人罢工，施洋挺身为工人说理，向英国资本家作斗争，“颇尽赞襄之力”。由于有施洋的正确领导，使前后三十多天的罢工斗争以英方资本家同意接受工人所提条件而胜利告终。在武汉领导工人罢工斗争的同时，施洋同项英、林育南、张浩等积极投入京汉铁路总工会的筹备工作，并率湖北工会代表团出席2月1日在郑州召开的京汉铁路总工会成立大会。京汉铁路工人罢工后，施洋积极参与其组织、领导工作。2月7日晚，施洋被军阀肖耀南逮捕下狱，2月15日清晨在洪山脚下英勇就义。刑场上，他慷慨激昂，面对军警和民众大声疾呼：“我只希望中国的劳动者早些起来，把军阀、官僚、资本家和你们这般替他们做走狗的人，一起都食肉寝皮！”“我不怕人，不怕事，不怕死，堂堂正正做人，反对强暴。你们杀了一个施洋，还有千万个施洋！”身中两弹，仍高呼“劳工万岁”。时年三十四岁。革命的路上有无数年轻生命的英魂。他们像春天的花朵夭折在奔向夏日的路口。这是革命之幸，却是他们之大不幸。和平，才是人间永不凋谢的春天。

1923年8月，在严重的白色恐怖下，汉口人力车夫在各码头为施洋设祭，数千车夫跪地痛哭并扶灵位游行。他为劳工而死，也永远活在劳工心中。1957年1月，董必武题诗。1958年，江岸修建“二七”革命烈士纪念馆和“二七”烈士纪念碑，毛泽东亲书碑名。英雄去了，我们的时代浩气长存。

坟墓没有山高，却自有一番不必解释的高度。人幸有一生，也固有一死，但死因却有高下之别。人辉煌的是过程。雁过留声，人过留名。人死后能作后人瞻仰的风景，或者还能与大自然优美的风光厮守为伴，便不枉人生一场吧。

一世情缘

景秀华年

乡村艳遇

实话实说，自从与他邂逅，我的心一直颇不宁静。我不能不坦陈这确乎是我人生中一场极具神秘色彩的艳遇。他现在就在我身边，我不敢看他，生怕我的偷窥打扰了他对我的缠绵。他轻柔地爱抚着我的脚趾，那缝隙里还有我来不及清洗的臭汗和尘垢。他自被我带入家门，或许是因陌生和新奇，一直欢呼雀跃嬉笑不停。我给他安排了我自以为拿得出手的吃食和还算宽敞干净的住处，他倒没有半点推辞，一一安然笑纳。我出于尊重和猎奇，陪侍在旁。他又吃又喝，偶尔抬头向我探视一眼。我能读懂其中的感激谢忱。

我微笑地注视着他一身黄得精致纯粹的华服打扮，浑身毛茸茸的，似乎还没进入青春发育期。我想，他应该还是个孩子。是不是刚参加完高考，所以一身轻松随处溜达，而落了单。或者他还不曾入学，他走路的样子一摇一摆，简直像蹒跚学步的样子。他的精巧可人，让我恋惜。

趁他吃喝之际，我转身离开，出去野了一天我得打理多如牛毛的家务，继续当我的家庭主妇。可他见我离开，马上放弃吃食，跟我亦步亦趋。我说你只管吃好喝好休息好，颠沛了一天也怪累的。可他不听劝，老像个跟屁虫尾随于我。我进厨房他去厨房。我去阳台他到阳台。我去洗手间，他也要跟去，幸亏我眼疾手快拉上了滑门。我去卧室他也跟着。我说这是我私人空间，你不许进来。我故意不开灯，他大约怕黑，便不好意思踟蹰在门口守株待兔。

他跟着的时候倒停止了嬉笑。我好几次转身，还不小心踩着了他的脚，他倒不惊不乍，不气不恼，继续影从。我坐到餐桌边玩手机，见我好半天不出声也不理他，他就故意走到灯下引颈高歌。我说我在这儿呢，又没走远。他便安静地蹭到我身边。他牢牢地绊住我的脚，不动也不吭声。他知道这样我就与他寸步不离了。我的脚不敢有半寸的挪移，生恐惊扰了他的安详，亵渎了他的深情。我深深地体会到生命竟有如此难以承受之轻，从素不相识的异地偶遇到亲密无间的缠绵悱恻，竟如此神速如此笃定不容置疑，让我感动不已。

我的脚趾从麻木到疼痛，偷窥一眼，发现他竟已熟睡。他的到来难道注定了我的无眠？我们是在黄陂刘大公路的中段不期而遇的。我当时独自开着车，路边的野花小鸟一直向我闪着媚眼，大片大片的荷叶荷花也引逗着我，我终于按捺不住爱拈花惹草的性子，几次三番停车拍照。或许正因为有这样的羁绊停留，他在马路上闪亮登场时恰与我的视线交会。不早也不晚，没有提前也没有延后，恰是我们遇见了，还擦出电光火石般的你情我愿，也没什么可多啰唆的，这便是缘，是老天的成全，唯有珍惜。

正是从那一刻起，我们便如影随形。我乐意当他的司机，他做我唯一的乘客，怡然自得，一路清唱欢歌，喋喋不休。我偶尔问他累不累。他似乎尚不熟悉我的口音。他估计也嘟囔了几句什么，我却没听懂。但我们都分明感觉到了对方的感觉，不同凡响，一见倾心，由衷的欣悦亢奋。

他上车后继续卖弄他童声般清越的喉音，我听来不是聒噪，是音乐是咕咕山泉。我目不斜视，心无旁骛，香花野草纷纷退隐。自他上了我的“贼船”，我既惊诧莫名，又有天上掉馅饼的窃喜。

这天，2013 年 6 月 11 日，农历五月初四。端午节前一天。我会永远记住这个神奇的日子。他惊艳了我的阅历，辉耀了我的人生，也让我一尝天赐圣物的美好。他是一只有着黄金一样宝贵色泽的小鸭。他已习惯我叫他：黄小宝。

你是我一个人的

一早走入朋友圈，见到小丫贴出的黄小宝，那样子有几分痴痴的呆意。他也像我想念他一样想念我么？听侄女望小丫说他昨晚叫唤了一夜。我安慰小丫，第二天就好了。他应该是随遇而安的。

黄小宝是昨晚被接走的。我周末要去一趟武当山，一个电话被强制派出做客。小丫来家见证了他对我的亲密，亦步亦趋如影相随，让她也惊叹不已。其实我做好了带他同行的准备。火车上想必他也是乖的。他确认挨着我，嗅到我身体的气息就分外的宁静。再丰盛的物质都不能让他留恋。外界的噪音纷扰和诱惑都不会构成他离开我的理由。可我到底惦着他的旅途劳顿，特别在行走过程中他得蜷缩在逼仄的小袋子里，拥挤的人群、混浊的空气、炎热的长途都可能对他嫩弱的身子造成伤害。那样的相守当然精神上是愉快而安谧的，但弊大于利。好在一个电话就让小丫欣然登门。她是迫不得已的，出于对我长辈的尊重。

我把黄小宝放进透气的袋子里时他是信任的。一声不吭在里面啄食，碗和小米都是他的旧相识。袋子也是他初见我时辗转颠沛屈尊了一天的蜗居。黄小宝随小丫离开时，被蒙在我精心布设的骗局里。我能想象他一路都是安详的，只有到了小丫家才会发现我对他撒了谎。他怎么能理解我的一番苦心呢？

睡觉前问小丫黄小宝乖不乖。小丫说叫啊，叫叫叫。那情状有几多无奈。小丫是欢迎他做客的，但吵扰了她睡觉毋庸置疑，所以威吓他，再叫就戴口罩。我到底多了几分歉疚。黄小宝，和在家一样表现好一点，等我回来！

在武当山待了两天，山上一切的鸟鸣都幻化成黄小宝。几次都想打电话问黄小宝是否安好。坐在返程火车上，在望小丫的日记里却有如下照片和记录：黄小宝把自己玩翻了，乱扑腾，望小丫就是不救它，哈哈。黄小宝你能不能有点诚意，天天抱脚睡觉还拉屎，是最搞笑的跟屁虫云云。

我无比伤感。黄小宝在家时也是只要我的脚有所挪移，他就瞬间放下一切，不管不顾，匆促地跟从。细脚伶仃的样子，常因为步幅太快而踢翻了自己，我回头才发现他已是两脚朝天正拼命地挣扎，好半天翻不过身来。这时，我总怜惜地帮他一把，边说何苦呢？此情此景多么熟悉，一切不过是故技重演。一天的分别就移情别恋了，我如此牵挂他只能算我自作多情。人与畜大抵都如此吧。

小丫安慰我，他是你的，是你的。他还小，有奶便是娘。我的心情依然陷入一片黑暗。望小丫一会儿发来一条长信息：他的黏人是一种自然现象，叫印随。部分小动物如果没有母亲，会把他看到的第一个移动物体当作妈妈，紧紧跟随。印随对小动物学会捕食与辨认自己的同类非常重要。把人类当作母亲将无法辨别自己的同类，甚至会向人类求偶。今天我知道这个真相后很难过，觉得小宝很可怜。他以为我们是他妈妈，可我们不是。小丫大约见出我的执着痴迷，所以上网百度了科普知识，试图用科学道理警醒我理智些再理智些。

小丫继续劝慰，所以建议把黄小宝放归乡间，让他跟他的同伴一起生活，因为我没有足够的时间陪他，教导他捕食、游泳。我说我们小区有一个小水池，是做音乐喷泉用的。等黄小宝再大些，我可以带他去游泳。小丫说，别人遛狗，你遛鸭呀。我说是的，这又有什么不可以。

小丫说，今晚我没让他睡卫生间，让他在我的房间。他蹲在我的拖鞋上仿佛依偎在妈妈身边，很安静。我听了更是心如刀割。我感叹我们的相遇是不是一个错，想到我对他的不舍和无奈，泪水涟涟。

小丫说，不要这么感伤，小鸭子长大了跟他的同伴讲小鸭奇遇记。我刚才还是把他放卫生间去了，因为他要灯光。我不看他他就叫。在卫生间里也很可怜，他自己缩在洗衣机与墙壁的间隙中，很窄很窄，想想其实人与动物挺像的。

第二天，我开车去接黄小宝。小丫是去年硕士毕业考进省直机关工作的，目前租住在银行职员的公寓里。屋子有些西晒，室内陈设都很简陋，房间收拾得还算干净。我迫切地呼唤着，黄小宝，黄小宝，我来接你了。

小丫带我进入卫生间，我只闻其声，不见其身。他独自躲在湿热的暗角里，在高大的洗衣机和便桶间，曲曲弯弯地绕了几圈，总算露出头来。我叫他黄小宝，走，跟我回家去。又故意往客厅里疾走，看他选择跟谁亲。结果，黄小宝在我与小丫间犹疑，跟我跑了几步，又回头盯小丫的脚。他到底有些不知所措了。我们为难黄小宝了。我看了心里酸酸的。又想，我不是嘱咐黄小宝要跟在家一样表现好一点吗？为什么他表现好一点我又生了醋意呢？我的爱到底有些小肚鸡肠，倒不如黄小宝识时务为俊杰了。

将黄小宝接回家，我没再像先前那样随性地宠溺黄小宝。我将他放进一个干净的水池，洗了澡，然后抽干水，放了吃食，就任他在这个小圈子里吃住。我与他谈了会儿话，小宝歪头看着我。我说小宝你出去走了一趟亲戚长大了。你是大宝宝了，要学会独立。我不会再让你当跟屁虫了。你以后就老老实实在这待着。

小宝有一双黑宝石般绿豆粒大小的眼睛，眼睑上方镶着一弯精致的金边。我笑他还长着比我好看的双眼皮哩。我讲话时，黄小宝总要侧一下头，扭过脖子，这样才能看到说话的我。他澄澈的眼神与我对视着，让我从见到他的那天起就从没把他当普通的小鸭子。

他是一只小精灵，与我心息相通的小精灵。黄小宝见我守在身边，又安静地啄食。暗自担心他会对住过四天的家陌生而重复初来乍到的嘶鸣。还好，晚上黄小宝依旧独自安然地睡去。我的小宝到底知道这是他与我共同的家了。

谁在将谁领养

第三天，我离开黄小宝去上班，关门的刹那听见小宝不舍的叫声，声声泣血，心里顿时痛成一片汪洋。坐到办公室里，听见外面的鸟鸣，想到的是我家的黄小宝独自困守一隅，远不及那些树上的鸟儿可以呼朋引伴自由来去。斗争了一天，晚上，我在网上发布了一条惊人消息：

黄小宝招领养启事：我家现有黄小宝一枚，聪明伶俐，俊秀可人，讲情重义。与我乡间邂逅，成就缘分。由于本人生计繁忙，不能时刻陪伴，加之种族鸿沟，导致小宝长期独守空房，离群索居，孤单可怜，且担心其成长环境受限而形成畸形鸭格，天伦之乐缺失。经反复权衡利弊，决定忍痛割爱，向朋友圈中有环境有爱心人士求领养。领养条件：有私家池塘，有鸭伴，任其终老不能宰杀和变卖。且保留我们自由互访的权利。有意者请与我联系。致礼。

黄小宝回家后异常地乖巧沉静。他老实地守着自己那爿地，有认命的意思。这样我倒有信心与他相依为命了。有人领养是他之幸，没人领养是我之幸。我们少了倾诉交谈和亲密接触，心却彼此关注。他知我在家，我知他安好。这就是岁月静美。

到底是我的幸运占了上风。招领启事发出后，静悄悄的。我于是得以与黄小宝继续厮守。黄小宝现在已散步有瘾。我放下碗筷他便喧叫着催促。原来进出还用袋子拎着他，怕电梯门夹了他。现在一切从简。说一声黄小宝散步去，他便整装待发尾随其后。从离开家门起，从容地进出电梯，进门出门，他都很绅士也很规矩。稳准静定，这是他的四字诀。现在，与黄小宝出门，完全不必担心他跟不上步伐，或走失走丢，就担心散跑的猎狗。

昨晚一漂亮女孩牵一高大牧羊犬路过，见了黄小宝，说哇，好可爱，我可以和他玩玩吗？我说可以啊，但要把你家的狗拴牢。她说牧羊犬很老实，不会吃他。要防别的猎狗狼犬之类。又说，前几天，风雨刮掉树上一只小鸟，恰被一只狗盯着了，一个箭步扑上去就将鸟吞了，喊都喊不住。说得我毛骨悚然。于是陪黄小宝散步，我又多了一份警戒的任务。没想到黄小宝和人一样，即使和平岁月，也不能不防备天敌。

今天黄小宝学会游泳并在游泳中吃青菜末了，首破两项新纪录。从容不迫，游刃有余，完美圆满。祝贺！黄小宝真不愧为智商情商双优的小精灵。看来，只要给他找个伴儿，黄小宝的生活就少一点缺憾了。小宝，加油！

别人遛狗，我遛鸭。今晚我陪黄小宝散步，出了电梯，黄小宝跟着我一路小跑，先到音乐喷泉的池塘里畅游，再到草坪上小栖。他不累不喘，泰然自若，真是大将风度！茫茫夜色，唯那一抹金黄牵引着路人的视线。

翌日清晨，黄小宝刚刚沐浴后，整理下着装，就开始用早餐了。吃的是与肤色同色系的小米，吃一口喝一口。这家伙和我一样不吃变味的食物，爱干净，每天得洗澡。巢穴每天要打扫冲洗。有些虎背熊腰了。还特能受得住疼。前几天暑热高温，我一心想着让他呼吸些外面的新鲜空气舒展下筋骨，就带他去食堂共进午餐，我这穿鞋的压根儿没想到他这打赤脚的。他几次中途停下，羽毛趴地，我还以为他跑累了，就用我走了不理你了激将他，他又顽强起身前行。除了中途阶梯有我取而代步，其余来回五六百米都由他独立行走。登山下坡都一步不落与我同行。

到了食堂他粒米未进。炎炎烈日我和他在树下躲荫，我捡起地上的红肉李子剥开送他嘴边他也摇头不吃。他趴在草丛里，一动不动，毫无胃口。后来一个老奶奶带着手握橡皮鸭玩具的三岁小孩准备去食堂，见了他与他说笑。他定定地盯着那假鸭子，更是没了食欲。或许他害相思病了吧。回到家，我发现他站立不稳，站一下都有些护疼地往后倒坐，才想到他或许是被滚烫的地面烫伤了。给他有些发红的腿擦了碘酒，他也不叫不怨，乖乖地趴着。一连几天都不再活跃。后来说与朋友听，朋友说现在这天气有人摔一跤，就三级烫伤哩。闻之更是惭愧难当。

渐渐地，黄小宝已小有名气，他的名字不胫而走。别人对他过耳不忘，让我都莫名惊诧。走在小区，无论老人小孩，见之便停下脚步，哟，黄小宝来散步了！走在超市，会有人问，呀，这是不是黄小宝啊？然后才抬头，见了我，我不必回答，问者便哦一声走开或继续亲热地靠近。我倒成为黄小宝的陪衬或佐证。我想我父母当初咋不给我取名黄小宝呢？

外交大使

原来是黄小宝陪我散步，现在我是名副其实陪他了。到了楼下，他便我行我素就地找虫子吃。即使黑得伸手不见五指，他也在砖缝里寻踪觅迹，也不知是否逮得野味。听他口中念念有词，咂摸着是小有斩获的。无论怎样的威胁利诱都带不走他的脚步。他只给我一个忙于生计的迫切背影，让我不得不驻足停留。

黄小宝到底也有累了的时候，看他双足趴地卧伏的样子又觉得他可怜，忙活了半天或许还是饥肠辘辘，但他神情是泰然的，像个老农歇在自己信任的田埂上。收获与否似乎不重要，重要的是他耕作了，厮守就有了期盼。他也到底是知人间冷暖，洞悉我心情的。我正失意于被他冷落的沮丧，低头，他已缠绵在我脚旁。我说黄小宝我们回家吧。他乖乖地偎于我怀里。回到据点，喝水，睡觉，无声无息。

黄小宝的出场渐渐引人瞩目，名声不胫而走，仿佛外交大使，将我也推向人前，平添了与人亲和的交集。行人往来见了他，总有意无意多出些话来。原本素不相识也从无交言的人，见了他即使行色匆匆也会抽空抛过一个眼神，撂下一句亲切的话，哦，小鸭?!我答是的。继而又立即更正：他叫黄小宝!

很多过客奇怪我为什么只养一只鸭。我便要将我与他的乡村艳遇不断地向人复制粘贴，以求得到谅解。这样传奇的背景下便又引发童话般的联想：是野鸭吧，或者天鹅？嘴巴这么长。一个老太太便拿出自己养过鸭的经验说，是鸭子。古话说，四两鸭子半斤嘴。这话让我长见识了。

后来一个五岁的小女孩骑车路过，停下说，我小时候养过一只鸡。我问后来呢？她说被老娘杀了吃了。我笑起来，问你老娘有多老？旁边一位五十多岁的阿姨回答，我就是。我看看她，又看那孩子，想若是妈妈显老，难道是再婚晚育？她接着解惑：我们河南老娘就是妈的妈，就是你们武汉人叫的姥姥或家家。她说，你们这里称媳妇，我们那里要加个“儿”字，儿媳妇，否则就等同于自己老婆。我又长见识了。

一会儿一少妇过来，说要小心黄鼠狼还得当心猫。我说单知道黄鼠狼给鸡拜年不怀好心，猫也吃鸡鸭？她点头。又一女子过来说，你应该下雨时放他出来，那时虫子多，鸭特别爱吃蚯蚓。呵呵，长见识吧。当然还收获了别的。

谁来将你拯救

你予我人生史无前例的慷慨让我喜不自禁广而告之，是不是你的同类起了羡慕嫉妒恨，是不是所有的亲密都经不起见光秀？我们曾经在乡间美丽的公路上不期然相逢。四顾无人，唯有我经过，你也经过。你要去哪里？去赴谁温暖的怀抱，或不甘束缚独自私奔，或不幸掉队慌不择路？我没问你。我当时停车，转身就将你占为己有。我相信缘分，相信所有的遇见都是天赐，是珍惜。

我对你的爱贴上了太多自以为是的标签。你忍受孤独给我全部的厮守，从最初的不安到认命到宁静到怡然自乐。你在我无知的看护中缓慢地成长。说实话，是你在教我成长。我忍不住向外界展示我们的亲密和谐与欢乐，像那些文娱明星芝麻大点事都要世人知晓。事实是你的名气不胫而走。甚至有朋友要我代他向你问好。我转达了，我说他用好听的声音说谢谢。而这一切像一个鼓满风帆的气泡忽地萎谢了。

谁也不知道你到底怎么了。你曾经矫健灵动的英姿已然远去，我曾引以自豪的影从你已力不从心。你双腿已有三天无法站立，形容枯槁，曾经的清秀俊逸全面坍塌。你见了我努力挣扎竭力站起却一次次失败。你没有眼泪，没有痛苦的呻吟，而你默然抗争的样子却让我心如刀割，泪水狂奔。我一遍遍问你，怎么了小宝。你却默然不答，只偏头用黑豆的眼眸清澈地看我，看得我心碎泪盈。

今天在超市遇一老太太于是向她问诊。她说贴点伤湿膏吧。我立即想到我的罪过，定是我让你游泳太早太久。今天给你擦了三遍治风湿的药，希望你能好起来。

是不是我叫你宝，有人起了劫财之心？从此，我叫你劣拐吧。劣拐，你怎么忍心让我为你伤心落泪？你跑起来吧，像初遇时你在空旷的马路上踉跄而逃，像我有意疏远你却步步温馨紧逼不舍左右，像你怕失了我的方向三步并作两步前脚踩倒右脚躺在地上半天翻不了身。那些细屑轻巧的快乐为何转眼竟成了整整一个曾经！你原谅我的无知吧。不，不求原谅，求你惩罚我。但请不要以自残的方式让我痛苦不安，劣拐。我想念你须臾不离的娇憨，想念你灵动乖巧的步伐，想念我们如影相随的美好。劣拐，你知道吗？如果你不好了，就是我此生不可饶恕的罪过。你咋劣么拐呢？

你到底离开了我

苍天派风撞击墙体只为与我一样发出伤痛的哀鸣；季节让蝉削减音高音节只为与我一样发出凄厉的低泣；大气向大地伸出四十度的烙铁只为与我一样将今天这个沉痛的日子打上深深的烙印。

你到底离开了我，我的小宝。紫薇花开得正艳，晨曦挥洒金光，一切都是青葱欲滴的样子，你却已经不在；知了哑嗓齐奏哀乐，声声悲切，鸟声低回，他们来邀你共享这片清新的风景，你却已经不在；草坪还晃动着你金黄巧倩的身影，砖泥上还印有你轻盈细小的足迹，你清丽雅和的童声盈耳绕宇，你却已经不在；我穿着与你合过影你曾经走累了悄然依傍的那双布鞋，是想和你一样与这片土地保持通透的亲密，你却已经不在。我双膝跪地，在你归隐的墓前，草根嵌肉，丝丝作痛，企盼你一声啼笑，你却已经不在。

你在哪里？我的小宝。你怎么忍心抛下这一切的美好，独自躲进另一个深黑的世界。那里没有你崇尚的自由，没有阳光、草丛、鲜花，没有我一直想为你寻找的另一半，更没有我对你情深意笃不含一丝杂质的宠溺。

你是对我的夜郎自大和孤陋寡闻彻底绝望，所以要用永远的诀别讽劝我的无知自私，扯断与我优柔寡断又无可奈何的最后一缕挣扎的游丝？

曾寄养过你的我的侄女望小丫宽慰我，说你素来善解人意，想到我明天开始休假，怕我对你无处安放，怕我对你牵挂，所以离开，狠狠地离开。可我已想好把你托付给我的儿子和他的奶奶。即使他们怎么也不明白我们之间千载难逢的情分，看在我的份上当然不会对你有丝毫的马虎懈怠。昨天我在网上查到医治你的方法，说是给你注射维生素D 500 单位，胶性钙 0.5 毫升，每天一次，连续打三天的针就能好。半夜我躺在床上已联系好三家宠物医院，我想，你那矫健的英姿不久即会重现。

昨晚你那么精神地与我说话，那么乖顺地喝我刚买的葡萄糖溶液，喝鱼肝油，喝糖钙片，喝维生素 B1，喝盐酸左氧氟沙星。你还吃了我四处寻找终于购得的小虾米，吃得那么欢，那么津津有味。我慷慨地倒了半杯葡萄糖溶液，说，喝吧，喝完再去买。我甚至为你唱起了歌。你把头贴在纸盘上，黑豆样的眼睛凝固地盯着我看。那么清澈，纯净，这世上再无二致。你精神很好。在你卧伏的时候，我打开手机上朋友拍的鸭照让你欣赏。他们一个个身壮如牛，全身花哨。我说，小宝，这就是你的同类，你小小的生命还不曾见过的你的同类。我说，你要多吃点，等你好了，就可以长得和他们一样壮了，我就带你去和他们玩。

你看得那么专注，目不转睛。你心里一定充满了无限神往无限憧憬吧？我还说，他们没你嘴巴好看。他们那么大了，嘴巴还那么短。他们是高山上的旱鸭，没你嘴巴长。要是你们在一起玩，你一定比他们能说会道。你见的世面他们以为是天书，你与我的奇遇也是他们闻所未闻的传奇。你打破一天的沉默，竟然发出好听的久违的笑声。那是我听到的最美的乐音，竟也是你留给我的最后的绝唱。我竟得意极了，我想你不久即会撒腿尾随我，在众人艳羡的目光中继续当我的外交大使。我还纠结今天是先开会还是先给你打针哩。一早醒来，信心百倍地叫你，却再也听不见你热情的回音。可我为什么直到你病入膏肓才想到求助网络？

你瘫痪以来，用嘴喙作支撑，双膝着地，支起一个空架帐篷，每完成一次挪移，脖子都要扭转二百七十度，为此，你高傲聪明的头颅时常要蜷曲在脖子和身体下，样子可怜之至。有时，你浑身无力翻转，头便一直定格在脖子和身体之下，却用黑豆样的眼睛盯着我。那样子怎不让人怜爱，心若刀剜？

你从来不放弃对他处的挣扎。你其实无时无刻不在检验自己的腿还能不能重新站立。有一丝希望你都不会放弃。你的脖子前后毛磨光了，露出清晰的血管，让我心尖滴血，目不忍视。这样的痛要是落在人身上，可能早已是叫苦连天。你却没有眼泪，甚至没有发出任何声响。你要屏住呼吸，拼尽全身解数，要将你挽留，将我们挽留。

每次看你那样百折不挠的抗争，我都忍不住嗔怨你，又在瞎爬！瞎爬！你不怕疼吗？小宝，你知道吗？你每爬一次都让我愁肠寸断痛悔难当。

昨晚，你用生命最后的一搏离开了我为你铺就的草窝。那草来自我与你常去散步的那片树林。因为你熟悉那些草的气息，所以，想给你垫一份熟悉的安适。是不是青草太潮，是不是我用药不当让你五内俱焚，你要离开，你要趁我熟睡的当口，下决心与我来个彻底了断。垫草的主意还是小丫提醒的。过去，我用报纸垫，可那水门汀的地面绝没有草软和。我怎么笨到也是在你大限之日不远时才做到呢？

你短暂的一生一直是灵动活泼的，是俊逸儒雅的。你的声音和羽毛甚至还处于孩提时代。病让你溃不成军。你形容枯槁，眼周塌陷。可你依然睁着那双黑豆样的双目定定地看我。那眼睛出奇地大，大得让我不忍对视。小宝，你怎么能让我忘掉你那天真无邪沉静安详的眼神？你是否也将我因为你的到来而快乐自足的眼神也一块儿带走，并植入了你高贵不同凡俗的灵魂？

你离开我睡前给你安放的草窝，挪到一个没有出路的小胡同里，扭着脖子，趴于地面。我再一次呼唤，劣拐。你没有动。你是不是不愿接受这个刚启用三天的名字？你身上哪有一丝一毫劣拐的痕迹呢？你是我的小宝，我永远的唯一的小宝，我精神依傍的小宝。我从不养宠物。我素来只与植物亲近。你是我的唯一。小丫宽慰我，要给我再买条小狗。我说不养了，受不住这份伤痛。我和你何曾掺有买卖的关系？我们的相遇是不能复制的奇缘。我发现你那被病魔围剿后剩下的那一小片绿洲似的黄毛没有起伏，没有。病魔已悄然将你掠走，趁我熟睡之际，只能趁我熟睡之际。寂静，死亡的寂静，静得多么瘆人！

我用纸隔着将你拿到草窝里。你双目紧闭，一片死灰。你再也听不见我的呼唤。一个晚上，仅仅五六个小时，你为何就等不到天亮？我的小宝。如果我一直陪着你，睡什么觉啊！或许你就熬过来了。而此时，你或许已在宠物医院与亲爱的医生对话，看医生给你打针。针扎进你肌肤的时候，我龇着牙，你黑豆样的眼睛一定依然乐观地看着我。你的眼里何曾有过半点的哀戚？

哪里知道，漆黑的夜晚你永远地走失了。曾几何时，你与我散步，或逛超市，我大步流星，你在后面一路小跑，无论白昼黑夜，我从不担心你会走失走丢。你那一身金黄曾经羡煞多少人！小区形形色色的宠物狗依然在草地上奔跑，我再也不必担心他们突然向你发动袭击。你走了，我该向关心你熟悉你的邻居朋友如何交代！

你走进了生命的死胡同，你似乎比我更执着。你有你的坚持，你的去向。表面看那是一片自由的天，其实玻璃钉紧了是没路的。右边的木鞋柜也高大如山。你为什么要奔到那里去呢？那是个谎言，是个明摆着的骗局，可你看不透，就像我与你的邂逅。我将你义无反顾地据为己有，我凭借想当然给你我以为优越的生活环境，哪知却成了你的屠场！

我用纸握住你的身体，你竟穿透纸的隔膜向我传达你残余的体温，叫冰凉。在火炉样的城市里，你用“冰凉”二字再次刺痛我瑟缩的灵魂，向世人诠释什么叫小我大爱。是我害死了你，我的小宝。我没有养任何宠物的经验，竟坚信一定能养活你。我发了领养启事，没人领养你我却沾沾自喜。很多人劝我将你放归自然，可我怕你遭遇不测；送给有条件的人家，我又怕别人不能像我善待你，担心别人将你宰杀或者贩卖。

小宝，我昨天还想到把你带到办公室，让你在我眼前晃动，你就不会远离。我还庆幸明天开始休假，我就可以全天候与你在一起，打三天针你就痊愈，然后我就把你送到儿子奶奶那里。明晚是孩子生日，我就准备说这事。可你没有给我这个机会。

你去世后，我向小丫最先作了通报，因为我在外出时你在小丫那里寄养过。我知道你与她有感情。幸而我要她前天专程来看望过你。然后是儿子。儿子从外地回汉一进家门，就欣喜地说，哇小家伙长大了。他们俩都还是孩子，我向两个孩子诉说我的悲苦。他们在我的悲鸣中张惶失措，又都尽其所能宽慰我。小丫陪我掉泪，电话里传来她的啜泣。儿子正在上学路上。他说，妈，再养只乌龟吧。乌龟好养些！电梯里，我与一位上班的女士相遇。她看我一脸哭相，我只有解释，我养的一只小鸭去世了。她安慰我，鸭子本来难得养活。

早上空腹去上班。中午拒绝了喧嚣的会议午宴。一个人躲在食堂的角落里，同事过来坐到对面。他是我唯一的微信好友，曾见过我写黄小宝的文章。他还说您将来可能会出个黄小宝专集吧？没有了。俱往矣！同事安慰我，他养死过金鱼、麻雀，乌龟、小鸭。我说，你年幼无知是可原谅的，而我不是。他又说，小宝也是幸运了，他享受了两个月最美的时光。别的鸭子哪有这个福气。可这一切都不能构成小宝离开我的理由。

小丫后来在朋友圈里这样写道：清晨被电话惊醒，我姑在电话那头泣不成声。我从来没见过那么伤心的她。黄小宝去了。她自责是自己没有照顾好他，号啕大哭，像个孩子。我想起那年蛋蛋没了的时候哭得肿了眼睛的星星。有时候因为无所求的陪伴与唯一性，人与动物间有更为深刻的感情。黄小宝很依赖姑姑，到他腿都站不起来的时候，还强撑着想跟着她。此情此景想起来便难过。我不知如何安慰，眼泪却也潸然而下，为曾带给我欢乐与烦恼的黄小宝，也为悲恸欲绝的她。

任风的刀片割痛我对你的怀想，任蝉的嘶鸣洞穿我内心漆黑的长夜，任天空炙烤被你抽去体温的躯壳。这一切又有什么意义？既然相逢是上天的注定，既然相守是隔世的情缘，为何你依然选择了决绝地离开？为何我的眼里蓄满了泪水，泪水一次次模糊分解我与你与周遭的距离。你在哪里？我的小宝。满世界都是呜咽，是泣不成声，是涕泪横流。没你的日子，我该怎样打发我一个人的天空？小宝，不求你的宽恕，你的死就是将我一生的罪过牢牢地钉在十字架上。不是你，是我自己。我是你的罪人。

来生，只求你变作我，我变作你。让我们依然在风景如画的乡村公路上相遇。你将我带上你的车，我愿意用我的一生陪伴你。我不会让你像我今天这样痛苦，求告无门。从五月初五，到明天的七月初一，近两个月，你赠予我一生享用不尽的温暖和训诫。小宝，怎样才能度量我对你的深情，怎样才能将往昔的美好重现？不知道，也想不通。

小宝，在闪着露滴的万丈晨曦里，我将你小小的身体连同第一次见你后多次辗转各地载你的运输工具——一个印有百合和双模的橙色手机袋做你最后的住所，将你安放在我与你常散步的小区树林里，一棵你曾尾随我与我嬉戏的桂花树下。来年，这棵桂花一定香过世上所有的花香。在你长眠的地方，我栽下了两棵小树苗，树苗是这片树林的某棵树上掉下的种子。他们或许会吸取你的善良和美德，子子孙孙无穷尽也。

小宝，你安息吧！小树林将是这片土地上最让我牵肠挂肚的地方。我会时常去那里走走，坐坐，不仅仅只为散步。

最后的夜晚

小宝，夜深了，万籁俱寂。我怎么看不见你往昔静卧黑暗的样子？小宝，此时此刻你在哪里，你可听见我涕泪长哭？我现在就坐在你昨晚与我对话的桌旁。那是你生病五天来，我们第一次靠得那么近，那样的亲密和快乐。我以为第二天你就会重拾健康之路，所以，我还为你唱了歌。你用黑豆样的眼睛偏头看我。我们看不见彼此脸上一点点悲伤。现在想来，竟是你弥留之际赐予我最后一个美丽的夜晚。那一缕人间最后的温存是你忍受了多么深重的伤痛来成全！

小宝，泪水一次次瀑流般遮挡着我的视线，梗塞着我的喉管，你怎么知道先前愈是有厚重如山的好现在愈是有深不见底的悲！屋里屋外无处不存储着你的身影声音。你让我如何不痛彻心扉？你让我如何能痛悔当初改过前非？你让我如何学会告别和忘记？

不敢侧目，不愿走动。一个人的楼阁让我如何煎熬没有你陪伴的日子，寸步难移，度时如年。今天是炎夏的末日，怎么也成了我遁入黑暗的日子。昨晚医生说也可能你中暑了。明天就秋高气爽，你为何熬不过今天，一个强弩之末的夏天。你一直都那么坚强，从一个人的原野到一个人的家，有你的地方才有主心骨。

岑龙画家宽慰我说，此刻你在天堂向你父母讲述你在人间与一个好心阿姨及一家好心人的奇缘。这会是真的吗？小宝，请你回答，或者派只小鸟扮作你的声音给我一个明示。我听见了，小宝，我听见了你细切的叫声。叫一下便隐去了，他一定是怕我拆穿了你善良的谎言。

今晚我还会入眠吗？小宝，你会不会梦里与我相见？还是那条绿荫掩翠的乡村公路，你以那最初完好无损的一抹金黄闯入我不经意的视野。你依然站在我铺了孔雀毛图纹的花桌布上享受史无前例的恩宠。你依然在干净的木地板上跟我亦步亦趋。你唯恐看不见我，跟得过猛，用前脚绊倒了后腿。我坐在阳台上玩手机，你依然守在门口的脚垫上打瞌睡，仍要时不时偏一下头，看我是不是没有挪出你的视线。我还守在你待过的桌旁，在昨晚照亮你吞药吃食的桌旁，涕泪穿透衣裙滴湿了我的大腿，包括我的肩膀。它们依然是你曾经依恋亲密的地方。

密不透风的呜咽嘶哑了我的喉咙，小宝，我再呼唤你时，你可否还能辨识我的声音？小宝，你在哪里？周遭都是孤寂的黑暗，唯有对你的哀恸将我全部的身心填满。

清晨的想念

小宝，那是你回家的叫声吗？雀跃的节奏，像你，但比你粗粝了些。我听见了振翅的声音，那是鸟儿起飞的声音，不是你。在曙光的众声里，我谛听着你，间或有一声细切的短促的有力的鸣叫，像你。是你吗？你托生为我窗外的小鸟了吗？可那也不是你。他借用了你的喉嗓，改头换面也安慰不了我。昨晚说要你托鸟儿扮作你的声音给我一些你在天堂的消息，我发现这不过是自欺欺人，是变本加厉地剜我的心。我听不得鸟叫了，任何对你假冒伪劣的抄袭，都成为反推力，不能宽释，竟是绑架。

你独卧树林整整一天了。晨曦拨开我的窗帘，鸟翅振动窗外新的一天，往日此刻是我起床的时候。起床第一件事是轻轻拉开纱门，找寻你的模样。有时你蹲在某个花钵下，或某个墙角睡觉，有时你钻过花钵的缝隙，独自在一片开阔地看日出。听见我的声音，你赶紧急迫地往我眼前挤。好几次都不明白你是怎么钻过去的，却挤不回来，我不得不欠起身子帮你挪动花钵为你开道。你那急迫的喜滋滋的样子，真比世上最动人的甜言蜜语更打动我，更让我温暖信赖。我手中啥也没有，没有引诱，没有封赏，有的只是我孤独却虔诚的存在。难道多了半晌的日光浴你就长胖了？不是。是你太急于见到我，你从来都如此。每次相见，都似久别重逢。

我前脚离开，你后脚跟上。你会放下眼前的一切将我追随。我口里说，你烦不烦啊，像个跟屁虫！心里却是比蜜还甜比春风还爽。你跟得太急时，我一转身常会踩到你的脚，你竟也不叫不恼，继续影从。小宝，你寄养在小丫寓所的时候，你也这样跟她，你两脚朝天的照片就是她拍的。小丫故意不理你，任你背贴地面，我却做不到。我心疼你，哪愿你受一点跌痛。即使不痛，也不忍见你挣扎的模样。

小宝，我现在躺在床上，关上门。外面处处密布着你的身影。我想逃避，我想给自己留一点活路。早上穿过客厅去了趟洗手间，视线随意着陆，都是你的曾经你的起居你的活动你赐予我的无限美好。

卧室是你很少光顾的地方。不是你不想，是我让你不能。还记得吗？小宝，好几次你要尾随进来，我说这是私人场所，你不能进！不仅你不能进，所有闲人免进。不知这话有否损伤你的自尊，多少是有的。我立此禁令时，也是心有不忍的。好几次看你可怜巴巴在门口踌躇，我心里都会疼痛一下，迅速将你带开，又立即释然。小宝，你到底还是趁我不备，闯关而入。不记得有几次，总是有的，像打游击，随手关门都来不及。你是有备的，我是无防的。我们就是这样，不作一词，不出一声，却彼此通透。你狡黠而纯真，绅士而顽皮，我装聋作哑，随声附和。

小宝，尽管这卧室里你少有足迹，我仍不敢看地面，看床与柜之间狭长的小道，看尽管关闭的门口。小宝，窗外又传来仿造你口音的赝品，声声入耳，声声切心。你让他别叫了吧，我受不了，继续下去会把我心切碎。

我是不是该起床了。往日的此刻，是我给你洗切青菜末给你打扫起居地的时候。可我刚才看过了，那里没有你。那里空空荡荡。昨天你离世后，我已将北阳台清理干净。我不能留下关于你太多的遗物。你也不忍心让我饱尝睹物思你的苦痛。而你在那里的一举一动还在，在我眼里我永远的记忆里。你的身体却不在，你与我对视的黑豆样的眼睛却不在，我起床又有什么意义呢？我会习惯性拉开冰箱取专为你购买的青菜，那时刚刚止住的泪闸又将骤然拉开。

沿路都是想你

姑娘，你怎么吃得那么慢条斯理。我想与你换个座位，却出于尊重没驱赶你。我在姑娘斜对面，急得心焦。小宝，她坐的是你的位置。她终于起身离开。她对面的女孩还在。我迟疑了一瞬还是坐到了你唯一一次陪我来食堂的位置。

女孩一定诧异无比，旁边位都空着，我硬移位到这里。如果我是男人，女孩定芳心大震。我斜坐不理，她免了猜疑的无趣也悻悻离开。小宝，现在这张桌子就完全成了你我的天下。我望着桌腿，小宝，你曾在这里依偎。

那天中午回家，怕你孤单我心血来潮带你来食堂吃饭。正午，烈日高照，你一路走走停停，终于跻身人声鼎沸的小区食堂。女服务员都争相围观，惊喜你的莅临，像见到熟悉又陌生的明星。她们怕人群踩着你，为你找来一个塑料篓，特意罩上干净的薄膜袋。我帮你婉拒，说不必，他很乖。你不争不辩，待到篓里。服务员一走，我就把你接到地面。你果真不声不响依着我的鞋，甚至蹲到脚面上。食堂喂人的饭你不予理睬。你长途奔随，不为口中食，只为将我陪伴。

小宝，我现在来到食堂门口。这里有一个圆弧的转角，就在这里你曾蹲下好半天起不来，我竟还一个劲催促。后来才知烤热的地面早已将你一双赤足灼伤。可你没吭一声，忍痛来去。一个老女人的心竟如此粗糙愚钝，不可原谅！小宝，你跟着我真是一场灾难，你竟安之若素毫无抱怨，还曲意奉迎。

小宝，我现在跟着惯性沿树荫下弯曲的草坪行走。忽上忽下的斜坡，你跟着我，脚踝与脚尖拗着走，身子倾斜，别扭难行，你却一步不落。草偶尔绊一下，你抬头看我，我低头看你，我们走得磕磕绊绊，却心欢眼笑。小宝，我现在来到一棵红叶树下。我叫不出树名，现在忽然想叫它里程碑树。你曾忍痛卧伏在树下很久很久。我当时还以为是草绊住了你，其实你已疼痛难移。地上散落着几个红透的李子。我剥开肉递到你嘴边，你却毫不所动。是这食物来得不高贵，还是你痛得没了食欲？我饱食而归，你却忍痛挨饥。

小宝，你在与我相处的近两月中，需要付出多大的韧性与耐力。小宝，你哪里比我小，你是我的导师，我的伴侣，我的心头肉。上天为何恩赐我，又狠心将你夺走？他老人家也对你我的亲密起了嫉妒和悔意？

一生之罪

你的离开是我负债一生的罪恶。小宝，我不求你的宽恕和赦免。我将背负一生的十字架匍匐在你予我的遗训里。尊重行业行家，不妄念妄为。可这竟是你生命的代价，太惨重，不堪回首。如果时光可以倒流，我会让你健康长寿。我会及早请教网络，科学配食。你有不适，我会在第一时间送医就诊，不会熬至滴水成冰，山穷水尽，覆水难收。一切都太晚太晚了。你一去不返，我怎么能够宽恕！朋友和孩子都给我开了光明的药方。可买狗养龟，谁都无法将我的悲伤医治。你是独一无二，是不可取代。你是我心中永远的痛。我罪不可赦。

小宝，今天是你撇下我独自远行的第三天。你在冰凉的泥土里只为避暑吗？不是。你不会这么自私地独享美好。那不是美好，是无奈，是悲切，是沉沉的黑暗和压迫。唯一能让你想起我的是那只曾装过我此刻正指摩的摩托罗拉手机的袋子。因为透气，且正好放在车上。它是我们初见及以后你离开车和房唯一的交通工具。它现在竟成为触摸你与我肌肤唯一温良的桥梁。难怪我的手指在手机上总是微微颤抖不已，总像水龙头一旦拧开，对你总有说不完的话，对你的思念和忏悔就像汪洋的源头止不住地源源不断地流淌。手机，现在成了你我相互抵达、问候和交流最亲密实际的纽带，这是我始料未及的。一切都仿佛冥冥之中。苍天没切断我们阴阳两隔的通讯电缆。这要感谢你我惯常的心息相通。

不能达成的和解

小宝，我嘴里咀嚼着你吃剩的迪巧维钙片，碗里盛着你无力吃完的小白菜。曾参与你生命大营救的盐酸左氧氟沙星、盐酸氨基葡萄糖胶囊、奇正藏药止痛消肿青鹏膏剂，依然摆放在原位。它们像硝烟未尽的战场留下的一群残兵败将，记录着耻辱，也镌刻下回忆。它们受我这个自以为是的伪将指挥，仗打得七零八落，没打退围困你的病魔，却将自己打得伤痕累累，元气尽丧。

小宝，你饿不饿？离开我前你已五天失去了对食物的兴趣。我去超市特为你采购的鲜龙虾，你只吃下两只，还是我扒开你长长的黄嘴一次次强喂进去的，边喂边说乖拐，多吃点，吃了就好了。指头碰到乍看厚硬其实很软很嫩的嘴壳，心里煞是疼痛，你其实还是个小屁孩哩。你小小的指头大的双翅总灵巧如手，配合嘴巴轻轻打理全身。你是在乎形象的。见了你的人没有不喜欢的。少不更事不属于你，冷漠妖傲不属于你。对前来示好的人你总温和亲善，从容大方。对我的心思你一眼见底。你总是给我面子，无论众人面前，还是你我独对。生命垂危，药食入嘴便不吐出，还故意吃得咂咂有声。小宝，你怎不留下继续赏我哪怕是谎言的安慰！

小宝，我在强咽你曾勉力吃过几棵余下的小白菜。再不吃就发黄了。扔了不值几何，可它现在成为一味药。我吃进肚里好医治想你的伤痛。我吃得很艰难，因为泪水总是哽住了咽喉。没吃早餐的我本以为现在会饿狼扑食，一举剿灭之，却到底没了胃口。其实对你的想念早已将我填饱。

小宝，我手机里存储了你最后的遗容。你干瘪的脖颈连着长长的黄嘴，拗过前胸与背平行。曾经丰润的躯干身萎骨立。曾经骄傲的金黄暗淡如枯草。难以想象地狱之魔来索你时你做了怎样的抗争。你大义凛然，慷慨向死。小宝，这最后的一幕我不会示人。它是我们唯一共享的秘密档案。我不看，不敢，不忍。这是我滔天之罪的明证。你有多惨烈，我的罪恶就有多深重。所有的宽劝都无力将我从深黑的罪恶里拯救。

事实是你永不能重现，我的忏悔便永不能与内心达成和解。

小鸟来探看

小宝，我想陪你坐会儿。五天了。真快啊。四十度的高温在我双鬓挤出剔透的水珠，手指轻抹，竟像晨光中的露滴。我坐在你面前，隔着澄明的阳光、密匝的青草和咫尺天涯的黄土。桂花树下，北边是茂盛的棕榈，南边是高大的青松。有他们将你守护，比我坚实千倍万倍。那两棵指头大的小树苗，一棵第二天便殉你而去，另一棵顽强地对抗着干旱。我沾了我的汗珠抹到渐枯的嫩叶上，不能解渴，只想让你嗅到我来看你的消息。本来想给他们浇水，又担心水渗入你肌肤，搅扰了你的安眠。甚至宁可这是一片干燥的沙漠，岁月将你锤炼成一枚精巧的化石，给我的念想多一个落脚的地方。

小宝，小鸟在婉转地絮叨。一会儿一个声音凸显出来，是打了标点的，字句清晰，像极了你。你从来都口齿伶俐，不拖泥带水，不含混不清。声音不尖不利，温和温馨，沉着沉静。你从地里果真升入天堂将我俯瞰吧。小宝，知了吹出单调的长哨，他唤来百鸟朝你的欢鸣。高亢而悠扬，像劝说，像表演。他们可是你在人间的近亲？即使你不出面，他们已代你表达了欢迎我的深情。

小宝，草扎我屁股了。他们是你从地里悄悄伸出的小手吧。我依然穿着你熟悉的布鞋。蚊子在脚面上搔出一片红印，我不时得伸出手指挠痒。我忽然想到这一定是你的恶作剧。过去你总爱安详地蹲在我脚面上，一动不动，打瞌睡或看风景。我的脚被你选作最信赖的依靠。想想，我的脚比手幸运。那定然不是蚊子，是你，是你，就是你。不痒我就不会伸出手去。我伸出去的手握住了你轻轻软软的脚。你好轻好轻啊，是我生命不能承受之轻。曾经怕惊扰了你这份亲昵，我脚脖子维持同一姿势酸痛僵硬。你像一片羽毛落在我身上，却将我整颗心覆盖了。

小宝，太阳在驱赶着我。他不知不觉赶走了我头上的阴凉阴影，剩下镁光灯般炽热的聚焦。有陌生人路过，关切地问，不闷热？我抬首微笑说还好。小宝，你仍是我的外交大使哩。小宝，你知道吗？以后没了你，我要减免许多人间的温暖。

小宝，我明天就去外面避暑。很久以前的方案里有带上你同行。怎样安置你确曾困扰过我。同行，怕难过安检关，怕你受不了旅途劳顿。寄养，怕别人嫌麻烦，对你怠慢。果真像望小丫说，你是故意在我休假前一天离开，狠狠地离开，免我后顾之忧么？

小宝，如今我要带着一颗哀思的沉心旅行，原本搁在心头的希望和寄托遁入无形。这一定不是你的初衷吧。小宝，相见时难别亦难，阴阳无情鸟作探。我托这林中的鸟儿将你陪伴吧。

桂花树下的想念

小宝，我在你的桂花树下盘腿而坐。风摇摆着我的长发，那是你吧？你曾亲吻过的。我的肩我的发永远有你轻轻巧巧的趾痕。层林深处送来二胡的高亢之声。没有悲切，没有低回，像我们此时的心情，是隔世的欢会，是久违的清芬。

小宝，你到底是个孩子，和盘托出的都是甜腻腻的奶糖。我暴食暴饮，每一个细胞都张开了毛孔。你尽情地给予，我全身心地接纳。这还不够吗？还要弄出些丝竹之声。哦，你是深谙我的小资情调的，像配乐诗朗诵，像影视的背景音乐，是隆重的大礼，却惊扰了属于我们的宁静。亲爱的，它果真就戛然而止了，他是听了你的调遣无疑的。我的小宝，你这善解人意的精灵。

一束光忽地将我照亮，像舞台上的镁光灯。亲爱的，我的到来不需要被他人关注。我只要属于我俩的促膝凝视。哦，是秋日的暖阳。透明的光亮，薄如蝉衣。让阳光照彻你吧，渗进土里，代我轻轻触摸你金黄的毛茸茸的小小身体，让你失了体温的身子回暖。我不冷。没了你的萦绕，我的心一直微微地泛着凉意，泪水储满眼眶。

亲爱的，时光的尘屑掩埋了许多的物事，却不能将你从我脑海里带走。从食堂门口那一坡青草小树前走过，我的眼前便只有你身影的晃动。曲曲弯弯，忽上忽下，一声不吭，亦步亦趋。我想，这一切为什么不能像你脊背上的桂花二度重生呢?

我仰视这棵你正在滋养也将你陪护的桂花树。你满满的都是给予，我深吸痛饮，又怎能够不漫溢而出四处流泻。你以馥郁的浓香将我包裹，是要将我浑身的尘土冲洗个干净吧。

没你陪伴的日子，我过得很匆忙，心无挂碍的样子。我努力规避与你的前缘旧事，几乎成了一个木头人。唯一能触痛我的是餐桌上有一道我只能独自坚辞顽抗的菜谱。在认识你前我最爱吃的鸭脚片皮鸭已永久抛荒。我此生是永不吃一种叫鸭的食品了。亲爱的，对你的爱已植入我的骨髓，成为我皈依的宗教。

小宝，我今天依然穿着那双瓦口黑布鞋，从没洗过，因为鞋面鞋沿都有你待过的味道。这是我唯一能亲近你的地方。

由于出差我错过了今年桂花第一次的花期。我不知道还有这一次，花开二度。我以为错过了就成了永远的遗憾，对此我一直耿耿于怀，一直抱愧。我一直想等桂花盛开的时候，坐到树下好好陪陪你，和你讲讲话。我坚信由你的肌体滋养出来的花一定香过世上所有的花朵。她可能不是最美的花形，却一定有超凡脱俗的内涵。恰如桂花，朴素安详，不艳不闹，却暗香浮动，沁人心脾。我摘了几粒你树上的桂花，他们是那么的玲珑精巧，像一枚小小的金盏，被能工巧匠小心地切成了四瓣。我捧到鼻翼下深吸，吸进的都是你软软依依的私语。你往日见我回家即唧唧轻唤的声音犹然在耳。

失去的还会再来。这是你恩赐我的又一则人生宝典吧。连谢和回报都羞于出口，都俗都轻于鸿毛。让我像一株老茎的草长入你的土里，在你打瞌睡的时候，搔搔你金黄的头颈，或者就这样在你面前坐化，趁你还记得我现时的模样。如果此生是再也没有真情奇缘的寡淡，如果未来只是充满谎言和挤压的畏途，我愿，我愿你抽走我这肉体壳腔里的魂灵，化作一缕桂花香，钻入你寂寥的墓穴，与你相生相伴。

喷泉花儿开

小宝，喷泉花开了，围观者亦到。你在吗？这三层楼台曾是你我嬉戏的舞台。你在，围观者众。噫，小鸭。我立即纠正：他叫黄小宝。于是，大家都跟着叫黄小宝，黄小宝。超市，路边，喷泉台，黄小宝成了尽人皆知的明星。小孩为你张开双臂，陌生为你撤下藩篱。如今水漫水欢，人往人语，小宝，你在哪里？

这是小区唯一的水域，中心喷泉，是水唱花开之地，是养尊处优之所。小宝，你知不知道你曾是这里金光耀眼的王子？红掌拨清波，曲项向天歌。你是唯一的聚焦点。只是你沉默多于高歌，你的脖颈尚不够长，你的嗓音还很稚嫩。这世上的水有多深啊，你很谨慎也很低调，一个孩子纯真的天性。

那样的天黑水寒，我将你放逐，希望游泳让你回归和提升，这是我局促的生活条件所能为你找到的唯一的去处。趁你沉醉悠然地徜徉，我悄然离开。你须臾转头惊惶地叫唤。我拍手叫在这里，在这里。你箭镞般划破水面向我扑来。等你喘息未定，我又猛跑。从月弧的一端到另一端。月光下，你是引领我飞翔的精灵，我是你唯一依赖的依靠。我享受被追逐被需要的快乐，你领受被训练被逗弄的乐趣。小宝，如今我在，你在还是不在？在这里，在这里。小宝你可一定要寻来。

别用隐身术，小宝，我知道倘若命运让你活到现在，你已是江湖健将，称你老江湖也不为过。扎个猛子玩个隐身算什么，都属小儿科。可你不能报复我，我老眼昏花，我近视眼，你不能用你独有的法子逗我耍我。你总得让我看见你。我表面浪漫主义，骨子里还是现实主义的。我相信眼见为实。

前几天我见到一只小鸭爬墙，和你长得一模一样。我想逼自己承认那是你，可我最终没骗过自己，是不想亵渎。你与我具有唯一性。看来我也是老江湖了。我们在一起经历了那么多，虽是鸡零狗碎，一件件一桩桩，码起来也足以堆起一座山。再高明的赝品也不能复制历史。经历会让仿冒者露出马脚。

风起时长发覆盖了我的眼。是你吧？小宝，你这顽皮的小家伙。声在影在觅无面，都怨秋风遮望眼。斗转星移，物是人非。现在我们换个角色玩玩。

有年轻的妈妈叫宝宝。牙牙学语的宝宝指着水面。阳光澄澈，他们能看见，我却看不见。你们是儿时的玩伴吧。我只能看见那一抹遥远的金黄以及无数个只属于我俩喜乐的夜晚。

人们笑声朗朗，远远地闲扯。那层层泼墨的水帘可是我的泪你的泪？

咚咚的水声，晶亮的水泡，一切都是张灯结彩的样子。一群人的闹热，一个人的悲伤。

再转头时，只余下扑腾的水声。人皆散去。谁有兴致持续地静守一片光秃的水域？只有我愿意。听水淙淙，任风撩发。小宝，你就在这里，在这里。

图书在版编目（CIP）数据

景秀华年 / 尔容著 .—北京：作家出版社，2017.9

ISBN 978-7-5063-9733-9

Ⅰ . ①景… Ⅱ . ①尔… Ⅲ . ①散文集－中国－当代
Ⅳ . ① I267

中国版本图书馆 CIP 数据核字（2017）第 246831 号

景秀华年

作　　者：尔　容
责任编辑：宋辰辰
装帧设计：王一竹
出版发行：作家出版社
社　　址：北京农展馆南里 10 号　　邮　　编：100125
电话传真：86-10-65930756（出版发行部）
86-10-65004079（总编室）
86-10-65015116（邮购部）
E-mail:zuojia @ zuojia.net.cn
http://www.haozuojia.com（作家在线）
印　　刷：三河市北燕印装有限公司
成品尺寸：152 × 230
字　　数：280 千
印　　张：23
版　　次：2017 年 11 月第 1 版
印　　次：2017 年 11 月第 1 次印刷
ISBN　978-7-5063-9733-9
定　　价：40.00 元